A FEITICEIRA DE FLORENÇA

A marca FSC é a garantia de que a madeira utilizada na fabricação do papel deste livro provém de florestas de origem controlada e que foram gerenciadas de maneira ambientalmente correta, socialmente justa e economicamente viável.

SALMAN RUSHDIE

A feiticeira de Florença

Tradução
José Rubens Siqueira

1ª reimpressão

COMPANHIA DAS LETRAS

Título original
The Enchantress of Florence

Capa
Victor Burton

Preparação
Maria Cecília Caropreso

Revisão
Marise S. Leal
Carmen S. da Costa

Dados Internacionais de Catalogação na Publicação (CIP)
(Câmara Brasileira do Livro, SP, Brasil)

Rushdie, Salman
A feiticeira de Florença / Salman Rushdie ; tradução José Rubens Siqueira — São Paulo : Companhia das Letras, 2008.

Título original : The Enchantress of Florence.
ISBN 978-85-359-1346-0

1. Ficção indiana (Inglês) I. Título.

08-09739 CDD-823

Índice para catálogo sistemático:
1. Ficção indiana em inglês 823

[2009]

EDITORA SCHWARCZ LTDA.
Rua Bandeira Paulista, 702, cj. 32
04532-002 — São Paulo — SP
Telefone: (11) 3707-3500
Fax: (11) 3707-3501
www.companhiadasletras.com.br

Para Bill Buford

Seu andar não era coisa mortal,
mas sim angélico: e as palavras
soavam mais que mera voz humana.

Espírito celeste, sol que brilhava,
foi o que vi…

Francesco Petrarca

Se alguém aqui fala muitas línguas, vá buscar;
Há um estranho na cidade
e ele tem muito a dizer.

Mirza Ghalib

1.

À última luz do dia o lago a refulgir

À última luz do dia o lago a refulgir abaixo da cidade-palácio parecia um mar de ouro fundido. Um viajante que chegasse por ali ao entardecer — este viajante, chegando por ali agora, por esta estrada à beira do lago — poderia achar que estivesse se aproximando do trono de um monarca tão fabulosamente rico que permite que uma parte de seu tesouro seja vertida numa gigante depressão de terra para deslumbrar e intimidar seus hóspedes. E grande como era o lago de ouro, devia ser apenas uma gota do mar de sua maior fortuna — a imaginação do viajante não conseguia nem imaginar o tamanho do oceano-mãe! Também não havia guardas à beira da água; seria, então, o rei tão generoso que permitia a seus súditos, e talvez até mesmo a estrangeiros e visitantes como o próprio viajante, colher do lago a líquida riqueza? Esse seria, de fato, um príncipe entre os homens, um verdadeiro Preste João, cujo reino perdido de fábula e canção continha maravilhas impossíveis. Talvez (conjeturou o viajante) a fonte da eterna juventude ficasse por trás das muralhas da cidade — talvez até mesmo o legendário portal do Paraíso na Terra ficasse em algum lugar nas redondezas. Mas então o sol desceu abaixo do horizonte, o ouro mergulhou abaixo da superfície da água e se perdeu. Sereias e serpentes o guardariam até voltar a luz do dia. Até então, a água em si seria o único tesouro disponível, uma bênção que o viajante sedento aceitou agradecido.

O estranho estava num carro de bois, mas em vez de ir sentado nas ásperas almofadas de dentro ia em pé, como um deus, apoiado com mão displicente no guarda-corpo da treliça de madeira que emoldurava o carro. O rodar de um carro de bois nunca é macio, o carro de duas rodas pulava e sacudia ao ritmo dos cascos dos animais, sujeito também às irregularidades da estrada sob suas rodas. Mesmo assim, o viajante ia de pé, parecendo despreocupado e contente. O cocheiro desistira havia muito de gritar com ele, primeiro tomando o estrangeiro por um bobo — se queria morrer na estrada, que morresse, porque ninguém naquela terra ia lamentar! Depressa, porém, o desdém do cocheiro deu lugar a uma relutante admiração. O homem podia, sim, ser bobo, podia-se até dizer que tinha uma cara de bobo bonita demais e usava roupas de bobo inadequadas — um casaco de losangos coloridos de couro, naquele calor! — mas seu equilíbrio era impecável, de se admirar. O touro marchava em frente, as rodas do carro nos buracos e pedras, mas o homem de pé mal oscilava e conseguia, de alguma forma, manter a elegância. Um bobo elegante, o cocheiro pensou, ou talvez não fosse bobo nada. Talvez alguém a se respeitar. Se tinha algum defeito, era a ostentação, a vontade de ser não apenas ele próprio mas uma representação de si mesmo e, o cocheiro pensou, porque aqui todo mundo é um pouco assim também, então esse homem não é tão estranho no meio da gente afinal. Bastou o passageiro dizer que estava com sede e o cocheiro se viu indo até a beira da água para buscar bebida para o estrangeiro em um recipiente feito com uma cabaça envernizada que levantou para o outro pegar, como se ele fosse, ora, algum aristocrata que devia ser servido.

"Você fica parado aí feito alguém importante, e eu saio correndo para te servir", disse o cocheiro, de testa franzida. "Não sei por que trato você tão bem. Quem te deu o direto de me dar ordens? O que você é, afinal? Não é um nobre, isso com certeza, senão não ia estar neste carro. Mesmo assim, tem essa pose. Então você deve ser algum tipo de malandro." O outro bebeu sedento na cabaça. A água escorria pelos cantos da boca por seu queixo barbeado como uma barba líquida. Depois, devolveu a cabaça vazia, soltou um suspiro de satisfação e enxugou a barba. "O que eu sou?", perguntou, como se falasse consigo mesmo, mas usando a linguagem do próprio cocheiro. "Eu sou um homem que tem um segredo, isso é o que eu sou — um segredo que só o ouvido do imperador pode ouvir." O cocheiro ficou mais tranqüilo: o sujeito era um bobo, afinal. Não precisava tratá-lo com respeito. "Guarde o seu segredo", disse. "Segredo é coisa de criança, e de espião." O estrangeiro desceu do carro na frente do caravançarai, onde todas as viagens terminavam e começavam. Era surpreendentemente alto e levava uma bolsa de tecido grosso. "E de feiticeiras", disse ele ao cocheiro do carro de bois. "E de amantes também. E de reis."

No caravançarai tudo era alvoroço e barulho. Cuidavam dos animais, cavalos, camelos, bois, burros, cabras, enquanto outros animais, indomáveis, corriam soltos: macacões gritalhões, cachorros que não eram de ninguém. Periquitos explodiam guinchando como fogos de artifício verdes no céu. Os cocheiros trabalhavam, os carpinteiros, e em armazéns nos quatro cantos da enorme praça homens planejavam suas viagens, estocando comida, velas, óleo, sabão e cordas. Cules de turbante, camisas vermelhas e dhotis corriam sem cessar para lá e para cá com trouxas de tamanho e peso inacreditáveis sobre a cabeça. Havia, no geral, muita carga e descarga de mercadorias. Ali se encontrava acomodação barata para a noite, camas de corda e madeira cobertas com espinhosos colchões de crina de cavalo, enfileiradas militarmente sobre os tetos dos prédios de um só andar que cercavam o enorme pátio do caravançarai, camas onde um homem podia deitar, olhar o céu e se imaginar divino. Além, para oeste, ficavam os campos murmurantes dos regimentos do imperador, recém-chegados das guerras. O exército não tinha permissão para entrar na zona dos palácios, precisava ficar ali, no sopé do morro real. Um exército desempregado, recém-chegado da batalha, tinha de ser tratado com cautela. O estranho pensou na Roma antiga. Um imperador não confiava em nenhum soldado, a não ser a sua guarda pretoriana. O viajante sabia que a confiança era uma questão que ele teria de tornar convincente. Senão, logo morreria.

Não longe do caravançarai, uma torre cravejada de presas de elefante marcava o rumo do portão do palácio. Todos os elefantes pertenciam ao imperador, e ao fazer uma torre eriçada com suas presas ele demonstrava seu poder. Alerta!, dizia a torre. Você está entrando no reino do Rei Elefante, um soberano tão rico de paquidermes que pode usar os dentes de milhares de animais só para me decorar. Nessa mostra de poder da torre, o viajante reconhecia a mesma qualidade brilhante que luzia em sua própria testa como uma chama, ou uma marca do diabo; mas o homem que levantou a torre transformou em força essa qualidade que no viajante muitas vezes era vista como fraqueza. Será o poder a única justificativa para uma personalidade extrovertida?, o viajante perguntou a si mesmo e não conseguiu responder, porque se viu a esperar que a beleza pudesse ser outra desculpa também, porque ele decerto era bonito e sabia que sua aparência tinha um poder próprio.

Para além da torre de dentes, ficava um grande poço e acima dele uma massa de uma incompreensivelmente complexa maquinaria de água que servia ao palácio de muitas cúpulas sobre o monte. *Sem água não somos nada*, o viajante pensou. *Até mesmo o imperador, privado de água, logo se transformaria em pó.* A *água é o verdadeiro monarca e nós todos somos seus escravos.* Uma vez, em sua terra, em Florença, havia encontrado um homem que sabia fazer a água desaparecer. O mágico enchia uma jarra até a boca, murmurava palavras mágicas, virava a jarra e, em vez de líquido, dela saía pano, uma torrente de lenços de seda coloridos. Era um truque, claro, e antes do fim do dia o viajante havia arrancado do sujeito o seu segredo e o escondera entre seus próprios mistérios. Ele era um homem de muitos segredos, mas apenas um apropriado a um rei.

A estrada para a muralha da cidade subia íngreme pela encosta e ao subir com ela o viajante viu o tamanho do lugar aonde havia chegado. Era evidentemente uma das grandes cidades do mundo, maior, parecia ao seu olhar, do que Florença, Veneza ou Roma, maior do que qualquer cidade que o viajante já havia visto. Ele visitara Londres uma vez; também ela uma metrópole menor que aquela. Com o fim da luz, a cidade pareceu crescer. Densos bairros amontoavam-se fora das muralhas, muezins cantavam de seus minaretes e à distância ele podia ver as luzes de grandes propriedades. Fogos começaram a se acender na penumbra, como alertas. Do bojo negro do céu veio a resposta do fogo das estrelas. *Como se a terra e o céu fossem exércitos se preparando para a batalha*, pensou. *Como se seus acampamentos se aquietassem à noite e esperassem a vinda da guerra do dia.* E em toda aquela multiplicidade de ruas e em todas aquelas casas de poderosos, além, nas planícies, não havia um homem que tivesse ouvido seu nome, nem um único que pudesse acreditar de imediato na história que tinha para contar. Mas tinha de contar. Atravessara o mundo para isso, e havia de contar.

Andava a passos largos e atraía muitos olhares curiosos por conta do cabelo amarelo, além de sua altura, o cabelo loiro comprido e inegavelmente sujo esvoaçando em torno do rosto como a água dourada do lago. O caminho subia, passava diante da torre de presas na direção de um portal de pedra com dois elefantes em baixo relevo, um na frente do outro. Por esse portão, que estava aberto, vinham os ruídos de seres humanos brincando, comendo, bebendo, farreando. Havia soldados a postos no portão de Hatyapul, mas em atitude relaxada. As verdadeiras barreiras estavam adiante. Aquele era um local público, um local para reuniões, compras e prazer. Homens apressados ultrapassaram o viajante, levados por fomes e sedes. De ambos os lados da rua calçada entre o portão externo e o interno havia hospedarias, estalagens, barracas de comida e mascates de todo tipo. Ali se dava o negócio eterno de comprar e ser comprado. Roupas, utensílios, bugigangas, armas, rum. O mercado principal ficava além do portão menor, do sul. Os moradores da cidade faziam ali suas compras e evitavam este lugar, que era para recém-chegados ignorantes que não sabiam o preço real das coisas. Aquele era o mercado dos trapaceiros, o mercado dos ladrões, ruidoso, extorsivo, desprezível. Mas viajantes cansados, ignorantes do mapa da cidade e relutantes, de qualquer forma, em caminhar até a muralha externa para o mercado maior e mais justo, não tinham opção senão tratar com os mercadores do portão do elefante. Suas necessidades eram urgentes e simples.

Galinhas vivas, barulhentas de medo, penduradas de cabeça para baixo, agitadas, os pés amarrados juntos, à espera da panela. Para vegetarianos havia outros caldeirões, mais silenciosos: vegetais não gritam. E eram vozes femininas que o viajante ouvia no vento, ululando, provocando, instigando, rindo para homens invisíveis? Eram mulheres que ele farejava na aragem da noite? De qualquer forma, era tarde demais para procurar o imperador hoje. O viajante tinha dinheiro no bolso e fizera uma viagem demorada e extensa. Seu modo de agir era este: chegar a seu objetivo por vias indiretas, com muitos desvios e divagações. Desde que aportara em Surat tinha passado por Burhanpur, Handia,

Sironj, Narwar, Gwalior e Dholpur até Agra, e de Agra para ali, a nova capital. Agora queria a cama mais confortável que pudesse encontrar e uma mulher, de preferência uma sem bigode, e, por fim, a quantidade de esquecimento, de fuga de si mesmo, que nunca se pode encontrar nos braços de uma mulher, mas apenas numa boa bebida forte.

Depois, com seus desejos satisfeitos, ele dormiu no perfumoso bordel, roncando, prazeroso, ao lado de uma prostituta insone, e sonhou. Ele podia sonhar em sete línguas: italiano, espanhol, árabe, persa, russo, inglês e português. Pegava línguas do mesmo jeito que a maioria dos marinheiros pegava doenças; línguas eram a sua gonorréia, sua sífilis, seu escorbuto, sua febre, sua peste. Assim que adormeceu, metade do mundo começou a tagarelar em sua cabeça, contando incríveis histórias de viajantes. Nesse mundo semidescoberto, cada novo dia trazia notícias de novos encantamentos. A visionária, reveladora poesia dos sonhos do cotidiano ainda não havia sido esmagada pela estreita e prosaica realidade. Ele era um contador de histórias, tinha sido atraído para fora de sua porta por histórias de portentos, e por uma em particular, uma história que poderia fazer sua fortuna ou, talvez, custar-lhe a vida.

2.

A bordo do navio pirata do milorde escocês

A bordo do navio pirata do milorde escocês, batizado de *Scáthach* em honra à deusa da guerra de Skye, uma nau cuja tripulação durante muitos anos roubara e pilhara alegremente para cima e para baixo do litoral da América espanhola, mas que atualmente estava a caminho da Índia em negócios de Estado, o lânguido clandestino de Florença evitara ser sumariamente lançado ao rio Branco do sul da África ao tirar uma cobra-d'água viva de dentro do ouvido de um perplexo contramestre, a qual jogara na água em seu lugar. Ele havia sido encontrado debaixo de um escaler do castelo de proa do navio, sete dias depois de a nau contornar o cabo Agulhas, ao pé do continente africano, usando um gibão e calça de malha cor de mostarda, enrolado numa grande capa de retalhos feita com losangos de couro de cores vivas como de arlequim, aninhado sobre uma pequena bolsa de tecido grosso, dormindo um sono profundo de muitos altos roncos, sem fazer nenhum esforço para se esconder. Ele parecia perfeitamente disposto a ser descoberto e incrivelmente confiante em sua capacidade de charme, persuasão e encanto. Afinal de contas, já o tinham levado bem longe. De fato, ele se revelou um bom mágico. Transformava moedas de ouro em fumaça e fumaça amarela de volta em ouro. Uma jarra de água doce virada de boca para baixo deixava cair uma torrente de lenços de seda. Ele multiplicava peixes e pães com dois passes de suas mãos elegantes, o que era uma blasfêmia, claro, mas os marinheiros esfaimados o perdoaram com facilidade. Persignando-se depressa, para se garantir contra a possível ira de Cristo Jesus pela usurpação de seu posto por esse milagreiro moderno, engoliram o banquete inesperado, mesmo que teologicamente insalubre.

Até mesmo o próprio milorde escocês, George Louis Hauksbank, lorde Hauksbank desse Nome — o que quer dizer, segundo o costume escocês, Hauksbank de Hauksbank, um nobre a não se confundir com outros Hauksbank menores, mais ignóbeis, de locais inferiores —, foi rapidamente seduzido quando levaram o intruso arlequim a sua cabine para julgamento. Naquele momento, o jovem malandro chamava a si mesmo de Uccello — "Uccello di Firenze, mágico e pensador, a seu serviço", disse em inglês perfeito, com uma curvatura ampla e profunda de perícia quase aristocrática, e lorde Hauksbank sorriu e aspirou seu lenço perfumado. "O que eu podia acreditar, mago", respondeu, "se não conhecesse o pintor Paolo do mesmo nome e lugar, que criou em sua cidade o afresco *trompe-l'oeil* do Duomo em honra de meu próprio ancestral sir John Hauksbank, conhecido como Giovanni Milano, mercenário, antigo general de Florença, vencedor da batalha de Polpetto; e se esse pintor não tivesse, infelizmente, morrido há muitos anos." O jovem malandro discordou com um estalo irônico da língua. "Evidente que não sou o artista morto", declarou, arrogante. "Escolhi esse *pseudonimo di viaggio* porque na minha língua é a palavra que temos para 'pássaro', e pássaros são os maiores viajantes."

Então tirou do peito um falcão escondido, do ar uma luva de

falcoeiro e entregou ambos ao assombrado lorde. "Um falcão para o lorde Barra do Falcão, Hauksbank", disse, com perfeito formalismo, e então, quando lorde Hauksbank havia calçado a luva e tinha o falcão sobre ela, ele, "Uccello", estalou os dedos como uma mulher que retira o seu amor, com o que, para grande desapontamento do milorde escocês, ambos desapareceram, o pássaro enluvado e a luva empassarada. "Além disso", continuou o mágico, retomando a questão de seu nome, "porque em minha cidade esse véu de uma palavra, esse pássaro oculto, é um delicado eufemismo para o órgão sexual masculino, e tenho orgulho do que possuo mas não tenho o mau gosto de mostrar." "Ha! Ha!", gritou lorde Hauksbank desse Nome, recuperando a pose com admirável rapidez. "Isso agora nos dá algo em comum."

Ele era um mui viajado milorde, esse Hauksbank desse Nome, e mais velho do que parecia. Tinha um olho brilhante e a pele clara, mas já estava a sete anos ou mais de seus quarenta anos. Sua habilidade com a espada era proverbial, era forte como um touro branco e tinha viajado de jangada até a cabeceira do rio Amarelo no lago Kar Qu, onde comeu pênis de tigre guisado numa tigela de ouro e caçou o rinoceronte branco da cratera do Ngorongoro e escalou todos os duzentos e oitenta e quatro picos das Munros escocesas, de Ben Nevis até o Inacessível Pináculo de Sgurr Dearg na ilha de Skye, morada de Scáthach, a Terrível. Há muito tempo, no castelo de Hauksbank, ele brigou com a esposa, uma mulherzinha feroz de cabelo vermelho encaracolado e queixo igual a um quebra-nozes holandês, deixou-a nas Highlands a pastorear ovelhas negras e partiu em busca de sua fortuna como seus ancestrais antes dele, capitaneando um navio a serviço de Drake quando piratearam o ouro das Américas dos espanhóis no mar do Caribe. Sua recompensa de uma rainha agradecida havia sido a embaixada da qual agora se ocupava; precisava ir ao Hindustão, onde tinha carta branca para recolher e conservar qualquer riqueza que pudesse encontrar, fosse em pedras preciosas, ópio ou ouro, contanto que entregasse uma carta pessoal da Gloriana ao rei e trouxesse de volta a resposta do Mogol.

"Na Itália, dizemos *Mogor*", contou o jovem prestidigitador. "Na língua impronunciável da própria terra", lorde Hauksbank completou, "quem sabe como a palavra pode ser torcida, amarrada e revirada?"

Um livro selou a amizade deles: o *Canzoniere*, de Petrarca, uma edição que se achava, como sempre, ao alcance da mão do milorde escocês numa mesinha de *pietra dura*. "Ah, o poderoso Petrarca", "Uccello" gritou. "Esse, sim, é um verdadeiro mágico." E assumindo a pose de oratória de um senador romano, começou a declamar:

Benedetto sia 'l giorno, et 'l mese, et l'anno,
et la stagione, e 'l tempo, et l'ora, e 'l punto,
e 'l bel paese, e 'l loco ov'io fui giunto
da'duo begli occhi che legato m'ànno...

Diante disso, lorde Hauksbank pegou o fio do soneto:

...bendita a primeira doce aflição
que tive ao ser com Amor dominado,
o arco e flecha com que fui perfurado,
e as chagas que trago no coração.

"Qualquer homem que ame esse poema como eu amo, será meu senhor", disse "Uccello" fazendo uma reverência. "E qualquer homem que sinta o que sinto por essas palavras beberá comigo", retrucou o escocês. "Você girou a chave que abre meu coração. Agora tenho de contar a você um segredo que você não revelará nunca a ninguém. Venha comigo."

Numa pequena caixa de madeira escondida atrás de um painel deslizante em seu quarto de dormir, lorde Hauksbank desse Nome conservava uma coleção de "objetos de virtude", lindas pecinhas sem as quais um homem que viaja constantemente pode perder o rumo, porque viajar demais, como lorde Hauksbank bem sabia, ou estranhezas e novidades demais, podem soltar as amarras da alma. "Estas coisas não são minhas", ele disse a seu novo amigo florentino, "mas elas me lembram quem sou. Ajo como zelador delas por algum tempo, e quando esse tempo termina deixo que se vão." Ele tirou da caixa um certo número de pedras preciosas de assombrosos tamanho e limpidez que pôs de lado com um levantar de ombros desdenhoso, depois um lingote de ouro espanhol que lançaria em esplendor pelo resto de seus dias qualquer homem que o encontrasse — "Isto não é nada, nada", murmurou, e só então chegou a seus reais tesouros, cada um embalado cuidadosamente em pano e acolchoado em ninhos de papel amassado e farrapos: o lenço de seda de uma deusa pagã da antiga Soghdia, dado a um herói esquecido como prova de seu amor; um pedaço de um rico entalhe em marfim de baleia representando uma caçada a um gamo; um medalhão com o retrato de Sua Majestade, a Rainha; um livro hexagonal encadernado em couro da Terra Santa, em cujas minúsculas páginas, em escrita miniaturizada, com adornos de excepcionais iluminuras, havia o texto integral do Alcorão; uma cabeça de pedra da Macedônia com o nariz quebrado, que se dizia ser um retrato de Alexandre, o Grande; um dos "selos" crípticos da civilização do vale do Indo, encontrado no Egito, mostrando a imagem de um touro e uma série de hieroglifos jamais decifrados, um objeto cujo propósito ninguém conhecia; uma pedra chinesa, chata e polida, gravada com um hexagrama escarlate do *I Ching* e marcas escuras naturais que pareciam uma cadeia de montanhas ao anoitecer; um ovo de porcelana pintado; uma cabeça reduzida feita pelos indígenas da floresta tropical da Amazônia; e um dicionário da língua perdida do istmo do Panamá, cujos falantes foram todos extintos a não ser uma única velha que não conseguia mais pronunciar direito as palavras por ter perdido os dentes.

Lorde Hauksbank desse Nome abriu um gabinete de vidro precioso que sobrevivera milagrosamente o atravessar de muitos mares, tirou de dentro um conjunto de dois cálices redondos opalescentes de Murano e serviu uma dose suficiente de conhaque em cada um. O clandestino aproximou-se e levantou o copo. Lorde Hauksbank respirou fundo, depois bebeu. "Você é de Florença", disse, "então conhece a majestade daquele mais alto soberano, o eu individual humano, e as sedes que ele procura aplacar de beleza, de valor — e de amor." O homem que se chamava Uccello começou a responder, porém Hauksbank levantou a mão. "Eu vou falar", continuou, "porque assuntos há para discutir dos quais seus eminentes filósofos nada sabem. O eu pode ser real, mas sente fome como um pobre. Pode se alimentar por um momento na contemplação de maravilhas encasuladas como estas, mas continua sendo uma coisa pobre, esfaimada, sedenta. E é um rei em perigo, um soberano para sempre à mercê de muitas insurreições, de medo, por exemplo, e de ansiedade, de isolamento e confusão, de um estranho orgulho indizível e de uma vergonha silenciosa e louca. O eu é assolado por segredos, segredos o devoram constantemente, segredos destroçarão seu reino e deixarão seu cetro quebrado sobre a poeira."

"Vejo que estou assustando você", ele suspirou, "então vou me mostrar inteiro. O segredo que você nunca divulgará a ninguém não jaz escondido numa caixa. Jaz — não, não jaz, porque está bem vivo! — aqui."

O florentino, que tinha intuído a verdade sobre os desejos

ocultos de lorde Hauksbank algum tempo antes, expressou com ar solene seu respeito pelo volume e circunferência do membro pintalgado que jazia sobre a mesa de sua lordeza com um leve cheiro de funcho, como uma salsicha *finocchiona* à espera de ser fatiada. "Se desistir do mar e vier viver em minha cidade", disse ele, "seus problemas logo terminarão, porque entre os jovens galantes de San Lorenzo com certeza encontraria os másculos prazeres que procura. Eu próprio, lamentavelmente..."

"Beba", ordenou o milorde escocês ficando muito vermelho e se cobrindo. "Não falemos mais disso." Havia um brilho em seu olho que seu companheiro desejou não estivesse em seu olho. Sua mão estava mais perto do punho da espada do que seu companheiro gostaria que estivesse. Seu sorriso era o ricto de uma fera.

Seguiu-se um longo e solitário silêncio, durante o qual o clandestino compreendeu que sua sorte oscilava. Então, Hauksbank esvaziou o copo de conhaque e soltou um riso feio e angustiado. "Bom, meu senhor", gritou, "agora conhece o meu segredo e tem de me contar o seu, porque decerto há um mistério em você, que eu tolamente tomei pelo meu próprio, e agora quero saber."

O homem que se chamava Uccello de Firenze tentou mudar de assunto. "O senhor não me daria a honra, milorde, de contar como foi a captura do galeão do tesouro *Cacafuego*? E o senhor estava — devia estar — com Drake em Valparaíso e em Nombre de Dios quando ele foi ferido..." Hauksbank atirou o copo contra uma parede e puxou a espada. "Canalha", disse. "Responda direito ou morre."

O clandestino escolheu com cuidado as palavras. "Milorde", disse, "aqui estou, percebo agora, para me oferecer como seu factótum. Mas a verdade", acrescentou depressa, enquanto a ponta da espada tocava sua garganta, "é que tenho também um propósito mais distante. De fato, eu sou o que se pode chamar de um homem comprometido com uma busca — uma busca secreta, além disso —, mas devo alertar o senhor que meu segredo tem sobre ele uma maldição, lançada pela mais poderosa feiticeira de seu tempo. Só um homem pode ouvir o meu segredo e viver, e eu não gostaria de ser responsável por sua morte."

Lorde Hauksbank desse Nome riu de novo, não um riso feio dessa vez, um riso de dispersar nuvens e fazer o sol voltar a brilhar. "Você me diverte, passarinho", disse. "Imagina que tenho medo da maldição da sua bruxa de cara verde? Eu dancei com o Barão Samedi no Dia dos Mortos e sobrevivi a seu uivo de vodu. Vou ficar muito ofendido se não me contar tudo imediatamente."

"Então seja", começou o clandestino. "Existiu um dia um príncipe aventureiro de nome Argalia, também chamado Arcalia, um grande guerreiro que possuía armas encantadas, que tinha a seu serviço quatro gigantes terríveis e uma mulher com ele, Angelica..."

"Pare", disse lorde Hauksbank desse Nome, apertando a testa. "Você está me dando dor de cabeça." Então, depois de um momento: "Continue" "... Angelica, uma princesa do sangue real de Gêngis Khan e Tamerlão..." "Pare. Não, continue." "... a mais bela..." "Pare."

E lorde Hauksbank caiu no chão, inconsciente.

O viajante, quase envergonhado com a facilidade com que havia instilado o láudano no copo de seu hospedeiro, devolveu cuidadosamente a caixinha de madeira com os tesouros a seu esconderijo, enrolou-se na capa multicolorida e correu para o convés principal gritando por socorro. Ganhara a capa numa mão de *scarabocion*, jogado contra um perplexo mercador de diamantes venezianos que não conseguia acreditar que um mero florentino pudesse chegar ao Rialto e bater os locais em seu próprio jogo. O comerciante, um judeu de barba e cachos chamado Shalakh Cormorano, mandara fazer o casaco especialmente na mais famosa alfaiataria de Veneza, conhecida como Il Moro Invidioso por causa do retrato de um árabe de olhos verdes na placa sobre a porta, e era a maravilha do ocultista o casaco, o forro uma catacumba de bolsos secretos e dobras ocultas nas quais o mercador de diamantes podia esconder sua valiosa mercadoria, e um aventureiro como "Uccello di Firenze" podia esconder toda sorte de truques. "Depressa, meus amigos, depressa", o viajante chamou com uma convincente mostra de aflição. "Milorde precisa de nós."

Se no meio dessa rija tripulação de corsários-feitos-diplomatas havia muitos cínicos de olhos semicerrados cujas suspeitas se atiçaram pelo súbito colapso de seu líder e que começaram a olhar o recém-chegado de uma forma que não tendia para sua boa saúde, eles foram em parte tranqüilizados pela preocupação que "Uccello di Firenze" demonstrou pelo bem-estar de lorde Hauksbank. Ele ajudou a carregar o homem inconsciente para seu catre, despiu-o, batalhou com seu pijama, aplicou compressas quentes e frias em sua testa e se recusou a dormir ou comer enquanto a saúde do milorde escocês não melhorasse. O médico de bordo declarou que o clandestino era uma ajuda inestimável e ao ouvir isso a tripulação voltou a seus postos resmungando, com um encolher de ombros.

Quando estavam sozinhos com o homem desacordado, o médico confessou a "Uccello" o quanto o intrigava a recusa do aristocrata em despertar de seu súbito coma. "Nada de errado com o homem pelo que posso ver, Deus seja louvado, só que ele não acorda", disse o médico, "e neste mundo sem amor talvez seja mais sábio sonhar do que acordar."

O médico era um indivíduo simples, endurecido na batalha, chamado Benza-Deus Hawkins, um cirurgião de bom coração e limitados conhecimentos médicos que estava mais acostumado a remover balas espanholas dos corpos de seus colegas marinheiros e costurar cortes de cutelo depois de combates corpo a corpo com os espanhóis, do que curar misteriosas doenças do sono chegadas do nada, como um clandestino ou um juízo de Deus. Hawkins havia deixado um olho em Valparaíso e metade de uma perna em Nombre de Dios, e cantava, toda noite, lamentosos fados portugueses em honra a uma donzela num balcão no bairro da Ribeira em Porto, acompanhando-se ao som de uma espécie de violino cigano. Benza-Deus chorava copiosamente ao cantar e "Uccello" entendeu que o bom médico estava imaginando a si próprio corno, invocando, para se torturar, imagens de sua amada bebedora de vinho do porto na cama com homens que ainda eram inteiros, pescadores fedendo às barbatanas de suas presas, lúbricos monges franciscanos, fantasmas dos primeiros navegadores e homens vivos de toda variedade e cor, gringos e ingleses, chineses e judeus. "Um homem vítima de um encantamento de amor", pensou o clandestino, "é um homem fácil de distrair e conduzir."

Enquanto o *Scáthach* singrava pelo Chifre da África, pela ilha de Socotra, enquanto carregava suprimentos em Maskat e depois deixava a costa persa a bombordo e, soprado pelo vento da monção, seguia em direção sul para o porto português de Diu na costa sul do lugar que o dr. Hawkins chamou de Guzerat, lorde Hauksbank desse Nome continuava a dormir pacificamente, "um sono tão calmo, benza Deus", segundo o desamparado Hawkins, "que prova que a consciência dele está limpa assim como sua alma ao menos está em boa saúde, pronta para encontrar seu Criador a qualquer momento". "Deus nos livre", disse o clandestino. "Benza Deus, que ele não seja levado ainda", o outro concordou prontamente. Durante sua longa vigília ao lado da cama, "Uccello" muitas vezes perguntou ao doutor sobre sua amada portuguesa. Hawkins precisava de pouco estímulo para discutir o assunto. O clandestino ouvia pacientemente a adoradora louvação dos olhos da dama, de seus lábios, de seus seios, quadris, barriga, ancas, pés. Ele aprendeu os termos carinhosos que ela usava no ato amoroso, termos não mais secretos agora, e ouviu suas promessas de fidelidade e o sussurrado juramento de eterna união. "Ah, mas ela é falsa, falsa", o médico chorou. "Sabe disso com certeza?", o viajante perguntou, e então o lacrimoso Benza-Deus sacudiu a cabeça e disse: "Faz tanto tempo e agora eu não sou mais que meio homem, portanto tenho de concluir o pior", então "Uccello" o conduziu de novo à alegria. "Bom, vamos agora dar graças a Deus, Benza-Deus, porque você está chorando sem razão! Ela é sincera, tenho certeza; e está à sua espera. Eu não duvido; e se você tem uma perna de menos, bom, então ela vai ter amor sobrando, o amor que era para essa perna pode ir para outras partes; e se você não tem um olho, o outro vai se regalar duas vezes mais com ela que se conservou fiel, e ama você tanto quanto você a ama! Basta! Louvado seja Deus! Cante alegre e não chore mais."

Dessa maneira, ele dispensava Benza-Deus Hawkins todas as noites, garantindo que a tripulação ficaria desolada se não ouvisse seu canto, e todas as noites, quando estava sozinho com o milorde inconsciente, depois de esperar alguns momentos, fazia uma busca completa nas acomodações do capitão, procurando todos os seus segredos. "Um homem que constrói uma cabine com uma cavidade secreta construiu uma cabine com duas ou três pelo menos", raciocinou e, quando avistaram o porto de Diu, ele havia depenado lorde Hauksbank como uma galinha, tinha descoberto sete câmaras secretas nos painéis das paredes e todas as jóias das caixas de madeira encontradas ali estavam em segurança em suas novas moradas no casaco de Shalakh Cormorano, porque o Mouro de Veneza de olhos verdes conhecia o segredo de deixar sem peso quaisquer bens segredados dentro daquela roupa mágica. Quanto aos outros "objetos de virtude", eles não interessavam ao ladrão. Deixou-os aninhados onde estavam, para chocar os pássaros que pudessem. Mas mesmo ao final de seu grande furto "Uccello" não estava contente, porque o maior tesouro de todos lhe escapara. Era tudo o que podia fazer para esconder sua agitação. O acaso havia colocado uma grande oportunidade ao seu alcance e ele não podia deixar que escapasse. Mas onde estava a coisa? Ele tinha olhado cada centímetro dos aposentos do capitão e ela continuava escondida. Maldição! Será que o tesouro estava sob encantamento? Teria sido feito invisível para assim escapar dele?

Depois da breve parada do *Scáthach* em Diu, o navio partiu depressa para Surat, de cuja cidade (recentemente alvo de uma visita punitiva do próprio imperador Akbar) lorde Hauksbank planejava iniciar sua viagem por terra à corte Mogol. E na noite em que chegaram a Surat (que estava em ruínas, ainda fumegante da ira do imperador), quando Benza-Deus Hawkins cantava com toda alma e a tripulação estava bêbada de rum, celebrando o fim da longa viagem por mar, o buscador debaixo do convés por fim encontrou o que procurava: o oitavo painel, um a mais que o número mágico, sete, um a mais do que qualquer ladrão podia esperar. Por trás dessa porta derradeira estava a coisa que ele procurava. Então, depois de um último ato, ele se juntou aos festejadores no convés e cantou e bebeu com mais ânimo que qualquer homem a bordo. Porque possuía o segredo de permanecer acordado quando os olhos de nenhum outro homem conseguiam ficar abertos, chegou o momento, nas primeiras horas da manhã, em que pode deslizar para terra em um dos escaleres do navio e desaparecer, como um fantasma, Índia adentro. Muito antes de Benza-Deus Hawkins dar o alarme, ao descobrir lorde Hauksbank desse Nome, de lábios azulados em seu último catre de navio, liberto para sempre dos tormentos de sua voraz *finocchiona*, "Uccello di Firenze" havia desaparecido, deixando para trás apenas esse nome como a pele abandonada de uma cobra. Junto ao peito do viajante sem nome estava o tesouro dos tesouros, a carta de próprio punho de Elizabeth Tudor da Inglaterra para o Imperador da Índia, que seria o seu abre-te-sésamo, o seu passaporte para o mundo da corte mughal. Ele era o embaixador da Inglaterra agora.

3.

Ao amanhecer, os assombrosos palácios de arenito

Ao amanhecer, os assombrosos palácios de arenito da nova "cidade da vitória" de Akbar, o Grande, pareciam feitos de fumaça vermelha. A maior parte das cidades começa dando a impressão de ser eternas quase desde que nascem, mas Sikri iria sempre parecer uma miragem. Quando o sol chegava ao zênite, a grande clava do calor diurno se abatia sobre as pedras das ruas, ensurdecendo os ouvidos humanos para qualquer som, fazendo o ar tremer como um antílope assustado, enfraquecendo a fronteira entre a sanidade e o delírio, entre o inventado e o real.

Até mesmo o imperador sucumbia à fantasia. Rainhas flutuavam dentro de seus palácios como fantasmas, sultanas rajput e turcas brincando de pegador. Uma dessas personagens reais não existia de verdade. Era uma esposa imaginária, sonhada por Akbar do jeito que crianças solitárias sonham com amigos imaginários, e apesar da presença de muitas consortes vivas, embora flutuantes, o imperador acreditava que as esposas reais é que eram fantasmas e a amada não existente é que era real. Ele lhe deu um nome, Jodha, e nenhum homem ousava contradizer-lhe. Dentro da privacidade dos aposentos das mulheres, dentro dos corredores sedosos de seu palácio, a influência e o poder dela cresciam. Tansen escreveu canções para ela e no estúdio-escritório sua beleza era celebrada em pinturas e versos. O próprio mestre Abdus Samad, o persa, a retratou, pintando-a de memória de um sonho sem nunca ter olhado seu rosto, e quando o imperador viu o trabalho bateu as mãos diante da beleza que brilhava na página. "Você captou tudo dela, a vida", gritou, e Abdus Samad relaxou e parou de achar que sua cabeça estava um tanto frouxa no pescoço; e depois que essa obra visionária do mestre do ateliê do imperador foi exposta, toda a corte sabia que Jodha era real, e os maiores cortesãos, os *Navratna*, ou Nove Estrelas, todos admitiram não apenas sua existência, mas também sua beleza, sua sabedoria, a graça de seus movimentos e a maciez de sua voz. Akbar e Jodhabai! Ah, ah! A história de amor daquela era.

A cidade por fim foi terminada, a tempo do aniversário de quarenta anos do imperador. Levara doze quentes anos para ser construída, mas durante um longo período ele tivera a impressão de que ela subia sem esforço, ano após ano, como por feitiçaria. Seu ministro de obras não permitira que nenhuma construção prosseguisse durante as permanências do imperador na nova capital imperial. Quando o imperador estava em residência, as ferramentas dos pedreiros silenciavam, os carpinteiros não batiam pregos, os pintores, os marchetadores, os que penduravam tecidos e os escultores de painéis, todos desapareciam de vista. Tudo então, conta-se, era macio prazer. Só se permitiam ouvir ruídos de deleite. Os sinos dos tornozelos das dançarinas ecoavam docemente, e fontes tilintavam, e a música macia do gênio de Tansen pairava na brisa. Havia poesia sussurrada no ouvido do imperador, e no pátio de jogar pachisi às quintas-feiras havia muitas lânguidas partidas, com garotas escravas usadas como peças vivas no chão quadriculado. Nas tardes veladas debaixo dos abanadores punkah deslizantes havia um momento tranqüilo para o amor. A sensual quietude da cidade ganhava vida pela onipotência do monarca tanto quanto pelo calor do dia.

Nenhuma cidade é toda palácios. A cidade real, construída de madeira, lama, estrume e tijolos, além de pedra, se amontoava debaixo das paredes da poderosa base vermelha sobre a qual ficavam as residências reais. Seus bairros eram determinados por raça, assim como por profissão. Ali ficava a rua dos ferreiros, ali os armadores quentes e ruidosos, e lá, na terceira viela, o lugar de roupas e pulseiras. A leste ficava a colônia hindu e além dela, se enrolando nas muralhas da cidade, o bairro persa, e mais adiante a região dos turanis, e mais adiante, nas proximidades do portão gigante da mesquita da Sexta-feira, as casas dos muçulmanos de nascimento indiano. Pontilhando o campo, havia as mansões dos nobres, o estúdio de arte e escritório cuja fama já se espalhara por toda a terra e um pavilhão de música e outro para apresentações de dança. Na maioria desses sikris inferiores, havia pouco tempo para a indolência e, quando o imperador voltava para casa vindo das guerras, na cidade de lama a ordem de silêncio dava a sensação de sufocação. As galinhas tinham de ser amordaçadas no momento da matança, por medo de perturbar o descanso do rei dos reis. Um carro que rangesse podia valer ao cocheiro o chicote, e se ele gritasse por causa das chibatadas a pena podia ser ainda mais severa. Mulheres que davam à luz continham seus gritos e a mudez do mercado era uma espécie de loucura: "Quando o rei está aqui nós todos ficamos loucos", as pessoas diziam, acrescentando, apressadas, porque havia espiões e traidores por toda parte: "de alegria". A cidade de lama adorava seu imperador, insistia que sim, insistia sem palavras, porque palavras são feitas daquele tecido proibido, o som. Quando o imperador partia outra vez em suas campanhas — suas infindáveis (embora sempre vitoriosas) batalhas contra os exércitos de Gujarat e Rajastão, de Kabul e

Caxemira —, então a prisão do silêncio era descerrada, soavam trombetas e vivas, e as pessoas podiam finalmente dizer umas às outras tudo o que tinham sido obrigadas a manter calado durante meses sem fim. *Eu te amo. Minha mãe morreu. Sua sopa está ótima. Se não me pagar o dinheiro que me deve, quebro seu braço no cotovelo. Minha querida. Eu te amo também.* Tudo.

Felizmente para a cidade de lama, questões militares sempre levavam Akbar embora. De fato, ele ficava longe a maior parte do tempo e em suas ausências o clamor dos pobres amontoados, assim como o fragor dos pedreiros soltos das correntes, diariamente importunavam as impotentes rainhas. As rainhas se juntavam e gemiam, e o que faziam para se distrair umas com as outras, o entretenimento que encontravam uma na outra em seus velados aposentos, não será descrito aqui. Só a rainha imaginária permanecia pura e foi ela quem contou a Akbar sobre as privações que o povo estava sofrendo pelo desejo de seus superzelosos funcionários abrandarem o tempo que ele passava em casa. Assim que o imperador soube disso, expediu uma contra-ordem, substituiu o ministro de obras por um indivíduo menos duro e insistiu em cavalgar pelas ruas de seus súditos oprimidos a gritar: "Façam o barulho que quiserem, meu povo! Barulho é vida e um excesso de barulho é sinal de que a vida está boa. Tempo virá para todos nos aquietarmos quando estivermos mortos em segurança". A cidade explodiu num alegre clamor. Foi nesse dia que ficou claro que havia um novo tipo de rei no trono e que nada no mundo continuaria igual.

O país estava em paz afinal, mas o espírito do rei nunca estava calmo. O rei tinha acabado de voltar de sua última campanha, havia debelado o levante em Surat, mas durante os longos dias de marchas e guerra, sua mente batalhava com enigmas filosóficos e lingüísticos tanto quanto militares. O imperador Abul-Fath Jalaluddin Muhammad, rei dos reis, conhecido desde a infância como Akbar, que significa "o grande", e ultimamente, apesar da tautologia da coisa, conhecido como Akbar, o Grande, o grande grande, grande em sua grandeza, duplamente grande, tão grande que a repetição de seu título era não só apropriada mas necessária a fim de expressar a glória de sua glória — o Grande Mughal, empoeirado, cansado da batalha, vitorioso, pensativo, começando a ficar gordo, desencantado, de bigode, poético, sexuado e absoluto imperador que parecia absolutamente magnífico demais, abrangente demais e, em resumo, *demais* para ser um único personagem humano —, essa enchente torrencial de monarca, esse engolidor de mundos, esse monstro de muitas cabeças que se referia a si mesmo na primeira pessoa do plural, tinha começado a meditar, durante sua longa, tediosa volta para casa, na qual era acompanhado pelas cabeças dos inimigos derrotados balançando em seus potes de conservas cerâmicos bem selados, sobre as perturbadoras possibilidades da primeira pessoa do singular — o "eu".

Os dias intermináveis da lenta progressão eqüestre encorajavam muitas lânguidas divagações num homem de temperamento especulativo, e o imperador ponderava, ao cavalgar, questões como a mutabilidade do universo, o tamanho das estrelas, os seios de suas esposas e a natureza de Deus. Além disso, hoje, essa questão gramatical do eu e suas Três Pessoas, a primeira, a segunda e a terceira, os singulares e os plurais da alma. Ele, Akbar, nunca havia se referido a si mesmo como "eu", nem em particular, nem em fúria, nem em sonhos. Ele era — que mais podia ser? — "nós". Ele era a definição, a encarnação do Nós. Tinha nascido na pluralidade. Quando dizia "nós", ele naturalmente, verdadeiramente queria dizer ele próprio como uma encarnação de todos os seus súditos, de todas as suas cidades, terras, rios, montanhas e lagos, assim como de todos os animais, plantas e árvores dentro de suas fronteiras, e também os pássaros que voavam no alto e os mordentes mosquitos do entardecer e os monstros em seus covis do submundo, mascando devagar a raiz das coisas; ele queria dizer ele próprio como a soma total de todas as suas vitórias, ele próprio como continente das personalidades, habilidades, histórias, talvez até mesmo as almas de seus decapitados ou meramente pacificados oponentes; e além disso queria dizer ele próprio como o apogeu do passado e presente de seu povo, e motor de seu futuro.

Esse "nós" era o que significava ser rei — mas os plebeus, ele agora se permitia considerar, no interesse da justiça, e para propósitos de debate, sem dúvida ocasionalmente também pensavam em si mesmos no plural.

Estariam eles errados? Ou (ó, idéia traidora!) estaria ele? Talvez essa idéia do eu-como-comunidade fosse o que significava ser um ser no mundo, qualquer ser; um ser desses sendo, afinal, inevitavelmente um ser entre outros seres, uma parte do ser de todas as coisas. Talvez a pluralidade não fosse prerrogativa exclusiva de um rei, talvez não fosse, afinal, seu direito divino. Podia-se argumentar mais que, uma vez que as reflexões de um monarca eram, em forma menos refinada e exaltada, sem dúvida espelhadas nas cogitações de seus súditos, seria conseqüentemente inevitável que homens e mulheres sobre os quais ele reinava também concebessem a si mesmos como "nós". Eles se viam, talvez, como entidades plurais, formadas por eles próprios mais seus filhos, mães, tias, empregados, co-religiosos, colegas de trabalho, clãs e amigos. Eles também se viam como múltiplos, um eu que era pai de seus filhos, outro que era filho de seus pais; eles sabiam que eram diferentes com os empregadores e em casa com as esposas — em resumo, eles eram sacos de eus, explodindo de pluralidade, exatamente iguais a ele. Não haveria então nenhuma diferença essencial entre o governante e o governado? E assim sua pergunta original afirmou-se de uma forma nova e surpreendente: se os seus súditos de muitos eus conseguiam pensar em si mesmos no singular e não no plural, poderia ele também ser um "eu"? Poderia existir um "eu" que era simplesmente eu próprio? Existiriam tais nus e solitários "eus" enterrados debaixo dos superpopulosos "nós" da terra?

Era uma questão que o assustava enquanto seguia para casa em seu cavalo branco, destemido, invencível e, é preciso admitir, começando a engordar; e quando isso surgiu em sua cabeça à noite ele não conseguiu mais dormir com facilidade. O que deveria dizer quando visse de novo sua Jodha? Se dissesse simplesmente "'Eu' estou de volta" ou "Sou 'eu'", será que ela se sentiria capaz de chamá-lo de volta por aquela segunda pessoa do singular, aquele *tu* reservado às crianças, aos amantes e aos deuses? E o que isso queria dizer? Que ele era como uma criança, ou como um deus, ou simplesmente o amante com quem ela também sonhara, que ela criara do sonho com tanto empenho quanto ele a havia sonhado? Poderia aquela pequena palavra, aquele *tu*, se transformar na palavra mais excitante da língua? "Eu", ele ensaiou baixinho. *Aqui estou "eu". "Eu" te amo. Venha para "mim".*

Uma exigência militar final perturbou sua contemplação a caminho de casa. Mais um principado rebelado a debelar. Um desvio à península de Kathiawar para subjugar o obstinado Rana de Cuch Nahin, um jovem com uma boca grande e um bigode maior (o imperador era vaidoso de seu próprio bigode e não apreciava concorrentes), um governante feudal absurdamente propenso a falar de liberdade. Liberdade para quem e de quem?, o imperador grunhia internamente. Liberdade era uma fantasia de criança, um jogo para as mulheres jogarem. Nenhum homem era livre. Seu exército se deslocava entre as árvores brancas da floresta de Gir como uma peste que se aproxima silenciosa, e a patética fortalezazinha de Cuch Nahin, vendo a chegada da morte no farfalhar das frondes, quebrou as próprias torres, hasteou uma bandeira de rendição e implorou abjetamente misericórdia. Com freqüência, em vez de executar seus oponentes vencidos, o imperador casava com uma de suas filhas e dava ao sogro derrotado um emprego. Melhor mais um membro na família do que um corpo apodrecido. Dessa vez, porém, irritado, ele arrancara o bigode do lindo rosto do insolente Rana e cortara o fraco sonhador em berrantes pedaços — fez isso pessoalmente, com a própria espada, como seu avô teria feito, e depois retirou-se a seus aposentos para tremer e lamentar.

Os olhos do imperador eram amendoados, grandes e olhavam o infinito como olharia uma jovem dama sonhadora, ou um marinheiro em busca de terra. Seus lábios eram cheios e projetados para a frente num bico feminino. Mas apesar desses toques mulheris ele era um espécime de homem poderoso, imenso e forte. Quando menino, havia matado uma tigresa com as mãos nuas e depois, perturbado por seu feito, renunciara para sempre ao consumo de carne, tornara-se vegetariano. Um vegetariano islâmico, um guerreiro que só queria paz, um rei filósofo: uma contradição de certa forma. Tal era o maior monarca que a terra jamais conheceu.

Na melancolia após a batalha, enquanto caía a tarde sobre os mortos vazios, abaixo da fortaleza quebrantada que se dissolvia em sangue, ao alcance do canto de rouxinol de uma pequena cascata — *bul-bul, bul-bul*, ela cantava —, o imperador em sua tenda de brocado bebia vinho com água e lamentava sua sanguinolenta genealogia. Ele não queria ser como seus ancestrais sedentos de sangue, mesmo que seus ancestrais fossem os maiores homens da história. Ele se sentia sobrecarregado pelos nomes do passado de saques, os nomes dos quais descendia o seu nome em cascatas de sangue humano: seu avô Babar, o senhor da guerra de Ferghana que havia conquistado, mas sempre deplorara, este novo domínio, esta "Índia" de riqueza excessiva e deuses demais, Babar, a máquina de guerra com seu dom inesperado por ditos felizes e, antes de Babar, os príncipes assassinos de Transoxiana e da Mongólia, e o poderoso Temüjin acima de todos, Gêngis, Changez, Janghis ou Chinggis Qan — graças a quem ele, Akbar, tivera de aceitar o nome de *mughal*, tivera de ser o *mongol* que não era, ou não sentia ser. Ele se sentia... *hindustâni*. Sua horda não era nem Dourada, Azul ou Branca. A própria palavra *horda* chegava a seus ouvidos sutis como feia, porca, grosseira. Ele não queria hordas. Ele não queria verter prata derretida nos olhos de seus inimigos vencidos ou esmagá-los até a morte debaixo da plataforma em que comia seu jantar. Estava cansado de guerra. Lembrou do tutor de sua infância, o persa Mir, contando que para um homem estar em paz consigo mesmo ele precisava estar em paz com todos os outros. *Sulh-i-kul*, a paz completa. Nenhum Khan entenderia tal idéia. Ele não queria um khanato. Ele queria um país.

Ele não era apenas Temüjin. Ele provinha também, por descendência direta, das entranhas de um homem cujo nome era Ferro. Na língua de seus antepassados, a palavra para ferro era *timur*. Timur-e-Lang, o manco homem de ferro. Timur, que destruiu Damasco e Bagdá, que deixou Déli em ruínas, assombrada por cinqüenta mil fantasmas. Akbar teria preferido não ter Timur como antepassado. Tinha deixado de falar a língua de Timur, chaghatai, assim batizada em honra a um dos filhos de Gêngis Khan, e adotara em seu lugar de início o persa e depois também a fala bastarda e misturada do exército em movimento, o *urdu*, língua de campo, em que meia dúzia de línguas semi-entendidas ressoavam, assobiavam e produziam, para surpresa de todos, um belo som novo: uma língua de poeta nascida na boca de soldados.

O Rana de Cuch Nahin, jovem, magro e moreno, ajoelharase aos pés de Akbar, o rosto sem pêlos sangrando, à espera do golpe. "A história se repete", disse. "Seu avô matou meu avô setenta anos atrás."

"Nosso avô", respondeu o imperador empregando o plural majestático, segundo o costume, porque não era o momento para sua experiência com o singular, aquele miserável não merecia o privilégio de testemunhar isso, "era um bárbaro com língua de poeta. Nós, ao contrário, somos um poeta com uma história de bárbaro e um poderio de bárbaro na guerra, que detestamos. Assim fica demonstrado que a história não se repete, mas avança e que o Homem é capaz de mudar."

"É uma estranha declaração para um carrasco fazer", disse suavemente o jovem Rana, "mas é inútil discutir com a Morte."

"Sua hora chegou", concordou o imperador. "Então nos diga sinceramente antes de partir: que tipo de paraíso espera descobrir quando atravessar o véu?" O Rana levantou o rosto mutilado e olhou o imperador nos olhos. "No Paraíso, as palavras *adorar* e *discutir* significam a mesma coisa", declarou. "O Todo-Poderoso não é um tirano. Na Casa de Deus todas as vozes têm liberdade para falar o que quiserem, essa é a forma de sua devoção." Ele era um jovem irritante, mais-realista-que-o-rei, sem dúvida nenhuma, porém, apesar da irritação, Akbar se comoveu. "Nós prometemos a você", disse o imperador, "que construiremos essa casa de adoração aqui na terra." Então, com um grito — *Allahu Akbar*, Deus é grande, ou, possivelmente, Akbar é Deus — cortou fora a cabeça imprudente, didática, e portanto de súbito desnecessária, daquele pequeno idiota.

Por horas ainda depois de ter matado o Rana, o imperador foi possuído pelo conhecido demônio da solidão. Sempre que um homem se dirigia a ele como igual, aquilo o deixava louco, o que era uma falha, ele entendia isso, a ira de um rei era sempre uma falha, um rei irado era como um deus que comete erros. E essa era outra contradição nele. Ele não era apenas um filósofo bárbaro e um matador chorão, mas também um egoísta viciado em obsequiosidade e bajulação, que mesmo assim ansiava por um mundo diferente, um mundo em que pudesse encontrar exatamente o homem que fosse seu igual, que receberia como irmão, com quem conversaria livremente, ensinando e aprendendo, dando e recebendo prazer, um mundo em que pudesse renunciar às malignas satisfações da conquista pelas alegrias mais suaves, porém mais exigentes do discurso. Tal mundo existia? Por qual estrada se poderia chegar a ele? Existia tal homem em algum lugar do mundo, ou ele acabara de executá-lo? E se o Rana do bigode fosse o único? Teria acabado de matar o único homem na terra que poderia ter amado? Os pensamentos do imperador ficaram vinhosos e sentimentais, os olhos desfocados por lágrimas bêbadas.

Como podia se tornar o homem que queria ser? O *akbar*, o grande? Como?

Não havia ninguém com quem conversar. Para poder beber em paz, tinha posto para fora da tenda seu criado pessoal, Bhakti Ram Jain, surdo como uma porta. Um criado pessoal que não conseguia ouvir o resmungar de seu amo era uma bênção, mas Bhakti Ram Jain havia aprendido a ler lábios, o que retirava muito de seu valor, tornando-o tão espião quanto todo mundo. *O rei está louco.* Disseram isso: todo mundo disse isso. Seus soldados seu povo suas esposas. Provavelmente Bhakti Ram Jain disse isso também. Não disseram na cara dele, porque ele era um gigante de homem e um guerreiro possante como um herói das histórias antigas, e era também o rei dos reis, e se alguém desse porte quisesse ser um pouco amalucado, quem eram eles para discutir. O rei, porém, não estava louco. O rei não estava contente com ser. Estava empenhado em vir a ser.

Muito bem. Ele manteria sua promessa ao príncipe kathiawari morto. No coração de sua cidade da vitória, construiria uma casa de adoração, um local de debate onde tudo pudesse ser dito para todos por qualquer um sobre qualquer assunto, inclusive a não-existência de Deus e a abolição de reis. Ensinaria a si mesmo a humildade nessa casa. Não, ele agora estava sendo injusto consigo. "Ensinar, não." Mais relembrar e recuperar a humildade que já estava alojada fundo em seu coração. Esse humilde Akbar era talvez o seu melhor eu, criado pelas circunstâncias de sua infância no exílio, revestido agora da grandeza adulta, mas mesmo assim ainda presente; um eu nascido não em vitória, mas em derrota. Hoje em dia tudo eram vitórias, mas o imperador sabia tudo sobre derrota. Derrota era seu pai. Seu nome era Humayun.

Ele não gostava de pensar no pai. Seu pai tinha fumado muito ópio, perdido seu império, só recuperado depois que fingiu se tornar um xiita (e deu de presente o diamante Koh-i-nur) para que o rei da Pérsia lhe desse um exército com que contar, e então morreu ao cair de um lance de escadas da biblioteca quase imediatamente depois de ter recuperado o trono. Akbar não conheceu o pai. Ele próprio nascera em Sind, depois da derrota de Humayun em Chausa, quando Sher Shah Suri se tornou o rei que Humayun deveria ter sido, mas não foi capaz de ser, e depois, deposto o imperador, fugiu para a Pérsia, abandonando o filho. *Seu filho de catorze meses.* Que foi encontrado e criado pelo irmão e inimigo de seu pai, tio Askari de Kandahar, o louco tio Askari, que teria ele próprio matado Akbar se conseguisse se aproximar dele, no que era impedido por sua esposa, que sempre se punha à frente.

Akbar viveu porque sua tia quis que vivesse.

E em Kandahar o ensinaram a sobreviver, a lutar, matar e caçar, e ele aprendeu muito mais sem ser ensinado, como a cuidar de si mesmo, vigiar a língua e não falar nada errado, nada que pudesse levá-lo a ser morto. A dignidade do perdido, do perder, e como limpava a alma aceitar a derrota, e deixá-la passar, evitando a armadilha de se apegar demais àquilo que se quer, e o abandono em geral e em particular a orfandade, a carência de pais, a carência do órfão, e as melhores defesas daqueles que são menos contra aqueles que são mais: interioridade, previsão, astúcia, humildade e boa visão periférica. As muitas lições da carência. A carência da qual o crescimento podia começar.

Havia coisas, porém, que ninguém o ensinou e que ele nunca aprendeu. "Somos o Imperador da Índia, Bhakti Ram Jain, mas não sabemos escrever nosso próprio bendito nome", ele gritou a seu criado pessoal ao amanhecer, quando o velho o ajudava em suas abluções.

"Sim, ó mais bendita entidade, pai de muitos filhos, marido de muitas mulheres, monarca do mundo, dominador da terra", disse Bhakti Ram Jain entregando-lhe uma toalha. Esse momento, hora do levantar cerimonial do rei, era também a hora da bajulação imperial. Bhakti Ram Jain ocupava orgulhosamente o cargo de Bajulador Imperial de Primeira Classe, e era mestre no estilo ornamentado da velha escola conhecido como adulação cumulativa. Só um homem com excelente memória para as formulações barrocas do excesso de encômios era capaz de adular cumulativamente, por conta das repetições exigidas e da necessária precisão na seqüência. A memória de Bhakti Ram Jain era impecável. Ele era capaz de adular por horas.

O imperador viu seu próprio rosto olhando carrancudo de volta para si mesmo na bacia de água morna como um augúrio de desgraça. "Nós somos o rei dos reis, Bhakti Ram Jain, mas não sabemos ler nossas próprias leis. O que você diz a isso?" "Sim, ó mais justo dos juízes, pai de muitos filhos, marido de muitas mulheres, monarca do mundo, dominador da terra, governante de tudo quanto existe, unificador de todo ser", disse Bhakti Ram Jain, se aquecendo para sua tarefa.

"Nós somos o Sublime Esplendor, a Estrela da Índia e o Sol de

Glória", disse o imperador, que sabia uma ou duas coisas sobre adulação, "mas fomos criados naquele monte de merda daquela cidade onde os homens trepam com as mulheres para fazer bebês, mas trepam com os meninos para fazer deles homens — criados a vigiar o atacante que vinha por trás assim como o guerreiro pela frente."

"Sim, sim, ó mais justo dos juízes, pai de muitos filhos, marido de muitas mulheres, monarca do mundo, dominador da terra, governante de tudo quanto existe, unificador de todo ser, Sublime Esplendor, Estrela da Índia e Sol de Glória", disse Bhakti Ram Jain, que podia ser surdo, mas que sabia pegar uma deixa.

"É assim que se educa um rei, Bhakti Ram Jain?", o imperador rugiu, derrubando a bacia em sua ira. "Iletrado, vigiando o rabo, selvagem — é assim que um príncipe deve ser?"

"Sim, ó mais justo dos juízes, pai de muitos filhos, marido de muitas mulheres, monarca do mundo, dominador da terra, governante de tudo quanto existe, unificador de todo ser, Sublime Esplendor, Estrela da Índia, Sol de Glória, mestre de almas humanas, forjador do destino de teu povo", disse Bhakti Ram Jain.

"Você está fingindo que não sabe ler as palavras em nossos lábios", gritou o imperador.

"Sim, ó mais vidente que os videntes, pai de muitos..."

"Você é um cabrito e eu devia mandar cortar sua garganta para comer sua carne no almoço."

"Sim, ó mais misericordioso que os deuses, pai..."

"Sua mãe trepou com um porco para fazer você."

"Sim, ó mais articulado de todos os que articulam, p..."

"Deixe para lá", disse o imperador. "Estamos nos sentindo melhor agora. Vá embora. Você pode viver."

4.

E ali de novo com brilhantes sedas a esvoaçar

E ali de novo com brilhantes sedas a esvoaçar como bandeiras das janelas do palácio vermelho estava Sikri, tremulando no calor como uma visão de ópio. Ali, por fim, com seus pavões pomposos e moças dançarinas estava o lar. Se o mundo dilacerado pela guerra era uma dura verdade, Sikri era uma bela mentira. O imperador voltou para casa como um fumante que volta para seu cachimbo. Ele era o Mágico. Naquele lugar ele conjuraria um mundo novo, um mundo além da religião, da região, da classe e da tribo. As mais belas mulheres do mundo estavam ali e eram todas suas esposas. Os mais brilhantes talentos da terra estavam ali reunidos, entre eles as Nove Estrelas, os nove mais brilhantes dos mais brilhantes e com a ajuda deles não havia nada que não pudesse realizar. Com a ajuda deles sua magia enfeitiçaria toda a terra, o futuro toda a eternidade. Um imperador era um feiticeiro do real, e com tais cúmplices sua feitiçaria não podia falhar. As canções de Tansen eram capazes de romper os selos do universo e instilar a divindade no mundo cotidiano. Os poemas de Faizi abriam janelas no coração e na mente pelas quais podiam se ver luz e escuridão. A governança de Raja Man Singh e as habilidades financeiras de Raja Todar Mal significavam que os negócios do império estavam nas melhores mãos. E havia Birbal, o melhor dos nove que eram os melhores dos melhores. Seu primeiro-ministro e primeiro amigo.

O primeiro-ministro e maior sabedoria da era o saudou na Hiran Minar, a torre dos dentes de elefante. O senso de travessura do imperador despertou. "Birbal", disse Akbar, desmontando do cavalo, "pode me responder uma pergunta? Esperamos há muito tempo para perguntar." O primeiro-ministro de legendária esperteza e sabedoria curvou-se humildemente. "Como queira, *Jahanpanah*, Protetor do Mundo." "Então", disse Akbar, "o que veio primeiro, a galinha ou o ovo?" Birbal respondeu de imediato. "A galinha." Akbar ficou perplexo. "Como pode ter tanta certeza?", quis saber. "*Huzur*", Birbal retrucou, "só prometi responder uma pergunta."

O primeiro-ministro e o imperador estavam parados nas muralhas da cidade olhando os corvos a revoar. "Birbal", Akbar cismou, "quantos corvos imagina que existam em meu reino?" "*Jahanpanah*", Birbal respondeu, "existem exatamente novecentos e noventa e nove mil, novecentos e noventa e nove." Akbar ficou perplexo. "Suponha que se mande contar", disse, "e que existam mais do que isso, e então?" "Isso significará", Birbal replicou, "que os amigos deles de reinos vizinhos vieram fazer uma visita." "E se forem menos?" "Então alguns dos nossos foram para o estrangeiro ver o mundo."

Um grande lingüista estava esperando na corte de Akbar, um visitante de uma terra ocidental longínqua: um padre jesuíta capaz de conversar e discutir fluentemente em dezenas de línguas. Ele desafiou o imperador a descobrir qual sua língua nativa. Enquanto o imperador ponderava na charada, seu primeiro-ministro circundou o padre e de repente deu-lhe um violento chute no traseiro. O padre soltou uma série de palavrões — não em português, mas em italiano. "Observe, *Jahanpanah*", disse Birbal, "que quando chegar a hora de soltar uns insultos, um homem sempre escolherá sua língua nativa."

"Se você fosse um ateu, Birbal", o imperador desafiou seu primeiro-ministro, "o que diria aos verdadeiros crentes de todas as grandes religiões do mundo?" Birbal era um brâmane devoto de Trivikrampur, mas respondeu sem hesitar: "Eu lhes diria que em minha opinião eles eram todos ateus também; eu apenas acredito em um deus a menos que cada um deles". "Como assim?", perguntou o imperador. "Todos os verdadeiros crentes têm boas razões para desacreditar de todos os deuses exceto o seu próprio", disse Birbal, "então são eles que, juntos, me dão todas as razões para eu não acreditar em nenhum."

O primeiro-ministro e o imperador estavam no Khwabgah, o Lugar dos Sonhos, com vista para a superfície serena da Anup Talao, a piscina formal, particular do monarca, a Piscina Sem Par, a melhor de todas as piscinas possíveis, da qual se dizia que quando o reino estivesse com problemas suas águas lançariam um alerta. "Birbal", disse Akbar, "como você sabe, nossa rainha favorita tem o infortúnio de não existir. Embora nós a amemos mais que todas, a admiremos acima de todas as outras e a valorizemos acima até do perdido Koh-i-nur, ela vive inconsolável. 'Sua esposa mais feia, mais azeda e megera, é feita de carne e sangue', diz ela. 'Mas no fim eu não posso competir com ela.'" O primeiro-ministro aconselhou o imperador: "*Jahanpanah*, você tem de dizer para ela que é precisamente *no fim* que sua vitória aparecerá para todos, porque no fim nenhuma das rainhas existirá mais do que ela existe, enquanto ela gozará uma vida inteira de seu amor, e sua fama ressoará pelas eras. De forma que, na realidade, embora seja verdade que ela não existe, é também verdade dizer que ela é a única que vive. Se não vivesse, então ali, por trás daquela alta janela, não haveria ninguém esperando seu retorno".

As irmãs de Jodha, suas co-esposas, tinham ressentimento dela. Como podia o poderoso imperador preferir a companhia de uma mulher que não existia? Quando ele não estava, ao menos ela também se ausentava; não tinha por que ficar ao lado das que existiam de fato. Ela devia desaparecer como a aparição que era, devia deslizar para dentro de um espelho ou de uma sombra e perder-se. Não fazer isso, concluíram as rainhas viventes, era o tipo de impropriedade capaz de se esperar de um ser imaginário. Como pudera ela ser educada no aprendizado das boas maneiras se não havia absolutamente sido educada? Ela era uma ficção sem educação, e merecia ser ignorada.

O imperador a inventara, iravam-se elas, roubando pedacinhos de todas. Ele dizia que ela era filha do príncipe de Jodhpur. Não era! Essa era outra rainha, e que não era filha, mas irmã dele. O imperador também acreditava que sua amada fictícia era mãe de seu primogênito, seu muito esperado filho primogênito, concebido pela bênção de um santo, o mesmo santo ao lado de cuja choupana na montanha fora construída a cidade da vitória. Mas ela não era mãe do príncipe Salim, conforme a mãe real do príncipe Salim, Rajkumari Hira Kunwari, conhecida como Mariam-uz-Zamani, filha do Raja Bihar Mal de Amer, do clã Kachhwaha, contava, lamentosa, para quem quisesse ouvir. Então: a beleza ilimitada da rainha imaginária vinha de uma consorte, sua religião hindu de outra e sua incontável riqueza de uma terceira. Seu temperamento, porém, era criação do próprio Akbar. Nenhuma mulher real jamais seria daquele jeito, tão perfeitamente atenciosa, tão pouco exigente, tão incessantemente disponível. Ela era uma impossibilidade, uma fantasia de perfeição. Elas a temiam, sabendo que, sendo impossível, ela era irresistível, e que por isso o rei a amava mais que as outras. Elas a odiavam por roubar suas histórias. Se pudessem matá-la a teriam matado, mas até que o imperador se cansasse dela, ou ele morresse, ela seria imortal. A idéia da morte do imperador não estava fora de cogitação, porém até então as rainhas não cogitavam isso. Até então elas suportavam suas mágoas em silêncio. "O imperador está louco", resmungavam por dentro, mas sensatamente evitavam pronunciar as palavras. *Jodha, Jodhabai.* As palavras nunca saíam de suas bocas. Ela vagava pela ala do palácio sozinha. Ela era a sombra solitária percebida de relance atrás das treliças de pedra. Ela era o pano soprado pela brisa. À noite, ela ficava debaixo da pequena cúpula do último andar da Panch Mahal e vigiava o horizonte pela volta do rei que a tornava real. O rei que voltava das guerras para casa.

Muito antes da perturbadora chegada a Fatehpur Sikri do mentiroso de cabelo amarelo de terras estrangeiras com suas histórias de feiticeiras e encantamentos, Jodha sabia que seu ilustre marido devia ter feitiçaria no sangue. Todo mundo tinha ouvido falar da necromancia de Gêngis Khan, de seu uso de sacrifício de animais e ervas ocultas, e da ajuda das artes negras com que contara para gerar oitocentos mil descendentes. Todo mundo conhecia a história de Timur, o Manco, que queimara o Alcorão e depois de conquistar a terra havia tentado subir às estrelas e conquistar também o céu. Todo mundo conhecia a história do imperador Babar, que salvara a vida do moribundo Humayun ao circundar sua cama e atrair a Morte para longe do menino na direção do pai, sacrificando a si mesmo para que seu filho pudesse viver. Esses pactos escuros com a Morte e o Diabo eram herança do marido dela e sua própria existência a prova de como a mágica era forte com ele.

A criação de uma vida real a partir de um sonho era um ato sobre-humano, que usurpava a prerrogativa dos deuses. Naqueles dias, Sikri fervilhava de poetas e artistas, esses vaidosos egoístas que reclamavam para si o poder da língua e da imagem para conjurar belos algos do vazio nada, e no entanto nenhum poeta, nenhum pintor, músico ou escultor havia chegado perto do que o imperador, o Homem Perfeito, conseguira. A corte estava também repleta de estrangeiros, exóticos de cabelos untados, comerciantes curtidos, padres de cara comprida do Ocidente, gabando-se da majestade de suas terras, de seus deuses e de seus reis em línguas feias e indesejáveis. Detrás de uma treliça de pedra que cobria uma janela alta no andar superior de seus aposentos, ela olhava o grande pátio murado do Local de Audiência Pública e observava a multidão de estranhos a se exibir e pavonear. Quando o imperador lhe mostrou os quadros que traziam de suas montanhas e vales, ela pensou no Himalaia e na Caxemira e riu das insignificantes imitações de beleza natural, seus *vaals* e *aalps*, meias palavras para descrever meias coisas. Seus reis eram selvagens e haviam pregado seu deus a uma árvore. O que ela podia querer com gente assim tão ridícula?

As histórias deles também não a impressionavam. Tinha ouvido o imperador contar a história de um viajante sobre um antigo escultor dos gregos que dera vida a uma mulher e se apaixonara por ela. Essa narrativa não acabava bem, e de qualquer forma era uma história para crianças. Não podia se comprar a sua existência real. Ali, afinal, estava ela. Bem simplesmente estava. Apenas um homem em toda a terra havia conseguido um tal feito de criação por puro ato da vontade.

Ela não estava interessada em viajantes estrangeiros, embora soubesse que fascinavam o imperador. Eles vinham em busca de... do quê exatamente? De nada útil. Se possuíssem alguma sabedoria, seria óbvio para eles que sua jornada era inútil. Não havia sentido em viajar. Viagens removiam você do lugar onde você tinha um sentido e ao qual você, em troca, dava um sentido ao dedicar a ele sua vida, e fazia você desaparecer em terras de fantasia onde você era e parecia ser francamente absurdo.

Sim: aquele palácio, Sikri, era uma terra de fantasia para eles, assim como sua Inglaterra e Portugal, sua Holanda e França estavam além da capacidade dela de entender. O mundo não era todo uma coisa só. "Nós somos o sonho deles", ela dissera ao imperador, "e eles são o nosso." Ela o amava porque ele nunca descartava suas opiniões, nunca as afastava com a majestade de sua mão. "Mas imagine, Jodha", ele disse a ela quando batiam as cartas do jogo *ganjifa* uma noite, "se pudéssemos acordar dentro dos sonhos de outros homens e transformá-los, e se tivéssemos a coragem de convidá-los aos nossos. E se o mundo inteiro se transformasse em um único sonho acordado?" Ela não podia chamá-lo de fantasista quando falava de sonho acordado: por que o que mais era ela?

Ela nunca saíra dos palácios em que nascera uma década antes, nascida adulta, para o homem que era não só seu criador mas seu amante. Era verdade: ela era ao mesmo tempo sua esposa e sua filha. Se saísse dos palácios, ou pelo menos sempre suspeitara disto, o encantamento se quebraria e ela deixaria de existir. Talvez pudesse fazê-lo se ele, o imperador, estivesse presente para sustentá-la com a força de sua convicção, mas se estivesse sozinha ela não teria nenhuma chance. Felizmente, não tinha nenhum desejo de sair. O labirinto de corredores murados e cortinados que conectava os vários edifícios do complexo do palácio permitiam-lhe toda a possibilidade de viagens de que precisava. Aquele era seu pequeno universo. Faltava-lhe o interesse do conquistador por outros lugares. Que o resto do mundo fosse para os outros. Aquele quadrado de pedra fortificado era dela.

Era uma mulher sem passado, separada da história, ou

melhor, que possuía apenas a história que ele quisera atribuir a ela, e que as outras rainhas contestavam amargamente. A questão de sua existência independente, se é que a tinha, insistia em ser formulada repetidas vezes, quisesse ela ou não. Se Deus virasse o rosto para longe de sua criação, o Homem, o Homem simplesmente cessaria de existir? Essa a versão em larga escala da questão, mas eram as versões em pequena escala, egoístas, que a incomodavam. Sua vontade era livre do homem que com sua vontade a criara? Ela existia apenas porque ele acreditava na possibilidade de sua existência? Se ele morresse, ela continuaria vivendo?

Ela sentiu o pulso se apressar. Alguma coisa estava para acontecer. Ela sentiu que ficava mais forte, que se solidificava. Dúvidas a abandonavam. Ele estava chegando.

O imperador entrou no complexo do palácio e ela conseguia sentir a força do desejo dele se aproximando. Sim. Alguma coisa estava para acontecer. Ela sentia os passos dele em seu sangue, podia vê-lo em si mesma, crescendo ao caminhar na sua direção. Ela era o espelho dele porque ele a havia criado assim, mas ela era ela mesma também. Sim. Agora que o ato de criação estava completo, ela era livre para ser a pessoa que ele havia criado, livre, como todo mundo era, dentro dos limites do que estava na natureza deles ser e fazer. Como estava forte de repente, cheia de sangue e raiva. O poder dele sobre ela estava longe de absoluto. Tudo que ela precisava era ser coerente. Nunca se sentira mais coerente. Sua própria natureza corria dentro dela como uma enchente. Ela não era subserviente. Ele não gostava de mulheres subservientes.

Primeiro ela ia ralhar com ele. Como podia ficar tanto tempo longe? Na ausência dele, ela tivera de combater muitas tramas. Nada merecia confiança ali. As próprias paredes eram cheias de murmúrios. Ela lutou com todos e manteve o palácio em segurança até o dia da volta dele, derrotando as pequenas traições egoístas da criadagem doméstica, confundindo os lagartos espiões pendurados nas paredes, aplacando a correria de ratos conspiradores. Tudo isso enquanto ela se sentia apagar, enquanto a mera luta pela sobrevivência exigia o exercício da força quase total de sua vontade. As outras rainhas... não, não ia mencionar as outras rainhas. As outras rainhas não existiam. Só ela existia. Ela também era uma feiticeira. Ela era a feiticeira de si mesma. Só havia um homem que ela precisava encantar, e ele estava ali. Ele não iria às outras rainhas. Ele estava vindo para o que o agradava. Ela estava plena dele, do desejo dele por ela, de alguma coisa que estava para acontecer. Ela era a sábia do desejo dele. Ela sabia tudo.

A porta se abriu. Ela existia. Ela era imortal porque havia sido criada pelo amor.

Ele usava um turbante dourado de laço e um casaco de brocado de ouro. Ele usava a poeira de sua terra conquistada como o emblema de honra de um soldado. Ele usava um sorriso encabulado. "'Eu' queria voltar mais depressa para casa", disse. "'Eu' me atrasei." Havia alguma coisa estranha e experimental no discurso dele. O que é que ele tinha? Ela resolveu ignorar aquela hesitação nada característica e prosseguir com o que planejara.

"Ah, você 'queria'", ela disse, endireitando o corpo, com sua roupa diurna usual, puxando um lenço de seda da cabeça para a parte inferior do rosto. "Um homem não sabe o que quer. Um homem não quer aquilo que diz que quer. Um homem só quer o que ele precisa."

Ele ficou pasmo com a recusa dela em perceber sua descida para a primeira pessoa, que a homenageava, que deveria deixá-la tonta de alegria, que era sua descoberta mais recente e sua declaração de amor. Pasmo e um pouco decepcionado.

"Quantos homens conheceu para saber tanto assim?", disse ele, franzindo a testa ao se aproximar dela. "Você sonhou com homens para você enquanto 'eu' estava longe, ou encontrou homens para o seu prazer, homens que não eram sonhos. Existe algum homem que 'eu' tenha de matar?" Sem dúvida dessa vez haveria ela de notar a revolucionária, erótica novidade do pronome? Sem dúvida agora entenderia o que ele tentava dizer?

Ela não entendeu. Ela acreditava saber o que o excitava e estava pensando apenas nas palavras que precisava dizer para fazê-lo dela.

"As mulheres pensam menos nos homens em geral do que o geral dos homens imagina. As mulheres pensam em seus próprios homens com menos freqüência do que seus homens gostam de acreditar. Todas as mulheres precisam de todos os homens menos do que todos os homens precisam delas. Por isso é tão importante manter uma boa mulher dominada. Se o homem não domina a mulher, ela certamente vai embora."

Ela não havia se vestido para recebê-lo. "Se você quer bonecas", disse ela, "vá para a casa de bonecas onde estão esperando você, se embelezando, gritando e puxando os cabelos umas das outras." Aquilo foi um erro. Ela havia mencionado as outras rainhas. Ele franziu a testa e seus olhos se turvaram. Ela fizera um movimento em falso. O encanto havia quase se quebrado. Ela despejou toda a força de seus olhos nos dele e ele voltou para ela. A mágica resistiu. Ela levantou a voz e continuou.

Não o elogiou. "Você já parece um velho", disse. "Seus filhos vão pensar que você é avô deles." Ela não o cumprimentou por suas vitórias. "Se a história tivesse tomado outro rumo", disse ela, "os velhos deuses ainda governariam, os deuses que você derrotou, os deuses de muitos membros e muitas cabeças, cheios de histórias e feitos em vez de castigos e leis, os deuses do ser ao lado dos deuses do fazer, deuses que dançam, deuses que riem, deuses de trovões e flautas, tantos, tantos deuses, e talvez isso fosse um ganho." Ela sabia que era bela e agora, baixando o fino véu de seda, liberou a beleza que mantinha escondida e ele se perdeu.

“Quando um menino sonha uma mulher ele lhe dá grandes seios e cérebro pequeno”, ela murmurou. “Quando um rei imagina uma esposa, ele sonha comigo.”

Ela era adepta dos sete tipos de ungüiculação, o que quer dizer a arte de usar as unhas para intensificar o ato amoroso. Antes de ele sair para sua longa viagem, ela o marcara com as Três Marcas Profundas, que eram arranhões feitos com os primeiros três dedos da mão direita em suas costas, no peito e nos testículos também: algo para ele se lembrar dela. Agora que ele estava de volta, ela podia fazê-lo estremecer, podia efetivamente deixá-lo de cabelos em pé, pondo as unhas em suas faces, lábio inferior e peitos, sem deixar nenhuma marca. Ou podia marcá-lo, deixando uma forma de meia lua em seu pescoço. Podia enfiar as unhas devagar no rosto dele por um longo tempo. Podia fazer marcas longas em sua cabeça e coxas e, uma vez mais, em seus sempre sensíveis peitos. Podia fazer o Salto da Lebre, marcando as aréolas em torno de seus mamilos sem tocar em nenhum outro ponto de seu corpo. E nenhuma mulher viva era tão hábil como ela no Pé de Pavão, esta manobra delicada: ela colocava o polegar sobre o mamilo esquerdo dele e com os outros quatro dedos “andava” em torno de seu peito, afundando as unhas longas, as unhas curvas, como garras que havia guardado e afiado em preparação para esse exato momento, afundando-as na pele do imperador até deixar marcas parecidas com as marcas deixadas por um pavão caminhando pela lama. Ela sabia o que ele ia dizer enquanto ela fazia essas coisas. Ele ia contar a ela como, na solidão de sua barraca de exército, ele fechava os olhos e imitava os movimentos dela, imaginava que suas próprias unhas se movendo em seu corpo eram as dela e ficava excitado.

Ela esperou que ele dissesse isso, mas ele não disse. Alguma coisa estava diferente. Havia uma impaciência nele agora, uma irritação até, um incômodo que ela não entendia. Era como se as muitas sofisticações da arte do amor tivessem perdido seus encantos e ele desejasse apenas possuí-la e acabar com aquilo. Ela entendeu que ele havia mudado. E agora tudo o mais mudaria também.

Quanto ao imperador, ele nunca mais se referiu a si mesmo no singular na presença de outra pessoa. Ele era plural aos olhos do mundo, plural até mesmo no juízo da mulher que o amava, e plural permaneceria. Tinha aprendido sua lição.

5.

Seus filhos galopando depressa em seus cavalos

Seus filhos galopando depressa em seus cavalos, mirando lanças em ganchos de tendas no chão; seus filhos, ainda a cavalo, se destacando no jogo de *chaugan*, girando longas varas com pés curvos e batendo uma bola para dentro da rede de um gol; seus filhos jogando pólo à noite com uma bola luminosa; seus filhos em expedições de caça, sendo iniciados nos mistérios do tiro ao leopardo pelo mestre de caça; seus filhos participando do "jogo do amor", *ishqbazi*, uma corrida de pombos... como eram belos, seus filhos! Com que força jogavam! Veja o Príncipe Herdeiro Salim, com catorze anos apenas, arqueiro já tão hábil que as regras do esporte estavam sendo reformadas para encaixá-lo. Ah, Murad, Daniyal, meus galopadores, o imperador pensou. Como ele os amava, e no entanto que vagabundos eles eram! Olhe os olhos deles: já estavam bêbados. Tinham onze e dez anos e já estavam bêbados, bêbados no comando de cavalos, os tolos. Ele havia dado instruções severas à criadagem, mas aqueles eram príncipes do sangue, e nenhum criado ousava contradizê-los.

Ele os mantinha espionados, claro, de forma que sabia tudo

sobre o vício do ópio de Salim e seus feitos de lasciva perversão noturna. Talvez fosse compreensível que um sujeito jovem no primeiro jorro de sua potência desenvolvesse um gosto por sodomizar mulheres bonitas, mas logo seria preciso soprar uma palavra no ouvido dele, porque as bailarinas andavam reclamando que os traseiros doloridos, seus botões de romã vandalizados, dificultavam seu desempenho, as putinhas.

Ah, pobres filhos debochados seus, carne de sua carne, herdeiros de todas as suas fraquezas e nenhuma de suas forças! O príncipe Murad ter caído doente fora até agora escondido do populacho, mas por quanto tempo? E Daniyal parecia um inútil, parecia não ter personalidade nenhuma, embora tivesse herdado a beleza da família, dote pelo qual não devia sentir nenhum orgulho legítimo, embora, em sua altiva vaidade, sentisse. Seria duro demais julgar um menino de dez anos assim? Sim, claro que era, mas aqueles não eram meninos. Eram pequenos deuses, os déspotas do futuro: nascidos, infelizmente, para mandar. Ele os amava. Eles iam traí-lo. Eles eram a luz de sua vida. Iam chegar a ele enquanto dormia. Os pequenos comedores de cu. Ele estava esperando os seus avanços.

O rei desejou, hoje como todos os dias, poder confiar em seus filhos. Confiava em Birbal, em Jodha, em Abul Fazl, em Todar Mal, mas mantinha seus meninos sob cerrada vigilância. Queria confiar neles de forma que pudessem ser apoios fortes a sua velhice. Sonhava confiar em seus seis belos olhos quando os seus próprios fraquejassem, e em seus seis braços fortes quando os seus próprios perdessem a força, agindo em uníssono ao seu comando, para que ele pudesse verdadeiramente se transformar num deus, de muitas cabeças, muitos membros. Queria confiar neles porque pensava na virtude como uma virtude e queria cultivá-la, mas conhecia a história de seu sangue, sabia que confiabilidade não era hábito de sua gente. Seus filhos iam crescer para se tornar heróis fulgurantes com excelentes bigodes e iriam se voltar contra ele, ele já via isso em seus olhos. Entre a sua gente, entre os Chaghatai de Ferghana, era costume os filhos conspirarem contra os progenitores coroados, tentar destroná-los, aprisioná-los em suas próprias fortalezas, ou em ilhas em lagos, ou executá-los com as próprias espadas.

Salim, abençoado seja, o malandro sanguinário, já sonhava métodos engenhosos de matar gente. *Se alguém me trair, papai, mando abater um burro e costurar o traidor dentro da pele molhada recém-esfolada do animal. Depois, boto o traidor sentado ao contrário em cima de um jumento, mando desfilar pelas ruas ao meio-dia e deixo o sol forte fazer o serviço.* O sol cruel secaria a carcaça, que lentamente se contrairia, de forma que o inimigo morreria devagar, sufocado por estrangulamento. De onde você tirou uma idéia tão perversa?, o imperador perguntou ao filho. *Eu inventei*, o menino mentiu. *E quem é o senhor para falar de crueldade, pai? Eu próprio vi quando puxou a espada e cortou fora os pés de um homem que tinha roubado um par de sapatos.* O imperador reconhecia a verdade quando ouvia uma. Se havia algo sombrio no príncipe Salim, era herdado do próprio rei dos reis.

Salim era seu filho favorito, e seu mais provável assassino. Quando tivesse ido embora, aqueles três irmãos iam lutar como cães de rua pelo osso suculento de seu poder. Quando fechava os olhos e escutava os cascos galopantes de seus filhos a brincar, ele podia ver Salim liderando uma rebelião contra ele e falhando como o filhote fraco que era. *Nós vamos perdoá-lo, claro, vamos deixar que viva, nosso filho, um cavaleiro tão bom, tão brilhante, com um riso tão nobre.* O imperador suspirou. Ele não confiava nos filhos.

A questão do amor ficava ainda mais misteriosa com esses problemas. O rei amava os três meninos que galopavam diante dele no pátio maidan. Se viesse a morrer pelas mãos deles, iria amar o braço que desferisse o golpe fatal. Porém, não planejava deixar que os jovens bastardos acabassem com ele, não enquanto houvesse alento em seu corpo. Ia vê-los no Inferno primeiro. Ele era o imperador, Akbar. Que homem nenhum brincasse com ele.

Ele havia confiado no místico Chishti, cuja tumba ficava no pátio da Mesquita da Sexta-feira, mas Chishti estava morto. Confiava em cachorros, música, poesia, num espirituoso cortesão e numa esposa que havia criado do nada. Confiava na beleza, na pintura e na sabedoria dos antepassados. Em outras coisas, porém, estava perdendo confiança; na fé religiosa, por exemplo. Ele sabia que não se pode confiar na vida, não se pode contar com o mundo. No portão de sua grande mesquita mandara gravar o seu lema, que não era seu próprio, mas pertencera, ou assim tinham dito, a Jesus de Nazaré. *O mundo é uma ponte. Passe por ela, mas não construa sua casa em cima dela.* Ele nunca acreditara nem em seu próprio lema, ralhou consigo mesmo, porque havia construído não apenas uma casa, mas uma cidade inteira. *Quem espera uma hora espera a eternidade. O mundo é uma hora. O que vem depois é invisível.* É verdade, ele admitiu em silêncio, eu espero demais. Espero a eternidade. Uma hora não basta para mim. Eu espero a grandeza, que é mais do que os homens devem desejar. (Aquele "eu" era gostoso de dizer quando dito a si mesmo, o fazia sentir-se muito mais íntimo de si mesmo, mas certamente permaneceria uma questão privada, que já estava resolvida.) Eu espero uma vida longa, pensou, e paz, entendimento, e uma boa refeição à tarde. Acima de todas essas coisas, espero um jovem em quem eu possa confiar. Esse jovem não será meu filho, mas farei dele mais que um filho. Farei dele meu martelo e minha bigorna. Farei dele minha beleza e minha verdade. Ficará na palma de minha mão e preencherá o céu.

Naquele mesmo dia um jovem de cabelo amarelo foi trazido

à sua presença usando um absurdo casaco comprido feito de losangos de couro multicoloridos e trazendo na mão uma carta da rainha da Inglaterra.

De manhã cedo, Mohini, a prostituta insone do bordel de Hatyapul, acordou seu cliente estrangeiro. Ele despertou depressa e virou-a rudemente nos braços, fazendo surgir do ar uma faca que encostou no pescoço dela. "Não seja burro", ela disse. "Eu podia ter matado você cem vezes essa noite, e não pense que não pensei nisso enquanto você roncava tão alto que era capaz de acordar o imperador no palácio." Ela havia oferecido dois preços, um por um único ato, outro, só um pouquinho mais alto, pela noite inteira. "O que é mais vantajoso?", ele perguntara. "As pessoas sempre dizem que o preço de noite inteira", ela respondera séria, "mas a maioria dos que me visitam é tão velha, bêbada, dopada de ópio ou incompetente que não é capaz de fazer nem uma vez só, de forma que o preço de uma só com certeza vai ser mais econômico para você." "Eu pago o dobro do preço de noite inteira", ele disse, "se prometer que fica do meu lado a noite inteira. Faz muito tempo que não passo uma noite inteira com uma mulher, e um corpo de mulher ao meu lado vai adoçar os meus sonhos." "Pode esbanjar seu dinheiro se quiser, não vou achar ruim", ela disse com frieza, "mas não tem doçura nenhuma em mim faz muitos anos."

Era tão magra que seu nome entre as outras prostitutas era Esqueleto, e os clientes com posses sempre a contratavam junto com sua antítese, a puta obesa chamada Colchão, para gozar os dois extremos do que a forma feminina tinha a oferecer, primeiro a inflexível dominância do osso, depois a carne que engolfava. A Esqueleto comia como um lobo, faminta e rápida, e quanto mais ela comia mais gorda a Colchão ficava, até que se desconfiou que as duas putas tinham um pacto com o Diabo, e no Inferno a Esqueleto é que seria grotescamente gorda por toda a eternidade, enquanto Colchão chocalharia seus ossos todos com os mamilos dos peitos chatos parecendo dois pinos de madeira.

Ela era uma prostituta *doli-arthi* do Hatyapul, o que queria dizer que os termos de seu contrato estipulavam que estava literalmente casada com o trabalho e só iria embora em seu *arthi*, ou caixão funerário. Ela tivera de se submeter a uma paródia de cerimônia de casamento, chegando, para a alegria da ralé da rua, num carro puxado a burro em vez do *doli*, ou palanquim usual. "Aproveite o dia do seu casamento, Esqueleto, vai ser o único que você vai ter", gritou um grosseirão, mas as outras prostitutas jogaram um penico de urina morna em cima dele do balcão do andar de cima, e isso calou a boca dele muito bem. O "noivo" era o próprio bordel, representado simbolicamente pela madame, Rangili Bibi, uma prostituta tão velha, sem dentes e vesga que tinha se tornado digna de respeito, e tão feroz que todo mundo tinha medo dela, até os policiais cujo trabalho, teoricamente, seria fechar o seu negócio, mas que não ousavam mover um dedo contra ela para que ela não lhes atraísse a má sorte pela vida inteira fixando neles o olho ruim. A outra explicação, mais racional, para a sobrevivência do bordel, era que pertencia a um nobre influente da corte — ou então, como acreditavam os fofoqueiros da cidade, não a um nobre, e sim a um sacerdote, talvez até a um dos místicos que rezavam sem parar na tumba de Chishti. Mas nobres ganham e perdem o favor, e sacerdotes também. A má sorte, por outro lado, é para sempre: então o medo dos olhos vesgos de Rangili Bibi era ao menos tão poderoso quanto um santo invisível ou um protetor aristocrata.

A amargura de Mohini não resultava de ela ser prostituta, que era um trabalho como outro qualquer e lhe dava casa, comida e roupas, sem as quais, dizia Mohini, ela não seria nada melhor que um cachorro de rua, e muito provavelmente morreria como um cachorro num buraco. Era dirigida a uma única mulher, sua antiga patroa, uma dama de catorze anos, a senhora Man Bai de Amer, atualmente residindo em Sikri, uma jovem assanhada que já estava recebendo em segredo as dedicadas atenções de seu primo, o Príncipe Herdeiro Salim. A senhora Man Bai tinha cem escravos, e Mohini, a Esqueleto, era uma de suas favoritas. Quando o príncipe chegava transpirando do trabalho duro de galopar por aí matando animais no calor do dia, Mohini estava à frente da comitiva cuja tarefa era remover todas as roupas dele e massagear sua pele clara com óleos perfumados, refrescantes. Mohini era uma das que escolhia o perfume, sândalo ou almíscar, patchuli ou rosa, e Mohini era quem realizava a privilegiada tarefa de massagear a virilidade dele, preparando-o para sua senhora. Outras escravas o abanavam, esfregavam suas mãos e pés, mas só a Esqueleto podia tocar o sexo real. Isso por causa de sua perícia em preparar os ungüentos necessários para intensificar o desejo sexual e prolongar o congresso sexual. Ela fazia pastas de tamarindo e cinábrio, ou de gengibre seco e pimenta, que, quando misturados com mel de uma abelha grande, davam a uma mulher intenso prazer sem exigir muito esforço do homem, e permitia ao homem também experimentar sensações de calor e uma espécie de palpitação contratora extremamente agradável. Ela aplicava as pastas às vezes na vagina de sua senhora, às vezes no membro do príncipe, geralmente em ambos. Os resultados eram considerados excelentes pelas duas partes.

Foi seu domínio das drogas masculinas conhecidas como "aquelas que transformam homens em cavalos" que a arruinaram. Um dia, ela mandou castrar um bode macho e ferveu os testículos dele no leite, depois do que salgou-os e apimentou-os, fritou na manteiga clarificada e por fim cortou-os num picadinho de delicioso sabor. Esse preparado era para ser comido, não esfregado no corpo, e ela o serviu ao príncipe com uma colher de prata, explicando que era um remédio que permitiria que ele fizesse amor como um cavalo, cinco, dez ou mesmo vinte vezes sem perder a força. No caso de jovens particularmente viris, facilitaria cem ejaculações consecutivas. "Delicioso", disse o príncipe, e comeu com gosto. Na manhã seguinte, ele saiu do quarto de sua amante, deixando-a perto da morte. "Ha! Ha!", bradou ele para Mohini ao sair. "Foi muito bom."

Passaram-se quarenta e sete dias e noites antes que a senhora Man Bai sequer pensasse em fazer sexo outra vez, e durante esse tempo o príncipe, quando a visitava, compreendia plenamente o dano que causara, comportava-se de maneira contrita e solícita e trepava com as escravas no lugar dela, pedindo, com maior freqüência, os favores da criatura esquelética que o havia dotado de tal sobre-humana potência sexual. A senhora Man Bai não podia se opor a ele, mas por dentro fervia de ciúmes. Quando ficou claro depois da notória noite das cento e uma cópulas que a tolerância para o sexo de Mohini, a Esqueleto, era infinita e que o príncipe era incapaz de acabar com ela como quase acabara com sua senhora, o destino da jovem escrava estava selado. O ciúme da senhora Man Bai tornou-se implacável e Mohini foi expulsa da casa, partindo com nada além de seu conhecimento das preparações que deixavam os homens loucos de desejo. Foi longa a sua queda, de palácio a bordel, mas seus poderes de encantamento muito lhe serviram e fizeram dela a mulher mais popular da casa do prazer de Hatyapul. Ela, porém, esperava vingar-se. "Se o destino algum dia trouxer aquela vaquinha ao meu poder, cubro o corpo dela com uma pasta tão poderosa que até os chacais vão vir trepar com ela. Ela vai ser fodida por corvos, cobras, leprosos e búfalos e no fim não vai sobrar dela nada além de uns fiapos empapados de cabelo, que eu vou queimar, e acabou-se. Mas ela vai casar com o príncipe Salim, então não escutem o que eu digo.

Para uma mulher como eu, a vingança é um luxo inatingível, como as perdizes, ou a infância."

Por alguma razão ela estava falando com o recém-chegado de cabelo amarelo como nunca havia falado de nenhum de seus truques, talvez por causa da aparência exótica dele, do cabelo amarelo, de sua estranheza purificadora. "Você deve ter posto algum encantamento em mim", disse ela com voz perturbada, "porque nunca deixei nenhum dos meus clientes nem olhar para mim à luz do dia, muito menos contei para eles a história da minha vida." Ela havia perdido a virgindade aos onze anos com o irmão de seu pai, e o bebê que nasceu era um monstro que sua mãe levou embora e afogou sem mostrar a ela, temendo que se o visse começasse a odiar o futuro. "Ela não precisava ter se preocupado", Mohini disse, "porque fui abençoada com uma disposição estável e um gosto pelo ato sexual que nem mesmo aquele porco daquele usurpador com pau de dedal conseguiu mudar. Mas nunca fui uma pessoa quente, e desde a injustiça que sofri nas mãos da senhora Man Bai a frieza à minha volta aumentou. No verão, os homens gostam do efeito refrescante da minha proximidade, e no inverno eu não consigo tanto trabalho."

"Me prepare", disse o homem de cabelo amarelo, "porque hoje tenho de ir à corte para um negócio importante e preciso estar no meu melhor, senão eu morro."

"Se puder pagar", ela respondeu, "vou fazer você cheirar tão bem como qualquer rei."

Ela começou a transformar o corpo dele em uma sinfonia para o nariz, porque disse a ele que o preço seria uma moeda de ouro mohur. "Estou cobrando demais, naturalmente", ela alertou, mas ele limitou-se a sacudir o punho esquerdo e ela quase engasgou quando viu três moedas de ouro presas entre os quatro dedos dele. "Trabalhe direito", ele disse, e deu a ela as três moedas. "Por três mohurs de ouro", disse ela, "as pessoas vão achar que você é um anjo do Paraíso se é isso que você quer que elas pensem, e quando você terminar seja lá o que for que tem de fazer lá, pode ficar comigo e a Colchão juntas e satisfazer seus sonhos mais loucos por uma semana sem pagar mais nada."

Ela mandou buscar uma banheira de metal que ela própria encheu, misturando água quente e fria na proporção de um balde para três. Em seguida ensaboou o corpo dele inteiro com um sabão feito de aloé, sândalo e cânfora, "para deixar sua pele fresca e aberta antes de eu colocar seus ares reais". Em seguida, tirou de debaixo da cama sua caixa mágica de fragrâncias embrulhadas em um pano cuidadoso. "Antes de chegar até a presença do imperador, você vai ter de satisfazer muitos outros homens", ela disse. "Então o perfume para o imperador vai ficar escondido primeiro debaixo das fragrâncias que vão agradar personagens menores, e que vão desaparecer quando você estiver na presença imperial." Depois disso, ela se pôs a trabalhar, untando-o com algália e violeta, magnólia e lírio, narciso e calembe, além de gotas de outros fluidos ocultos cujos nomes ele não quis nem perguntar, fluidos extraídos da seiva de árvores turcas, cipriotas e chinesas, assim como a cera do intestino de uma baleia. Quando ela terminou, ele estava convencido de que cheirava como um prostíbulo barato, que era onde estava, afinal, e lamentou a decisão de pedir a ajuda da Esqueleto. Mas por cortesia guardou para si seu arrependimento. Tirou de sua pequena bolsa de tecido roupas de tal refinamento que fizeram a Esqueleto ficar sem ar. "Matou alguém para arrumar isso ou você é mesmo alguém, afinal de contas?", ela perguntou. Ele não respondeu. Parecer uma pessoa de importância na rua era atrair as atenções de homens de violência; parecer um vagabundo na corte era uma idiotice de outro tipo. "Preciso ir", disse ele. "Volte depois", disse ela. "Lembre do que eu falei do serviço grátis."

Ele vestiu seu inevitável casaco, apesar do calor cada vez

mais intenso da manhã, e partiu para fazer o que tinha de fazer. Miraculosamente, os perfumes da Esqueleto o precediam e iam abrindo caminho. Em vez de enxotá-lo e mandar que fosse para o portão do extremo da cidade, esperar na fila a permissão para entrar no Pátio de Audiência Pública, os guardas deixaram suas obrigações para ajudá-lo, farejando o ar como se trouxesse boas novas e explodindo em improváveis sorrisos receptivos. O chefe da guarda mandou um mensageiro buscar um ajudante real, que chegou parecendo cheio de irritação por ter sido chamado. Ao se aproximar do visitante, houve uma mudança na brisa e um aroma inteiramente novo encheu o ar, um aroma cuja sutileza era delicada demais para os narizes grosseiros dos guardas, mas que fez o ajudante pensar, de repente, na primeira garota que amara. Ele se ofereceu para ir pessoalmente à casa de Birbal ajeitar as coisas e voltou para dizer que todas as aprovações necessárias estavam concedidas e que ele agora tinha autoridade para convidar o visitante a entrar nas instalações do palácio. Como era inevitável, perguntou-se seu nome e ele respondeu sem hesitação.

"Pode me chamar de Mogor", disse em imaculado persa. "Mogor dell'Amore, a seu serviço. Um cavalheiro de Florença, atualmente a serviço da rainha da Inglaterra. Ele usava um chapéu de veludo com uma pena branca, presa no lugar por uma jóia cor de mostarda, e tirando esse chapéu curvou-se numa profunda reverência, que mostrou a todos que olhavam (porque ele havia atraído uma boa multidão, cujos olhos sonhadores e caras sorridentes provavam uma vez mais o poder onisciente do trabalho da Esqueleto) que ele possuía a habilidade, a polidez e a graça de um cortesão. "Senhor Embaixador", disse o ajudante, curvando-se por sua vez. "Por aqui, por favor."

Uma terceira fragrância havia emanado à medida que os primeiros aromas desapareciam, enchendo o ar com fantasias de desejo. Ao atravessar o mundo vermelho dos palácios, o homem que agora atendia pelo nome de Mogor dell'Amore notou os movimentos palpitantes por trás das cortinas das janelas e das treliças. No escuro por trás das janelas, ele imaginou divisar uma horda de olhos amendoados brilhando. Chegou a ver uma mão com jóias fazendo um gesto ambíguo que podia ser um convite. Ele havia subestimado a Esqueleto. À sua maneira, ela era uma artista que podia rivalizar com qualquer um encontrado naquela cidade fabulosa de pintores, poetas e canção. "Vamos ver o que ela reservou para o imperador", ele pensou. "Se for tão sedutor quanto estes primeiros aromas, estou feito." Apertou com força o pergaminho Tudor e seu passo ficou mais largo à medida que aumentava sua segurança.

No centro da sala principal da Casa da Audiência Privada, havia uma árvore de arenito vermelho da qual pendia o que aos olhos não treinados do visitante pareceu um imenso cacho de bananas de pedra estilizadas. Grandes "galhos" de pedra vermelha corriam do alto do tronco da árvore para os quatro cantos da sala. Do intervalo entre esses ramos pendiam dosséis de seda, bordados com ouro e prata; e debaixo dos dosséis e das bananas, de costas para o grosso tronco de pedra, estava o homem mais assustador do mundo (com uma exceção): um homem pequeno e adocicado de enorme intelecto e cintura, amado pelo imperador, odiado por rivais invejosos, um lisonjeador, adulador, devorador de quinze quilos de comida por dia, um homem capaz de mandar seus cozinheiros prepararem mil pratos diferentes para a refeição da noite, um homem para quem a onisciência não era uma fantasia, mas um requisito mínimo da vida.

Tratava-se de Abul Fazl, o homem que sabia tudo (exceto línguas estrangeiras e as muitas línguas incultas da Índia, que lhe escapavam, todas, de forma que ele transmitia uma imagem incomum e monoglota na Babel multilingüística daquela corte). Historiador, espião-mestre, a mais brilhante das Nove Estrelas e segundo confidente mais próximo do homem mais assustador do mundo (sem exceção), Abul Fazl sabia a verdadeira história da criação do mundo, que tinha ouvido, dizia, dos próprios anjos e sabia também quanta forragem os cavalos dos estábulos imperiais podiam comer por dia e a receita aprovada de biryani e por que escravos haviam sido rebatizados de *discípulos* e a história dos judeus e a ordem das esferas celestiais e os Sete Graus do Pecado, as Nove Escolas, as Dezesseis Dificuldades, as Dezoito Ciências e as Quarenta e Duas Coisas Impuras. Ele era também notificado, através de sua rede de informantes, de cada uma das coisas que acontecia em cada língua dentro das muralhas de Fatehpur Sikri, todos os segredos sussurrados, todas as traições, todos os deleites, todas as promiscuidades, de forma que cada pessoa por trás daquelas muralhas estava também à sua mercê, ou à mercê de sua pena, que o rei Abdullah de Bokhara dissera que se devia temer mais que até a espada de Akbar, exceto apenas o homem mais assustador do mundo (sem exceção), que não tinha medo de ninguém, e que era, claro, o imperador, seu senhor.

Abul Fazl estava parado de perfil, como um rei, e não se virou para olhar o recém-chegado. Permaneceu em silêncio por tanto tempo que ficou claro que a intenção era insultar. O embaixador da rainha Elizabeth compreendeu que aquele era o primeiro teste que tinha de passar. Ele também manteve silêncio e naquela horrível quietude cada homem aprendeu muito sobre o outro. "Você acha que não está me revelando nada", pensou o viajante, "mas vejo por sua magnificência e grosseria, por sua corpulência e rosto severo, que é o protótipo de um mundo em que hedonismo coexiste com desconfiança, em que a violência — porque esse silêncio é uma forma de ataque violento — anda de mãos dadas com a contemplação da beleza e que a fraqueza deste universo de extrema indulgência e pendor para a vingança é a vaidade. Vaidade é o encantamento em cuja força estão vocês todos cativos, e é através do meu conhecimento dessa vaidade que vou atingir meus fins."

Então o homem mais assustador do mundo (com uma exceção) falou, por fim, como em resposta aos pensamentos do outro. "Excelência", disse, sardônico, "percebo que se perfumou com a fragrância criada para a sedução de reis e deduzo que não é inteiramente inocente em seus modos — da fato, nada inocente. Desconfiei do senhor assim que ouvi sobre sua presença momentos atrás e agora que senti seu cheiro confio ainda menos no senhor." O Mogor dell'Amore de cabelo amarelo teve a intuição de que Abul Fazl era o autor original do livro-mágico de ungüentos cujas fórmulas Mohini, a Esqueleto, adotara para uso, de forma que aqueles encantamentos olfativos não exerciam poder sobre ele, e como resultado perdiam sua influência sobre qualquer outra pessoa também. Os guardas com sorrisos patetas nas quatro entradas da Casa da Audiência Privada de repente voltaram a si, as escravas veladas disponíveis para servir à augusta companhia perderam seu ar de sonhador erotismo e o recém-chegado entendeu que era como um homem nu debaixo do olhar que tudo via do favorito do rei, e que apenas a verdade, ou algo tão convincente quanto a verdade, poderia salvá-lo agora.

"Quando o embaixador do rei Filipe da Espanha veio nos visitar", refletiu Abul Fazl, "ele trouxe uma comitiva completa, elefantes carregados de presentes, vinte e um cavalos da melhor cepa árabe de presente, e jóias. De modo algum apareceu num carro de bois nem passou a noite num prostíbulo com uma mulher tão magra que se pode duvidar que seja uma mulher."

"Meu senhor, lorde Hauksbank desse Nome, infelizmente juntou-se a Deus e a seus anjos quando aportamos em Surat", respondeu o recém-chegado. "Em seu leito de morte ele me pediu que cumprisse o dever de que Sua Majestade o havia encarregado. Mas, ai, a tripulação do navio estava infestada de bandidos e, antes que seu corpo esfriasse, começaram a saquear e a pilhar os aposentos dele em busca de tudo de valor que meu bom senhor possuísse. Confesso que foi apenas por sorte que consegui escapar com vida e com a carta da rainha também, porque, sabendo que eu era um honesto servidor de meu senhor, eles teriam cortado meu pescoço se eu tivesse ficado para defender a propriedade de lorde Hauksbank. Eu temo, agora, que seu restos mortais não recebam um enterro cristão, mas tenho orgulho de haver chegado a sua grande cidade para me desincumbir da responsabilidade dele, que se tornou minha."

"A rainha da Inglaterra", cismou Abul Fazl, "não é, acredito, amiga de nosso amigo, o ilustre rei da Espanha."

"A Espanha é uma briguenta ignorante", o outro improvisou depressa, "enquanto a Inglaterra é a morada da arte, da beleza e da Gloriana em pessoa. Não se deixe cegar pelos agrados de Filipe, o Frouxo. Igual deve falar com igual, e Elizabeth da Inglaterra é que é o verdadeiro reflexo da grandeza e estilo do imperador." Aquecendo-se com o tema, ele explicou que a distante rainha de cabelo vermelho era nada menos que um espelho ocidental do próprio imperador, ela era Akbar em forma feminina, e ele, o Shahanshah, o rei dos reis, podia ser considerado a Elizabeth oriental, de bigode, não virginal, mas na essência de sua grandeza os dois eram o mesmo.

Abul Fazl ficou rígido. "O senhor ousa dizer que meu senhor não é maior que uma mulher", disse baixinho. "Tem mesmo muita sorte de estar segurando esse pergaminho que traz, como estou vendo, o selo autêntico da coroa da Inglaterra e, portanto, nos obriga a lhe dar salvo-conduto. Senão, minha tendência seria recompensar sua insolência atirando o senhor para o elefante furioso que mantemos amarrado num pátio próximo para nos livrar dos porcos inaceitáveis."

"O imperador é famoso em todo o mundo por sua generosa

apreciação de mulheres", disse Mogor dell'Amore. "Tenho certeza de que ele não se sentirá insultado, como a jóia do Oriente, de ser comparado a outra grande jóia, seja de que sexo for."

"Os sábios nazarenos mandados a esta corte pelos portugueses de Goa não falam nada bem da sua jóia", Abul Fazl disse com um encolher de ombros. "Dizem que ela é contra Deus e uma governante fraca que certamente logo será esmagada. Dizem que a dela é uma nação de ladrões e que o senhor é muito provavelmente um espião."

"Os portugueses são piratas", disse Mogor dell'Amore. "São bucaneiros e patifes. Nenhum homem sábio deve confiar no que eles dizem."

"O padre Acquaviva da Sociedade de Jesus é italiano como o senhor", Abul Fazl continuou, "e o padre Monserrate, companheiro dele, vem da Espanha."

"Se eles aqui vêm debaixo da bandeira dos vis portugueses", o outro insistiu, "então foi em cães piratas portugueses que se transformaram."

Uma risada alta eclodiu de um lugar acima de suas cabeças, como se um deus estivesse caçoando dele.

"Misericórdia, grande *munshi*", uma grande voz trovejou. "Deixe o rapaz viver, ao menos até lermos a mensagem que ele traz." Os dosséis de seda caíram para os lados da câmara e ali, acima deles, sentado no topo acolchoado da árvore de arenito, na Posição da Tranqüilidade Real e se desmanchando em alegres gargalhadas, estava Abul-Fath Jalaluddin Muhammad Akbar, o Grande Mughal em pessoa, revelado ao olhar e parecendo um papagaio gigante num poleiro descomunal.

Ele havia acordado num estado estranhamente inquieto e nem mesmo os mais hábeis tratamentos de sua amada o haviam acalmado. No meio da noite, um corvo desorientado havia entrado no quarto da rainha Jodha e o casal real fora despertado por seu terrível crocitar, que o imperador de sono pesado ouviu como um chamado do fim do mundo. Por um momento aterrorizante, uma asa negra roçou o rosto dele. Quando os criados espantaram o corvo, os nervos do imperador estavam abalados. Depois disso, seu sono foi cheio de presságios. Em dado momento, ele pareceu ver o bico negro daquele corvo apocalíptico penetrando em seu peito e puxando para fora seu coração para comer, como Hind de Meca no campo de batalha de Uhud havia comido o coração do derrotado Hamza, tio do Profeta. Se aquele poderoso herói podia tombar diante de uma lança covarde, então ele também podia ser derrubado a qualquer momento por uma flecha do escuro, voando em linha reta como um corvo, feia, mortal e negra. Se um corvo conseguia atravessar todas as defesas de seus guardas e bater as asas em seu rosto, um assassino não conseguiria fazer a mesma coisa?

Assim, cheio de presságios de morte, ele estava indefeso ao advento do amor.

A chegada do malandro que se dizia embaixador inglês o havia intrigado e depois de ordenar que Abul Fazl brincasse um pouco com o sujeito, seu humor começou a melhorar. Abul Fazl, na realidade o mais companheiro dos homens, era melhor em fingir ferocidade do que qualquer pessoa em Sikri, e enquanto ouvia a brincadeira abaixo dele, escondido como estava acima da cabeça dos dois homens, o interrogador e o interrogado, as nuvens da noite se dissiparam por fim e foram esquecidas pelo imperador. "O charlatão se saiu bem", pensou. Quando puxou os cordões com borlas que soltavam os dosséis de seda e revelavam sua presença aos homens abaixo, estava num humor de todo afável, mas completamente despreparado para a emoção que tomou conta dele quando seus olhos encontraram os do visitante de cabelo amarelo.

Era amor, ou dava essa sensação. O pulso do imperador se acelerou como o de uma garota jovem apaixonada, a respiração ficou mais profunda e as faces ficaram coradas. Como era bonito aquele jovem, tão seguro de si, tão orgulhoso. E havia algo nele que não se podia ver: um segredo que o tornava mais interessante que mil cortesãos. Quantos anos tinha? O imperador não era bom em julgar o rosto de *farangi*. Podia ser um jovem de vinte e cinco ou podia ter trinta, "mais velho que nossos filhos", o imperador pensou, "e velho demais para ser nosso filho", e então se perguntou como tal idéia lhe surgira na cabeça. Seria o estrangeiro algum tipo de mago?, perguntou a si mesmo. Estaria sendo enfeitiçado por algum encanto oculto? Bem, podia deixar acontecer, não havia nenhum mal naquilo, era esperto demais para ser colhido por alguma faca oculta ou para beber veneno posto numa taça. A ausência de surpresa é o castigo necessário da vida de poder, o imperador havia instalado complexos sistemas e máquinas para garantir que nunca fosse surpreendido por nada e, no entanto, aquele Mogor dell'Amore o pegara desprevenido, ou por acaso ou por intenção. Por essa razão apenas ele merecia ser completamente conhecido.

"Leia para nós a carta da rainha", Akbar ordenou e o "embaixador" curvou-se absurdamente baixo, com floreios teatrais do pulso, e quando se levantou o pergaminho estava aberto em sua mão, embora nem Akbar nem Abul Fazl tivessem visto o selo ser quebrado. "Um artista prestidigitador", pensou o rei. "Gostamos disso." O charlatão leu a carta em inglês e depois traduziu tranqüilamente para a língua persa. "Mui invencível e mui poderoso príncipe", escreveu a rainha Elizabeth, "lorde Zelabdim Echebar, rei de Cambaia, saudações." Abul Fazl riu num bufo de cavalo.

“‘Zelabdim’?”, caçoou. “E quem pode ser esse ‘Echebar’?” O imperador acima dele deu um tapa de alegria na coxa. “Somos nós”, riu baixo. “Nós somos o padixá Echebar, senhor do reino de conto de fadas de Cambaia. Ó pobre Inglaterra inculta, Nós temos pena de teu povo por tua rainha ser uma tola ignorante.”

O leitor da carta fez uma pausa para permitir que a risada terminasse. “Continue, continue.” O imperador gesticulou para ele. “O rei ‘Zelabdim’ ordena.” Mais risos e a descoberta de um lenço para enxugar as lágrimas dele.

O “embaixador” curvou-se outra vez, ainda mais elaboradamente que antes, e continuou; e ao terminar um segundo encantamento estava lançado. “Em questões de Comércio e outros propósitos de mútua vantagem, pedimos uma aliança”, ele leu. “Chegou ao nosso conhecimento que Sua Majestade declara-se infalível, e garantimos que não questionamos a *auctoritas* desse poderoso Título. Porém, existe um Outro que pretende o mesmo para Ele, e não tenha dúvidas de que temos a certeza de que esse Outro é que é a Fraude. Referimo-nos, grande Monarca, àquele indigno Sacerdote, o Bispo de Roma, o décimo terceiro Gregório daquela inglória Seqüência, cujos desígnios sobre o Oriente o senhor terá a Sabedoria de não levar em conta. Se ele enviar sacerdotes a Cambaia, China e Japão, não se tratará de mera santidade, garantimos. Esse mesmo Bispo está atualmente preparando uma Guerra contra nós, e seus servos Católicos são presenças traiçoeiras em sua Corte, pois tramam eles suas conquistas futuras.

“Cuidado com esses lacaios de seu Rival! Faça uma aliança conosco, e derrotaremos todos os inimigos. Pois sei que tenho o corpo de uma fraca e frágil mulher, mas tenho o coração e o estômago de um rei, e de um rei da Inglaterra, e considero um sujo desprezo que qualquer papa de Roma ouse desonrar a mim, ou a qualquer de meus aliados. Porque tenho não apenas minha própria *auctoritas*, mas *potestas* também, e essa potência me fará vitoriosa na luta. E quando estiverem eles todos destruídos e soprados aos quatro ventos, então se alegrará o senhor de ter feito causa comum com a Inglaterra."

Quando o "embaixador" terminou de ler, o imperador se deu conta de que tinha se apaixonado uma segunda vez no espaço de poucos minutos, porque agora estava possuído por um grande desejo pela autora da carta, a rainha da Inglaterra. "Abul Fazl", gritou ele, "não devemos casar com essa grande dama sem demora? Essa rainha virgem, Rani Zelabat Giloriana Pehlavi? Achamos que precisamos tê-la imediatamente."

"Excelente idéia", disse o "embaixador" Mogor dell'Amore. "E neste medalhão está o retrato dela, que ela envia ao senhor com afetuosa lembrança e que haverá de enfeitiçá-lo com sua beleza, que supera até mesmo a beleza de suas palavras." Com um floreio do punho de renda, fez surgir o objeto dourado, que Abul Fazl pegou com um ar de profunda desconfiança. Abul Fazl foi tomado pela convicção de que estavam entrando em terreno perigoso, e que a conseqüência da presença daquele Mogor entre eles seria imensa, e não necessariamente benéfica a eles, mas quando tentou acautelar seu senhor contra esse novo envolvimento o homem mais assustador do mundo (sem exceção) descartou suas preocupações com um gesto.

"A carta é encantadora e também esse que a traz", disse Akbar. "Leve-o aos nossos aposentos particulares amanhã para podermos conversar mais." A audiência estava encerrada.

A súbita paixão do imperador Zelabdin Echebar por seu espelho feminino, a rainha Zelabat Giloriana Primeira, resultou numa torrente de cartas de amor que foram conduzidas à Inglaterra por mensageiros reais credenciados e nunca respondidas. As cartas rapsódicas levavam o selo pessoal do imperador e eram de uma intensidade emocional e de uma explicitude sexual desusadas na Europa (e na Ásia) da época. Muitas dessas cartas deixaram de chegar ao destino porque os mensageiros foram emboscados por inimigos ao longo do caminho, e de Cabul a Calais esses despejamentos interceptados forneceram rica diversão para nobres e príncipes que se deleitavam com as loucas declarações do imorredouro afeto do imperador da Índia por uma mulher que nunca encontrara, assim como suas megalomaníacas fantasias de criar um império global conjunto que unisse os hemisférios oriental e ocidental. As cartas que efetivamente chegaram ao palácio Whitehall foram tratadas como forjadas, ou obra de um maluco sob pseudônimo, e seus portadores condenados rapidamente, muitos deles terminando na cadeia como pobre recompensa por uma longa e perigosa jornada. Depois de algum tempo, eles simplesmente eram impedidos de entrar e aqueles que conseguiam se arrastar de volta ao outro lado do mundo regressavam a Fatehpur Sikri com palavras amargas. "Essa rainha é virgem porque nenhum homem há de querer deitar com um peixe morto como ela", relatavam, e depois de um ano e um dia o amor de Akbar desapareceu tão depressa e misteriosamente como havia aparecido, talvez por causa da revolta de suas rainhas, que se uniram essa única vez à sua amada não existente para ameaçar a retirada de seus favores, a menos que ele parasse de mandar cartas bonitas para aquela inglesa cujo silêncio, subseqüente às suas lisonjas iniciais que haviam despertado o interesse do imperador, comprovava a insinceridade do caráter dela e a loucura que era tentar entender tal personagem estranho e sem atrativos, principalmente quando tantas mais amáveis e desejáveis damas estavam tão mais à mão.

Perto do fim de seu longo reinado, muitos anos depois de terminada a época do charlatão Mogor dell'Amore, o velho imperador nostalgicamente se lembrou do estranho caso da carta da rainha da Inglaterra e pediu para vê-la de novo. Quando foi trazida a ele e traduzida por outro intérprete, grande parte do texto original havia desaparecido. Descobriu-se que o documento sobrevivente não continha nenhuma referência a sua própria infalibilidade ou à do papa; nem pedia uma aliança contra inimigos comuns. Era, de fato, nada mais que uma simples solicitação de bons termos comerciais para mercadores ingleses, acompanhada de algumas rotineiras expressões de respeito. Quando o imperador soube da verdade, compreendeu outra vez como era audacioso o feiticeiro que encontrara naquela manhã havia muito passada depois do sonho do corvo. Mas então, porém, saber disso de nada lhe valia, a não ser para relembrá-lo do que nunca devia ter esquecido, que a feitiçaria não exige poções, espíritos familiares nem varinhas mágicas. A língua falada por uma boca de prata fornece encantamento suficiente.

6.

Quando se puxa a espada da língua

Quando se puxa a espada da língua, o imperador pensou, *ela fere mais fundo que a lâmina mais afiada*. Se precisasse prova disso, podia ser encontrada na guerra de filósofos que acontecia diariamente naquele mesmo lugar: a Tenda do Novo Culto, toda bordada e ornamentada de espelhos. Havia ali um rumor constante, o ruído dos melhores pensadores do reino cortando horrivelmente um ao outro com suas palavras. Akbar mantivera o voto feito quando picara em pedaços o insolente Rana de Cuch Nahin e criara uma câmara de debates em que a adoração do divino fora reimaginada como uma partida de luta intelectual em que nenhum golpe era proibido. Ele convidara Mogor dell'Amore para acompanhá-lo à Tenda a fim de exibir a ele sua nova invenção, impressionar o recém-chegado com a esplêndida originalidade e progresso da corte mughal e, não involuntariamente, demonstrar aos jesuítas enviados por Portugal que eles não eram os únicos ocidentais a ter acesso ao ouvido imperial.

Dentro da Tenda, os participantes reclinavam-se em tapetes e coxins, agrupados em dois campos, o Bebedores de Água e os

Amantes do Vinho, um de frente para o outro numa nave vazia a não ser pelo assento do imperador e seu convidado. O partido *manqul* continha os pensadores e místicos religiosos que só bebiam água, enquanto seus oponentes, o *ma'qul*, celebravam a filosofia pura e as ciências, e vertiam vinho garganta abaixo o dia inteiro. Abul Fazl e Raja Birbal estavam ali hoje, ambos sentados como sempre entre os apreciadores de vinho. O príncipe Salim também estava visitando a tenda, uma mal-humorada presença adolescente ao lado do líder puritano só-água Badauni, uma linha fina de homem — um daqueles jovens que pareciam ter nascido velhos — que detestava o mais velho Abul Fazl e era, em troca, vigorosamente abominado por aquela esférica sumidade. Argumentavam raivosos entre eles, em termos tão destemperados ("Obeso bajulador!" — "Verme enfadonho!") que o imperador se viu pensando se tamanha discórdia podia levar à harmonia que ele buscava; seria a liberdade realmente a estrada para a unidade, ou seria o caos seu resultado inevitável?

Akbar decidira que aquele templo revolucionário não ia ser um edifício permanente. A discussão em si — e nenhuma divindade por mais membros que tivesse ou todo-poderosa que fosse — seria ali o único deus. Mas a razão era uma divindade mortal, um deus que morria e mesmo que renascesse inevitavelmente morria de novo. Idéias eram como marés do mar ou fases da lua, elas surgiam, subiam e cresciam a seu tempo devido, e depois baixavam, escureciam e desapareciam quando a grande roda girava. Eram moradas temporárias, como tendas, e uma tenda era seu abrigo adequado. Os construtores de tendas mughais eram gênios à sua própria maneira, criavam casas desmontáveis de grande complexidade e beleza. Quando o exército marchava, era acompanhado por um segundo exército de dois mil e quinhentos homens (sem falar de elefantes e camelos) que erguiam e baixavam pequenas cidades de tendas nas quais o rei e seus homens residiam. Esses pagodes, pavilhões e palácios portáteis tinham até inspirado os pedreiros de Sikri — mas uma tenda era sempre uma tenda, uma coisa de tela, pano e madeira que representava bem a impermanência das coisas da mente. Um dia, dentro de centenas de anos, quando este grande império não mais existir — sim! naquele lugar ele estava disposto a prever até mesmo a destruição de sua própria criação! —, seus descendentes veriam a tenda posta abaixo e toda a sua glória desaparecida. "Só quando aceitarmos as verdades da morte", o imperador declarou, "podemos começar a aprender as verdades de estar vivos."

"O paradoxo, meu senhor", respondeu audaciosamente o Mogor dell'Amore, "é um nó que permite a um homem parecer inteligente mesmo quando está amarrando seu cérebro como uma galinha à espera da panela. 'Na morte está o sentido da vida!' 'A riqueza do homem gera a pobreza de sua alma!' E assim a violência pode se tornar brandura, a feiúra beleza, e qualquer coisa abençoada o seu oposto. Isso é de fato um salão de espelhos, cheio de ilusões e inversões. Um homem pode chafurdar nos pântanos do paradoxo até o seu último dia sem jamais pensar um único pensamento claro digno desse nome." O imperador sentiu dentro dele uma onda da mesma fúria cega que o levara a arrancar o bigode ofensivo do Rana de Cuch Nahin. Seus ouvidos o enganavam? — Com que direito esse patife estrangeiro...? — Como ele ousava...? O imperador percebeu que seu rosto tinha ficado roxo e que começara a soltar perdigotos e a gaguejar em sua ira. O grupo caiu num silencioso terror, porque Akbar em fúria era capaz de qualquer coisa, ele podia rasgar o céu com as mãos nuas ou arrancar a língua de todos em seu campo de audição para ter certeza de que não poderiam falar sobre o que tinham visto, ou podia sugar para fora a alma da pessoa e afogá-la numa tigela com seu próprio sangue borbulhante.

Foi o príncipe Salim, estimulado por Badauni, quem quebrou o silêncio escandalizado. "Você entende", disse ele ao intruso no estranho casaco quente, "que pode morrer pelo que acabou de dizer ao rei?" Mogor dell'Amore parecia (embora não se sentisse inteiramente) impassível. "Se posso morrer por uma coisa dessas nesta cidade", replicou, "então não é uma cidade onde valha a pena viver. E, além disso, entendi que nesta tenda era a razão, não o rei, quem dominava." O silêncio ficou mais denso, como leite coalhado. O rosto de Akbar ficou negro. Então, repentinamente a tempestade passou e o imperador começou a rir. Ele deu um tapa nas costas de Mogor dell'Amore e balançou vigorosamente a cabeça. "Cavalheiros, um forasteiro nos ensinou uma grande lição", disse. "É preciso dar um passo para fora do círculo para ver que ele é redondo."

Então foi a vez do Príncipe Herdeiro sentir a raiva da repreensão pública, mas ele se sentou sem dizer nada. A expressão de seu rival Badauni deixou Abul Fazl tão satisfeito que ele começou a abrandar com aquele estrangeiro de cabelo amarelo que havia tão inesperadamente encantado o rei. Quanto ao recém-chegado, ele entendeu que seu jogo havia dado certo, mas que ao realizar o feito ganhara um poderoso inimigo, que era ainda mais perigoso por ser um imaturo e evidentemente um adolescente petulante. *A Esqueleto é odiada pela dama do príncipe e agora o príncipe me odeia,* pensou. *Não é uma briga que possamos vencer.* Porém não permitiu que nenhuma de suas apreensões aparecesse e aceitou, com as mais brilhantes reverências e floreios de que era capaz, o copo de bom vinho tinto oferecido por Raja Birbal.

O imperador também estava refletindo sobre seu filho. Que alegria fora o seu nascimento! Mas talvez, afinal, não tivesse sido prudente encarregá-lo dos místicos, seguidores e sucessores do xeque Salim Chishti, em honra de quem o príncipe recebera seu nome. O rapaz havia crescido e se tornado uma massa de contradições, um amante da delicadeza e cuidados da jardinagem, mas também da indolência do ópio, um sexualista entre puritanos, um amante do prazer que citava os pensadores mais inflexíveis e zombava dos favoritos de Akbar dizendo: *não busque a luz nos olhos do cego*. Frase que não era sua, claro. O rapaz era um pássaro mainá imitador, um títere capaz de ser usado contra ele por quem conseguisse controlar seus cordões.

Enquanto por outro lado, que contraste, olhe esse estrangeiro tão apaixonado pela discussão que ousou lançar um insulto racionalista ao rosto perplexo do imperador, e o fez em público, o que era pior. Ali, talvez, estava um homem com quem um rei podia conversar de uma maneira que a carne de sua carne, o sangue de seu sangue não entenderia, ou com que se entediaria. Quando matou o Rana de Cuch Nahin, ele se perguntara se teria matado o único homem capaz de entendê-lo e a quem ele seria capaz de amar. Agora o destino, como em resposta a sua tristeza, havia talvez lhe oferecido um segundo confidente assim, talvez até um aperfeiçoamento do primeiro, porque este não era meramente falante mas também aventureiro. Um homem de razão que em nome da razão assumia riscos nada razoáveis. Um sujeito paradoxal que menosprezava o paradoxo. O patife não era menos contraditório que o príncipe Salim — não menos contraditório que nenhum homem vivo, talvez —, mas essas contradições o imperador era capaz de apreciar. Será que podia abrir seu coração àquele Mogor e contar-lhe coisas que nunca havia dito, nem mesmo a Bhakti Ram Jain, o adulador surdo, nem a Birbal, o sábio, nem ao onisciente Abul Fazl? Seria esse o seu confessor afinal?

Porque havia muitas coisas sobre as quais queria falar, coisas que nem mesmo Abul Fazl ou Birbal podiam entender plenamente, coisas que ele ainda não estava preparado para ventilar no debate aberto da Tenda do Novo Culto. Ele queria investigar, por exemplo, por que alguém se apegava a uma religião não por ela ser verdadeira, mas por ser a fé de seus pais. Fé não era fé, mas simples hábito familiar? Talvez não existisse nenhuma religião verdadeira, apenas esse eterno passar adiante. E o equívoco podia ser passado adiante com a mesma facilidade que a virtude. A fé nada mais era que um equívoco de nossos ancestrais?

Talvez não existisse religião verdadeira. Sim, ele havia se permitido pensar isso. Ele queria ser capaz de contar a alguém sua suspeita de que os homens faziam os seus deuses e não o contrário. Ele queria ser capaz de dizer: o homem é que está no centro das coisas, não Deus. É o homem que está no coração, embaixo e no alto, o homem na frente, atrás e do lado, homem o anjo e homem o diabo, o milagre e o pecado, homem e sempre homem, e vamos daqui para a frente não ter outros templos além daqueles dedicados à humanidade. Essa era a sua mais indizível ambição: fundar a religião do homem. Na Tenda do Novo Culto, os Vinheiros e os Agüeiros chamavam-se uns aos outros de hereges e tolos. O imperador queria confessar sua decepção secreta com todos os místicos e filósofos. Queria varrer toda a discussão, apagar séculos de herança e reflexão, e permitir ao homem estar nu como um bebê no trono do céu. (Se o homem havia criado deus, então o homem podia incriá-lo também. Ou era possível uma criação escapar ao poder do criador? Podia deus, uma vez criado, ter se tornado impossível de destruir? Esses atritos adquiriam uma autonomia da vontade que os tornava imortais? O imperador não tinha as respostas, mas as próprias perguntas pareciam uma espécie de resposta.) Os estrangeiros eram capazes de captar o que seus conterrâneos não conseguiam? Se ele, Akbar, desse um passo para fora do círculo, poderia viver sem sua reconfortante circularidade, na aterrorizadora estranheza de um novo pensamento?

"Vamos embora", disse a seu convidado. "Já ouvimos grandes idéias que bastem para um dia."

Como uma assombrosa ilusão de calma espalhou-se sobre o complexo imperial que tremulava ao calor do dia, tornou-se necessário buscar a verdadeira natureza dos tempos em signos e augúrios. Quando o carregamento diário de gelo atrasava, isso queria dizer que havia problemas nas províncias. Quando fungos verdes turvavam a água da Anup Talao, a Melhor de Todas as Piscinas Possíveis, queria dizer que havia traição fermentando na corte. E quando o rei deixava seu palácio e ia em seu palanquim até o lago de Sikri era sinal de que seu espírito estava perturbado. Esses eram os augúrios da água. Havia também augúrios do ar, fogo e terra, mas as profecias da água eram as mais confiáveis. A água informava o imperador, trazia para ele a verdade em suas marés e também o serenava. Corria em canais estreitos e largos caminhos em torno e através dos pátios das instalações do palácio e refrescava por baixo os edifícios de pedra. Verdade, era um símbolo dos puritanos abstêmios como o partido *manqul* de Badauni, mas a relação do imperador com o líquido que sustentava a vida era mais profunda que a de qualquer fanático religioso.

Bhakti Ram Jain trazia uma bacia de água quente para suas abluções todas as manhãs e Akbar olhava fundo no vapor que subia e que lhe revelava o melhor curso de ação para o dia. Quando ele se banhava no hammam real, deitava a cabeça para trás e flutuava um pouco, como um peixe. A água do hammam sussurrava em seus ouvidos submersos e lhe contava os segredos mais íntimos de todo mundo que havia tomado banho em qualquer lugar num raio de cinco quilômetros. O poder de informação da água estacionária era limitado; para notícias de longa distância era preciso mergulhar num rio. No entanto, a mágica do hammam não devia ser subestimada. O hammam é que havia lhe contado, por exemplo, sobre o diário secreto do tacanho Badauni, um livro tão crítico às idéias e aos hábitos do imperador que se Akbar admitisse que sabia de sua existência teria sido obrigado a executar Badauni imediatamente. Em vez disso, ele manteve o segredo de seu crítico tão próximo de seu coração quanto qualquer segredo seu, e toda noite, quando Badauni estava dormindo, o imperador mandava seu mais confiável espião, Umar, o ayyar, ao estúdio do amargurado autor, para encontrar e memorizar as últimas páginas da história secreta do reino do imperador.

Umar, o ayyar, era tão importante para Akbar quanto a água — tão importante que ninguém sabia dele, exceto o próprio imperador. Nem mesmo Birbal sabia de sua existência, e nem Abul Fazl, o mestre dos espiões. Ele era um eunuco tão esguio e sem pêlos no rosto e no corpo que podia passar por uma mulher, e assim, por ordem de Akbar, vivia anonimamente num cubículo do harém fingindo ser um fiel servidor das concubinas com quem tanto se parecia. Nessa manhã, antes de Akbar levar Mogor dell'Amore à Tenda do Novo Culto, Umar havia entrado nos aposentos de Akbar por uma porta secreta, cuja existência era desconhecida até para Bhakti Ram Jain, e informou a seu mestre um murmúrio que tinha ouvido no ar, um vago sopro de rumor emanado do bordel de Hatyapul. Era que o recém-chegado de cabelo amarelo tinha um segredo a contar, um segredo tão assombroso que podia abalar a própria dinastia. Umar, porém, não conseguira descobrir qual era o segredo e parecia tão envergonhado, tão femininamente deprimido, que o imperador o consolou durante vários minutos para ter certeza de não deixá-lo ainda mais embaraçado se caísse em prantos.

Como Akbar estava bastante interessado nesse segredo não revelado, ele se portava como se não importasse, e encontrou muitas maneiras de protelar sua revelação. Mantinha o estranho por perto, mas certificava-se de que nunca estivesse sozinho. Passeou com ele até os pombais para inspecionar os corredores reais e permitiu que ele andasse ao lado do palanquim imperial, junto ao portador do guarda-sol imperial, quando desceu para a margem do lago luminoso. Era verdade que estava com o espírito perturbado. Não só havia essa história de um segredo não revelado que atravessara o mundo para encontrá-lo, como também, ao fazer amor com a amada Jodha, ele se sentira menos excitado que o usual pela esposa que nunca lhe falhara antes, e se vira até pensando se a companhia de alguma das concubinas mais bonitas não seria preferível para variar. E então havia a questão da crescente desilusão com Deus. Isso era mais que suficiente. Era hora de flutuar um pouco.

Num gesto de nostalgia, ele havia conservado e reformado quatro dos barcos favoritos de seu avô Babar e lhes dado o lago para dominar. O gelo da Caxemira vinha pela água no barco maior, o veículo de transporte de convés chato chamado a Capacidade, *Gunjayish*, passando o último trecho de sua jornada diária do alto Himalaia para os copos de beber da corte a bordo da embarcação que um dia havia sido presente de seu xará, o sultão Jalaluddin, para o cruel e amante da natureza, o Primeiro Rei Mughal. O próprio Akbar preferia viajar no Conforto, ou *Asayish*, com o pequeno esquife-correio, o *Farmayish*, ou Comando, a postos por perto, para transportar ordens e visitantes de ida e volta à margem. O quarto barco, o enfeitado *Arayish*, ou Decoração, era um barco para prazeres românticos, único a ser usado à noite. Akbar levou Mogor dell'Amore para a cabine principal do *Asayish* e soltou um suspiro baixo de prazer, como sempre fazia quando as sutilezas da água substituíam a banalidade do chão sólido debaixo de seus pés.

O estrangeiro parecia tão cheio da criança ainda não nascida de seu segredo quanto uma mulher a ponto de parir e com igual medo dos perigos do ato. Akbar atormentou seu hóspede um pouco mais pedindo à tripulação do barco para correr em torno deles cumprindo uma série de atos ditados pelo protocolo da corte, procedimentos que compreendiam almofadas, vinho e livros. Qualquer bebida tinha de ser provada três vezes antes de chegar aos lábios do imperador, e embora a prática entediasse o imperador ele não a contradizia. Quanto aos livros, porém, Akbar havia mudado o protocolo. Segundo os velhos hábitos, qualquer livro que chegasse à presença imperial precisava ser lido por três comentadores diferentes e declarado livre de rebeldia, obscenidade e mentiras. "Em outras palavras", o jovem rei dissera ao subir ao trono, "só podemos ler os livros mais chatos já escritos. Bom, isso não serve absolutamente." Hoje em dia todo tipo de livro era permitido, mas as resenhas de três comentadores eram apresentadas ao imperador antes de ele abri-los, por causa do abrangente, supremo protocolo referente à impropriedade da surpresa real. E quanto a almofadas, cada uma precisava ser testada para o caso de algum malfeitor ter escondido uma lâmina dentro dela. Tudo isso o imperador esperou ser feito. Então, por fim, permitiu-se ficar com o estrangeiro fora do alcance dos ouvidos de qualquer ajudante.

"Senhor", disse Mogor dell'Amore, e sua voz parecia tremer um pouco ao falar, "há uma questão que imploro revelar ao senhor, e só ao senhor."

Akbar explodiu numa grande gargalhada. "Nós pensamos que se fizéssemos você esperar mais um pouco você era capaz de morrer", riu-se ele. "Há mais de uma hora você parece uma espinha que precisa estourar."

O estrangeiro ficou muito vermelho. "Sua Majestade sabe tudo", disse, curvando-se. (O imperador não o convidou a sentar.) "Porém, me arrisco a acreditar que a natureza de minha informação não deva ser conhecida pelo senhor, mesmo que sua existência evidentemente seja." Akbar se compôs e pareceu grave. "Bom, vamos com isso, homem", disse. "Vamos ver seja lá o que for que tem para dar."

"Seja, senhor", começou o estrangeiro. "Existiu uma vez, na Turquia, um príncipe aventureiro chamado Argalia, ou Arcalia, um grande guerreiro que possuía armas encantadas, que tinha a seu serviço quatro gigantes terríveis, e uma mulher com ele, Angelica..."

Do esquife *Farmayish*, que ia depressa na direção do *Asayish* com Abul Fazl e uma pequena multidão de homens a bordo, veio um alto grito: "Cuidado! Salvem o imperador! Cuidado!" — e de imediato a tripulação do barco do rei entrou depressa na cabine real e agarrou Mogor dell'Amore sem cerimônia. Havia um braço fortemente musculoso em seu pescoço e três espadas apontadas para seu coração. O imperador se pusera de pé e ele também fora rapidamente cercado por homens armados, para defendê-lo de qualquer perigo.

"... Angelica, a princesa da Índia e Catai...", o estrangeiro batalhou para continuar. O braço apertou sua traquéia. "... A mais bela...", ele acrescentou, dolorosamente, e o braço em seu pescoço apertou de novo; com isso, Mogor dell'Amore perdeu a consciência e não disse mais nada.

7.
No escuro da masmorra suas correntes

No escuro da masmorra suas correntes lhe pesavam tanto quanto sua história inacabada. Havia tantas correntes enroladas nele que, no escuro, podia imaginar que havia sido de alguma forma engastado dentro de um corpo maior, o corpo de um homem de ferro. Movimento era impossível. Luz uma fantasia. A masmorra havia sido escavada na rocha viva de uma encosta debaixo dos palácios e o ar em sua cela tinha mil anos de idade, como também, talvez, as criaturas que andavam em cima de seus pés, por dentro de seus cabelos, de suas entranhas, as baratas albinas, as cobras cegas, os ratos transparentes, os escorpiões fantasmas, os piolhos. Ia morrer sem contar sua história. Achava essa idéia intolerável e assim ela se recusava a deixá-lo, engatinhava para dentro e para fora de seus ouvidos, deslizava pelos cantos de seus olhos e grudava-se ao céu da boca e ao tecido mole debaixo da língua. Todos os homens tinham de ouvir suas histórias ser contadas. Ele era um homem, mas se morresse sem contar a história seria algo menos que isso, uma barata albina, um piolho. A masmorra não entendia a idéia de uma história. A masmorra era estática, eterna, negra e uma história precisava de movimento, de tempo, de luz. Ele sentia a história lhe escapando, tornando-se inconseqüente, cessando de existir. Ele não tinha história. Não existia história. Ele não era um homem. Não existia homem ali. Existia apenas a masmorra e o escuro serpenteante.

Quando vieram buscá-lo, ele não sabia se havia se passado um dia ou um século. Não conseguia ver as rudes mãos que soltavam suas correntes. Durante algum tempo, sua audição também ficou afetada e a capacidade de falar. Vendaram-no e o levaram nu para outro lugar, onde foi lavado e esfregado. Como se fosse um corpo que é preparado para enterrar, pensou, um corpo amortecido que não podia contar sua história. Não existiam caixões naquela terra não cristã. Ele seria costurado dentro de uma mortalha e jogado sem nome num buraco no chão. Isso, ou queimado. Não ia descansar em paz. Na morte, assim como em vida, ele estaria cheio de palavras não ditas e elas seriam o seu Inferno, a atormentá-lo por toda a eternidade. Ouviu um som. *Existiu um dia*. Era sua própria voz. *Existiu um dia um príncipe*. Sentiu o coração começar a bater outra vez, o sangue a correr. A língua estava grossa, mas conseguia se mexer. O coração batia como um canhão em seu peito. *Que possuía armas encantadas*. Tinha um corpo de novo, e palavras. Tiraram a venda. *Quatro gigantes aterrorizantes e uma mulher*. Estava em outra cela, mas nesse lugar havia uma vela acesa e um guarda num canto. *A mulher mais linda*. A história estava salvando sua vida.

"Guarde suas forças", disse o guarda. "Amanhã vai ser julgado por assassinato."

Havia uma pergunta que ele estava tentando fazer. As palavras não se formavam. O guarda teve pena dele e respondeu de imediato.

"Não sei o nome do homem que acusa você", disse. "Mas ele é um estrangeiro sem deus como você e falta um olho e metade de uma perna dele."

O primeiro julgamento de Mogor dell'Amore ocorreu na casa da bananeira de arenito e seus juízes eram os grandes mais grandes da corte, todas as nove das Nove Estrelas, cuja presença havia sido ordenada por um decreto imperial excepcional: Abul Fazl, o sábio e obeso; Raja Birbal, o raio de sabedoria; o ministro das finanças Raja Todar Mal; Raja Man Singh, o chefe do exército; o impalpável místico faquir Aziauddin; e o bem mais palpável sacerdote Mullah Do Piaza, que preferia a cozinha à oração e era, devidamente, o favorito de Abul Fazl; os grandes poetas Faizi e Abdul Rahim; e o músico Tansen. O imperador estava sentado no topo da árvore como sempre, porém seu humor não era o de sempre. A cabeça inclinada dando-lhe a aparência nada imperial de um mortal comum que sofre a miséria de uma horrível calamidade pessoal. Durante longo tempo ele não falou nada, mas permitiu que o julgamento seguisse seu curso.

A tripulação do navio pirata *Scáthach* parada de um lado num grupo coeso e murmurejante, logo atrás da figura macabra do doutor perneta e de tapa-olho que fora escolhido porta-voz deles. Aquele não era o Benza-Deus Hawkins de que o acusado se lembrava, o choroso corno que, tão sem resistência, dobrara-se à sua vontade. Aquele Hawkins estava muito bem-vestido, a expressão grave, e quando viu o prisioneiro entrar na corte apontou-o e gritou com voz sonora: "Aí está ele, o vil Uccello, que matou o embaixador pelo seu ouro!".

"Justiça!", gritaram os marinheiros e, com menos nobreza, "queremos o dinheiro de volta!" O acusado usava apenas uma longa camisola branca, com as mãos amarradas para trás, e observou a cena funesta: o imperador, os nove juízes, os acusadores e a pequena galeria de cortesãos menores que se aglomerara no prédio pequeno para assistir o julgamento, dentre os quais, destacados em suas batinas negras de jesuítas, dois sacerdotes cristãos, o padre Rodolfo Acquaviva e o padre Antonio Monserrate, ali presentes para garantir que os homens do Ocidente receberiam a justiça e, talvez, o dinheiro que tinham vindo de tão longe recuperar. O acusado compreendeu a dimensão de seu erro de cálculo. Não lhe ocorrera que aquela ralé fosse atrás dele depois de morto seu senhor, então não tentara encobrir suas pegadas. Um homem de cabelo amarelo de pé num carro de bois com um casaco de couro de cores variegadas não era uma aparição comum nas estradas indianas. E eles eram muitos e ele era um, e nesse caso condenado a fracassar. "Neste lugar", Abul Fazl estava dizendo, "ele usa um nome diferente."

O padre Acquaviva obteve permissão para falar por intermédio de seu intérprete persa. "Esse *Mogor dell'Amore* não é nome coisa nenhuma", disse, danosamente. "Quer dizer, *um mughal nascido fora do casamento*. É um nome que muito ousa e a muitos ofende. Ao assumir esse nome, ele está insinuando que deseja ser considerado um príncipe ilegítimo."

Essa declaração causou consternação na corte. A cabeça do imperador ficou ainda mais baixa, até que seu queixo tocava o peito. Abul Fazl virou-se para encarar o acusado. "Qual é seu nome?", perguntou. "Porque tenho certeza de que esse Uccello é apenas outro disfarce."

O prisioneiro manteve silêncio. Então, de repente, o imperador rugiu lá de cima: "Seu nome", gritou, soando como uma versão mais estentórea do Benza-Deus Hawkins lamentando a infidelidade de sua amada portuguesa. "Com os diabos! Seu nome, *farangi*, ou sua vida."

O prisioneiro falou. "Eu me chamo Vespucci", disse baixo. "Vespucci, Niccolò."

"Outra mentira", o padre Acquaviva exclamou por meio do intérprete. "Vespucci, sei." Deu uma risada ruidosa, uma vulgar risada ocidental, risada de um povo que acreditava ser o zelador do riso do mundo. "É mesmo um ladrão mentiroso e sem-vergonha, e dessa vez roubou um grande nome florentino."

Nesse ponto, Raja Birbal interveio. "Senhor", disse ao jesuíta, "agradecemos sua observação anterior, mas por favor nos poupe dessas exclamações. Temos um caso estranho à nossa frente. Um nobre escocês está morto, isso foi verificado e muito lamentado por todos. A carta que ele trazia para Sua Majestade foi entregue pelo acusado; isso também sabemos, mas um carteiro não se torna assassino por entregar a correspondência de um morto. A tripulação do navio afirma que depois de muita pesquisa localizou sete câmaras ocultas na cabine do capitão e que as sete estavam vazias. Mas quem as esvaziou? Não podemos dizer. Talvez contivessem ouro, ou jóias, porém, uma vez mais, talvez tenham estado sempre vazias. O doutor Hawkins, médico do navio, declarou sob juramento que ele agora acredita que o falecido milorde sofreu as conseqüências fatais de envenenamento por láudano, mas como ele próprio cuidou do doente dia e noite até a hora de sua morte, pode estar acusando outro para encobrir a própria culpa. Os acusadores sustentam que o prisioneiro é culpado de roubo, porém ele entregou fielmente a única coisa que sabemos com certeza que retirou de lá, o pergaminho da rainha inglesa; e quanto ao ouro, não encontramos sinal disso, nem de láudano entre os pertences dele." Ele bateu as mãos e um criado entrou trazendo as roupas do prisioneiro, inclusive o casaco de losangos de couro. "Revistamos suas roupas e a bolsa que deixou na casa de má fama de Hatyapul, e encontramos o equipamento de um prestidigitador: cartas de baralho, dado, ilusões de todo tipo, até um pássaro vivo, mas nenhuma grande fortuna em jóias ou ouro. Então o que devemos pensar? Que ele é um hábil ladrão que escondeu os bens roubados; que ele não é um ladrão, porque não havia nada para roubar; ou que os ladrões estão ali, acusando um homem inocente. Essas são as suas escolhas. O peso dos números está contra ele, mas se muitos o acusam, muitos podem ser bandidos."

O rei falou pesadamente lá do alto. "Um homem que mente sobre seu nome mente sobre muitas outras coisas também. Devemos deixar o elefante decidir."

Uma vez mais, um alto murmúrio na sala: um rumor chocado, cheio de expectativa. Raja Birbal pareceu incomodado. "*Jahanpanah*", disse, "Abrigo do Mundo, considere o seguinte: lembra-se da famosa história do pastor de cabras e do tigre?"

"Pelo que nos lembramos", Akbar respondeu, "o pastor de cabras gritava *tigre* tantas vezes, só para incomodar a aldeia, que quando o tigre realmente atacou nenhum homem correu em sua defesa." "*Jahanpanah*", disse Birbal, "essa é a história de um grupo de aldeões ignorantes. Tenho certeza de que o rei dos reis não vai querer que um menino seja devorado por um tigre mesmo que ele seja um malandro mentiroso e ilegítimo."

"Talvez não", o imperador replicou, mal-humorado, "mas nesta ocasião gostaríamos de vê-lo esmagado debaixo dos pés de nosso elefante."

Birbal, entendendo que o imperador se comportava como um homem cujo amado se mostrara indigno de seu amor, estava juntando mais argumentos por clemência, quando o acusado fez uma declaração que o colocou fora do alcance da salvação. "Antes de me matar, grande imperador", disse o estrangeiro ousadamente, "devo alertar o senhor que se fizer isso será amaldiçoado e que sua capital irá desmoronar, porque um mago poderoso colocou em mim uma bênção que traz prosperidade a meus protetores, mas faz chover desolação sobre qualquer um que me faça mal."

O rei olhou para ele como um homem olha um inseto vagaroso que está a ponto de esmagar. "Isso é muito interessante", replicou, "porque, senhor Uccello, ou Mogor, ou Vespucci, nós construímos esta poderosa cidade em torno do altar do xeque Salim Chishti, o maior santo de toda a Índia e as bênçãos *dele nos* protegem, e fazem chover desolação sobre os *nossos* inimigos.

Nós nos perguntamos qual poder é maior, se o do seu mago ou o do nosso santo?"

"A minha era a mais poderosa maga de todo o mundo conhecido", disse o estrangeiro, e com isso todos ali reunidos não puderam conter o riso.

"Ah, uma mulher", disse o imperador. "Isso é mesmo muito aterrorizante. Basta agora! Joguem esse maldito para o elefante louco e vamos ver o que as manhas da mulher dele conseguem fazer."

O segundo julgamento do homem com três nomes ocorreu no Jardim de Hiran. Por capricho do imperador, seu elefante favorito havia sido batizado em honra a um *hiran*, um gamo, e talvez por essa razão, depois de anos de nobre serviço, o pobre animal tivesse perdido a cabeça e sido amarrado, porque nomes são coisas de poder e quando não combinam com a coisa nomeada adquirem uma força maligna. Mesmo depois de o elegante enlouquecer (e ficar cego em seguida), o imperador recusou-se a permitir que fosse morto. Ele foi conservado e cuidado em um lugar de honra, um estábulo especial com paredes acolchoadas para impedir que se machucasse em suas fúrias, e de quando em quando era levado para fora, por capricho do imperador, para servir a uma dupla finalidade, como juiz e carrasco.

Era adequado que um homem que falsificara seu nome fosse julgado por um elefante enlouquecido pelo próprio capricho de seu nome. Hiran, o elefante louco e cego, estava acorrentado no jardim do julgamento, impedido de correr à solta por uma grossa corda que passava pelo buraco de uma pedra enterrada no gramado. Ele barria e bufava e escoiceava com as patas, as presas brilhando como espadas. A corte reunira-se para assistir o que aconteceria com o homem de três nomes, e o público também foi admitido, de forma que muitos atestaram o milagre. As mãos do homem não estavam mais amarradas às costas, mas sua liberdade renovada não tencionava salvá-lo, apenas permitir que morresse com mais dignidade do que um pacote. Ele, porém, estendeu a mão para o elefante e todos os presentes viram o elefante ficar absolutamente quieto e calmo, e permitir que o homem o acariciasse; todos os presentes, bem ou mal nascidos, ficaram de boca aberta quando o elefante enrolou ternamente a tromba no prisioneiro e o levantou. Todos viram o estrangeiro de cabelo amarelo ser pousado como um príncipe nas costas amplas de Hiran.

O imperador Akbar observou o milagre do alto do pavilhão de cinco andares chamado Panch Mahal, com Raja Birbal a seu lado, e ambos os homens ficaram profundamente comovidos com o que aconteceu. "Nós é que estávamos loucos e cegos, não o nosso pobre elefante", Akbar disse a seu ministro. "Prenda a tripulação de bandidos imediatamente e traga a vítima inocente deles aos nossos aposentos assim que ele estiver devidamente lavado e vestido."

"O elefante não matou o estrangeiro, é verdade", disse Birbal, "mas isso significa que ele é inocente, *Jahanpanah*? Os marinheiros viriam do mar para acusá-lo se eles próprios fossem os culpados? Não teria sido mais aconselhável simplesmente navegarem mar afora?"

"Sempre remando contra a maré, hein, Birbal?", Akbar replicou. "Até um momento atrás, você era o principal defensor do sujeito. Agora que ele está isento de culpa, suas dúvidas colocam você contra ele. Aqui está, então, um argumento que você não vai poder refutar. A potência do julgamento do elefante fica multiplicada com o endosso do imperador. Se Akbar concorda com Hiran, então a sabedoria do elefante se multiplica até ultrapassar mesmo a sua."

Umar, o ayyar, visitou a tripulação do *Scáthach* em suas celas vestindo roupas de mulher. Usava um véu e seu corpo se movia suavemente, como o de uma mulher, e os marinheiros ficaram perplexos com a presença de uma dama naquele lugar de pedra e sombra. "Ela" não disse seu nome nem ofereceu nenhuma explicação para sua presença, apenas apresentou-lhes uma proposta direta. Não convencido da culpa deles, disse Ayyar, o imperador estava, conseqüentemente, preparado para manter o signor Vespucci debaixo de cuidadosa vigilância até ele se trair, como todos os criminosos acabam se traindo. Se eles quisessem de fato servir à memória de seu senhor morto, deviam aceitar a dura perspectiva de esperar na masmorra até o dia da incriminação de Vespucci. Se eles se curvassem a essa sorte impiedosa, Umar lhes disse, sua inocência estaria provada acima de qualquer equívoco, e o imperador perseguiria Vespucci com toda a sua força, e sem dúvida pegaria seu homem no fim. Mas não havia como saber se a espera seria curta ou longa, e a masmorra era a masmorra, isso era inegável; não havia como adoçar seus dias amargos. "No entanto", Umar declarou, "a única atitude honrada é ficar." Por outro lado, continuou, ele ("ela") estava autorizado(a) a organizar a "fuga" deles. Se escolhessem esse rumo, seriam escoltados de volta a seu navio e libertados, mas então seria impossível reabrir o caso Vespucci, uma vez que a fuga deles seria prova de sua culpa; e se algum dia voltassem ao reino, seriam sumariamente executados pelo assassinato de lorde Hauksbank. "É essa a escolha que o imperador oferece a vocês em sua sabedoria", entoou o eunuco, solene e femininamente.

A tripulação do *Scáthach* mostrou de imediato não ter honra. "Fiquem com o maldito assassino", disse Benza-Deus Hawkins, "nós queremos ir para casa." Umar, o ayyar, controlou um espasmo de desprezo. Os ingleses não tinham futuro nesta terra, disse a si mesmo. Uma raça que rejeitava a idéia de sacrifício pessoal certamente seria apagada dos registros do tempo dentro em pouco.

Quando o recém-nomeado Niccolò Vespucci foi levado aos aposentos do imperador, usando as próprias roupas e com o casaco de couro de muitas cores jogado displicentemente nos ombros como uma capa, estava inteiramente recuperado e sorria matreiro, como um mágico que conseguiu realizar um truque impossível, como fazer desaparecer um palácio, atravessar uma muralha de chamas incólume ou fazer um elefante louco se apaixonar. Birbal e o imperador ficaram pasmos com sua petulância. "Como fez aquilo?", o imperador perguntou. "Por que Hiran não matou você?" Vespucci abriu ainda mais o sorriso. "Meu senhor, foi amor à primeira vista", disse. "Seu elefante serviu bem a Sua Majestade, e sem dúvida sentiu em mim, tão recente amigo e companheiro seu, uma lufada de perfume conhecido."

É isso que nós todos fazemos?, o imperador perguntou a si mesmo. Esse hábito da mentira sedutora, esse constante embelezamento da realidade, essa pomada aplicada à verdade. A velhacaria desse homem de três nomes não seria mais que nossa própria loucura em larga escala? A verdade será uma coisa pobre demais para nós? Todo homem é inocente de embelezá-la às vezes, ou mesmo de abandoná-la inteiramente? "Eu" não sou melhor do que ele?

Enquanto isso, Vespucci estava pensando em confiança. Ele, que não confiava em ninguém, havia confiado em uma mulher e ela o salvara. *Socorrido por uma Esqueleto*, pensou. Uma história admirável sem dúvida. Ele tirou os tesouros de seus esconderijos, o ouro recuperou seu peso ao deixar o casaco mágico, as jóias pesadas na palma de sua mão, e deu todas a ela. "Assim me coloco em seu poder", ele disse a ela. "Se me roubar, não posso fazer nada." "Você não entende", ela respondeu. "Você conquistou sobre mim poder maior do que posso superar." E, efetivamente, ele não entendeu de imediato e ela não sabia dizer a palavra "amor" nem explicar o inesperado nascimento da emoção.

Então foi um mistério que o salvara de ser comprovado como ladrão, e quando estava sendo preparado para o elefante e desamarraram suas mãos e foi deixado um momento para rezar de forma que estivesse nas boas graças do Criador quando o encontrasse, ele se deu conta de que ela havia previsto essa possibilidade também e, então, tirou daquele esconderijo que ninguém se dá ao trabalho de revistar o minúsculo frasco de perfume que sintetizava perfeitamente o odor pessoal do imperador, enganou o elefante cego e salvou sua vida.

O imperador estava falando. O momento que ele esperava chegara. "Olhe aqui, sujeito, seja qual for o seu nome", disse Akbar. "Essa insinuação e provocação têm de parar e sua história precisa ser contada afinal. Depressa com ela, para fora, antes que percamos nosso bom humor."

Quando Hiran, o elefante, colocara o estrangeiro nas costas como se fosse um príncipe mughal, o cavaleiro entendeu de repente como tinha de começar. Um homem que conta sua história sempre com as mesmas palavras fica exposto como um mentiroso que ensaiou a mentira bem demais, pensou. Era importante começar em um lugar diferente. "Sua Majestade", disse ele, "rei dos reis, Abrigo do Mundo. Tenho a honra de informá-lo que..." As palavras morreram em seus lábios e ficou parado na frente do rei como um homem emudecido pelos deuses. Akbar irritou-se. "Não pare aí, homem", disse ele. "De uma vez por todas, desembuche essa coisa." O estrangeiro tossiu e começou de novo.

"Que eu, meu senhor, não sou nada mais que..."

"O quê?"

"Meu senhor, descobri que não consigo dizer."

"Mas deve dizer."

"Muito bem — embora eu tema a sua resposta."

"Mesmo assim."

"Então, meu senhor, saiba agora que eu sou, de fato..."
"Então?"
(Uma respiração profunda. Então, o salto.)
"Seu parente de sangue. Na realidade mesmo: seu tio."

8.

Quando a vida ficava complicada demais para os homens

Quando a vida ficava complicada demais para os homens da corte mughal, eles se voltavam para as mulheres velhas em busca de respostas. Nem bem Niccolò Vespucci, que se chamava Mogor dell'Amore, fez essa incrível alegação de parentesco, o imperador mandou mensageiros aos aposentos de sua mãe, Hamida Bano, e de Gulbadan Begum, sua tia. "Pelo que sabemos", disse ele a Birbal, "não temos nenhum tio desconhecido, além do que, esse pretendente ao título é dez anos mais novo que nós, de cabelo amarelo, e sem nada de Chaghatai nele que se possa perceber — mas antes do próximo passo vamos perguntar às damas, as Zeladoras das Histórias, que vão nos contar com certeza." Akbar e seu ministro entraram numa profunda discussão num canto da sala e ignoraram o provável impostor tão completamente que ele sentiu seu próprio senso de existência começar a oscilar. Estava realmente ali, na presença do Grande Mughal, reclamando uma ligação sanguínea, ou aquilo era alguma alucinação do ópio da qual seria mais aconselhável despertar? Teria escapado da morte elefantina para cometer suicídio poucos momentos depois?

Birbal disse a Akbar: "O guerreiro Argalia, ou Arcalia, que o sujeito mencionou tem um nome que eu não conheço, e Angelica é nome de povo estrangeiro, não nosso. Nem sabemos ainda o papel deles nessa história incrível, nessa 'lenda dourada'. Mas não vamos descartar esses personagens por causa de seus nomes, porque um nome, como sabemos, pode ser mudado". Raja Birbal havia começado a vida como um pobre menino brâmane chamado Mahesh Das, e foi Akbar quem o levara à corte e fizera dele um príncipe. Enquanto os dois amigos esperavam pelas grandes damas, caíram em reminiscências e eram jovens de novo, Akbar estava caçando e perdera o rumo. "Ê! Rapazinho! Qual dessas duas estradas vai para Agra?", o imperador gritou, e Birbal, de novo com seis ou sete anos, replicou sério: "Meu senhor, nenhuma das estradas vai a lugar nenhum". "Isso é impossível", Akbar ralhou e o pequeno Birbal sorriu. "Estrada não sai do lugar, então não vai a lugar nenhum", disse. "Mas gente que está viajando para Agra geralmente vai por esta aqui." Essa piada levou o menino à corte e lhe deu um novo nome e uma nova vida.

"Um tio?", disse Akbar, pensativo. "Irmão de nosso pai? Irmão de nossa mãe? Marido de nossa tia?" "Ou", disse Birbal, no interesse da justiça, "indo um pouco mais longe, filho do irmão de seu avô." Havia uma excitação debaixo da aparente gravidade deles e o estrangeiro entendeu que estava servindo de brinquedo. O império brincava enquanto decidia seu destino. As coisas não pareciam bem.

Ziguezagueando pela extensa área das residências imperiais, havia corredores cortinados pelos quais as damas da corte podiam se locomover sem ser observadas por olhos inadequados. Ao longo de uma dessas passagens, a rainha-mãe Hamida Bano e a velha dama da corte, princesa Gulbadan, deslizavam como dois barcos possantes atravessando um canal estreito, com a confidente íntima da rainha, Bibi Fatima, logo atrás. "Jiu" (era o apelido de sua cunhada mais velha), disse a rainha, "que loucura o pequeno Akbar está aprontando agora? Será que precisa de mais família do que já tem?" "Que já tem", repetiu Bibi Fatima, que havia adquirido o hábito de servir de eco de sua senhora. A princesa Gulbadan balançou a cabeça. "Ele sabe que o mundo ainda é misterioso", disse, "e as histórias mais estranhas podem acabar sendo verdade." Essa observação era tão inesperada que a rainha ficou em silêncio e as duas mulheres e a criada flutuaram até os aposentos do imperador sem trocar mais palavra.

Era um dia ventoso e os panos de bordados complicados que as protegiam dos olhos dos homens batiam como ansiosas velas de navio. As próprias roupas delas, as saias largas, as camisas longas, os panos da modéstia enrolados na cabeça e no rosto, eram igualmente agitados pelo vento. Quanto mais perto chegavam de Akbar, mais forte o vento ficava. *Talvez seja um sinal*, a rainha pensou. *Todas as nossas certezas estão sendo sopradas para longe e temos de viver no universo de mistério e dúvida de Gulbadan.* Hamida Bano, uma mulher feroz, mandona, não sentia atração pelo conceito de dúvida. Era sua opinião que ela sabia o que era o quê, havia sido educada para saber e era seu dever passar essa informação para todo mundo com a maior clareza possível. Se o imperador havia perdido a visão do que era o quê, então sua mãe estava a caminho para relembrá-lo. Mas Gulbadan — estranhamente — parecia pensar diferente.

Desde que voltara da peregrinação a Meca, Gulbadan parecia menos segura das coisas. Era como se sua fé nas verdades fixas e imutáveis do cosmos divino tivesse se enfraquecido em vez de se fortalecer com a longa viagem. Na opinião de Hamida Bano, o *hajj* de mulheres, organizado por Gulbadan e composto quase inteiramente pelas damas mais velhas da corte, era em si uma indicação da indesejável natureza revolucionária do estilo monárquico de seu filho. Um *hajj* de mulheres?, ela perguntara ao filho quando o assunto fora levantado pela primeira vez por Gulbadan. Como ele podia permitir uma coisa dessas? Não, a rainha dissera a ele, ela não podia participar de jeito nenhum, absolutamente, não. Mas então a co-rainha Salima foi, e Sultanam Begum, a esposa de Askari Khan, que havia salvado a vida de Akbar quando os pais o abandonaram e partiram para o exílio — Sultanam que tinha sido mais mãe do menino Akbar do que a própria Hamida; e a esposa circassiana de Babar, e as meia-primas de Akbar, e a neta de Gulbadan e várias criadas e outras. Três anos e meio nos lugares santos! O longo exílio da rainha na Pérsia havia mais que satisfeito seus desejos no departamento viagem, e três anos e meio longe era um horror só de pensar. Gulbadan que fosse para Meca! A rainha-mãe ia continuar reinando em casa.

O caso, sem dúvida, era que durante esses três anos e meio de paz e sossego, sem ter de agüentar a conversa interminável de Gulbadan, a influência de Hamida Bano sobre o rei dos reis havia sido sem rival ou impedimento. Quando as mulheres eram solicitadas a intermediar um casamento ou umas pazes, ela era a única grande dama disponível. As próprias rainhas de Akbar eram apenas meninas, com exceção da Fantasma, claro, aquela erotômana que havia decorado todos os livros sujos, e não era preciso pensar muito *nessa*. Mas então Gulbadan retornara e era agora Gulbadan, a Peregrina, e tinha havido uma alteração no equilíbrio do poder. O que tornava ainda mais irritante a velha princesa falar tão pouco de Deus ultimamente, e bastante mais sobre mulheres, seus poderes secretos, sua capacidade de fazer o que quisessem e como não deviam mais aceitar as limitações que os homens colocavam a elas, mas arranjar suas vidas por si mesmas. Se podiam fazer o *hajj*, podiam escalar montanhas, publicar poesia e governar o mundo sozinhas. Era um escândalo, evidentemente, mas o imperador adorava aquilo, qualquer novidade o deliciava, era como se ele não deixasse nunca de ser criança e se apaixonasse por qualquer brilhante idéia nova, como se ela fosse um chocalho de prata numa creche e não uma coisa séria, própria da vida adulta.

Mais ainda: a princesa Gulbadan era mais velha que ela e a rainha-mãe sempre prestava seus respeitos como lhe eram devidos. Mas, ah, tudo bem, era impossível não gostar de Gulbadan, ela estava sempre sorrindo e contando histórias engraçadas sobre um ou outro primo maluco, e seu coração era um bom coração amoroso, mesmo que sua cabeça estivesse cheia dessa nova coisa independente. Seres humanos não eram criaturas singulares, Hamida Banho dizia a Gulbadan, eles são plurais, suas vidas feitas de forças interdependentes, e se você sacudir voluntariamente um galho dessa árvore quem sabe que fruta pode lhe cair na cabeça. Mas Gulbadan era só sorrisos e o seguir de seu próprio caminho. E todo mundo gostava dela. A rainha-mãe também gostava. Isso era o mais irritante. Isso e o corpo de moça de Gulbadan, tão esguia e ágil na velhice como tinha sido na juventude. O corpo da rainha-mãe havia sucumbido confortavelmente, tradicionalmente aos anos, se expandindo para acompanhar o império do filho, e agora o corpo dela também era uma espécie de continente, um reino com montanhas e florestas e, acima de tudo isso, a capital de sua cabeça, que não havia cedido nem um pouco. Meu corpo é como o corpo de uma velha deve ser, Hamida Bano pensava. *Comum.* A insistência de Gulbadan em continuar parecendo moça era mais uma prova de sua perigosa falta de respeito pela tradição.

Tinham entrado nos aposentos do imperador pela porta das mulheres e sentado como sempre atrás do painel de nogueira filigranada marchetado com mármore, e a velha Gulbadan, como era de se esperar, encaminhou as coisas do jeito absolutamente errado. Ela não devia se dirigir ao estranho, mas ao ouvir que ele falava a língua deles, insistiu em ir direto ao ponto. "Ei! Estrangeiro!", gritou com uma voz aguda e dura. "Então! Que história de fadas é essa que você atravessou metade do mundo para contar?"

Era a história conforme haviam lhe contado, jurou o estrangeiro. Sua mãe fora uma princesa de verdadeiro sangue chaghatai, descendente direta de Gêngis Khan, membro da casa de Timur e irmã do Primeiro Imperador Mughal da Índia, que ela chamava de "o Castor". (Quando ele disse isso, Gulbadan Begum empertigou-se na cadeira atrás do painel.) Ele não sabia nada de datas ou lugares, mas apenas a história como haviam lhe contado e que ele honestamente repetia. O nome de sua mãe era Angelica e ela era, ele insistiu, uma princesa mughal e a mulher mais linda que jamais se viu, e uma feiticeira incomparável, mestre em poções e encantamentos cujos poderes todos temiam. Em sua juventude o irmão dela, o Rei Castor, havia sido sitiado em Samarcanda por um senhor da guerra uzbeque chamado Senhor Absinto, que exigira que ela fosse dada a ele como preço pelo salvo-conduto de Castor para sair da cidade quando se rendesse. Então, para insultá-la, o Senhor Absinto a entregou brevemente de presente a seu jovem aguadeiro Bacha Saqaw, para que a usasse como quisesse. Dois dias depois, o corpo de Bacha Saqaw começou a apresentar erupções por toda parte, ínguas da peste pendendo das axilas e virilhas, e quando estouraram, ele morreu. Depois disso, ninguém tentou encostar um dedo na feiticeira — até que ela, por fim, cedeu aos amores canhestros de Absinto. Dez anos se passaram. O Senhor Absinto foi derrotado pelo rei persa Ishmael, na batalha de Marv, nas costas do mar Cáspio. A princesa Angelica era outra vez espólio de guerra.

(Então, Hamida Bano também sentiu o pulso acelerar. Gulbadan Begum inclinou-se para ela e cochichou uma palavra em seu ouvido. A rainha-mãe balançou a cabeça e seus olhos se encheram de lágrimas. Sua criada Bibi Fatima chorou também, só para dar apoio.)

O rei persa, por sua vez, foi derrotado por Osmanli, ou Ottoman, sultão...

As mulheres atrás do painel não se contiveram mais. A rainha Hamida Bano não estava menos excitada que sua mais facilmente excitável cunhada. "Meu filho, venha até nós", ela ordenou em voz alta — "até nós", Bibi Fatima ecoou — e o rei dos reis obedeceu. Então, Gulbadan cochichou no ouvido dele e ele ficou muito quieto. Depois, virou-se para Birbal, parecendo genuinamente surpreso. "As damas confirmam", relatou, "que uma parte dessa história já é conhecida. *Babur*, que quer dizer 'Babar', é uma antiga palavra chaghatai para castor, e esse 'Absinto' igualmente se traduz por Shibaan ou Shaibani Khan, e a irmã de meu avô Babar, que era conhecida por todos como a maior beleza de sua época, foi capturada por Shaibani depois que Babar foi derrotado por aquele senhor da guerra de Samarcanda; e dez anos depois, Shaibani foi derrotado pelo xá Ismail da Pérsia, perto da cidade de Marc, e a irmã de Babar caiu em mãos persas."

"Desculpe, *Jahanpanah*", disse Birbal, "mas essa era a princesa Khanzada se não estou enganado. E é claro que a história da princesa Khanzada é conhecida. Como eu próprio aprendi, o xá Ismail a devolveu a Babar Xá num ato de amizade e ela viveu com grande respeito no seio da família real até chegar ao seu triste fim. É realmente notável que esse estrangeiro tenha conhecimento dessa história, porém ele não pode ser descendente dela. É verdade que ela teve um filho de Shaibani, mas o menino pereceu no mesmo dia que seu pai, nas mãos do xá da Pérsia. Portanto a história desse sujeito não se comprova."

Diante disso, as damas reais atrás do painel gritaram juntas: "*Havia uma segunda princesa!*". E a criada ecoou: "*... esa!*". Gulbadan se compôs. "Ó rei radiante", disse ela, "na história de nossa família há um capítulo secreto."

O homem que chamava a si mesmo de Mogor dell'Amore estava parado no coração do império mughal enquanto suas mulheres mais exaltadas relatavam a genealogia de sua linhagem. "Permita-me lembrar, ó rei que tudo sabe, que havia várias princesas nascidas de várias esposas e outras consortes", disse Gulbadan. O imperador suspirou um pouco; quando Gulbadan começava a subir na árvore genealógica como um papagaio agitado, não era possível saber de quantos galhos ela precisaria para assentar um pouco até resolver descansar. Nessa ocasião, porém, a tia foi de uma concisão quase chocante. "Havia Mihr Banu, Shahr Banu e Yadgar Sultana." "Mas a mãe de Yadgar, Agha, não era rainha", interrompeu orgulhosa a rainha Hamida. "Era apenas uma concubina... "... ncubina", disse Bibi Fatima devidamente. "Porém", acrescentou a rainha, "é forçoso admitir que, mesmo sendo Khanzada a primeira em idade, ela não era, de forma alguma, a primeira em beleza, embora declarasse oficialmente ser. Algumas concubinas eram muito mais bonitas." "Ó luminoso rei", Gulbadan continuou, "tenho de informá-lo que Khanzada, ai, foi sempre do tipo ciumenta."

Essa era a história que a velha Gulbadan guardara em segredo durante tanto tempo. "As pessoas diziam que Khanzada era a bonita porque ela era a mais velha e não adiantava contrariá-la em nada. Mas na verdade a princesa mais jovem de todas era a grande beleza, e tinha uma criada e companheira de brincadeiras bonita também, uma escrava jovem que era tão bonita quanto ela e parecia tanto com a sua senhora que as pessoas começaram a chamá-la de 'espelho da princesa'. E quando Khanzada foi capturada por Shaibani a pequena princesa e a Espelho foram capturadas também, e quando Khanzada foi liberada pelo xá Ismail e mandada de volta para a corte de Babar, a princesa oculta e a

Espelho ficaram na Pérsia. Por isso é que ela foi apagada da história de nossa família: ela preferiu a vida entre estrangeiros a um lugar de honra em sua própria casa."

"La Specchia", disse o estrangeiro de repente. "A palavra 'espelho' é um substantivo masculino, mas inventaram um feminino para ela. *La specchia*, a pequena menina espelho."

A história agora dava saltos tão depressa que o protocolo foi esquecido e o estranho não foi censurado pelo seu parêntese. Gulbadan é quem fazia a narrativa com sua voz rápida, aguda. A história da princesa oculta e de sua Espelho insistia em ser contada.

Mas Hamida Bano estava perdida em lembranças. A rainha era jovem de novo, com um bebê menino nos braços, e com seu marido Humayun, no momento da derrota dele, ela estava fugindo dos homens mais perigosos do mundo: os irmãos dele. Fazia tanto frio nos sertões de Kandahar que quando despejavam a sopa do caldeirão na tigela ela congelava imediatamente e não podia ser tomada. Um dia, estava com tanta fome que mataram um cavalo e tiveram de cortá-lo em pedaços para que a carne pudesse ser cozida num capacete de soldado, que era a única panela. E quando foram atacadas e ela teve de fugir e deixar seu bebê menino para trás, seu bebê menino, para arriscar a sorte numa zona de combate, seu bebê menino, para ser criado por outra mulher, a esposa de Askari, irmão e inimigo de seu marido, Sultanam Begum, que fez o que Hamida Bano não pôde fazer por seu filho, o imperador, seu filho.

"Perdoe-me", ela sussurrou ("... me", disse Bibi Fatima), mas o imperador não ouviu, ele estava rolando com a princesa Gulbadan por águas desconhecidas. "A princesa oculta não voltou com Khanzada porque — sim! — ela estava apaixonada." Apaixonada por um estrangeiro, tão embevecida que estava disposta a desafiar seu irmão, o rei, e o desdém da corte, que era o seu lugar como seu dever e seu amor superior deviam relembrá-la. Em sua fúria, Babar, o Castor, lançou sua irmã para fora da história, decretou que o nome dela fosse apagado de todos os registros e nunca mais fosse pronunciado por nenhum homem ou mulher de seu reino. Khanzada Begum obedeceu a ordem fielmente apesar de seu grande amor pela irmã, e aos poucos a lembrança da princesa oculta e sua Espelho se apagou. Elas se transformaram, então, em nada mais que um rumor, uma história ouvida de passagem numa multidão, um sussurro ao vento, e desse dia até hoje nada mais se soube.

"O rei persa, por sua vez, foi derrotado pelo Osmanli, ou Ottoman, sultão", o estrangeiro continuou. "E no fim a princesa chegou à Itália na companhia de um poderoso guerreiro. Argalia e Angelica eram seus nomes. Argalia levava armas encantadas e em sua comitiva havia quatro gigantes terríveis, e a seu lado cavalgava Angelica, a princesa de Catai e da Índia, a mulher mais bela do mundo e feiticeira sem par."

"Como *era* o nome delas?", perguntou o imperador, ignorando-o. A rainha-mãe balançou a cabeça. "Eu nunca ouvi", respondeu. E a princesa Gulbadan disse: "O apelido que tinha está na ponta da minha língua, mas seu nome verdadeiro se apagou completamente da minha memória".

"Angelica", disse o estrangeiro. "O nome dela era Angelica."

Então, de trás do painel ele ouviu a princesa Gulbadan dizer: "É uma boa história e precisamos descobrir como o sujeito ficou sabendo dela, mas há um problema que não sei se ele consegue resolver a nosso contento".

Birbal havia entendido, claro. "É uma questão de datas", disse. "De datas e idade das pessoas."

"Se Khanzada Begum estivesse viva hoje", disse a princesa Gulbadan, "ela teria cento e sete anos. A irmã mais nova dela, oito anos mais nova que Babar, teria talvez noventa e cinco. Esse estrangeiro aí parado que nos conta a história de nosso passado sepultado não tem mais que trinta ou trinta e um anos. Então, se a princesa oculta chegou à Itália, como diz o sujeito, e se ele é filho dela, como diz ser, na época do nascimento dele ela teria aproximadamente sessenta e quatro anos. Se esse ato miraculoso de parir realmente aconteceu, então ele certamente seria tio de Sua Majestade, filho da irmã de seu avô, e mereceria reconhecimento como príncipe da casa real. Mas é impossível, evidentemente."

O estrangeiro sentiu a sepultura se abrir a seus pés e entendeu que não seria ouvido por muito mais. "Eu disse que não sabia nada sobre datas e lugares", gritou. "Mas minha mãe era linda e jovem. Não era nenhuma velha sexagenária."

As mulheres atrás do painel se calaram. Sua sorte estava sendo decidida naquele silêncio. Por fim, Gulbadan Begum falou de novo. "É fato que ele nos contou coisas que estavam enterradas fundo. Se ele não tivesse falado, nós mulheres, velhas, levaríamos a história para o túmulo conosco. Então ele merece o benefício de uma pequena dúvida."

"Mas como você nos provou", objetou o imperador, "não resta nenhuma dúvida concebível."

"Ao contrário", disse a princesa Gulbadan. "Há duas explicações possíveis."

"Sendo a primeira", a rainha-mãe, a rainha Hamida Bano, viu-se dizendo, "que a princesa oculta era realmente uma suprema feiticeira e aprendeu os segredos da eterna juventude, de forma que ainda era uma mulher jovem de corpo e alma quando deu à luz, mesmo tendo quase setenta anos de idade."

O imperador socou a parede. "Ou talvez vocês todos perderam a cabeça e por isso acreditam em tão absoluta bobagem", berrou. A princesa Gulbadan o calou como se cala uma criança. "Você não ouviu a segunda explicação", disse.

"Muito bem, então", grunhiu o imperador. "Fale, tia." Gulbadan Begum disse, com uma ênfase pedante: "Vamos supor que a história desse sujeito seja verdadeira e que a princesa oculta e seu guerreiro foram para a Itália muito tempo atrás. Pode ser também que a mãe desse sujeito não fosse a amante real do guerreiro...".

"... e sim a filha da princesa", Akbar entendeu. "Mas quem, então, seria o pai dele?"

"É aí", replicou Birbal, "que eu acredito estar a lenda."

O imperador voltou-se para o estrangeiro com um suspiro de resignada curiosidade. Sua inesperada afeição por ele se azedava pela antipatia de imperadores por forasteiros que sabem demais. "O contador de histórias hindustâni sempre sabe quando perdeu sua platéia", disse, "porque a platéia simplesmente se levanta e vai embora, ou então atira vegetais, ou, se a platéia é o rei, ele às vezes joga o contador de histórias de ponta-cabeça da muralha. E neste caso, meu querido Mogor-Tio, a platéia é de fato o rei."

9.

Em Andizhan os faisões ficavam tão gordos

Em Andizhan os faisões ficavam tão gordos que quatro homens não davam conta de uma refeição preparada com uma só ave. Havia violetas nas margens do rio Andizhan, um afluente do Jaxartes ou do Syr Darya, e tulipas e rosas ali brotavam na primavera. Andizhan, sítio de origem da família Mughal, ficava na província de Ferghana *situada*, seu avô escrevera em sua autobiografia, *na quinta região, no limite do mundo civilizado*. O imperador nunca tinha visto a terra de seus antepassados, mas a conhecia pelo livro de Babar. Ferghana ficava na grande Estrada da Seda da Ásia central, a leste de Samarcanda, a norte dos poderosos picos do Hindu Kush. Havia belos melões e uvas para vinho, e podia-se banquetear com gamo branco e romãs recheadas com pasta de amêndoa. Regatos corriam por toda parte, havia bons pastos nas montanhas próximas, árvores de espiréia de casca vermelha cuja madeira fazia excelentes cabos de chicote e flechas, e turquesa e ferro nas minas. As mulheres eram consideradas bonitas, mas essas coisas, o imperador sabia, eram sempre questão de opinião. Babar, o conquistador do Hindustão, nascera ali, assim como a

Khanzada Begum, e também (embora todos os registros de seu nascimento tivessem sido obliterados) a princesa sem nome.

Quando ouviu a história da princesa oculta pela primeira vez, Akbar convocou seu pintor favorito, Dashwanth, para encontrá-lo no Lugar dos Sonhos junto à Melhor de Todas as Piscinas Possíveis. Quando Akbar subiu ao trono com menos de catorze anos, Dashwanth era um menino que parecia ignorante e chocantemente tristonho, de sua idade, cujo pai era um dos carregadores de palanquim do imperador. Em segredo, porém, era um grande desenhista cujo gênio explodia. À noite, quando tinha certeza de não haver ninguém olhando, ele cobria as paredes de Fatehpur Sikri com grafite — não palavras e imagens obscenas, mas caricaturas dos grandes da corte tão cruelmente precisas que ficaram todos decididos a caçá-lo o mais breve possível e cortar fora aquelas mãos satíricas. Akbar chamou Abul Fazl e o primeiro-mestre do estúdio de arte real, o persa Mir Sayyid Ali, para encontrá-lo no Lugar de Sonhos. "Melhor encontrarem esse menino antes dos seus inimigos, seja ele quem for", disse aos dois, "porque não quero que um talento desses se extinga pela espada de um nobre." Uma semana depois, Abul Fazl voltou, trazendo pela orelha um rapaz pequeno, escuro, esquelético. Dashwanth esperneava e protestava ruidosamente, mas Abul Fazl o arrastou até Akbar quando o imperador estava jogando pachisi humano. Mir Sayyid Ali seguia logo atrás do infame e de seu captor, conseguindo parecer ao mesmo tempo deliciado e sombrio. O imperador desviou brevemente os olhos de suas peças humanas, as lindas escravas negras paradas no tabuleiro de pachisi, ordenou que Dashwanth se juntasse ao estúdio de arte imperial imediatamente e proibiu que qualquer pessoa na corte lhe fizesse mal.

Nem mesmo Maham Anaga, a tia perversa e babá-chefe do imperador, ousou conspirar contra Dashwanth diante de uma ordem dessas, mesmo que os retratos que ele desenhara dela e de seu filho Adham tivessem sido não só os mais cruéis mas os mais proféticos de seus trabalhos. A caricatura de Maham Anaga aparecera na parede externa do bordel de Hatyapul. Ela era exibida à apreciação geral do povo como uma megera com cara azul de matraca cercada por poções borbulhantes, enquanto o hipócrita e assassino Adham fora desenhado como um reflexo em uma grande retorta de vidro que caía da muralha do castelo em sua cabeça. Seis anos depois, quando Adham, num delírio de fome de poder, atacou fisicamente Akbar e foi sentenciado pelo imperador a ser jogado das muralhas de cabeça para baixo para a morte, o monarca se lembrou, surpreso, da profecia de Dashwanth. Mas Dashwanth disse que não tinha lembrança de ter feito isso e a pintura havia sido apagada da parede do bordel muito antes, de forma que o imperador deixou a questão em sua memória e se perguntou quanto de sua vida desperta havia sido contaminada por sonhos.

Dashwanth logo se transformou em uma das estrelas mais brilhantes do estúdio de Mir Sayyid Ali e fez sua fama pintando gigantes barbudos a voar no ar em cima de urnas encantadas, cabeludos e manchados goblins conhecidos como *devs*, violentas tempestades no mar, dragões azuis e dourados, e feiticeiras celestiais cujas mãos se projetavam das nuvens para salvar heróis do perigo, tudo para satisfazer a imaginação solta e fantástica — a *khayal* — do jovem rei. Repetidas vezes pintou o legendário herói Hamza em seu cavalo de fadas com três olhos vencendo monstros improváveis de todo tipo, e compreendeu melhor que qualquer outro artista envolvido nos catorze anos do ciclo Hamza, que era o orgulho e a alegria do ateliê, que estava dando existência pictórica à biografia de sonho do imperador, que embora sua mão segurasse o pincel era a visão do imperador que aparecia nos panos pintados. Um imperador era a soma de seus feitos, e a grandeza de Akbar, assim como a de seu *alter ego*

Hamza, era demonstrada não apenas por seus triunfos sobre enormes obstáculos — príncipes recalcitrantes, dragões da vida real, *devs* e coisas assim; ela era efetivamente criada por esses triunfos. O herói nos quadros de Dashwanth se tornou o espelho do imperador, e todos os cento e um artistas reunidos no estúdio aprendiam com ele, até mesmo os mestres persas, Mir Sayyid Ali e Abdus Samad. Em suas pinturas coletivas das aventuras de Hamza e seus amigos, o Hindustão mughal estava literalmente sendo inventado; a união dos artistas prefigurava a unidade do império e, talvez, conferia-lhe existência. "Juntos, estamos pintando a alma do imperador", Dashwanth disse tristemente a seus colaboradores. "E quando o espírito dele deixar o corpo, virá descansar nestes quadros, nos quais ele será imortal."

Apesar de toda a realização artística, a personalidade depressiva de Dashwanth nunca mudou para melhor. Ele nunca se casou, vivia a vida celibatária de um *rishi*, e com o passar dos anos seu humor se tornou ainda mais sombrio, e havia longos períodos em que era incapaz de trabalhar, apenas ficava sentado em seu cubículo no estúdio de arte, olhando, horas e horas, um canto vazio, como se contivesse um dos monstros que ele representara com tanta maestria em todos aqueles anos. Apesar de seu comportamento cada vez mais estranho, continuava a ser reconhecido como o melhor dos pintores indianos que aprenderam sua arte sob as ordens dos dois mestres persas que acompanharam Humayun, o pai de Akbar, de volta para casa anos antes. Assim foi Dashwanth quem Akbar convocou quando lhe ocorreu desfazer o gesto desumano de seu avô e restaurar a princesa oculta à história da família afinal. "Pinte a princesa de volta ao mundo", exortou a Dashwanth, "pois seus pincéis são tão mágicos que ela pode até mesmo voltar à vida, saltar de suas páginas e se juntar a nós para comer e beber." Como o poder de dar vida do próprio imperador estava temporariamente exaurido pelo imenso esforço de criar, e depois sustentar, sua esposa imaginária Jodha, neste caso ele não foi capaz de agir diretamente e foi obrigado a recorrer à arte.

Dashwanth começou a pintar de imediato a vida da tia-avó perdida de Akbar em uma série de fólios extraordinária que deixou para trás até as pinturas de Hamza. Toda Ferghana saltou à vida: a fortaleza de três portões, engolidora de água de Andizhan — nove regatos fluíam para dentro dela, mas apenas um saía —, e a montanha de doze picos acima de Osh, a cidade vizinha, e a vastidão deserta onde doze dervixes se perdiam uns dos outros no vento feroz e as muitas cobras, antílopes e lebres da região. No primeiro quadro terminado por Dashwanth, ele mostrou a princesa oculta como uma linda menina de quatro anos vagando com um cestinho na gloriosa floresta das montanhas Yeti Kent, colhendo folhas e raízes de beladona, para acrescentar brilho a seus olhos ou talvez também envenenar seus inimigos, e também descobrindo grandes extensões da planta mítica que os nativos chamavam *ayïq otï*, mais conhecida como raiz de mandrágora. A mandrágora — ou "homem-dragão" — era parente da mortal beladona e parecia muito com ela acima da terra; mas abaixo da terra suas raízes tinham a forma de seres humanos e gritavam quando eram colhidas e puxadas para o ar, do mesmo jeito que seres humanos gritariam se fossem enterrados vivos. A força de seu encantamento dispensava explicação, e todos que viram essa primeira pintura entenderam que o excepcional poder de intuição de Dashwanth estava revelando a princesa oculta como uma Iluminada de nascimento, que instintivamente sabia o que fazer para se proteger e também para conquistar o coração dos homens, o que tantas vezes acabava sendo a mesma coisa.

A pintura em si exercia uma espécie de mágica, porque no momento em que a velha princesa Gulbadan a viu nos aposentos particulares de Akbar, ela se lembrou do nome da menina, que ficara dias pesando na ponta de sua língua e lhe dificultava comer.

"A mãe dela era Makhdum Sultana Begum", disse Gulbadan curvando-se muito para olhar a página brilhante, falando tão baixo que o imperador teve de se curvar também para ouvir. "Makhdum, sim, esse era o nome da mãe, o último amor verdadeiro de Umar Xeique Mirza. E menina era Qara Köz! — Qara Köz, isso! — e Khanzada tinha por ela um ódio venenoso até que, claro, ela resolveu trocar o ódio por amor."

Gulbadan Begum lembrava-se das histórias da vaidade de Khanzada Begum. Toda manhã, quando a senhora Khanzada se levantava para começar o dia (contou ela ao imperador), a chefe das damas de companhia tinha a instrução de dizer: "Olhem, ela acorda, Khanzada Begum; a mulher mais bela do mundo abre seus olhos e olha o domínio de sua beleza". E quando ela ia apresentar seus respeitos a seu pai Umar Xeique Mirza: "Olhem, ela vem, sua filha, a mais bela mulher do mundo", gritavam os arautos, "ela vem, a que governa na beleza como o senhor governa no poder", e ao entrar no *boudoir* de sua mãe Khanzada ouvia alguma coisa semelhante da própria rainha dragão; Qutlugh Nigar Khanum, a respirar fogo pelos olhos e fumaça pelo nariz, saudava a chegada de sua primeira filha. "Khanzada, a filha mais bela do mundo, venha até mim e me deixe satisfazer meus pobres olhos que se apagam."

Mas então a princesa mais jovem nasceu para Makhdum Sultana Begum. Desde o dia do nascimento, foi apelidada de Qara Köz, que queria dizer Olhos Negros, por causa do extraordinário poder daquelas órbitas de enfeitiçar todos que olhava. Desse dia em diante, Khanzada notou uma mudança no timbre de suas adorações diárias, que começaram a conter um grau de insinceridade mais alto que o aceitável. Nos anos seguintes, houve uma série de tentativas de assassinato da pequena, nenhuma das quais jamais foi associada a Khanzada. Foi veneno numa xícara de leite que a senhora Olhos Negros bebeu; ela ficou incólume, mas seu cachorrinho, para quem ela deu os últimos goles, morreu instantaneamente, se retorcendo de dor. Depois foi numa outra bebida que alguém colocou uma quantidade de cacos de diamante, para infligir à bela menina a morte horrível conhecida como "beber fogo", mas os diamantes passaram por ela sem causar dano e a tentativa de assassinato só veio à luz quando a escrava babá, ao limpar o banheiro real, encontrou as pedras cintilando nas fezes da princesa.

Quando ficou claro que a senhora Olhos Negros era possuidora de poderes sobre-humanos, cessaram as tentativas de assassinato, e Khanzada Begum, engolindo o orgulho, resolveu mudar de tática e começar a mimar e a afagar a menina sua rival. Não demorou muito para a meia-irmã mais velha sucumbir ao encanto da menina. Começaram a dizer na corte de Umar Xeique Mirza que sua filha mais nova podia ser a reencarnação da legendária Alanquwa, a deusa solar mongol que era ancestral de Temüjin, ou Chingiz, ou Gêngis Khan, e que, como controlava toda a luz, podia também fazer os espíritos das trevas serem subservientes a ela ameaçando iluminar e assim obliterar as trevas onde eles se escondiam. Alanquwa era a senhora da vida e da morte. Um culto religioso dos adoradores do sol começou a surgir em torno da menina que crescia.

Não durou muito. Seu amado pai, o padixá, ou rei, logo encontrou seu cruel destino. Ele tinha ido à fortaleza de Akhsi, perto de Andizhan — ah, Akhsi, onde cresciam os deliciosos melões *mirtimurti*! —, Akhsi, pintada por Dashwanth como uma construção bem à beira de uma funda ravina — e, quando foi visitar os pombos de seu pombal, o chão cedeu sob os pés dele e o padixá, os pombos e o pombal despencaram todos na ravina e se perderam. O meio-irmão da senhora Olhos Negros foi rei com doze anos. Ela própria ainda tinha apenas quatro. Em meio à tragédia familiar e ao caos que se seguiu, a questão do poder da iluminação oculta de Qara Köz foi esquecida. Alanquwa, a deusa solar, retirou-se uma vez mais para seu devido lugar no céu.

A queda de Umar Xeique Mirza, bisavô do rei dos reis, foi representada com galhardia em uma das melhores obras de Dashwanth. O padixá é mostrado de cabeça para baixo contra o negrume da ravina, as paredes de pedra passando depressa de ambos os lados dele, com os detalhes e sua vida e caráter entretecidos na intrincada borda abstrata da imagem: um homem baixo, gordo, bem-humorado e falante, jogador de gamão, um homem justo, mas também um homem que provocava brigas, um paladino cheio de cicatrizes que sabia dar socos e, como todos os seus descendentes, como Babar, Humayun, Akbar e os filhos de Akbar, Salim, Daniyal e Murad, um homem excessivamente chegado ao vinho e às bebidas fortes, e a um caramelo ou doce chamado *majun* feito com a planta canabis e que levou à morte súbita. Enevoado pelo *majun*, ele perseguira um pombo perto demais da borda do precipício e rolara para baixo, para o mundo inferior onde não importa se você é baixo ou gordo, bem-humorado, falante ou justo, e onde a delirante névoa de *majun* podia envolver um homem por toda a eternidade.

O quadro de Dashwanth olhava fundo no abismo e via os demônios esperando para dar boas-vindas ao rei no reino deles. A imagem era, claramente, um ato de *lèse-majesté*, porque apenas sugerir que um ancestral do imperador havia caído no inferno era crime passível de morte, contendo, como continha, a sugestão de que Sua Majestade podia seguir no mesmo rumo, mas quando Akbar viu o quadro ele simplesmente riu e disse: "O inferno me parece um lugar muito mais divertido do que todo o tédio dos anjos em torno de Deus". Quando o Bebedor de Água Badauni ficou sabendo dessa fala, concluiu que o império mughal estava condenado, porque Deus certamente não ia tolerar um monarca que se transformava num satanista diante dos olhos de todos. O império sobreviveu, porém, não para sempre, mas por muito tempo; como também Dashwanth, por um tempo muito mais curto.

Os anos seguintes na vida da pequena senhora Olhos Negros foram um tempo de inquietude e locomoções, durante o qual seu irmão e protetor, Babar, galopou para lá e para cá, venceu batalhas, perdeu batalhas, ganhou territórios, perdeu de novo, foi atacado por seus tios, atacou seus primos, foi preso por seus primos, atacou seus tios de novo, e por trás de todas essas questões familiares comuns encontrava-se a figura de seu maior inimigo, o selvagem órfão uzbeque, soldado da fortuna e peste da casa de Timur, Absinto — que quer dizer "Shaibani" — Khan. Dashwanth pintou Qara Köz aos cinco, seis e sete anos como um ser sobrenatural encasulado num pequeno ovo de luz, enquanto a toda volta dela a batalha rugia. Babar capturou Samarcanda, mas perdeu Andizhan, depois perdeu Samarcanda, depois capturou-a de novo, e depois perdeu-a outra vez, e suas irmãs com ela. Absinto Khan sitiou Babar naquela grande cidade, e em torno do Portão de Ferro, do Portão dos Fabricantes de Agulha, do Portão dos Clareadores e do Portão Turquesa houve muita luta dura. Mas por fim o sítio venceu Babar pela fome. Absinto Khan tinha ouvido falar sobre a lenda da beleza de Khanzada Begum, a irmã mais velha de Babar, e mandou uma mensagem dizendo que, se Khanzada se rendesse a ele, Babar e sua família poderiam partir em paz. Babar não teve escolha senão aceitar, e Khanzada não teve escolha senão aceitar a escolha de Babar.

Assim ela se transformou numa oferenda para o sacrifício, num butim humano, num peão vivo como as escravas do pátio de pachisi de Akbar. Porém naquela última reunião de família nos aposentos reais de Samarcanda, ela acrescentou uma exigência. Sua mão direita caiu sobre o punho esquerdo da irmãzinha como a garra da um pássaro roca. "Se eu for", disse, "levo a senhora Olhos Negros para me fazer companhia." Ninguém presente conseguiu concluir se ela falava por malícia ou por amor, porque na relação de Khanzada com Qara Köz ambas as emoções estavam sempre presentes. No quadro que Dashwanth fez da cena, Khanzada aparece como uma figura magnífica, a boca muito aberta a gritar seu desafio, enquanto a senhora Olhos Negros parece à primeira vista uma criança assustada. Mas então aqueles olhos escuros atraem o olhar e vê-se o poder que mora em suas profundezas. A boca de Qara Köz também está aberta — ela também está gritando, lamentando sua desgraça e anunciando sua força. E o braço de Qara Köz também está estendido; sua mão direita também aperta um pulso. Se Khanzada ia ser prisioneira de Absinto Khan, e ela, Qara Köz, prisioneira de Khanzada, então a menina escrava, a Espelho, seria sua.

A pintura é uma alegoria dos males do poder, de como eles passam em corrente do maior para o menor. Seres humanos eram agarrados e agarravam outros por sua vez. Se o poder era um grito, então as vidas humanas eram vividas no eco dos gritos de outros. O eco dos poderosos ensurdecia o ouvido dos desamparados. Mas havia um detalhe final a ser observado: Dashwanth havia completado a corrente de mão. A Espelho, a menina escrava, o pulso esquerdo preso na garra de sua jovem senhora, com a mão livre agarrara o pulso esquerdo de Khanzada Begum. Elas formavam um círculo, as três criaturas perdidas, e ao fechar o círculo o pintor sugeria que a garra ou o eco do poder podia também ser revertido. A menina escrava podia algum dia aprisionar a dama real. A história podia lançar suas garras para cima assim como para baixo. O poderoso podia ficar surdo com os gritos do pobre.

À medida que Dashwanth pintava Qara Köz crescendo até a plenitude de sua jovem beleza durante o cativeiro, ia ficando claro que algum poder superior havia tomado conta de seu pincel. A beleza de suas telas era tão intensa que Birbal, ao olhar para elas a primeira vez, disse, premonitório: "Temo pelo artista, porque ele está tão profundamente apaixonado por essa mulher do passado que vai ser duro para ele voltar ao presente". A menina, a adolescente, a radiosamente bela jovem que Dashwanth trouxe, ou melhor, restaurou à vida nessas obras-primas, era, Akbar de repente se deu conta ao examinar o trabalho, quase certamente a *qara ko'zum*, a beleza de olhos negros celebrada pelo Príncipe dos Poetas, o supremo versificador da língua chaghatai, Ali-Shir Nava'i de Herat. *Teça um ninho para você no fundo de meus olhos. Ó, seu corpo esguio que parece uma árvore nova crescendo no jardim do meu coração. Diante de uma gota de suor em seu rosto, posso morrer de repente.* Dashwanth havia efetivamente pintado uma parte do último verso no padrão do tecido da roupa de Qara Köz. *Posso morrer de repente.*

Herat, a chamada Florença do Oriente, sucumbiu a Shaibani, ou Absinto Khan, logo depois da captura de Samarcanda e foi onde Khanzada, Qara Köz e a Espelho passaram a maior parte de seus anos de cativeiro. O mundo era como um oceano, as pessoas diziam, e no oceano havia uma pérola, e a pérola era Herat. "Se estender a perna em Herat", disse Nava'i, "vai com certeza chutar um poeta." Ó fabulosa Herat das mesquitas, palácios e bazares de tapetes voadores! Sim, era um lugar maravilhoso, sem dúvida, o imperador pensou, mas a Herat que Dashwanth pintava, irradiada pela beleza da princesa oculta, era uma Herat que nenhuma Herat que existisse de verdade poderia superar, uma Herat de sonho para uma mulher de sonho, por quem, conforme Birbal adivinhara, o artista estava desesperadoramente apaixonado. Dashwanth pintava dia e noite, semanas e semanas, sem nunca procurar, nem aceitar, um dia de descanso. Ficou ainda mais esquelético e seus olhos começaram a esbugalhar. Seus colegas pintores temiam por sua saúde. "Ele parece tão *concentrado*", Abdus Samad murmurou para Mir Sayyid Ali. "É como se ele quisesse renunciar à terceira dimensão da vida real e achatar-se num quadro." Assim como o comentário de Birbal, essa foi uma observação aguda, cuja verdade logo se tornou aparente.

Os colegas de Dashwanth passaram a espioná-lo, porque tinham começado a temer que ele pudesse fazer alguma loucura, tão profunda se tornara sua melancolia. Revezavam-se para vigiá-lo, o que não era difícil porque ele só tinha olhos para seu trabalho. Eles o viram sucumbir à loucura final do artista, ouviram-no levantar seus quadros e abraçá-los, sussurrando: *Respire*. Estava trabalhando no que viria a ser o quadro final das chamadas *Qara Köz Nama*, as Aventuras da senhora Olhos Negros. Na composição que era um redemoinho transcontinental, Absinto Khan estava morto num canto, sangrando para dentro do mar Cáspio infestado de monstros de barbatana. No restante do quadro, o vencedor de Absinto, o xá Ismail da Pérsia, saudava as damas mughal em Herat. O rosto do rei persa trazia uma expressão de machucada melancolia que lembrou ao imperador o olhar característico do próprio Dashwanth, e ele concluiu que aquele rosto dolorido podia ser o jeito de o artista se inserir na história da princesa oculta. Mas Dashwanth tinha ido além disso.

O simples fato era que, apesar da quase constante vigilância de seus pares, ele de alguma forma conseguiu desaparecer. Nunca mais foi visto, nem na corte mughal, nem em nenhum outro lugar de Sikri, nem em qualquer outro lugar de toda a terra do Hindustão. Seu corpo não foi dar às margens do lago nem foi encontrado pendurado em uma trave. Ele simplesmente desaparecera como se nunca tivesse existido, e quase todos os quadros das *Qara Köz Nama* desapareceram com ele, exceto este último, em que a senhora Olhos Negros, mais linda do que nunca como nem mesmo Dashwanth havia conseguido fazê-la antes, via-se cara a cara com o homem que viria a ser o destino dela. O mistério foi resolvido, inevitavelmente, por Birbal. Uma semana e um dia depois do desaparecimento de Dashwanth, o mais sábio dos cortesãos de Akbar, que tinha examinado de perto a superfície do último quadro remanescente da princesa oculta na esperança de encontrar uma pista, notou um estranho detalhe técnico até então despercebido. Parecia que a pintura não parava nas bordas ornamentadas com que Dashwanth a cercara, mas, ao menos no canto inferior esquerdo, continuava por alguma distância por baixo da moldura enfeitada de cinco centímetros. O quadro voltou para o estúdio — o próprio imperador o acompanhou, junto com Birbal e Abul Fazl — e sob a supervisão dos dois mestres persas a borda pintada foi cuidadosamente separada do corpo principal da obra. Quando o pedaço oculto da pintura foi revelado, os observadores irromperam em gritos de perplexidade, porque ali, agachado como um sapinho, com um grande volume de rolos de papel debaixo do braço, estava Dashwanth, o grande pintor, Dashwanth, o artista do grafite, Dashwanth, o filho do carregador de palanquim e ladrão das *Qara Köz Nama*, Dashwanth solto no único mundo em que ele agora acreditava, o mundo da princesa oculta, que ele havia criado e que o incriara então. Ele havia conseguido o feito impossível que era o exato oposto do feito obtido pelo imperador ao conjurar sua rainha imaginária. Em vez de trazer uma fantasia de mulher para a realidade, Dashwanth havia se transformado ele próprio em um ser imaginário, levado (assim como o imperador havia sido levado) pela força esmagadora do amor. Se o limiar entre mundos podia ser atravessado numa direção, Akbar entendeu, podia também ser atravessado na outra. Um sonhador podia se transformar em seu sonho.

"Ponham de volta a moldura", Akbar ordenou, "e deixem o coitado ter um pouco de paz." Quando isso foi feito, a história de Dashwanth foi deixada descansando onde era seu lugar, à margem da história. No centro do palco, estava a protagonista redescoberta e seu novo amante — a princesa oculta senhora Olhos Negros, ou Qara Köz, ou Angelica, e o xá da Pérsia — cara a cara.

II

10.

Onde a semente do enforcado é derramada

"Onde a semente do enforcado é derramada", o Machia leu em voz alta, "ali a raiz da mandrágora é encontrada." Quando Nino Argalia e seu melhor amigo Niccolò — "il Machia" — eram meninos juntos em Sant'Andrea, na Percussina, na cidade-Estado de Florença, sonhavam em possuir um poder oculto sobre mulheres. Em algum lugar nas florestas da região, algum homem devia ter sido enforcado em algum momento, concluíram, e durante muitos meses procuraram mandrágoras na propriedade da família de Niccolò, na floresta de carvalhos de Caffagio e no bosque da *vallata* perto de Santa Maria dell'Impruneta, e também na floresta em torno do castelo de Bibbione, um pouco mais adiante. Encontraram apenas cogumelos e uma misteriosa flor escura que produziu neles uma erupção de pele. Em algum momento, resolveram que o sêmen para a mandrágora não precisava vir necessariamente de um enforcado e, depois de muito esfregarem e ofegarem, conseguiram derramar umas poucas gotas impotentes deles próprios em cima da terra desinteressada. Então, no domingo de Páscoa do décimo ano deles, o Palazzo della Signoria foi engalanado com mortos balouçantes, oitenta conspiradores Pazzi vencidos, enforcados nas janelas por Lorenzo de Medici, inclusive o arcebispo todo paramentado, e como aconteceu de Argalia estar hospedado na cidade com Machia e seu pai Bernardo na casa da família deles do outro lado da Ponte Vecchio, há três ou quatro quarteirões apenas, quando viram todo mundo correndo não conseguiram se conter.

Bernardo correu ao lado dos dois meninos, com medo e excitado ao mesmo tempo, exatamente como eles. Bernardo era um homem que gostava de ler, juvenil, doce, e sangue lhe era desagradável, porém o enforcamento de um bispo era diferente, era uma coisa que valia a pena ver. Os meninos levavam canecas de lata para o caso de derrames úteis. Na Piazza, toparam com Agostino Vespucci, fazendo altos sons de peido para os assassinos mortos, com obscenos gestos masturbatórios para seus corpos e gritando: "Vão se foder! Foda-se a sua *filha*! Foda-se a sua *irmã*! Foda-se a sua *mãe* e a sua *avó* e o seu *irmão* e a sua *mulher* e o irmão *dela* e a mãe *dela* e a irmã da mãe *dela* também", enquanto os corpos giravam e fediam na brisa. Argalia e il Machia contaram para Ago a rima da mandrágora, então ele pegou uma caneca e ficou debaixo do pau do arcebispo. Depois, em Percussina, os três meninos enterraram as duas canecas e recitaram o que imaginavam ser versos satânicos e em seguida deram início a uma longa e infrutífera espera por brotos da planta do amor.

"O que começa com traidores pendurados", disse o imperador Akbar para Mogor dell'Amore, "será um história traiçoeira."

No princípio, havia três amigos, Antonino Argalia, Niccolò "il Machia" e Ago Vespucci. Ago, de cabelos dourados e o mais falante do trio, fazia parte de uma multidão, uma confusão, uma gritaria de Vespucci que viviam em grande intimidade no populoso bairro de Ognissanti, comerciando óleo de oliva, vinho e lã do outro lado do Arno, no *gonfalone del drago*, o bairro do dragão, e tinha crescido boca-suja e gritalhão porque em sua família era preciso ser assim para conseguir ser ouvido na bagunça dos cospe-fogo Vespucci gritando uns com os outros como farmacêuticos ou barbeiros no Mercato Vecchio. O pai de Ago trabalhava como notário para Lorenzo de Medici, então depois daquela Páscoa de esfaqueamentos e enforcamentos ele ficou aliviado de estar do lado vencedor. "Mas a porra do exército do papa vai vir atrás da gente porque nós matamos a porra do padre", Ago resmungava. "E a porra do exército do rei de Nápoles também." O primo de Ago, o furioso Amerigo, ou Alberico Vespucci, de vinte e quatro anos, foi logo despachado, junto com seu tio Guido, com o objetivo de conseguir a ajuda do rei da França para o governo dos Medici. Pelo brilho dos olhos de Amerigo ao se dirigir a Paris, era fácil perceber que estava mais interessado na viagem que no rei. Ago não era o tipo viajante. "Eu sei o que vou ser quando crescer", disse aos amigos na floresta da mandrágora que não tinha mandrágoras, em Percussina. "Vou ser um fodido de um vendedor de carneiros, ou de bebida, ou então, se eu conseguir entrar para o serviço público, vou ser uma porra de um escrevente sem importância, sem esperança, sem futuro."

Apesar da desolação de seu futuro profissional, Ago era cheio de histórias. Suas histórias eram como as aventuras de Polo, viagens fantásticas, e ninguém acreditava em uma palavra do que ele dizia, mas todo mundo queria ouvir, principalmente o que inventava sobre a moça mais bela de toda a história da cidade, ou talvez desde que a terra se formou. Fazia apenas dois anos que Simonetta Cattaneo, que se casara com o primo de Ago, Marco Vespucci, conhecido pelas costas como o Corno Marco, ou Marco, o Bobo Apaixonado, morrera de tuberculose e lançara toda Florença em luto, porque Simonetta possuía uma beleza loira e pálida tão intensa que nenhum homem conseguia olhar para ela sem cair em um estado de derretida adoração, e tampouco as mulheres conseguiam, e o mesmo valia para os gatos e os cachorros da cidade, e talvez as doenças também gostassem dela, razão pela qual morreu antes dos vinte e quatro anos. Simonetta Vespucci era casada com Marco, mas ele tinha de reparti-la com a cidade inteira, coisa que, de início, fez de bom grado e resignado, o que, para os cidadãos daquele local conspirador e astuto, só confirmava a sua falta de inteligência. "Uma beleza dessas é um recurso público", ele dizia com idiota inocência, "como um rio, ou o ouro do tesouro, ou a boa luz e o ar da Toscana." O pintor Alessandro Filipepi pintou-a muitas vezes, antes e depois de morta, pintou-a vestida e nua, como a Primavera e a deusa Vênus, e até como ela mesma. Sempre que posava para ele, Simonetta o chamava de "meu barrilzinho", porque sempre o confundia com o irmão mais velho dele, que as pessoas chamavam de "*Botticelli*" — "Barrilzinho" — por causa de seu tipo atarracado. O Filipepi mais novo, o pintor, não se parecia nem um pouco com um barril, mas se era assim que Simonetta queria chamá-lo, tudo bem para ele, e então começou a atender por esse nome.

Tal era o poder de encantamento de Simonetta. Ela transformava os homens no que queria que eles fossem, deuses ou cães de estimação, barrilzinhos ou apoios para os pés e, é claro, amantes. Podia mandar rapazes morrer para provar seu amor por ela e eles o fariam alegremente, mas era boa demais para isso e nunca usou para o mal o seu imenso poder. O culto a Simonetta cresceu até as pessoas rezarem em segredo para ela na igreja, murmurando seu nome baixinho como se fosse uma santa viva, e cresceram os rumores de seus milagres: um homem ficara cego por sua beleza quando ela passou por ele na rua, um cego recuperara a visão quando os tristes dedos dela, num súbito gesto piedoso, tocaram sua fronte perturbada, uma criança paralítica se pôs de pé para correr atrás dela, outro rapaz ficou repentinamente paralisado ao fazer gestos obscenos pelas suas costas. Tanto Lorenzo como Giuliano de Medici eram loucos por ela e disputaram uma justa em sua homenagem — Giuliano levava um estandarte com o retrato dela pintado por Filipepi e com a legenda em francês *la sans pareille*, provando que havia vencido seu irmão pela mão dela —, e os dois a instalaram num conjunto de aposentos no palácio, e nesse ponto até o idiota do Marco notou que alguma coisa estava errada com seu casamento, mas alertaram-no que se protestasse isso poderia lhe custar a vida. Depois disso, Marco Vespucci passou a ser o único homem na cidade capaz de resistir à beleza de sua esposa. "Ela é uma puta", ele dizia nas tavernas que começou a freqüentar para afogar a consciência de ser corno, "e para mim é mais feia que a Medusa." Estranhos o espancavam por contestar a beleza de *la sans pareille* e ele acabou tendo de ficar em casa em Ognissanti e beber sozinho. Então, Simonetta adoeceu e morreu, e falava-se pelas ruas de Florença que a cidade havia perdido a sua feiticeira, que uma parte da alma da cidade morria com ela, e chegou a ser comum afirmar que um dia ela voltaria — que os florentinos não poderiam ser verdadeiramente eles mesmos até ela voltar, momento em que redimiria a todos, como um segundo Salvador. "Mas", Ago sibilou na floresta da *vallata*, "vocês não fazem idéia do que Giuliano fez para mantê-la viva: transformou Simonetta em uma vampira."

Primo dela por afinidade, ele contou que o melhor caçador de vampiros de Florença, um certo Domenico Salcedo, foi chamado aos aposentos de Giuliano e recebeu ordens de encontrar um bebedor de sangue não morto. Na noite seguinte, Salcedo levou o vampiro para a sala do palácio onde a moça jazia doente e o vampiro a mordeu. Mas Simonetta recusou-se a encarar a eternidade como um membro daquela triste e pálida tribo. "Quando se deu conta de que era uma vampira, saltou do alto da torre do

Palazzo Vecchio e empalou-se na lança de um guarda do portão. Pode imaginar o que tiveram de fazer para esconder *isso*." Assim, segundo seu primo por afinidade, pereceu a primeira feiticeira de Florença, pereceu sem esperança de voltar dos mortos. Marco Vespucci perdeu o juízo de dor. ("Marco era um bobo", Ago disse, rude. "Se eu casasse com uma mulher gostosa daquelas, guardava ela trancada na torre mais alta onde ninguém pudesse fazer mal nenhum a ela.") E Giuliano de Medici foi morto a punhaladas por um conspirador no dia da conspiração Pazzi, enquanto o Filipepi, o barrilzinho, continuava a pintá-la insistentemente, como se ao pintá-la pudesse fazê-la se levantar dos mortos.

"Igual a Dashwanth", deslumbrou-se o imperador.

"Essa pode ser a maldição da raça humana", respondeu Mogor. "Não que sejamos tão diferentes uns dos outros, mas que sejamos tão parecidos."

Nessa época, os três meninos passavam na floresta a maior parte dos dias, subindo em árvores e se masturbando pelas mandrágoras, um contando ao outro histórias malucas sobre suas famílias, a reclamar do futuro para esconder seu medo, porque, logo depois de esmagada a conspiração Pazzi, a peste chegou a Florença e os três amigos foram mandados para o campo por segurança. Bernardo, o pai de Niccolò, ficou na cidade e pegou a doença. Ele veio a ser uma das poucas pessoas que contraíram a peste e sobreviveu, por isso seu filho contava aos amigos que isso se deu por causa da mágica ligação de sua mãe Bartolomea com a farinha amarela. "Sempre que a gente fica doente ela nos cobre com mingau", ele pronunciou, solene, sussurrando para a coruja não ouvir. "Dependendo da doença, ela usa a polenta amarela de sempre, mas se é alguma coisa séria ela compra a branca do tipo Friuli. Para uma coisa dessas ela provavelmente punha também couve e tomate, e não sei qual outro negócio mágico. Ela faz a gente tirar toda a roupa e vai botando as conchas de mingau em cima de cada parte do corpo, nem liga para a sujeira. O mingau chupa fora a doença e pronto. Parece que nem a peste é páreo para a polenta doce da mamma." Depois disso, Argalia começou a chamar a família maluca de Machia de "Polentini" e inventou canções para uma namorada imaginária chamada Polenta. "Se ela fosse um florim, eu gastava", ele cantava, "e se ela fosse um livro, eu podia emprestar." E Ago cantava junto: "Se ela fosse um arco eu podia dobrar, e se fosse uma cortesã eu podia alugar — minha doce Polenta". E, no fim, il Machia parou de se chatear e juntou-se a eles. *Se ela fosse um recado, eu podia mandar. Se fosse um sentido, eu podia sentir.* Mas quando chegou a notícia de que ambos os pais de Nino Argalia tinham pegado a peste, não houve mágica de polenta no mundo que se revelasse útil. Argalia ficou órfão antes dos dez anos de idade.

O dia em que Nino foi à floresta de carvalhos para contar a il Machia e Ago que seus pais tinham morrido, foi também o dia em que encontraram a mandrágora. Ela estava escondida debaixo de um galho caído, como um animal com medo. "Tudo o que a gente precisa agora", disse Ago, triste, "é do encanto que nos transforme em homens, porque sem isso o que adianta as mulheres ficarem loucas pela gente?" Então, Argalia chegou e viram em seus olhos que ele havia descoberto o encantamento da virilidade. Mostraram-lhe a mandrágora e ele deu de ombros. "Esse tipo de coisa não me interessa mais", disse. "Vou fugir para Gênova, entrar para o Bando do Ouro." Era o outono dos *condottieri*, os soldados da fortuna com exércitos pessoais, mercenários que alugavam seus serviços às cidades-Estado da Itália, que não tinham condições de manter exércitos próprios. Toda Florença conhecia a história do concidadão Giovanni Milano, que nascera sir John Hauksbank na Escócia, cem anos antes. Na França, ele era Jean Aubainc, nos cantões de língua alemã da Suíça era Hans Hoch e, na Itália, era Giovanni Milano — "Milano" porque *milan* era falcão —, chefe da Companhia Branca, outrora general de Florença e vencedor, a favor de Florença, da batalha de Polpetto contra os odiados venezianos. Paolo Uccello trabalhara em seu afresco funerário que ainda existia no Duomo. Mas a era dos *condottieri* estava chegando ao fim.

O maior guerreiro mercenário que ainda restava, segundo Argalia, era Andrea Doria, chefe do Bando do Ouro, que naquele momento estava ocupado em libertar Gênova do controle francês. "Mas você é florentinho e nós somos aliados dos franceses", Ago gritou, lembrando a missão de seus parentes em Paris. "Quando alguém é mercenário", disse Argalia, sentindo o queixo para ver se alguma barba já estava nascendo, "as alianças de sua origem vão por água abaixo."

Os soldados de Andrea Doria andavam armados com "armas-gancho" — arcabuzes, ou arquebuses — que era preciso apoiar num tripé quando se ia atirar, como um canhão portátil. Muitos deles eram suíços, e os mercenários suíços eram a pior máquina de matar de todas, homens sem rosto nem alma, invencíveis, aterrorizantes. Quando ele acabou com os franceses e passou a dominar a frota genovesa, Doria pretendeu tomar o Turco em pessoa. Argalia gostava da idéia de batalhas navais. "Nós nunca tivemos nenhum dinheiro mesmo", disse, "e as dívidas do meu pai vão engolir nossa casa na cidade e a nossa pequena propriedade daqui, então ou eu vou mendigar na rua como um cachorro de pobre ou morrer tentando fazer fortuna. Vocês dois vão engordar com o poder e encher suas pobres mulheres de filhos, e vão deixar as duas em casa para ouvir os desgraçadinhos berrando enquanto vocês vão para o puteiro de La Zingaretta, ou alguma outra vagabunda acolchoada do tipo, que recita poesia enquanto você pula para cima e para baixo em cima dela e fode até ficar bobo, e enquanto isso eu vou estar morrendo em alguma caravela em chamas às portas de Constantinopla com uma cimitarra turca nas tripas. Ou quem sabe? Eu posso virar turco. Argalia, o turco, Atirador da Lança Encantada, com quatro imensos gigantes suíços, muçulmanos convertidos, a meu serviço. Muçulmanos suíços, sim. Por que não? Quando a gente é mercenário, é o ouro e o tesouro que contam, e para isso você precisa ir para o Oriente."

"Você é só um menino igual à gente", il Machia ponderou. "Não quer crescer primeiro antes de se matar?"

"Eu não", disse Argalia, "vou para a terra de pagãos lutar contra deuses estrangeiros. Quem sabe o que eles adoram por lá, escorpiões, monstros, vermes. Mas devem morrer igual à gente, isso eu aposto."

"Não vá para a morte com a boca cheia de sacrilégios", disse Niccolò. "Fique com a gente. Meu pai adora você pelo menos tanto quanto gosta de mim. Ou, então, pense quantos Vespucci já existem em Ognissanti. Não vão nem notar mais um se você preferir viver do lado de Ago."

"Eu vou", disse Argalia. "Andrea Doria quase já expulsou os franceses da cidade, e eu quero estar lá quando chegar o dia da libertação."

"E você, com seus três deuses, um carpinteiro, um pai e um espírito, e a mãe do carpinteiro em quarto lugar", perguntou o imperador a Mogor, com alguma irritação, "você dessa terra santa que enforca seus bispos e queima seus padres na fogueira, enquanto seu grande padre comanda um exército e age com a mesma brutalidade de qualquer general ou príncipe comum — qual das loucas religiões desta terra pagã você achou mais atraente? Ou elas são para você todas a mesma coisa em baixeza? Aos olhos do padre Acquaviva e do padre Monserrate, temos certeza, nós somos tudo o que o seu Argalia pensava que éramos, o que quer dizer porcos sem deus."

"Senhor", disse Mogor dell'Amore, com calma, "sinto atração pelos grandes panteões politeístas porque as histórias são melhores, mais numerosas, mais dramáticas, mais engraçadas, mais maravilhosas; e porque os deuses não nos dão bom exemplo, eles interferem, são vaidosos, petulantes e se comportam mal, o que, confesso, é bem atraente."

"Temos a mesma sensação", disse o imperador, retomando a compostura, "e nosso afeto por esses deuses devassos, zangados, brincalhões, amorosos é muito grande. Fundamos uma força de cento e um homens para contar e dar nome a todos, a cada divindade venerada no Hindustão, não os celebrados, altos deuses, mas todos os menores também, os pequenos espíritos de um lugar, de bosques sussurrantes ou murmurejantes regatos de montanha. Mandamos que deixassem suas casas e famílias e embarcassem numa viagem sem fim, uma viagem que só termina quando eles morrerem, porque a tarefa que lhes demos é impossível, e quando um homem assume o impossível ele viaja todo dia com a morte, aceita a jornada como uma purificação, uma expansão da alma, de forma que se transforma numa jornada não para os nomes dos deuses, mas para o próprio Deus. Eles mal começaram seus trabalhos e já recolheram um milhão de nomes. Que proliferação de divindade! Nós achamos que esta terra tem mais entidades sobrenaturais do que pessoas de carne e osso, e ficamos felizes de viver num mundo tão mágico. E no entanto temos de ser o que somos. Um milhão de deuses não são nossos deuses; a austera religião de nosso pai sempre será a nossa, assim como o credo do carpinteiro é a sua."

Ele não estava mais olhando para Mogor, tinha caído numa espécie de divagação. Pavões dançavam nas pedras matinais de Sikri e à distância o lago tremeluzia como um fantasma. O olhar do imperador foi além dos pavões e do lago, além da corte de Herat e das terras do feroz Turco, e pousaram nas torres e cúpulas de uma cidade italiana distante. "Imagine um par de lábios de mulher", sussurrou o Mogor, "se projetando para um beijo. Essa é a cidade de Florença, estreita nas pontas, inchada no centro, com o Arno passando pelo meio, repartindo os dois lábios, o de cima e o de baixo. A cidade é uma feiticeira. Quando beija alguém, ele está perdido, seja plebeu ou rei."

Akbar estava andando pelas ruas daquela outra cidade de pedra na qual ninguém nunca parecia querer ficar dentro de casa. A vida em Sikri ocorria por trás de cortinas fechadas e portões de grades. A vida nessa cidade estranha era vivida debaixo da cúpula de catedral do céu. As pessoas comiam onde os pássaros podiam repartir sua comida e jogavam onde qualquer ladrão podia roubar seus ganhos, beijavam-se a plena vista de estranhos e até trepavam nas sombras se quisessem. Como seria ser tão completamente um homem em meio a homens e mulheres também? Quando a solidão era expulsa, a pessoa ficava mais ela mesma, ou menos? A multidão realçava a identidade ou apagava? O imperador sentiu-se como o califa de Bagdá, Harun al-Rashid, andando pela cidade à noite para entender como viviam seus cidadãos. Mas o manto de Akbar era cortado dos tecidos do tempo e do espaço, e aquele povo não era o seu. Por que, então, ele sentia tão intensa proximidade com os estrangeiros daquelas alamedas barulhentas? Por que entendia sua impronunciável língua estrangeira como se fosse a sua própria?

"As questões de realeza", disse o imperador depois de algum tempo, "nos preocupam cada vez menos. Nosso reino tem leis estabelecidas para conduzi-lo, e funcionários dignos de confiança, e um sistema de impostos que levanta dinheiro suficiente sem deixar o povo mais infeliz do que é prudente. Quando existem inimigos a derrotar, nós derrotamos. Em resumo, nesse campo temos as respostas de que precisamos. A questão do Homem, porém, continua a nos importunar, e os problemas correlatos da Mulher quase tanto quanto."

"Foi na minha cidade, senhor, que a questão do Homem foi

respondida para todo o sempre", disse Mogor. "E quanto à Mulher, bom, essa é o resumo e a essência de minha história. Porque muitos anos depois da morte de Simonetta, a primeira feiticeira de Florença, a segunda feiticeira da profecia efetivamente chegou."

11.

Tudo o que ele amava estava à sua porta

Tudo o que ele amava estava à sua porta, segundo Ago Vespucci; não era preciso ir perguntando mundo afora e morrer entre estranhos guturais para encontrar o desejo de seu coração. Muito tempo antes, na penumbra octogonal do Battistero di San Giovanni, ele havia sido batizado duas vezes, como era costume, uma vez como cristão e outra como florentino, e para um filho da mãe sem religião como Ago era o segundo batismo que contava. A cidade era sua religião, um mundo tão perfeito como qualquer paraíso. O grande Buonarroti havia chamado as portas do Batistério de portões do Paraíso e quando, ainda um bebê, Ago saíra daquele lugar com a cabeça molhada, entendera de imediato que havia entrado num Éden murado e com portões. A cidade de Florença tinha quinze portões e na face interna deles havia imagens da Virgem e de vários santos. Os viajantes tocavam os portões por boa sorte e ninguém começava uma viagem por esses portões sem consultar astrólogos. Na opinião de Ago Vespucci, o absurdo de tais superstições só provava como era loucura a viagem de longa distância. A fazenda Machiavelli em Percussina era o limite extremo do universo de Ago. Além daquilo, começava a nuvem do desconhecido. Gênova e Veneza eram tão distantes e fictícias como Sírius ou Aldebarã no céu. A palavra *planeta* queria dizer vagabundo. Ago não aprovava os planetas e preferia as estrelas fixas. Aldebarã e Veneza, Gênova e a Estrela Cão podiam ser distantes demais para ser completamente reais, mas ao menos tinham a boa graça de ficar onde estavam.

Afinal, o papa e o rei de Nápoles não atacaram Florença depois da derrota da conspiração Pazzi, mas quando Ago estava com seus vinte e poucos anos o rei da França efetivamente apareceu e entrou na cidade em triunfo — um homúnculo de cabelo vermelho, cuja insuportável francesice fazia Ago ter vontade de vomitar. Em vez disso, foi a um prostíbulo e trabalhou empenhadamente para melhorar seu humor. No limiar de sua virilidade, Ago concordara com seu amigo Niccolò, "il Machia", numa coisa: fossem quais fossem as dificuldades trazidas pelos tempos, uma boa noite enérgica com as damas punha tudo no lugar. "Não tem tristeza no mundo, meu querido Ago", aconselhara il Machia quando ainda tinham apenas treze anos, "que uma xoxota não cure." Ago era um rapaz empenhado, de bom coração por baixo de sua pose de malandro boca-suja. "E as damas", ele perguntara, "onde elas curam as tristezas delas?" Il Machia pareceu perplexo, como se nunca tivesse pensado no assunto, ou, talvez, para indicar que um homem não devia perder tempo pensando nessas coisas. "Uma com a outra, sem dúvida", disse com uma tal firmeza adolescente que soou a Ago como a palavra final sobre o assunto. Por que as mulheres não haveriam de procurar consolação umas nos braços da outra numa época em que metade dos rapazes de Florença fazia a mesma coisa?

A vasta popularidade da sodomia entre a nata dos homens florentinos conquistara para a cidade a reputação de ser a capital mundial do ato. "Sodoma Renascida", Niccolò rebatizou sua cidade natal, quando tinha treze anos. Mesmo nessa tenra idade, ele já era capaz de garantir a Ago que as damas lhe eram mais interessantes, "então não precisa se preocupar que eu não vou pular em cima de você na floresta". Porém, muitos de seus contemporâneos tinham temperamento oposto — por exemplo, seus colegas de classe Biagio Buonaccorsi e Andrea di Romolo —, e como resposta ao problema da crescente moda das práticas homossexuais, a municipalidade, com total apoio da Igreja, instituíra um Escritório da Decência, cuja função era construir e subsidiar bordéis e recrutar prostitutas e cáftens em outras partes da Itália e da Europa para completar as meretrizes locais. Os Vespucci de Ognissanti, vendo uma oportunidade, diversificaram seus negócios e começaram a oferecer mulheres para vender ao lado de óleo de oliva e lã. "Talvez eu nem vire funcionário", Ago disse tristemente a Niccolò quando tinham dezesseis anos. "Vou acabar administrando uma casa de prostituição." Il Machia lhe disse para olhar o lado bom. "Funcionários não trepam nunca", ele observou, "mas você vai ser a inveja de todos nós."

O caminho de Sodoma nunca atraiu Ago também, e a verdade era que, por baixo de toda sua boca-suja, Ago Vespucci era um jovem de extrema modéstia. Il Machia, porém, parecia ser a reencarnação do deus Príapo, sempre pronto para a ação, sempre perseguindo as damas, tanto as profissionais quanto as amadoras, e arrastava Ago à sua danação várias vezes por semana. Nos primeiros dias de sua potência adolescente, quando Ago acompanhava seu amigo à agitada noite no bordel, ele sempre escolhia a puta mais jovem do estabelecimento preferido por il Machia, que chamava a si mesma de "Escândalo" mas parecia quase reservada: uma criatura esquelética da aldeia de Bibbione, que não falava nunca e parecia tão assustada quanto ele. Durante um longo tempo, ele realmente pagou para ela ficar sentada imóvel na beira da cama enquanto ele se esticava e fingia dormir até il Machia parar de ofegar e gemer no quarto vizinho. Então, começou a tentar melhorar a cabeça dela lendo poesia que ela educadamente fingia apreciar, muito embora ficasse secretamente tão entediada que achava que era até capaz de morrer daquilo, e mesmo um pouco repugnada com o que lhe soava como os barulhos que os homens fazem quando contam boas mentiras.

Um dia, ela resolveu mudar as coisas. Seus traços solenes se abriram num tímido sorriso, ela foi até Ago e pôs uma mão em cima da sua boca cheia de Petrarca e a outra em outro lugar. Quando ela expôs sua virilidade, Ago corou violentamente e começou a espirrar. Espirrou durante uma hora, sem parar, e no fim estava pondo sangue pelo nariz. A puta esquelética achou que ele estava morrendo e correu em busca de ajuda. Quando voltou com a maior mulher nua que Ago já tinha visto, no momento em que o nariz dele sentiu o cheiro dela, parou de incomodar. "Entendo", disse a giganta, que tinha o nome de La Matterassina, "você acha que gosta delas magras, mas na verdade você é um rapaz da carne." Voltou-se para sua colega ossuda e disse-lhe, em termos francos, para se mandar; então, sem nenhum aviso, o nariz de Ago explodiu de novo. "Mãe de Deus", a giganta exclamou, "então você é um filho-da-mãe guloso debaixo de todo esse medo. Não vai ficar satisfeito se não for com nós duas."

Depois disso, ninguém segurava Ago, e mesmo il Machia teve de aplaudir. "Começo lerdo, final forte", ele disse, aprovando. "Para um sujeito que não é grande coisa de se ver, você tem instinto de campeão."

Quando Ago tinha vinte e quatro anos, seu amor pela cidade foi posto à prova como nunca. A família Medici foi expulsa, os bordéis foram fechados e o fedor da santimônia religiosa encheu o ar. Foi o momento em que subiu ao poder o culto dos Chorosos, os fanáticos de cabeça estreita de quem Ago dizia a il Machia, ao pé do ouvido, que podiam ter nascido florentinos, mas quando a água do batismo tocou a cabeça deles devia ter fervido antes de conseguir ungi-los porque eles todos ardiam com o fogo do inferno. "O diabo mandou para nós esses diabos para nos alertar contra a nossa diabrura", disse no dia em que a longa escuridão se encerrou. "E eles nos endiabraram durante quatro anos, porra. Toda vez a batina da santidade encobre o estojo peniano do mal, porra."

Ele não precisava mais cochichar no dia em que disse isso, porque sua adorada cidade natal havia renascido, como a fênix da fábula, graças ao fogo curativo. O Chefe Chorão, o monge Girolamo que havia transformado a vida de todo mundo num inferno, estava assando lindamente no meio da Piazza della Signoria, no ponto exato onde seu lacrimoso bando tentara transformar a beleza em cinzas vários anos antes, arrastando pinturas, enfeites femininos e até espelhos para lá e tocando fogo, dominados pela impressão errônea de que o amor dos seres humanos pela beleza, e mesmo pela própria Vaidade, podia ser destruído pelas chamas hipócritas. "Queime, seu bosta sanguinário do caralho", Ago gritou, pulando em torno do monge em chamas de um jeito que não ficava bem ao seu iminente e sóbrio emprego como funcionário da cidade. "Aquela fogueira nos deu a idéia para esta!" O fedor almiscarado da carne de Girolamo Savonarola queimando não estragou o bom humor de Ago. Ele tinha vinte e oito anos e os bordéis iam reabrir.

"*Mercatrice, meretrice.*" A cidade dos comerciantes ricos era também, segundo o costume antigo, uma cidade de putas fabulosas. Agora que os dias dos Chorosos tinham terminado, a verdadeira natureza daquela cidade de lúbricos sensualistas se reafirmou. O mundo dos prostíbulos voltou como uma inundação. O grande bordel Macciana, no centro da cidade, perto do Mercato Vecchio e dos Battistero, abriu as portas e ofereceu descontos a curto prazo para restabelecer sua preeminência, e na Piazza del Frascato, no coração dos bordéis, os ursos dançarinos e os anões malabaristas reapareceram, os macacos vestidos com farda que eram treinados para "morrer por seu país" e os papagaios que lembravam os nomes dos clientes do bordel e cumprimentavam seus donos aos gritos quando eles apareciam. E, claro, as mulheres voltaram também, as furiosas meretrizes eslavas, as melancólicas amantes polonesas, as ruidosas rameiras romanas, as sólidas mundanas alemãs, as mercenárias suíças tão ferozes na cama como suas contrapartidas masculinas eram no campo de batalha, e as garotas locais, que eram as melhores de todas. Ago não acreditava em viajar, nem na cama. Encontrou suas garotas favoritas outra vez, bons produtos toscanos, ambas: e além da puta chamada Escândalo e de sua sócia La Matterassina, ele se encantou com uma certa Beatrice Pisana, que assumiu o nome de Pentesiléia, a Rainha das Amazonas, porque tinha nascido com um seio só, o qual, em compensação, era o seio mais bonito da cidade, o que queria dizer, no entender de Ago, de todo o mundo conhecido.

Quando a luz do dia baixou e o fogo da Piazza se apagou, sua missão bem cumprida, a música soou em la Macciana e em sua zona rival de prazeres, o Chiasso de' Buoi, ou Alameda das Vacas, e abençoou a cidade como um anjo proclamando o renascimento da alegria. Ago e il Machia resolveram fazer daquela noite uma celebração, uma grande noite que seria também a última de sua despreocupada juventude, porque enquanto Savonarola ainda estava queimando, o novo Conselho dos Oitenta, agora no poder, chamou Niccolò ao Palazzo e nomeou-o secretário da Segunda Chancelaria, que cuidava dos negócios estrangeiros da República de Florença.

Niccolò imediatamente disse a Ago que ia lhe dar um emprego também. "Por que eu?", Ago perguntou. "Eu odeio esses estrangeiros fodidos."

"Em primeiro lugar, *furbo*", il Machia respondeu, "eu vou trepar com as estrangeiras e deixar toda a papelada chata para você. Em segundo lugar, foi você que profetizou que isso ia acontecer, então não reclame agora que o seu sonho se realizou."

"Porra, *bugiarone*, você é mesmo um bosta", disse Ago, infeliz, e, rudemente, fez para o amigo uma figa com a mão esquerda, o polegar enfiado entre o indicador e o médio. "Vamos beber alguma coisa e comemorar minha clarividência."

Furbo era um companheiro com a malandragem da rua. *Bugiarone* era menos elogioso e no caso de Niccolò também um chamamento menos exato. Continuava sendo verdade que nem Ago nem il Machia eram sodomitas, ou pelo menos não sempre, mas naquela noite em que os Chorosos fugiam para salvar a vida ou, se não conseguiam correr o bastante, eram enforcados em vielas e cocheiras, a verdadeira Florença emergia de seus esconderijos e isso significava que os homens estavam outra vez de mãos dadas e se beijando em quase todos os lugares que se olhasse. "Finalmente, Buonaccorsi e di Romolo vão poder parar de esconder seu amor", disse il Machia. "Por falar nisso, acho que vou contratar os dois também, assim, quando eu estiver fora em missões oficiais, você pode assistir os dois se divertindo no escritório."

"Não tem nada que aqueles dois maníacos sexuais possam me mostrar", Ago replicou, "que eu já não tenha visto, e estou falando também daquelas ameixinhas ridículas que eles têm dentro das calças."

Renovação, regeneração, renascimento. Na igreja do bairro de Ognissanti, um prédio onde ele só entrava por vontade própria quando corria a notícia de que alguma grande cortesã ia estar presente para divulgar seus encantos, os fiéis juravam que a severa Madonna de Giotto havia passado a noite toda sorridente. E nessa noite, diante da igreja de Orsanmichele, onde as mais grandiosas cortesãs estavam outra vez em oração, uma vez mais usando a moda mais refinada de Milão e as jóias de seus protetores, Niccolò e Ago foram abordados por uma *ruffiana*, Giulietta Veronese, a agente anã e, alguns diziam, também amante sáfica da mais celebrada dama da noite de toda Florença, Alessandra Fiorentina. A Veronese convidou-os para a noite de gala da reabertura da Casa de Marte, o salão mais importante da cidade, batizado em honra à estátua perdida do deus da guerra que costumava ficar à margem do rio até que uma enchente do Arno a levou embora. A Casa ficava na margem norte do rio, perto da Ponte das Graças. Aquele convite era um acontecimento extraordinário. A rede de informantes de La Fiorentina era inquestionavelmente excelente e rápida, mas, mesmo que já tivesse sabido da nomeação de il Machia, o cargo de secretário da Segunda Chancelaria dificilmente mereceria sua inclusão naquela muito seleta e exclusiva companhia, e arrastar junto o ainda menos importante Ago Vespucci era um privilégio sem precedentes.

Eles tinham visto o retrato de Alessandra, claro, tinham babado com sua imagem em um volume de miniaturas, seu cabelo loiro comprido evocando a lembrança da falecida Simonetta, cujo marido, o perturbado Corno Marco, implorara após sua morte, sem sucesso, admissão ao salão de La Fiorentina. Ele havia contratado um dos mais importantes agentes *mezzano* para negociar com a *ruffiana* de Alessandra. O agente escrevera cartas de amor em nome do Corno Marco e cantara serenatas debaixo da janela noturna de Alessandra, e até mandou escrever um soneto de Petrarca em caligrafia dourada como um presente especial do Dia de Reis. A porta do salão continuou fechada. "Minha senhora não está interessada em ser a fantasia necrófila de um corno maluco", disse Giulietta Veronese ao *mezzano*. "Mande o seu senhor fazer um buraco num quadro da falecida mulher dele e fornicar com ela, isso sim."

Uma semana depois dessa recusa final, Marco Vespucci

enforcou-se. Seu corpo pendia na Ponte das Graças, mas Alessandra Fiorentina nunca o viu. Ela trançava suas longas madeixas douradas à janela e era como se Marco, o Louco de Amor, fosse um homem invisível, porque Alessandra aperfeiçoara havia muito a arte de ver só o que ela queria, o que constituía uma conquista essencial se você pretendia ser um dos senhores do mundo e não sua vítima. O olhar dela construía a cidade. Se ela não visse alguém, esse alguém não existia. Ao morrer invisivelmente diante de sua janela, Marco Vespucci morreu uma segunda morte debaixo de seu olhar supressor.

Uma vez, dez anos antes, na glória da juventude dela, Niccolò e Ago haviam adorado Alessandra quando ela ficava em seu balcão aberto, olhando o Arno, debruçada em sua almofada de veludo vermelho para todo mundo poder admirar seu nobre *décolletage*, fingindo o tempo todo ler um livro que era, provavelmente, o *Decameron*, de Boccaccio. Os anos puritanos não pareciam ter danificado sua beleza nem sua posição. Ela agora possuía seu próprio palazzo, era a rainha da chamada Casa de Marte e naquela noite ia receber no *piano nobile*. "As ordens inferiores", disse Giulietta Veronese, "podem se divertir no cassino do andar térreo." Durante os nove anos do governo Chorão, Giulietta, a anã, fora obrigada a ganhar a vida como cabeleireira, a ler sortes e preparar poções do amor. Corriam rumores de que ela havia furtado túmulos, roubado os cordões umbilicais de bebês mortos, removido o hímen de virgens mortas e arrancado das órbitas os olhos dos mortos para usar em seus encantamentos nefandos. Ago ficou com vontade de dizer a ela que dificilmente era uma pessoa que pudesse falar das porras das ordens inferiores, mas il Machia deu-lhe um beliscão a tempo, com força suficiente para ele esquecer o que ia dizer e em vez disso resolver matar Niccolò Machiavelli. Isso também ele logo esqueceu, porque a megera Veronese estava lhes dando instruções. "Levem poesia para ela", disse.

“Poesia é o que ela gosta, não flores. Ela já tem bastante flores. Levem a última coisa de Sannazaro ou Cecco d’Ascoli, ou aprendam bem um madrigal de Parabosco e se ofereçam para cantar para ela. Ela é tremenda. Se cantar mal, ela bate na sua cara. Se ficar entediada, algum dos favoritos dela joga você pela janela como um brinquedo cansativo. Se ela se sentir importunada, o protetor dela manda apunhalar você no coração numa viela antes de você chegar em casa amanhã. Você está sendo convidado por uma única razão. Não invada o território que não é seu.”

“Por que estamos sendo convidados então?”, il Machia perguntou.

“Ela vai contar para vocês”, disse a velha Veronese com desdém, “se ela sentir vontade.”

Akbar, o Grande, foi informado da rápida ascensão das operárias do sexo conhecidas como Esqueleto e Colchão da condição de putas baixas do portão de Hatyapul a cortesãs propriamente ditas com uma mansão própria à beira do lago. “O sucesso delas está sendo visto pelo povo como um sinal da ascensão do favorito das damas, o estrangeiro Vespucci, que prefere o título problemático de Mogor dell’Amore”, disse Abul Fazl. “Quanto à fonte do capital necessário para dar início a tal empresa, só se pode especular.” Umar, o ayyar, confirmou por seu lado a popularidade da chamada Casa de Skanda, batizada em nome do deus da guerra hindu, “porque”, corria pelas mansões dos nobres de Sikri de Baixo, “quando você se atraca com aquelas damas mais parece que está lutando numa batalha do que fazendo amor.” Umar revelou que o gênio musical da corte, Tansen, havia chegado a criar uma raag *em honra às duas cortesãs, a* raag deepak, *assim chamada porque quando ele a tocou pela primeira vez na Casa de Skanda, o encantamento da melodia fez a chama das lâmpadas apagadas se acenderem.*

Em seus sonhos, o próprio imperador visitou o bordel, que no país da noite ficava às margens de um rio estrangeiro desconhecido em vez de às margens de seu próprio lago. Era claro que Mogor dell'Amore também estava sob o domínio de uma divagação, porque ele é que transportara aquelas duas putas para o outro lado do mundo, para o Arno de sua história. "Todos os homens mentem sobre putas", Akbar pensou e o perdoou. Tinha coisas mais sérias com que se preocupar.

O sonho de ir em busca de amor era um claro sinal de que um amor se perdera, e quando acordou o imperador estava perturbado. Na noite seguinte, procurou Jodha e possuiu-a com uma fúria que estava ausente de seus coitos desde que voltara das guerras. Quando ele foi embora para ouvir a história do estrangeiro, ela se perguntou se aquela louca paixão era um sinal de sua volta ou um gesto de despedida.

"Para uma mulher agradar a um homem", disse o imperador, "é preciso que ela saiba cantar. Ela deve saber tocar instrumentos musicais e dançar, e fazer essas três coisas ao mesmo tempo quando solicitada: cantar, dançar e soprar uma flauta ou dedilhar uma melodia numa corda. Ela deve escrever bem, desenhar bem, ser apta na confecção de tatuagens e estar preparada para recebê-las em qualquer lugar que o homem deseje. Ela deve saber falar a linguagem das flores quando decora camas ou divãs, ou quando decora o piso: a cerejeira é para a lealdade, o narciso para a alegria, o lótus para a pureza e a verdade. O salgueiro é a mulher e a peônia é o homem. Os botões de romã trazem fertilidade, as azeitonas trazem honra e as pinhas são para vida longa e riqueza. A ipoméia deve ser evitada sempre porque fala de morte."

No harém do imperador, as concubinas estavam instaladas em cubículos de arenito amaciados por fofas almofadas. Em torno de um pátio central, acima do qual uma marquise espelhada escudava o harém do sol e dos olhos indignos, os cubículos ficavam em fileiras cerradas, como um exército do amor ou como gado. Um dia, o Mogor recebeu o privilégio de acompanhar Akbar a esse mundo oculto. Foi seguido por um eunuco esguio cujo corpo não era maculado por um único pêlo. Era Umar, o ayyar; ele não tinha sobrancelhas, sua cabeça brilhava como um capacete, sua pele era lisa e macia. Impossível adivinhar sua idade, mas Mogor intuiu instantaneamente que aquele rapaz sedoso mataria um homem sem hesitar, cortaria a cabeça de seu melhor amigo se fosse essa a vontade do imperador. As mulheres do harém se movimentavam em torno deles em padrões que faziam Mogor lembrar do movimento das estrelas, os arcos e giros de corpos celestes se movendo em torno — sim! — do sol. Ele contou ao imperador sobre o novo modelo, heliocêntrico, do universo, falando em voz baixa porque era um conceito que ainda podia levar um homem a ser queimado por heresia em sua terra. Não era uma coisa para se gritar, mesmo sendo improvável que o papa pudesse ouvi-lo ali, no harém do Grande Mughal.

Akbar riu. "Isso é sabido há centenas de anos", disse. "Que estranha parece ser a sua Europa renascida, como um bebê que joga o chocalho para fora do cestinho porque não quer que o chocalho faça barulho." Mogor aceitou a censura e mudou de assunto. "Eu só queria dizer que Vossa Majestade é o sol e estes seus satélites", disse. O imperador deu-lhe um tapa nas costas. "No campo da lisonja, ao menos, você pode nos ensinar alguma coisa. Vamos falar para o nosso campeão da lisonja, Bhakti Ram Jain, pegar algumas sugestões com você."

Silenciosas, lentas, como criaturas mentais em um sonho, as concubinas giravam e oscilavam. Remexiam o ar em torno do imperador como uma sopa temperada com os condimentos do desejo. Não havia pressa. O imperador dominava tudo. O próprio tempo podia ser estendido ou pausado. Havia todo o tempo do mundo.

"Nas artes de manchar, tingir, colorir e pintar os dentes, as roupas, as unhas e o corpo, a mulher deve ser incomparável", disse o imperador, sua fala agora arrastada de desejo. Foi trazido vinho em jarras de vidro dourado e ele bebeu em grandes e imprudentes goles. Um cachimbo apareceu e então havia fumaça de ópio em suas pupilas. As concubinas estavam mais próximas agora, os círculos mais estreitos, seus corpos começando a roçar os do imperador e de seu convidado. Na companhia do imperador, era-se imperador por um dia. Os privilégios dele se tornavam seus também. "Uma mulher deve saber tocar música em copos cheios com líquidos de vários tipos em diferentes medidas", disse o imperador, arrastando as palavras. "Deve ser capaz de fixar um vitral no chão. Deve saber fazer, arrumar e pendurar um quadro; produzir um colar, um rosário, uma guirlanda, um festão; e guardar ou recolher água num aqueduto ou num tanque. Ela tem de conhecer perfumes. E enfeites para a orelha. E deve saber representar, e aparecer em apresentações teatrais, e deve ser rápida e segura com as mãos, e ser capaz de cozinhar e fazer limonada e sorvete, e usar jóias, e amarrar o turbante de um homem. E deve, claro, saber magia. Uma mulher que sabe essas poucas coisas é quase igual a qualquer homem bruto e ignorante."

As concubinas se fundiram em uma única Mulher sobrenatural, uma Concubina compósita, e Ela estava a toda a volta dos dois homens, sitiando-os com amor. O eunuco deslizara para fora do círculo dos planetas de desejo. Uma única mulher de muitos braços e infinitas possibilidades, a Concubina, silenciou suas línguas, a maciez dela tocando a dureza deles. Mogor entregou-se a ela. Pensou em outras mulheres distantes no tempo e no espaço, Simonetta Vespucci e Alessandra Fiorentina, e a mulher cuja história ele tinha vindo até Sikri para contar. Elas também faziam parte da Concubina.

"Em minha cidade", ele disse, muito depois, reclinado em

almofadas, em meio à melancolia de mulheres pós-amor, "uma mulher de classe deve ser prudente e casta e não deve ser objeto de murmúrios. Uma mulher dessas pode ser modesta e calma, cândida e benigna. Quando ela dança, não deve fazer movimentos enérgicos e quando toca música deve evitar o metálico dos metais e a percussão dos tambores. Deve pintar-se pouco e seu cabelo não deve ser elaborado." O imperador, embora estivesse praticamente dormindo, fez um ruído de fastio. "Então seus homens de classe devem morrer de tédio", pronunciou. "Ah, mas a cortesã", disse Mogor, "ela atende a todos os seus ideais, exceto talvez esse negócio dos vitrais." "Nunca ame uma mulher que seja ruim com vitrais", disse o imperador, solene, sem mostrar nenhuma intenção de humor. "Uma mulher dessas é uma megera ignorante."

Essa foi a noite em que Agostino Vespucci se apaixonou pela primeira vez, e entendeu que a adoração também era uma viagem, que, por mais decidido que estivesse a não sair de sua cidade natal, ele estava condenado, como todos os seus amigos desimpedidos, a trilhar caminhos que não conhecia, os caminhos do coração que o obrigariam a entrar em locais de perigo, a confrontar demônios e dragões, e a correr o risco de perder não apenas sua vida mas também sua alma. Através de uma porta negligentemente aberta, ele teve um vislumbre de La Fiorentina em seu santuário particular, reclinada numa *chaise* dourada no meio de um pequeno grupo dos homens mais importantes da cidade, e permitindo, distraída, que seu patrocinador Francesco del Nero lhe beijasse o seio esquerdo, enquanto um cachorrinho branco e peludo lambia seu mamilo direito, e aquele instante lhe foi fatal, ele entendeu que ela era a única mulher para ele. Francesco del Nero era parente de il Machia e talvez por isso eles tivessem sido convidados, mas naquele momento nada importava para Ago, ele estava pronto a estrangular o filho-da-mãe ali mesmo, sim, e a porra do cachorrinho também. Para conquistar La Fiorentina, ele teria de derrotar muitos rivais como aqueles, sim, e fazer fortuna também, e enquanto a estrada de seu futuro se desenrolava diante dele como um tapete, ele sentiu a despreocupação da juventude lhe escapar. Em seu lugar, uma nova determinação nascera, tão afiada e temperada quanto uma lâmina de Toledo.

"Ela vai ser minha", murmurou para il Machia e seu amigo pareceu divertido. "No dia em que eu for eleito papa", disse, "Alessandra Fiorentina vai convidar você para a cama dela. Olhe para você. Você não é um homem por quem mulheres bonitas se apaixonam. Você é um homem para prestar serviços a elas e em quem elas limpam os pés."

"Vá para o inferno", Ago replicou. "A sua maldição é ver o mundo com clareza demais e sem um fiapo de bondade. Depois você não consegue guardar isso para si, tem de cuspir para fora e para o inferno os sentimentos dos outros. Porque você não vai masturbar um bode doente?"

Il Machia levantou as sobrancelhas de asas de morcego, como para admitir que tinha ido longe demais, e beijou o amigo em ambas as faces. "Me desculpe", disse, com voz arrependida. "Você tem razão. Um jovem de vinte e oito anos que não é especialmente alto, que já está perdendo cabelo, cujo corpo é uma coleção de almofadas macias guardadas dentro de uma capa ligeiramente pequena demais para elas, que não lembra de nenhum verso a não ser os sujos e cuja língua é proverbial para obscenidades — esse é exatamente o sujeito que há de abrir as pernas da rainha Alessandra." Ago sacudiu a cabeça, infeliz. "Vou mostrar para você o idiota que eu sou", disse. "Não quero só a carne dela. Quero a porra do coração."

No salão de teto alto de Alessandra Fiorentina, debaixo de uma cúpula com afrescos de querubins voando num céu azul a cuidar de um colchão de nuvens onde Ares e Afrodite faziam amor, ouvindo a música celestial do alemão Heinrich Zink, o maior tocador de *cornetto curvo* de toda a Itália, Ago Vespucci sentiu que tinha sido iluminado por um raio de sol à meia-noite e voltou a ser o empedernido virgem de anos antes que sentara na cama de uma puta esquelética a ler para ela versos dos grandes poetas da época, corando e espirrando quando ela decidiu ir direto ao ponto. La Fiorentina não estava em parte alguma e na ausência dela ele ficou de chapéu na mão ao lado de uma pequena fonte, incapaz de participar da orgia a toda a sua volta. Il Machia abandonou-o durante algum tempo e fugiu para dentro de uma floresta *trompe-l'oeil* com uma dupla de dríades nuas. Ele era o único homem vivo na casa de fantasmas orgiásticos. Sentiu-se pesado, triste e solitário.

Ninguém na cidade renascida dormiu aquela noite. A música encheu o ar, e as ruas, as tavernas, as casas de má fama e as de boa reputação também, os mercados, os conventos, tudo estava cheio de amor. As estátuas dos deuses desceram de suas alcovas bordejadas de flores e juntaram-se à folia, pressionando sua fria dureza de mármore contra a quente carne humana. Até os animais e pássaros pegaram a idéia e embarcaram nela com vontade. Ratos em cio nas sombras das pontes, e morcegos em seus campanários a fazer seja lá o que for que morcegos gostam de fazer. Um homem correu nu pelas ruas, tocando um sino alegre. "Enxuguem os olhos e desabotoem as calças", gritava, "porque acabou-se o tempo das lágrimas." Ago Vespucci, na Casa de Marte, ouviu aquele sino tocar à distância e encheu-se de um medo inexplicável. Um momento depois, entendeu que era o terror de sua vida passando, de sua vida escorrendo entre os dedos enquanto ficava ali paralisado e sozinho. Sentiu como se vinte anos pudessem passar naquele instante, como se pudesse ser conduzido pela música, levado inapelavelmente para um futuro de paralisia e fracasso, quando o próprio tempo iria parar inteiramente, esmagado debaixo do peso de sua dor.

Então, por fim, a *ruffiana* Giulietta Veronese o chamou. "Você tem uma sorte danada", disse. "Mesmo tendo sido uma grande noite, uma noite magnífica, La Fiorentina diz que vai ver você agora, e o seu amigo depravado também." Ago Vespucci irrompeu com um grito pelo quarto de florestas pintadas, arrastou il Machia para longe de suas dríades, jogou suas roupas em cima dele e o puxou, ainda se vestindo, para o quarto encantado, enquanto Alessandra, a Bela, esperava.

No santuário da grande cortesã, os grandes da cidade estavam dormindo, saciados, *déshabillés*, em cima de divãs de veludo, os membros devassamente jogados em cima dos corpos deitados de nuas hetairas, a trupe júnior de Alessandra, seu elenco de apoio, que havia dançado nu para os dignitários até eles esquecerem a dignidade e se transformarem em lobos uivantes. A cama de La Fiorentina, porém, estava vazia, os lençóis imaculados, e o coração de Ago deu um pulinho de estúpida esperança. *Ela não tem amante. Ela está esperando você.* Mas a radiosa Alessandra não estava pensando em sexo. Reclinada na cama, comia uvas de uma tigela, vestindo nada além do cabelo dourado, e deu apenas a mais minúscula indicação de ter notado a entrada deles em seu *boudoir*, na companhia de seu cão de guarda anão. Eles pararam e esperaram. Depois de alguns momentos, ela falou, baixo, como se contasse a si mesma uma história para dormir.

"No princípio", disse ela, absorta, "havia três amigos, Niccolò 'il Machia', Agostino Vespucci e Antonino Argalia. O mundo de sua meninice era uma floresta mágica. Então os pais de Nino foram levados pela peste. Ele foi em busca de fortuna e nunca mais o viram."

Ao ouvirem essas palavras, os dois homens esqueceram o presente e mergulharam em lembranças. A própria mãe de Niccolò,

Bartolomea de' Nelli, que curava doenças com a ajuda de mingau, tinha morrido de repente não muito tempo depois do órfão de nove anos, Argalia, ter partido para Gênova em busca de emprego na milícia armada de arcabuz comandada pelo *condottiere* Andrea Doria. O pai de Niccolò, Bernardo, tinha feito o possível para cozinhar uma polenta curativa, mas Bartolomea morrera mesmo assim, queimando em febre e tremendo, e Bernardo nunca mais fora o mesmo. Naqueles dias, ele passava o tempo na fazenda em Percussina, lutando pela vida e se culpando por não ter habilidade na cozinha que poderia ter salvado a vida de sua mulher. "Se eu tivesse prestado atenção", dizia cem vezes por dia. "Podia ter aprendido a receita direito. Em vez disso, só cobri o corpo da coitada com uma gosma quente e inútil e ela foi embora enojada." E, enquanto il Machia pensava em sua mãe morta e em seu pai arruinado, Ago lembrava do dia em que Argalia os deixara, parecendo um vagabundo miserável, com uma trouxa de suas posses pendurada de um galho no ombro. "O dia em que ele foi embora", disse em voz alta, "foi o dia em que deixamos de ser crianças." Mas não era isso o que ele estava pensando, ou não tudo. *E foi nesse dia que encontramos a raiz de mandrágora*, acrescentou silenciosamente, e uma fantasia começou a tomar forma em sua cabeça, um plano que tornaria Alessandra Fiorentina escrava de seu amor para a vida inteira.

A distração deles irritou Alessandra, mas ela era grandiosa demais para demonstrar isso. "Que dupla de desalmados inúteis são vocês", ralhou a cortesã sem levantar a voz baixa, enfumaçada, indiferente. "O nome de seu melhor amigo perdido não significa nada para vocês, mesmo não sabendo dele há dezenove anos?"

Ago Vespucci estava perplexo demais para responder, mas de fato dezenove anos era muito tempo. Eles amavam Argalia e o perderam, e durante meses, anos mesmo, tinham esperado notícias.

Por fim, ambos pararam de mencioná-lo, ambos separadamente se convenceram de que o silêncio de Argalia devia significar que seu amigo estava morto. Nenhum dos dois queria enfrentar a verdade. Então cada um deles havia escondido Argalia dentro de si mesmo, porque enquanto ele fosse um assunto tabu ainda poderia estar vivo. Mas então eles cresceram e Argalia se perdeu dentro deles, apagou-se e transformou-se em nada mais que um nome não pronunciado. Era difícil chamá-lo de volta à vida.

No princípio havia três amigos, e cada um deles seguiu um caminho. Ago, que detestava viajar, estava destinado a trilhar a estrada pedregosa do amor. Il Machia era muito mais desejável que ele, mas estava bem mais interessado na luta pelo poder, que era um afrodisíaco muito mais garantido do que qualquer raiz mágica... "São más notícias?", Niccolò perguntou a Alessandra. "Desculpe-nos. Tememos por este momento a maior parte de nossas vidas."

Alessandra fez um gesto para uma porta lateral. "Leve os dois para ela", disse a Giulietta Veronese. "Estou cansada demais para responder qualquer dessas perguntas agora." Com isso ela deslizou para o sono, a cabeça pousada no braço direito estendido, e de seu nariz perfeito emergiu o mais leve fantasma de um ronco. "Vocês ouviram", disse Giulietta, a anã, áspera. "Hora de ir." Então, abrandando um pouco, acrescentou: "Vão encontrar todas as suas respostas aqui".

Atrás da porta, havia outro quarto, mas a mulher naquele lugar não estava nem nua nem deitada. O quarto era pouco iluminado — uma única vela queimava fraca em seu suporte na parede —, e, quando os olhos deles se acostumaram com o escuro, viram parada diante deles uma odalisca de porte real, usando um corpete apertado, barriga de fora e pantalonas largas, com as mãos juntas diante do peito. "Vaca idiota", disse Giulietta Veronese, "vai ver que ela pensa que ainda está no harém otomano, e não se acostumou com os fatos." Ela se aproximou da odalisca, duas vezes mais alta que ela, e gritou, mais ou menos da altura de seu umbigo: "Você foi capturada por piratas! *Piratas!* Já faz duas semanas — *il y a déjà deux semaines* —, você foi vendida num mercado de escravos em Veneza! *Un marché des esclaves!* Entendeu? Você escuta o que eu estou dizendo? *Est-ce que tu comprends ce que je te dis?*". Ela se voltou para Ago e il Machia. "O dono ofereceu esta moça para a gente em experiência e nós ainda estamos resolvendo. Ela é bem bonita, os seios, a bunda, isso é bom" — e a anã apalpou lascivamente a mulher parada —,"mas ela é bem esquisita, isso com toda certeza."

"Como é o nome dela?", Ago perguntou. "Por que fala com ela em francês? Por que ela parece ter virado pedra?"

"Nós ouvimos a história de uma princesa francesa seqüestrada pelo Turco", disse Giulietta Veronese, circundando a mulher silenciosa como um predador. "Mas é apenas uma lenda, nós pensamos. Talvez seja ela. Talvez não seja. Ela fala francês, isso com certeza. Porém, não responde com um nome de verdade. Quando se pergunta como ela se chama, ela diz *Eu sou o palácio da memória*. Pergunte você. Vá em frente. Por que não? Tem medo?"

"*Qui êtes-vous, mademoiselle*?", il Machia perguntou com sua voz mais gentil, e a mulher de pedra respondeu: "*Je suis le palais des souvernirs*". "Viu?", Giulietta crocitou em triunfo. "Como se ela não fosse mais uma pessoa. Como se fosse mais um lugar."

"O que ela tem a ver com Argalia?", Ago quis saber. A odalisca agitou-se, como se fosse falar, mas depois imobilizou-se de novo.

"É assim", disse Giulietta Veronese. "Quando ela veio para cá, não conseguia falar nada. Um palácio com todas as portas e janelas trancadas, ela era. Então, a senhora falou *Sabe onde você está?* Eu repeti, obviamente, *est-ce que tu sais où tu es*, e quando a senhora acrescentou *Você está na cidade de Florença*, foi como virar uma chave. 'Tem uma sala neste palácio com esse nome', ela disse, e começou a fazer pequenos movimentos incompreensíveis com o corpo, como alguém andando sem sair do lugar, como se estivesse indo para algum lugar na cabeça dela. E então ela disse uma coisa que fez minha senhora me mandar chamar vocês aqui."

"O que ela disse?", Ago perguntou.

"Escutem vocês mesmos", Giulietta Veronese replicou. Depois, virando-se para a mulher amortalhada, disse: "*Qu'est-ce que tu connais de Florence? Qu'est-ce que se trouve dans cette chambre du palais?*". Imediatamente a moça escrava começou a se mexer, como se estivesse andando por corredores, virando esquinas, passando por portas, sem nunca sair do ponto em que estava. Então, por fim, ela falou. "No princípio", disse, em italiano perfeito, "eram três amigos, Niccolò il Machia, Agostino Vespucci e Antonino Argalia. O mundo da meninice deles era uma floresta mágica."

Ago começou a tremer. "Como ela sabe isso? Como pode ter ouvido isso?", perguntou, perplexo. Mas il Machia tinha adivinhado a resposta. Uma parte dela estava nos livros da pequena e altamente valorizada biblioteca de seu pai. (Bernardo não era um homem rico e era sempre uma luta comprar livros, então a decisão de comprar um volume nunca era tomada sem pensar.) Ao lado do livro favorito de Niccolò, *A Urbe Condita*, de Tito Lívio, estava *De Oratore*, de Cícero, e ao lado dele a *Rhetorica ad Herennium*, um volume fino de autor anônimo. "Segundo Cícero", disse Niccolò, rememorando, "essa técnica foi inventada por um grego, Simonides de Ceos, que tinha acabado de sair de um jantar cheio de homens importantes quando o telhado caiu e matou todos. Quando perguntaram quem estava lá, ele foi capaz de identificar os mortos lembrando onde estavam sentados à mesa de jantar."

"Qual técnica?", Ago perguntou.

"Na *Rhetorica*, é chamada pelo mesmo nome, o palácio da memória", respondeu il Machia. "Você constrói um edifício na sua cabeça, aprende a se locomover por ele, e aí começa a ligar lembranças a seus vários aspectos, à mobília, à decoração, ao que você escolher. Se ligar uma lembrança a um local particular, você consegue lembrar uma enorme quantidade de coisas andando pelo lugar dentro da cabeça."

"Mas essa mulher fala de si mesma como o palácio", Ago protestou. "Como se a própria pessoa física dela fosse o edifício em que essas memórias estão."

"Então, alguém se deu a um imenso trabalho", disse il Machia, "de construir um palácio da memória do tamanho de um cérebro humano inteiro. As memórias dessa moça foram removidas, ou então deixadas em algum sótão no alto do palácio da memória que foi construído na cabeça dela, e ela se transformou no repositório de tudo o que o senhor dela precisa lembrar. O que nós sabemos da corte otomana? Isso pode ser uma prática comum entre os turcos, ou pode ter sido um capricho tirânico de algum potentado específico, ou de um dos seus favoritos. Imagine agora que o nosso amigo Argalia fosse esse favorito — imagine que ele próprio foi o arquiteto, pelo menos desse quarto em particular no palácio da memória — ou imagine, até, que o arquiteto foi alguém que conhecia bem Argalia. Em qualquer caso, nós somos obrigados a concluir que esse adorado companheiro da nossa juventude ainda está, ou estava até recentemente, muito vivo."

"Olhe", disse Ago, "ela está se preparando para falar de novo."

"Existiu um dia um príncipe chamado Arcalia", o palácio da memória anunciou. "Um grande guerreiro que possuía armas encantadas e a cujo serviço estavam quatro gigantes terríveis. Ele era também o homem mais belo do mundo."

"Arcalia ou Argalia", disse il Machia, agora muito excitado. "Isso soa bem como o nosso amigo."

"Arcalia, o Turco", disse o palácio da memória. "Portador da Lança Encantada."

"Aquele grande filho-da-puta", disse Ago Vespucci, admirado. "Ele fez o que disse que ia fazer. Ele foi até o outro lado."

12.

No caminho para Gênova, uma estalagem vazia

No caminho para Gênova, uma estalagem vazia estava com as janelas apagadas e as portas abertas, abandonada pelo estalajadeiro, sua mulher, seus filhos e por todos os hóspedes por causa do Gigante Meio Morto que tinha se mudado recentemente para o andar de cima. Segundo Nino Argalia, de cuja história se tratava, o gigante estava meio morto porque, embora estivesse completamente morto durante o dia, ele voltava a uma vida assustadora à noite. "Se for passar a noite lá, ele com certeza engole você", os vizinhos disseram ao menino Argalia quando ele passou por ali; mas Argalia não teve medo, entrou, comeu uma boa refeição inteiramente sozinho. Quando o gigante voltou à vida nessa noite, ele viu Argalia e disse: "Aha! Um petisco! Excelente!". Mas Argalia replicou: "Se me comer, nunca vai conhecer o meu segredo". O gigante era curioso, e burro também, como quase sempre acontece com gigantes, então ele disse: "Me conte o seu segredo, meu petisquinho, e eu prometo que não como você enquanto ele não estiver contado". Argalia fez uma profunda reverência e começou. "Meu segredo está no alto daquela chaminé", disse, "e quem chegar lá primeiro vai ser o menino mais rico do mundo." "Ou gigante", disse o Gigante Meio Morto. "Ou gigante", Argalia concordou, mostrando alguma dúvida. "Mas você é tão grande que não vai caber ali dentro." "É um tesouro grande?", o gigante perguntou. "O maior da terra", Argalia replicou. "Por isso é que o príncipe sábio que juntou esse tesouro escondeu no alto da chaminé de uma humilde estalagem à beira da estrada, porque ninguém ia desconfiar que um tão grande monarca iria usar um esconderijo tão burro." "Príncipes são bobos", disse o Gigante Meio Morto. "Bem ao contrário dos gigantes", Argalia acrescentou pensativo. "Exatamente", disse o gigante, e tentou se enfiar dentro da chaminé. "Grande demais", Argalia suspirou. "Como eu temia. Que pena." O gigante gritou: "Pelos deuses, eu ainda não estou pronto", e arrancou fora um de seus braços. "Não tão grande agora, estou?", perguntou, mas mesmo assim não conseguiu entrar na chaminé. "Quem sabe se você arrancar o outro com a boca", Argalia sugeriu, e imediatamente o grande maxilar do gigante se fechou no braço restante como se fosse um pernil de carneiro. Mas nem isso afinou o grande bruto o suficiente. "Eu tenho uma idéia", disse Argalia, "imagine se você mandar só sua cabeça lá para cima para ver o que houver para ver?" "Não tenho mais braços, petisco", disse o gigante tristonho. "Então, embora sua idéia seja excelente, não consigo arrancar minha cabeça sozinho." "Permita-me", Argalia respondeu, esperto, e, pegando um cutelo de cozinha, saltou em cima de uma mesa e cortou o pescoço do beemote — *schek! schek!* — de um só golpe firme. Quando o estalajadeiro, sua mulher, sua família e todos os hóspedes (que tiveram de passar a noite dormindo numa vala próxima) souberam que Argalia havia decapitado o Gigante Meio Morto, de forma que ele agora estava totalmente morto, tanto de noite como de dia, perguntaram para ele se não os ajudaria mais uma vez, decapitando também o voraz duque da cidade próxima de U., que estava infernizando a vida deles. "Resolvam seus próprios problemas", Argalia falou. "Não tenho nada a ver com isso. Eu só queria uma cama sossegada para passar a noite. Agora estou a caminho do navio do almirante Andrea Doria para fazer fortuna." E com isso os deixou estatelados e partiu para encontrar seu destino...

A história era completamente falsa, mas a falsidade de histórias falsas pode às vezes ser de valia no mundo real, e foram histórias desse tipo — versões improvisadas da infinita torrente de histórias que havia aprendido com seu amigo Ago Vespucci — que salvaram o pescoço do pequeno Nino Argalia quando ele foi encontrado debaixo de um escaler no castelo de proa da nau capitânia da frota de Andrea Doria. Sua informação estava ultrapassada — os franceses tinham despachado o Bando de Ouro havia muito tempo — e quando ele soube que Doria estava prestes a partir para enfrentar o Turco ele entendeu que era o momento para medidas desesperadas. As oito trirremes cheias de ferozes mercenários armados até os dentes com arcabuzes, alfanjes, pistolas, garrotes, adagas, chicotes e palavrões já estavam no mar havia cinco dias quando um miserável clandestino morto de fome foi arrastado pela orelha à presença do próprio *condottiere*. Argalia parecia um boneco de trapos sujo, vestido de trapos e apertando uma trouxa de trapos ao peito. Ora, Andrea Doria não era um homem de bom caráter. Faltava-lhe todo escrúpulo e ele era capaz de atos de vingança extremos. Era tirânico e vaidoso. Seu exército de mercenários sedentos de sangue teria se levantado contra ele há muito não fosse ele um grande comandante, um grande mestre da estratégia e também inteiramente desprovido de medo. Ele era, em resumo, um monstro e quando estava insatisfeito parecia tão perigoso quanto qualquer gigante, meio morto ou não.

"Você tem dois minutos", disse ao menino, "para me dar uma razão para não jogar você no mar imediatamente."

Argalia olhou direto nos olhos dele. “Seria muito imprudente fazer isso”, mentiu, “porque eu sou uma pessoa de estranha e variada experiência. Saí em busca de fortuna por muitas terras distantes e nessas viagens executei um gigante — *schek! schek!* — e matei o Feiticeiro Sem Alma e aprendi os segredos dos seus encantamentos, vivi na casa de uma mulher com setenta filhos e só uma chaleira. Posso me transformar em leão, em águia, cachorro ou numa formiga, de forma que posso servir ao senhor com a força de um leão, espionar para o senhor com o olho de uma águia, ser leal ao senhor como um cachorro ou me esconder do senhor ficando tão pequeno como uma formiga, de forma que o senhor nunca vai ver o assassino que vai entrar na sua orelha e envenenar o senhor. Em resumo, não é bom me irritar. Eu sou pequeno, mas ainda tenho valor para fazer parte da sua companhia, porque vivo a minha vida seguindo o mesmo princípio profundo que o senhor mesmo segue.”

“E que princípio é esse, se posso perguntar?”, Andrea Doria perguntou, um pouco divertido. Ele tinha uma barba saliente, uma boca sardônica e um olho brilhante que não perdia nada.

“Que o fim justifica os meios”, Argalia replicou, lembrando de uma coisa que il Machia havia dito sobre a ética de usar a raiz de mandrágora para seduzir mulheres de outra forma inalcançáveis.

“O fim justifica os meios”, Doria respondeu surpreso. “Ora, isso está infernalmente bem colocado.”

“Eu que inventei”, disse Argalia, “porque sou órfão como o senhor, deixado sem tostão na minha juventude como o senhor, forçado a esta linha de trabalho como o senhor; e órfãos sabem que a sobrevivência exige que estejam preparados para tudo o que for necessário. Que não há limites.” O que mesmo il Machia tinha dito depois do dia do arcebispo enforcado? “Que só o mais apto sobrevive.”

“A sobrevivência do mais apto”, Andrea Doria ponderou.

"Uma outra idéia infinitamente potente. Você que inventou essa também?", Argalia inclinou a cabeça num gesto de modesto orgulho. "Como o senhor também ficou órfão", continuou, "sabe que posso parecer uma criança, mas não sou nenhum bebê desamparado. Uma *criança* é uma coisa mimada e segura, protegida da verdade do mundo, a quem se permite que perca anos em meras brincadeiras — uma criatura que acredita que sabedoria se aprende na escola. *Infância* é um luxo a que eu não posso me permitir, como o senhor também não pôde. A verdade sobre a infância está escondida nas histórias menos verdadeiras do mundo. Crianças enfrentam monstros e demônios e só sobrevivem se não têm medo. Crianças morrem de fome a não ser que libertem um peixe mágico que atenda os seus desejos. Crianças são comidas vivas por trolls a não ser que consigam atrasar as criaturas até o sol nascer, quando os vilões se transformam em pedra. Uma criança tem de aprender a jogar feijões para predizer o futuro, jogar feijões para prender homens e mulheres à sua vontade, e fazer crescer o pé de feijão no qual se encontram esses feijões mágicos. Um órfão é uma criança em larga escala. Nossas vidas são vidas de lenda e de extremos."

"Dê alguma coisa para esse filósofo bocudo comer", disse o almirante Doria a seu contramestre, um intimidante boi de marinheiro chamado Ceva. "Ele pode nos ser útil antes da nossa viagem chegar ao fim, e as mentiras de duende que ele conta vão me divertir enquanto não chega essa hora."

O contramestre manteve pulso firme na orelha de Argalia ao levá-lo para fora da cabine do capitão. "Não pense que vai se safar com essa tagarelice inventada", disse. "Você só está vivo por uma razão." "Ai", disse Argalia, "e qual é?"

Ceva, o contramestre, apertou mais forte a orelha dele. Havia um escorpião tatuado do lado direito de seu rosto e ele tinha os olhos mortos de um homem que nunca sorria. "A razão é que você teve a coragem, ou a audácia, de olhar nos olhos dele. Se um homem não olha nos olhos dele, ele arranca o fígado e dá para as gaivotas."

"Antes de morrer", Argalia replicou, "eu vou ser o comandante que resolve as coisas assim, e você? Melhor você *me* olhar nos olhos, senão..."

Ceva deu-lhe um sopapo na cabeça, sem um traço de afeição. "Vai ter de esperar sua vez, nanico", disse, "porque agora seu olho só tem altura para olhar a porra do meu pau."

Dissesse o que dissesse Ceva, o Escorpião, as histórias de Argalia devem ter tido alguma coisa a ver com sua sobrevivência também, porque o que acontecia era que o monstruoso almirante Andrea Doria tinha um fraco por essas histórias, igualzinho a qualquer gigante idiota. À noite, quando o mar estava negro e as estrelas queimavam furos no céu, o almirante fumava seu cachimbo de ópio na coberta e mandava chamar o menino cheio de histórias. "Como seus navios genoveses são todos trirremes", Argalia disse, "o senhor devia levar queijo num convés, migalha de pão no outro e carne podre no terceiro. Quando chegar à Ilha dos Ratos, dá o queijo para eles; as migalhas vão agradar os estrangeiros da Ilha das Formigas; e a carne podre, os pássaros da Ilha do Abutre vão apreciar. Assim, o senhor terá aliados poderosos. Os ratos vão roer todos os obstáculos para o senhor, até atravessar montanhas, e as formigas vão cumprir todos aqueles deveres que são delicados demais para mãos humanas. Os abutres, se o senhor pedir com jeito, chegam até a levar o senhor voando ao alto da montanha onde brota a fonte da eterna juventude." Andrea Doria grunhiu. "Mas onde estão essas ilhas infernais?", ele quis saber. "Almirante", o menino respondeu, "o senhor é o navegador, não eu. Devem estar nos seus mapas, em algum lugar." Apesar dessas observações audaciosas, ele viveu para contar outra história no dia seguinte — *era uma vez três laranjas e dentro de cada uma havia uma moça bonita que mor-*

ria se alguém não desse água para ela no momento em que ela saísse da laranja — e, em troca, o almirante, envolto em guirlandas de fumaça, resmungava confidências para ele.

O mar estava repleto de assassinatos. As caravelas dos piratas berberes assolavam aquelas águas, saqueando e seqüestrando, e desde a queda de Constantinopla as galeras dos turcos osmanlis, ou marinha otomana, também estavam em atividade. Contra todos esses infiéis marítimos, o almirante Andrea Doria havia mostrado sua cara marcada pela varíola. "Vou expulsar todos do *Mare Nostrum* e transformar Gênova na senhora das ondas", ele se gabou, e Argalia não ousava proferir nenhuma palavra contrária ou irreverente. Andrea Doria inclinou-se para o menino calado, os olhos leitosos de *afim*. "O que você sabe e eu sei, o inimigo também sabe", sussurrou, meio perdido em seu sonho de ópio. "O inimigo também segue a lei do órfão." "Que órfão?", Argalia perguntou. "Maomé", Andrea Doria replicou. "Maomé, o deus órfão deles."

Argalia não sabia que tinha em comum com o Profeta do Islã a sua condição de órfão. "O fim justifica os meios", Andrea Doria prosseguiu com voz lenta, pastosa. "Está vendo? Eles seguem a mesma regra que nós. O Único Mandamento. *O que for preciso nós faz*. Então a religião deles é a mesma que a nossa." Argalia respirou fundo e fez perguntas perigosas. "Se isso é certo", disse, "então será que eles são mesmo nossos inimigos? Nosso devido adversário não é a nossa antítese? O rosto que vemos no espelho pode ser nosso inimigo?" O almirante Andrea Doria estava perto da inconsciência. "Tem razão", resmungou e caiu para trás em sua cadeira, começando a roncar. "Seja como for, existe um inimigo que eu odeio mais que qualquer escória pirata muçulmana."

"Quem é?", Argalia perguntou.

"Veneza", ele disse. "Eu vou foder com aqueles filhos-da-puta daqueles menininhos venezianos também."

À medida que as oito trirremes genovesas avançavam em formação de batalha, à cata de sua presa, ficou claro para Argalia que a religião não tinha nada a ver com coisa nenhuma. Os corsários dos estados berberes não se davam ao trabalho de conquistar ninguém nem de espalhar sua fé. Estavam interessados em resgate, chantagem e extorsão. Quanto aos otomanos, eles sabiam que a sobrevivência de sua nova capital de Istambul dependia de fazer entrar pelo porto alimentos de outras partes e por isso mantinham abertas as vias de navegação. Eles começaram também a ter idéias aquisitivas e mandaram navios para atacar portos ao longo e além do litoral do mar Egeu; e também não gostavam dos venezianos. Poder, riqueza, posses, riqueza, poder. Quanto a Argalia, à noite seus sonhos também eram cheios de jóias exóticas. Sozinho em seu catre no castelo de proa, ele fez um voto secreto. "Nunca vou voltar pobre para Florença, mas só como um príncipe carregado de tesouros." Sua busca era realmente muito simples. A natureza do mundo tinha ficado clara.

Quando as coisas pareciam mais claras, porém, elas invariavelmente eram mais traiçoeiras. Depois de um enfrentamento vitorioso com os navios piratas dos irmãos Barbarrosa de Mitileno, o almirante estava satisfeito, pingando sangue sarraceno, e depois de presidir a execução dos piratas capturados — eles foram cobertos de piche e queimados vivos na praça principal de sua cidade natal — ele concebeu a ousada idéia de entrar no Egeu e levar a batalha às próprias águas "natais" dos osmanlis. Mas assim que o Bando de Ouro entrou naquele mar legendário e enfrentou as galeras otomanas, um fog oculto surgiu do nada e apagou a visão do mundo inteiro; como se alguma trama olímpica estivesse em ação, como se os deuses antigos da região, cheios do tédio de uma era em que não dominavam mais as afeições e a lealdade dos homens, tivessem decidido brincar com eles, arruinar seus planos, só em honra ao passado. As oito trirremes genovesas tentaram sustentar sua linha de batalha, mas o fog era desorientador, cheio de uivos de demônios *ghouls* e de guinchos de feiticeiras, do fedor de doença e do gemido de afogados, de forma que até aqueles mercenários endurecidos logo começaram a entrar em pânico. O sistema de cornetas de fog que o almirante Doria havia instalado justamente para um dia desses logo fracassou. Cada um dos navios emitiu seu próprio sinal individual de toques curtos e longos, mas à medida que os mercenários entravam em pânico naquele miasma de morte e superstição, suas comunicações perderam toda claridade, assim como também as cornetas dos otomanos, até que ninguém sabia onde estava, quem era amigo e quem era inimigo mortal.

Repentinamente, irrompeu o fogo de canhão dos lados das trirremes e dos poderosos canhões giratórios dos conveses das galeras otomanas, e as chamas vermelhas e os lampejos brilhantes das grandes armas no fog eram como pedacinhos do inferno em meio a esse limbo sem forma. O fogo de rifle desabrochava a toda volta, um tremulante jardim de mortais flores vermelhas. Ninguém sabia quem estava atirando em quem, ou como agir para o melhor, e uma grande catástrofe era iminente. Então, de repente, como se ambos os lados tivessem entendido o perigo que corriam exatamente ao mesmo tempo, o silêncio caiu. Nenhuma arma disparou, nenhuma voz gritou, nenhuma corneta de fog soou. Fortuitos movimentos começaram em toda parte no vazio branco. Argalia, parado sozinho no convés da nau capitânia, sentiu seu destino agarrá-lo pelo ombro e surpreendeu-se ao notar que a mão do destino estava tremendo de medo. Virou-se para olhar. Não, não era a Fortuna parada a seu lado, porém Ceva, o contramestre, não mais sombrio e aterrorizante, mas um cachorro abatido, enfraquecido. "O almirante precisa de você", ele sussurrou para o rapaz, e o conduziu à coberta onde Andrea Doria esperava, segurando na mão a grande corneta da capitânia da frota. "Hoje é seu dia, rapazinho, meu contador de histórias", o almirante disse, baixo. "Hoje você vai conquistar a grandeza dos feitos no lugar de palavras."

O plano era Argalia ser baixado à água e deixado à deriva num pequeno bote, que ele devia remar para longe da nau capitânia o mais depressa possível. "A cada cem remadas", o almirante falou, "sopre forte esta corneta. O inimigo vai tomar sutileza por arrogância, vai aceitar o desafio do *cornetto* de Andrea Doria e vai virar os navios para você, pensando capturar um grande prêmio — quer dizer, minha própria pessoa! —, e enquanto isso vou ter vantagem sobre ele e atacar decisivamente por um quadrante do qual ele não espera nenhum golpe." Para Argalia, parecia um plano ruim. "E eu?", ele perguntou, olhando a corneta em sua mão. "Quando os navios do infiel estiverem caindo em cima do meu barquinho, o que eu devo fazer?" Ceva, o Escorpião, levantou o corpo dele e jogou-o no bote. "Reme", chiou. "Heroizinho. Reme para salvar a sua vida, porra."

"Quando o fog subir e o inimigo estiver vencido", disse o almirante, um tanto vago, "eu pego você de novo." Ceva deu um forte empurrão no bote. "É", ele chiou. "É isso que a gente vai fazer."

Então, era só o branco do fog e o som do mar. Terra e céu começaram a parecer uma fábula antiga. Aquele cego flutuar era o universo inteiro. Durante algum tempo ele fez o que mandaram, cem remadas, um sopro de corneta, duas, três vezes ele fez isso, e não ouviu nenhum barulho como resposta. O mundo estava mudo e letal. A morte viria para cima dele num silencioso agitar de água. Os navios otomanos cairiam sobre ele e o esmagariam como a um inseto. Ele parou de soprar a corneta. Estava claro que o almirante não se interessava por seu destino e havia sacrificado seu "pequeno contador de histórias" com o mesmo descuido com que um homem cospe um catarro pela amurada do navio. Ele não era mais do que aquela bolota de secreção, subindo e descendo por um instante nas ondas antes de se afogar. Tentou contar histórias para si mesmo, para manter o ânimo, mas só conseguiu lembrar das assustadoras, um leviatã subindo do fundo para esmagar um barco com mandíbulas gigantescas, vermes do mar profundo a se desenrolar, o bafo de fogo de dragões submarinos. Então, depois de algum tempo, todas as histórias se apagaram também e ele se viu sem defesas nem recursos, um ser humano solitário boiando sem rumo no branco. Era isso o que sobrava de um indivíduo humano quando se tirava sua casa, sua família, seus amigos, sua cidade, seu país, seu mundo: um ser sem contexto, cujo passado se apagara, cujo futuro era desolador, uma entidade desprovida de nome, de sentido, da totalidade da vida a não ser um coração que temporariamente batia. "Eu sou um absurdo", disse a si mesmo. "Uma barata num troço de merda fumegante é mais importante que eu." Muitos anos depois, quando ele encontrou Qara Köz, a princesa mughal oculta e sua vida finalmente adquiriu o significado que o destino havia lhe reservado, ele viu o ar de abandonado desespero nos olhos dela e entendeu que ela também tinha sido obrigada a enfrentar o profundo absurdo da condição humana. Por isso, mesmo que por nenhuma outra razão, ele a teria amado. Mas ele tinha outras razões também.

O fog ficou mais denso à sua volta, em torno de seus olhos, de seu nariz, de sua garganta. Ele sentiu que começava a sufocar. Talvez fosse morrer agora, pensou. Sua vontade quebrantara. O que a fortuna lhe trouxesse, ele aceitaria. Deitou-se no barquinho e lembrou de Florença, viu seus pais como eles eram antes de serem deformados pela peste, lembrou escapadas de infância pela floresta com os amigos Ago e il Machia, encheu-se de amor com essas lembranças e, um momento depois, desmaiou.

Quando acordou, o fog havia desaparecido assim como as oito trirremes do almirante Andrea Doria. O grande *condottiere* de Gênova havia simplesmente empinado o rabo e fugido, e a corneta no barquinho fora apenas uma simples desculpa. O barquinho de Argalia subia e descia desamparado bem em frente à marinha otomana reunida, como um ratinho encurralado por meia dúzia de gatos famintos. Ele se levantou no barco e acenou para seus conquistadores, soprou a corneta do almirante o mais forte que pôde.

"Eu me rendo", gritou. "Venham me buscar, seus porcos turcos infiéis."

13.

No campo de crianças prisioneiras de Usküb

No campo de crianças prisioneiras de Usküb (*disse o palácio da memória*) havia muitas línguas, mas apenas um Deus. Todo ano a gangue de recrutamento percorria, a força, o império em expansão para coletar o imposto devshirmé, o tributo infantil, e levava os meninos mais fortes, mais inteligentes, mais bonitos como escravos, para serem transformados em instrumentos da vontade do sultão. O princípio do sultanato era o governo pela metamorfose. *Vamos tirar de vocês seus melhores filhos e transformá-los inteiramente. Vamos fazer com que esqueçam vocês e transformá-los na força que mantém vocês sob o nosso tacão. Por suas próprias crianças perdidas, vocês serão governados.* Em Usküb, onde começava o processo de transformação, havia muitas línguas, mas um só uniforme, o traje de calças largas do recruta otomano. Os trapos do herói foram tirados dele e ele foi lavado, alimentado e recebeu água limpa para beber. Então, o cristianismo foi retirado dele também e ele foi obrigado a vestir o Islã como um novo pijama. Havia gregos e albaneses em Usküb, bósnios, croatas e sérvios, e havia os meninos *mamlúk*, escravos brancos, de cima a baixo do Cáucaso, georgianos e mingrelianos, circassianos e bakhazanos, e havia armenos e sírios também. O herói era o único italiano. Florença não pagava o tributo infantil, embora fosse opinião dos osmanlis que isso haveria de mudar com o tempo. Seus captores fingiam ter dificuldade com seu nome, *al-ghazi*, o conquistador, o chamavam, por piada, ou *al-khali*, o vazio, o frasco. Mas seu nome não era importante. Argalia, Arqalia, Ak-Khaliya. Palavras sem sentido. Elas não importavam. Era sua alma que tinha de ser colocada sob novo controle como a de todos os outros. No pátio de manobras, com suas roupas novas, as crianças emburradas formaram fileiras diante de um homem de camisolão, cujo chapéu branco era tão grande quanto sua barba branca, um subindo um metro acima de sua testa, a outra descendo igual distância de seu queixo, dando-lhe a aparência de possuir uma cabeça de imensa dimensão. Era um homem santo, um dervixe da ordem baktashi, e tinha vindo convertê-los ao islamismo. Com seus muitos sotaques, os meninos zangados, assustados, repetiam como papagaios as frases árabes necessárias sobre o Deus único e seu profeta. A metamorfose dele havia começado.

Enquanto viajava a serviço da república, il Machia nunca parava de pensar sobre o palácio da memória. Em julho, ele galopou pela estrada de Ravenna até Forlì, para convencer a condessa Caterina Sforza Riario a deixar que seu filho Ottaviano lutasse ao lado das forças florentinas por uma quantia consideravelmente menor do que ela queria, porque se ela recusasse perderia a proteção de Florença e ficaria à mercê do terrível duque Cesare Borgia de Romagna, filho do papa Bórgia, Alexandre VI. A "Madonna de Forlì" era uma mulher tão bonita que até mesmo o amigo de il Machia, Biagio Buonaccorsi, parou de sodomizar Andrea di Romolo e pediu a Niccolò para levar para casa um desenho dela. Mas Niccolò estava pensando na francesa sem nome parada como uma figura de mármore no boudoir da Casa de Marte de Alessandra Fiorentina. "Ei, Machia", Ago Vespucci escreveu, "precisamos de você aqui de volta depressa porque não tem ninguém para organizar as noites de carteado e bebedeira, e além disso essa sua chancelaria está cheia dos venenosos fodidos da Itália, todos tentando nos despedir — então toda essa cavalgada sua por aí é ruim para os negócios também." Mas Niccolò não estava pensando em intrigas nem em vida agitada, ou melhor, só havia um corpo de mulher que ele esperava devassar, se apenas conseguisse encontrar a chave que abriria seu eu secreto, a personalidade suprimida oculta debaixo do palácio da memória. Il Machia às vezes via o mundo de um jeito analógico demais, lia uma situação como análoga de outra, muito diferente. Então quando Caterina recusou sua proposta, ele viu nisso um mau sinal. Talvez fosse fracassar com o palácio da memória também. Logo depois, quando Cesare Borgia atacou e conquistou Forlì, exatamente como previsto por Niccolò, Caterina subiu à muralha, mostrou os genitais ao duque da Romagna e mandou que ele fosse se foder. Acabou prisioneira do papa no Castel Sant'Angelo, mas il Machia interpretou seu destino como um bom sinal. Caterina Sforza Riario ser prisioneira no castelo do papa Alexandre fazia dela um espelho da mulher mantida num quarto escuro na Casa de Marte da rainha Alessandra. Ela ter se exposto ao Borgia queria dizer que talvez o palácio da memória concordasse em fazer o mesmo com ele.

Ele voltou à Casa de Marte, onde a *ruffiana* Giulietta concordou relutante em deixar que tivesse acesso irrestrito ao palácio da memória, porque ela também esperava que ele conseguisse acordar aquela dama sonâmbula, para ela poder começar a agir como uma cortesã de verdade em vez de como uma estátua falante. E a leitura que il Machia fez dos sinais resultou exata.

Quando estava sozinho com ela no boudoir, ele a levou delicadamente pela mão e a deitou na cama de quatro postes com seus condizentes cortinados franceses de seda azul-clara bordada com flores de lis douradas. Ela era uma mulher alta. As coisas poderiam ser mais fáceis se estivesse deitada. Ele deitou ao lado dela e acariciou seu cabelo dourado, sussurrou suas perguntas no ouvido dela enquanto desabotoava seu corpete de prisioneira do serralho. Os seios eram pequenos. Tudo bem. As mãos dela estavam presas à cintura e ela não protestou contra os movimentos da mão dele. E enquanto ela recitava as memórias que estavam enterradas em sua mente, ela parecia descarregar, e à medida que diminuía o peso das memórias, a leveza de seu espírito aumentava. "Me conte tudo", il Machia sussurrou no ouvido dela enquanto beijava seu peito apenas exposto, "e então estará livre."

Depois de recolhido (*disse o palácio da memória*), o tributo em crianças era levado para Istambul e distribuído entre boas famílias turcas para servi-las e aprender a língua turca e as complexidades da fé muçulmana. Depois, havia o treinamento militar. Depois de algum tempo, os meninos eram tomados ou como pajens no serralho imperial e recebiam o título de *Ich-Oghlán*, ou então entravam para a Corporação Janízara como *Ajém-Oghlán*. Recrutas crus. Com a idade de onze anos o herói, o poderoso guerreiro, o Portador da Lança Encantada e o homem mais belo do mundo tornou-se, Deus seja louvado, um janízaro; o maior lutador janízaro da história da corporação. Ah, os temidos janízaros do sultão osmanli, possa sua fama espalhar-se por toda parte! Não eram turcos, mas os pilares do império turco. Nenhum judeu era admitido, porque a fé deles era forte demais para ser alterada; nenhum cigano, porque eles eram ralé; e os moldavos e wallachianos da Romênia nunca eram recolhidos. Mas na época do herói, os wallachianos tinham de ser combatidos, chefiados por Vlad Dracula, o empalador, seu rei.

Enquanto o palácio da memória lhe contava sobre os janízaros, a atenção de il Machia desviou para os lábios dela. Ela contou como os cadetes eram inspecionados nus ao chegar a Istambul e ele só pensava na beleza de sua boca ao formar a palavra francesa *nus*. Ela falou do treinamento deles como açougueiros e jardineiros, e ele tracejou o contorno de seus lábios em movimento com o indicador enquanto ela pronunciava as palavras. Ela contou que seus nomes foram tirados deles e os sobrenomes de família também e se transformaram em Abdullah ou Abdulmomin ou outros nomes começados com *abd*, que quer dizer escravo e indicava sua posição no mundo. Mas, em vez de se preocupar com a deformação dessas jovens vidas, ele só pensava que não gostava da forma dos lábios dela quando pronunciava aquelas sílabas orientais. Ele beijou os cantos de sua boca enquanto ela contava do Eunuco Chefe Branco e do Eunuco Chefe Negro, que treinavam os meninos para os serviços imperiais, e contou que o herói, o amigo dele, começara como falcoeiro-chefe, um cargo inaudito para um cadete. Ele sabia que seu amigo perdido, o menino sem infância, estava crescendo enquanto ela falava, crescendo enquanto ela contava sobre ele, vivendo seja lá o que for que as crianças vivem em lugar de uma infância quando não têm infância, transformando-se num homem, ou seja no que for que uma criança sem infância se transforma quando cresce, talvez num homem sem hombridade. Sim, Argalia estava adquirindo habilidades marciais que faziam os outros homens admirá-lo e temê-lo, reunia em torno de si um círculo de outros jovens guerreiros, cadetes do imposto de crianças das fronteiras distantes da Europa, assim como quatro gigantes suíços albinos, Otho, Botho, Clotho e D'Artagnan, mercenários capturados em batalha e leiloados no mercado de escravos de Tânger, e um furioso sérvio chamado Konstantin que havia sido capturado no cerco de Novo Brdo. Mas apesar da importância dessa informação, ele se viu deslizando para uma divagação ao observar os pequenos movimentos do rosto do palácio da memória ao falar. Sim, Argalia havia crescido em alguma parte e realizado vários feitos, e tudo isso eram informações que ele devia ter, mas enquanto isso ali estavam aquelas lentas ondulações de lábios e face, os movimentos articulados de língua e maxilar, o brilho da pele de alabastro.

Às vezes, na floresta perto da fazenda em Percussina, ele deitava no chão macio de folhas e ouvia os dois tons do canto dos pássaros, agudo grave agudo, agudo grave agudo grave, agudo grave agudo grave agudo. Às vezes, junto a um regato da floresta, ele observava a água correr no leito de cascalho, em minúsculas modulações de saltos e fluxo. Um corpo de mulher era daquele jeito. Se olhasse com bastante cuidado, dava para vê-lo se movendo no ritmo do mundo, o ritmo profundo, a música debaixo da música, a verdade debaixo da verdade. Ele acreditava nessa verdade oculta de um jeito que outros homens acreditavam em Deus ou no amor, acreditava que a verdade era, de fato, sempre oculta, que o que era aparente, aberto, era invariavelmente algum tipo de mentira. Como era um homem afeito à precisão, ele queria captar a verdade oculta precisamente, vê-la com clareza e estabelecê-la, a verdade por trás de idéias de certo e errado, idéias de bem e mal, idéias de feiúra e beleza, tudo isso eram aspectos dos enganos de superfície do mundo, que tinham pouco a ver com a maneira como as coisas realmente funcionavam, desligadas do modo, dos códigos secretos, das formas ocultas, do mistério.

Ali no corpo daquela mulher o mistério podia ser visto. Aquele ser aparentemente inerte, o eu apagado ou enterrado debaixo daquela história sem fim, aquele labirinto de quartos de depósito em que estavam ocultas mais histórias do que ele estava interessado em ouvir. Aquela sonâmbula gostosa. Aquele vazio. As palavras aprendidas de cor vertiam dela enquanto ele olhava, enquanto ele desabotoava e acariciava. Ele expôs sua nudez sem pesar, tocou-a sem culpa, manipulou-a sem nenhum sentimento de remorso. Ele era o cientista da alma dela. No menor movimento de uma sobrancelha, no tremor de um músculo de sua coxa, no súbito e minúsculo curvar do canto esquerdo do lábio superior, ele deduzia a presença da vida. O eu dela, aquele tesouro soberano, não havia sido destruído. Dormia e podia ser despertado. Ele sussurrou no ouvido dela: "*Esta é a última vez que você vai contar essa história. Ao contar, deixe ela ir embora*". Lentamente, frase por frase, episódio por episódio, ele iria desconstruir o palácio da memória e libertar um ser humano. Mordeu a orelha dela e viu um minúsculo movimento de cabeça como reação. Apertou o pé dela e um dedo mexeu-se, agradecido. Acariciou seus seios e levemente, tão levemente que só um homem em busca da verdade mais profunda teria visto, as costas dela se arquearam em reação. Não havia nada errado no que ele fazia. Ele era seu salvador. Ela iria agradecer a ele depois.

No cerco de Trebizonda choveu o dia inteiro. Os montes estavam cheios de tártaros e outros pagãos. A estrada que descia dos montes transformara-se em lama, tão funda que chegava à barriga dos cavalos. Eles destruíram as carroças de víveres e preferiram carregar as bolsas em lombo de camelo. Um camelo caiu e um tesouro se abriu, sessenta mil peças de ouro espalhadas na encosta para todo mundo ver. Imediatamente o herói, com os gigantes suíços e o sérvio, puxaram as espadas e montaram guarda à riqueza do sultão espalhada, até ele, o imperador, chegar à cena. Depois disso, o sultão passou a confiar no herói mais do que em seus próprios parentes.

Por fim, a rigidez deixou os membros dela. Seu corpo jazia solto e convidativo sobre os lençóis de seda. A história que contava agora era de data recente. Argalia havia crescido e tinha quase a mesma idade de il Machia e Ago. A cronologia deles se juntava outra vez. Logo ela teria terminado e ele então poderia acordá-la. A *ruffiana* Giulietta, uma criatura impaciente, insistia para ele possuí-la enquanto dormia. "Enfie aí logo de uma vez. Vá em frente. Não precisa delicadeza. Faça gostoso com ela. Isso vai abrir os olhos dela." Mas ele tinha decidido não violá-la enquanto ela não acordasse sozinha e obtivesse o consentimento de Alessandra Fiorentina na questão. O palácio da memória era uma beleza excepcional e seria manuseada com delicadeza. Podia não ser mais que uma escrava na casa de uma cortesã, mas mereceria esse respeito.

Contra Vlad III, o voivode *de Wallachia — Vlad "Dracula", o "diabo-dragão", o Príncipe Empalador,* Kazikli Bey —, *nenhum poder comum conseguia triunfar. Começaram a dizer que o príncipe Vlad bebia o sangue de suas vítimas empaladas enquanto elas se retorciam nos espasmos da morte nas estacas, e que beber sangue vivo de homens e mulheres lhe dava um estranho poder sobre a morte. Ele não podia morrer. Ele não podia ser morto. Era também o bruto dos brutos. Cortava o nariz dos homens que matava e mandava para o príncipe da Hungria para se gabar de seu poder. Essas histórias faziam o exército temê-lo, e a marcha para Wallachia não foi feliz. Para encorajar os janízaros, o sultão distribuiu trinta mil moedas de ouro e disse aos homens que se eles vencessem ganhariam títulos de propriedades e recobrariam o uso de seus nomes. Vlad, o Diabo, já havia queimado toda a Bulgária e empalado vinte e cinco mil pessoas em estacas de madeira, mas suas forças eram menores que o exército otomano. Ele recuou e deixou terra arrasada em seu caminho, envenenou poços e abateu gado. Quando o exército do sultão se viu desolado sem comida nem água, o Rei Diabo realizou ataques de surpresa. Muitos soldados foram mortos e seus corpos espetados em varas pontudas. Então, Dracula retirou-se para Tirgoviste e o sultão declarou: "Será a última parada do diabo".*

Mas em Tirgoviste viram uma coisa terrível. Vinte mil homens, mulheres e crianças tinham sido empalados pelo diabo numa paliçada de estacas em torno da cidade, só para mostrar ao exército que avançava o que o esperava. Havia bebês agarrados a suas mães empaladas em cujos seios podres viam-se ninhos de corvos. Diante da visão da floresta de empalados, o sultão ficou enojado e retirou suas tropas desanimadas. Parecia que a campanha ia terminar em catástrofe, mas o herói deu um passo à frente com seu grupo leal. "Faremos o que é preciso fazer", disse. Um mês depois, o herói retornou a Istambul com a cabeça do diabo num pote de mel. Afinal de contas, Dracula podia morrer, apesar dos rumores em contrário. Seu corpo havia sido empalado como tantos outros e deixado para os monges de Snagov enterrarem como quisessem. Foi então que o sultão entendeu que o herói era um ser sobre-humano cujas armas possuíam poderes encantados e cujos companheiros eram também mais que humanos. Ele recebeu a honra mais subida do sultanato osmanli, o posto de Portador da Lança Encantada. Além disso, tornou-se de novo um homem livre.

"De agora em diante", disse-lhe o sultão, "você é meu braço-direito como é o meu braço direito, e um filho para mim como são os meus filhos, e seu nome não é um nome de escravo, porque não é mais mamlúk *nem* abd *de homem nenhum, seu nome é Pasha Arcalia, o Turco."*

Um final feliz, il Machia pensou secamente. Nosso velho amigo fez fortuna afinal. Um ponto tão bom quanto qualquer outro para o palácio da memória concluir sua narrativa. Ele deitou ao lado dela e tentou imaginar Nino Argalia como um paxá oriental, abanado por eunucos núbios de peito nu e cercado das graças do harém. Sensações de náusea cresceram nele com a imagem desse renegado, um cristão convertido ao islamismo, gozando os luxos da perdida Constantinopla, a nova Konstantiniyye, ou a Istambul dos turcos, ou rezando na mesquita dos janízaros, ou passando sem nem um olhar para a estátua caída e quebrada do imperador Justiniano, e se deleitando com o crescente poder dos inimigos do Ocidente. Uma transformação assim traiçoeira podia impressionar um inocente bem-intencionado como Ago Vespucci, que via a jornada de Argalia como o tipo de aventura excitante que ele próprio não estava interessado em ter, mas na cabeça de Niccolò aquilo rompia os laços da amizade deles e se algum dia se encontrassem cara a cara seria como inimigos, porque a deserção de Argalia era um crime contra as verdades mais profundas, as veracidades eternas do poder e da afinidade que conduzia a história dos homens. Ele havia se voltado contra sua própria gente, e uma tribo nunca era clemente com homens assim. Porém, não ocorreu a il Machia então, nem por muitos anos posteriores, que algum dia ele fosse ver de novo o seu companheiro de infância.

A anã Giulietta Veronese enfiou a cabeça pela porta. "E então?" Niccolò balançou a cabeça judiciosamente. "Eu acho, signora, que ela está acordando e voltando a si. Quanto a mim, por meu pequeno papel na renovação de sua pessoa — da dignidade humana que, nos diz o grande Pico, está no próprio coração da nossa humanidade — admito que sinto um ligeiro lampejo de orgulho." A *ruffiana* soprou um ar exasperado pelo canto da boca. "Já era hora", disse, e retirou-se.

Quase imediatamente, o palácio da memória começou a murmurar no sono. Sua voz ficou mais forte e Niccolò se deu conta de que ela estava contando a última história, a história que estava engastada na entrada mesma do palácio da memória que havia colonizado sua mente, a história que tinha de ser contada quando ela passasse pela porta e acordasse de novo para a vida comum: sua própria história, que se desenrolava para trás, como se o tempo estivesse correndo ao contrário. Com horror cada vez maior, ele viu subir diante dele a cena de sua doutrinação, viu o necromante de Istambul, o mui odiado e mui barbudo místico sufi da ordem bektashi, adepto das artes do mesmerismo e da construção de palácios da memória, trabalhando sob as ordens de um certo paxá recém-ungido para depositar as conquistas do paxá na memória da dama cativa — para apagar a vida dela e abrir espaço para a versão sem dúvida auto-elogiosa do próprio Argalia. O sultão lhe dera de presente aquela beldade escravizada e esse era o uso que ele havia feito dela. Bárbaro! Traidor! Ele devia ter morrido da peste ao lado dos pais. Devia ter se afogado quando Andrea Doria o largou naquele bote a remo. Ser empalado por Vlad Dracula de Wallachia não teria sido punição excessiva para tais malfeitos.

A cabeça de il Machia estava cheia dessas e de outras idéias furiosas, quando do nada levantou-se do passado uma imagem involuntária: o menino Argalia caçoando das curas de mingau de sua mãe. "Não os Machiavelli, mas os Polentini." E a velha canção de Argalia sobre uma imaginária garota do mingau. Se ela fosse um pecado eu arrependia. Se fosse morrer eu lamentava. Il Machia sentiu lágrimas a rolar pelas faces. Cantou a canção para si mesmo, *E se fosse uma mensagem então eu mandava*, cantando baixinho, para não incomodar a dama de carne e osso que trouxera de volta do palácio da aflição. Ele estava sozinho com a memória de Argalia, com seu novo senso de indignação e a velha, doce memória da infância em companhia dele, e chorou.

Meu nome é Angélique e sou filha de Jacques Coeur de Bourges, comerciante de Montpellier. Meu nome é Angélique e sou filha de Jacques Coeur. Meu pai era um comerciante e trazia nozes, sedas e tapetes de Damasco para Narbonne. Ele foi falsamente acusado de envenenar a amante do rei da França e fugiu para Roma. Meu nome é Angélique e sou filha de Jacques Coeur, que foi homenageado pelo papa. Ele foi nomeado capitão de dezesseis galeras papais e mandado em socorro de Rhodes, mas adoeceu na viagem e morreu. Meu nome é Angélique e sou da família de Jacques Coeur. Quando meus irmãos e eu estávamos comerciando com o levante, fui raptada por piratas e vendida como escrava para o sultão de Istambul. Meu nome é Angélique e sou filha de Jacques Coeur. Meu nome é Angélique e sou filha de Jacques. Meu nome é Angélique e sou filha. Meu nome é Angélique e sou. Meu nome é Angélique.

Ele dormiu ao lado dela essa noite. Quando ela acordou, ele contou o que havia acontecido, ele seria gentil e delicado, e ela agradeceria a ele como a dama que um dia fora, uma moça de bem-criada origem mercantil. Ele lamentou sua má sorte. Duas vezes roubada por piratas berberes, uma vez dos franceses, uma segunda vez dos turcos — quem podia saber os ataques a que havia sido submetida, quantos homens a tinham possuído ou o que se lembraria desses acontecimentos, e nem agora ela estava livre. Ela parecia tão refinada quanto qualquer aristocrata, no entanto era apenas uma moça numa casa de prazer. Mas se seus irmãos estivessem vivos, eles certamente se alegrariam por tê-la devolvida, sua irmã oculta, sua amada Angélique perdida. Eles a comprariam de volta de Alessandra Fiorentina e ela poderia ir para casa, para qualquer casa que fosse, Narbonne, Montpellier ou Bourges. Talvez ele pudesse trepar com ela antes que acontecesse. Ia discutir isso com a *ruffiana* de manhã. A Casa de Marte tinha uma dívida com ele por ter aumentado o valor de seu estado antes prejudicado. Adorável Angélique, Angélique das tristezas. Ele havia feito uma coisa boa e quase abnegada.

Nessa noite ele teve um sonho estranho. Um padixá oriental, ou imperador, sentado, ao entardecer, debaixo de uma pequena cúpula no ápice de um prédio de cinco andares em forma de pirâmide, feito de arenito vermelho, e de frente para um lago dourado. Atrás dele, seus criados pessoais abanavam grandes leques de penas e a seu lado um homem ou mulher, uma figura européia com cabelo amarelo comprido, usando um casaco de losangos de couro colorido, contando uma história de uma princesa perdida. O sonhador só via essa figura de cabelo amarelo por trás, mas o padixá estava claramente visível, um homem grande, de pele clara, com um pesado bigode, bonito, cheio de jóias e tendendo um pouco para o gordo. Evidentemente aquelas eram figuras de sonho que ele havia conjurado, porque aquele príncipe decerto não era o sultão turco, e o cortesão de cabelo amarelo não soava como o novo paxá italiano. "*Você fala apenas do amor de amantes*", disse o padixá, "*mas nós estamos pensando no amor do povo pelo seu príncipe. Porque temos um grande desejo de ser amados.*"

"*O amor é inconstante*", o outro homem respondeu. "*Eles o amam hoje, mas podem não amar amanhã.*"

"*E então?*", o padixá perguntou. "*Devemos ser um tirano cruel? Devemos agir de forma a engendrar ódio?*"

"*Não ódio, mas medo*", disse o homem de cabelo amarelo. "*Porque só o medo perdura.*"

"*Não seja bobo*", disse o padixá. "*Todo mundo sabe que o medo se dá muito bem com o amor.*"

Ele acordou com grito, luz e janelas abertas, mulheres correndo para todos os lados, enquanto a anã Giulietta guinchava em seu ouvido: "*O que você fez com ela?*". Cortesãs sem suas toaletes, os cabelos arrepiados, os rostos sem pintura e sujos, as roupas de noite desarrumadas, corriam gritando de quarto em quarto. Todas as portas tinham sido abertas e a luz do dia, antídoto do encantamento, entrava brutalmente pela Casa de Marte. Que megeras eram aquelas mulheres, que roedores sifilíticos e grosseiros, com mau hálito e vozes feias. Ele sentou na cama e se enfiou nas roupas. "*O que você fez?*" Mas ele não tinha feito nada. Tinha ajudado a moça, limpado sua mente, libertado seu espírito, mal havia encostado um dedo nela. Decerto não devia dinheiro nenhum à *ruffiana*. Por que ela o atormentava assim? Por que a comoção? Ele devia ir embora imediatamente. Devia encontrar Ago, Biagio e di Romolo e tomar um café-da-manhã. E sem dúvida havia trabalho a fazer. "*Seu idiota estúpido*", Giulietta Veronese estava gritando, "*mexer com coisas que você não entende.*" Alguma coisa havia acontecido. Ele estava apresentável agora e caminhou pela magia desfeita da Casa de Marte com a dignidade possível. As cortesãs silenciavam quando ele passava. Algumas apontavam. Uma ou duas ele ouviu cochicharem. Havia uma janela quebrada no *grand salon*, do lado que dava para o Arno. Ele precisava saber o que tinha acontecido. Então a dona da casa estava na sua frente, la Fiorentina, ainda linda sem um traço da ajuda dos cosméticos. "Senhor secretário", ela disse, com gélida formalidade. "Nunca mais vai ser bem-vindo nesta casa." Então ela o deixou, num farfalhar de saiotes, e o choro e a lamentação recomeçaram. "Maldito seja", disse Giulietta, a *ruffiana*. "Foi impossível segurar. Ela saiu correndo daquele quarto onde você dormia como um cadáver apodrecendo e ninguém conseguiu se pôr no caminho dela."

Enquanto você estava anestesiada para a tragédia de sua vida, você foi capaz de sobreviver. Quando a clareza lhe voltou, quando lhe foi cuidadosamente restaurada, podia ter deixado você louca. Sua memória redespertada podia enlouquecer você, a memória da humilhação, de tanta manipulação, de tantas intrusões, a memória de homens. Não um palácio, mas um bordel de memórias, e por trás dessas memórias a certeza de que aqueles que amavam você estavam mortos, que não havia saída. Essa certeza podia fazer você se pôr em pé, se refazer e fugir. Se corresse depressa podia escapar de seu passado e da lembrança de tudo que tinha sido feito a você, e do futuro também, da inescapável desolação à frente. Haveria irmãos para resgatá-la? Não, seus irmãos estavam mortos. Talvez o próprio mundo estivesse morto. Sim, estava. Para ser parte do mundo morto, você precisava morrer também. Precisava correr o mais depressa possível até encontrar o limite entre mundos, e você então não pararia, correria através dessa fronteira como se não estivesse ali, como se vidro fosse ar e ar fosse vidro, o ar estilhaçando à sua volta como vidro, e você caiu. O ar cortando você em pedaços como se fosse uma lâmina. Era bom cair. Era bom cair para fora da vida. Era bom.

"Argalia, meu amigo", Niccolò disse ao fantasma do traidor, "você me deve uma vida."

14.

Depois que Tansen cantou a canção do fogo

Depois que Tansen cantou a canção do fogo, a *deepak raag*, e com o poder de sua música fez se acenderem as chamas das lâmpadas da Casa de Skanda, administrada por Esqueleto e Colchão, ele descobriu que estava sofrendo de queimaduras sérias. No êxtase da performance, ele não notara que seu próprio corpo começara a mostrar marcas de queimadura ao se aquecer à feroz labareda de seu gênio. Akbar o mandou de volta a Gwailor em um palanquim real, pedindo que descansasse e não voltasse até as feridas estarem curadas. Em Gwailor, ele recebeu a visita de duas irmãs, Tana e Riri, que ficaram tão aflitas com seus ferimentos que começaram a cantar *megh malhar*, a canção da chuva. Logo, uma suave garoa começou a cair sobre Mian Tansen, mesmo ele estando deitado sob um teto. Não era também uma chuva comum. Enquanto Riri e Tana cantavam, elas removiam as bandagens de suas feridas e à medida que a chuva lavava a pele ela ficava íntegra outra vez. Toda Gwailor se agitou com a história do milagre da canção da chuva e quando Tansen voltou para Sikri ele contou ao imperador sobre as moças maravilhosas. Imediatamente, Akbar despachou Birbal para convidar as irmãs à corte e mandou a elas presentes de jóias e roupas para agradecer por seu feito. Mas quando Tana e Riri encontraram Birbal e ouviram o que ele queria, ficaram solenes e se retiraram para discutir o assunto, recusando todos os presentes do imperador. Depois de algum tempo, reapareceram e disseram a Birbal que dariam sua resposta na manhã seguinte. Birbal passou a noite se banqueteando e bebendo como hóspede do marajá de Gwailor em sua grande fortaleza, mas quando voltou à casa de Tana e Riri no dia seguinte encontrou tudo mergulhado em profunda tristeza. As irmãs haviam se afogado num poço. Como brâmanes estritamente fiéis, não queriam servir ao rei muçulmano e temeram que, se recusassem, Akbar interpretasse a recusa como um insulto e suas famílias sofressem as conseqüências. Para evitar esse resultado, preferiram sacrificar a própria vida.

A notícia do suicídio das irmãs com vozes encantadas lançou o imperador em profunda depressão, e quando o imperador ficava deprimido toda a cidade prendia a respiração. Na Tenda do Novo Credo, os Bebedores de Água e os Amantes do Vinho acharam impossível continuar suas discussões e as esposas e concubinas reais também pararam de brigar. Quando o calor do dia passou, Niccolò Vespucci, que se chamava de Mogor dell'Amore, esperou do lado de fora dos aposentos reais porque lhe haviam dito que o imperador não estava a fim de suas histórias. Então, perto do pôr do sol, Akbar irrompeu de seus aposentos acompanhado por guardas, pelos punkah-wallahs e foi na direção da Panch Mahal. "Você", disse ao ver Mogor, com a voz de um homem que esqueceu a existência de seu visitante, e então virando-se: "Muito bem. Venha". Os corpos dos homens que guardavam o imperador se separaram um pouco e Mogor foi puxado para dentro do círculo de poder. Precisava andar depressa. O imperador estava caminhando apressado.

Debaixo de uma pequena cúpula, no ápice da Panch Mahal, o Imperador do Hindustão olhou para o lago dourado de Sikri. Atrás dele, estavam os criados pessoais abanando grandes leques de penas, e ao lado dele um homem europeu de cabelo amarelo que queria lhe contar uma história sobre uma princesa perdida. "Você só fala do amor de amantes", disse o imperador, "mas nós estamos pensando no amor do povo por seu príncipe, que confessamos muito desejar. No entanto, essas moças morreram porque preferiram a divisão à unidade, os deuses delas ao nosso, o ódio ao amor. Concluímos, portanto, que o amor do povo é inconstante. Mas o que vem depois dessa conclusão? Devemos nos tornar um tirano cruel? Devemos agir de tal forma a produzir medo universal? Só o medo perdura?"

"Quando o grande guerreiro Argalia encontrou a imortal beleza Qara Köz", Mogor dell'Amore replicou, "começou uma história que daria origem à crença de todos os homens — sua crença, Grande Mughal, marido dos maridos, amante dos amantes, rei dos reis, homem dos homens! — no poder imorredouro e na extraordinária capacidade do coração humano para o amor."

Quando o imperador desceu do topo da Panch Mahal e se retirou para a noite, o manto de tristeza havia deslizado de seus ombros. A cidade soltou um suspiro coletivo e as estrelas brilharam um pouco mais forte no alto. A tristeza de imperadores, como todos sabiam, ameaçava a segurança do mundo, por causa de sua capacidade de metamorfose em fraqueza, ou violência, ou ambas. O bom humor do imperador era a melhor garantia de uma vida tranqüila, e se o estrangeiro é que havia restaurado o humor de Akbar, então muito se devia a ele, e ele conquistara o direito de ser considerado um amigo em necessidade. O estranho, e talvez também a personagem da história dele, a senhora Olhos Negros, a princesa Qara Köz.

Nessa noite, o imperador sonhou com amor. Em seu sonho, ele era outra vez o califa de Bagdá Harun al-Rashid vagando incógnito, dessa vez pelas ruas da cidade de Isbanir. De repente, ele, o califa, desenvolveu uma coceira que nenhum homem conseguia curar. Regressou depressa a seu palácio em Bagdá, coçando-se ao longo dos trinta e dois quilômetros de viagem e quando chegou em casa tomou um banho de leite de jumenta e pediu que suas concubinas favoritas massageassem todo seu corpo com mel. Mesmo assim, a coceira o deixava louco e nenhum médico conseguia encontrar a cura, embora lhe aplicassem ventosas e sanguessugas até ele estar às portas mesmo da morte. Ele dispensou esses charlatães e quando recobrou as forças resolveu que se a coceira era incurável a única coisa a fazer era se distrair tão completamente até não mais prestar atenção nela.

Convocou os comediantes mais famosos de seu reino para fazê-lo rir, e os filósofos mais instruídos para expandir sua mente até o limite. Dançarinas exóticas excitavam seus desejos e as mais hábeis cortesãs os satisfaziam. Ele construiu palácios, estradas, escolas e pistas de corrida e todas essas coisas foram bem úteis, mas a coceira continuava sem o menor sinal de melhora. Ele colocou toda a cidade de Isbanir em quarentena e fumigou seus esgotos para tentar atacar a peste da coceira em sua fonte, mas a verdade é que poucas pessoas pareciam estar se coçando tanto quanto ele. Então uma noite, quando ele saiu encapuzado e incógnito pelas ruas de Bagdá, viu uma luz numa alta janela e quando olhou teve um relance de um rosto de mulher iluminado pela vela de tal forma que parecia feito de ouro. Durante aquele único instante, a coceira parou completamente, mas no momento em que ela fechou as persianas e apagou a vela, voltou com redobrada força. Foi então que o califa entendeu a natureza de sua coceira. Em Isbanir ele havia visto aquele mesmo rosto por um instante similar, olhando de outra janela, e a coceira começara de-

pois disso. "Encontrem essa mulher", disse ao vizir, "porque ela é a bruxa que me enfeitiçou."

Mais fácil falar que fazer. Os homens do califa trouxeram sete mulheres por dia à presença dele em cada um dos sete dias seguintes, mas quando ele as obrigava a desnudar o rosto via de imediato que nenhuma era a que ele procurava. No oitavo dia, porém, uma mulher velada veio à corte sem ser chamada e pediu uma audiência, dizendo que era ela quem podia aliviar a dor do califa. Harun al-Rashid mandou que entrasse imediatamente. "Então você é a feiticeira", ele gritou. "Não sou nada disso", ela respondeu. "Mas desde que vi de relance o rosto de um homem encapuzado na rua de Isbanir estou coçando incontrolavelmente. Até saí da minha cidade natal e me mudei aqui para Bagdá porque esperava que a mudança aliviasse minha aflição, mas não adiantou. Tentei me ocupar, me distrair, teci grandes tapeçarias, escrevi volumes de poesia, tudo para nada. Então ouvi dizer que o califa de Bagdá estava procurando uma mulher que o fez coçar e eu sabia a resposta para a charada."

Dito isso, ela ousadamente jogou fora os véus e de imediato a coceira do califa desapareceu por completo e foi substituída por um sentimento de todo diferente. "Você também?", ele perguntou e ela assentiu com a cabeça. "Basta de coceira. Alguma outra coisa no lugar." "E isso também é uma aflição que nenhum homem pode curar", disse Harun al-Rashid. "Ou, no meu caso, nenhuma mulher", a dama respondeu. O califa bateu as mãos e anunciou seu casamento; e ele e sua begum viveram felizes para sempre, até a chegada da Morte, a Destruidora dos Dias.

Esse foi o sonho do imperador.

À medida que a história da princesa oculta começou a se espalhar pelas mansões nobres e pelas sarjetas comuns de Sikri, um lânguido delírio tomou conta da capital. As pessoas começaram a sonhar com ela o tempo todo, tanto mulheres como homens, cortesãos e moleques de rua, *sadhus* e prostitutas. A desaparecida feiticeira mughal da distante Herat, que seu amante Argalia depois chamou de "a Florença do Oriente", provou que seus poderes continuavam imunes à passagem dos anos e à sua provável morte. Ela chegou a enfeitiçar a rainha-mãe Hamida Bano, que normalmente não tinha tempo para sonhos. No entanto, a Qara Köz que visitava as horas adormecidas de Hamida Bano era um modelo de devoção muçulmana e comportamento conservador. Não permitia que nenhum cavalheiro de outras terras conspurcasse sua pureza; a separação de seu povo causava-lhe grande angústia e era, é preciso dizer, provavelmente culpa de sua irmã mais velha. A velha princesa Gulbadan, ao contrário, sonhara uma Qara Köz completamente diferente, uma aventureira de espírito livre cuja alegria irreverente, até blasfema, era um pouco chocante, mas absolutamente saborosa, e a história de sua ligação com o homem mais belo do mundo simplesmente deliciosa. A princesa Gulbadan teria sentido inveja dela, se pudesse, mas estava se divertindo muito vivendo por empréstimo através dela diversas noites por semana. Para a Esqueleto, castelã da Casa de Skanda à beira do lago, Qara Köz era a personificação da sexualidade feminina e realizava impossíveis feitos de ginástica todas as noites para o prazer voyeurista dos cortesãos. Mas nem todos os sonhos com a princesa oculta eram favoráveis. A senhora Man Bai, amante do herdeiro do trono, considerou a absurda agitação sobre a dama perdida um desvio de sua pessoa, a próxima rainha do Hindustão, que devia por direito de juventude e destino ser o objeto das fantasias de seus futuros súditos. E Jodha, a rainha Jodha sozinha em seus aposentos, sem as visitas de seu criador e rei, entendeu que a chegada da princesa oculta dava-lhe uma rival imaginária cujo poder ela talvez não conseguisse enfrentar.

Era evidente que a senhora Olhos Negros estava se transformando em todas as coisas para todas as pessoas, um modelo, uma amante, uma antagonista, uma musa; em sua ausência estava sendo usada como um daqueles recipientes em que seres humanos vertem suas preferências, aversões, preconceitos, idiossincrasias, segredos, apreensões e alegrias, seus eus não realizados, suas sombras, sua inocência e culpa, suas dúvidas e certezas, sua mais generosa e também mais rancorosa reação a sua passagem pelo mundo. E o narrador dela, Niccolò Vespucci, o "Mughal do Amor", o novo favorito do imperador, depressa se tornava o hóspede mais requisitado da cidade. Durante o dia, todas as portas se abriam para ele e à noite o mais cobiçado símbolo de status que se podia ter era um convite dele para o que ele elegera como seu local de recreação, a Casa de Skanda, cujas duas rainhas, aquelas divindades gêmeas, a emaciada e a corpulenta, haviam chegado ao ponto em que podiam selecionar e escolher entre o melhor de Sikri. A ligação monogâmica do próprio Vespucci com a ossuda e incansável Esqueleto, Mohini, era considerada admirável. Ela própria mal acreditava. "Metade das damas de Sikri abririam suas portas dos fundos para você", ela disse a ele, admirada. "Será que eu sou mesmo tudo o que você deseja?" Ele a envolveu num abraço tranqüilizador. "O que você precisa entender", disse ele, "é que eu não viajei de tão longe só para trepar por aí."

Por que, de fato, ele viera? Era uma pergunta que intrigava muitas das mentes mais afiadas da cidade e algumas de suas mais maliciosas inteligências também. O crescente interesse dos cidadãos na vida diária encharcada de bebida e na cultura noturna enlouquecida de sexo da distante Florença, como o Mogor dell'Amore a descreveu em uma longa série de banquetes nas mansões aristocráticas e em rodadas de rum nos antros de recreação das ordens inferiores, levando alguns a suspeitar de uma conspiração hedonista para despertar a fibra moral do povo e erodir a autoridade moral do Único Deus Verdadeiro. Badauni, o líder puritano dos Bebedores de Água e mentor do sempre mais rebelde príncipe herdeiro Salim, odiara Vespucci desde que fora provocado pelo estrangeiro na Tenda do Novo Credo. Agora ele começava a vê-lo como um instrumento do diabo. "É como se o seu pai cada vez mais ímpio tivesse conjurado esse homúnculo satânico para ajudá-lo a corromper o povo", ele disse a Salim e acrescentou, ameaçador: "Algo tem de ser feito, se houver alguém que seja homem para isso".

Ora, as razões da aliança do príncipe Salim com Badauni eram inteiramente adolescentes; ele ficava ao lado do adversário de Abul Fazl porque Abul Fazl era o confidente mais próximo de seu pai. Puritanismo não era o seu estilo, porque ele era um sibarita cujas capacidades teriam horrorizado Badauni se o homem magro pudesse ser informado delas. Salim, portanto, não se impressionou com a teoria de Badauni de que o imperador havia de alguma forma atraído um demônio de lascívia do inferno. Ele não gostava de Vespucci porque, como cliente da Casa de Skanda, o estrangeiro era o único homem que tinha acesso à pessoa de madame Esqueleto; e apesar do tratamento cada vez mais frenético da senhora Man Bai, o desejo do príncipe herdeiro por Mohini só crescia com o passar do tempo. "Eu sou o próximo rei", ele dizia a si mesmo, furioso, "e aquela arrogante casa de prazeres me nega a mulher que eu quero." Quanto à senhora Man Bai, sua fúria foi muito grande ao saber que seu noivo ainda estava desesperado para trepar com a antiga escrava. Isso se fundia ao ressentimento dela pela princesa de sonho que Vespucci introduzira sorrateiramente nos sonhos de todo mundo que ela conhecia, e formava uma feia erupção supurada em sua psique, que precisava, de alguma forma, talvez violentamente, ser lancetada.

Quando Salim dignou-se visitá-la outra vez, ela assumiu seus modos mais sedutores e segurou uvas entre os dedos para ele pegar com a língua. "Se esse Mogor convencer o imperador de seu parentesco", ela murmurou a seu amado, "ou se, o que é mais provável, o imperador fingir acreditar nele por razões próprias, você entende as conseqüências, meu amor, as complexas e perigosas conseqüências para você?" O príncipe Salim geralmente precisava que outras pessoas lhe explicassem coisas como complexas conseqüências, então pediu que ela falasse em detalhe. "Você não vê, ó futuro rei do Hindustão", ela ronronou, "que isso vai permitir a seu pai dizer que o direito ao trono de um outro é maior que o seu? E mesmo que isso pareça demais para se acreditar, e se ele decidir adotar aquele sicofanta como filho? O trono não interessa mais a você, ou vai lutar por ele, meu querido? Como mulher que não quer nada além de ser a sua rainha, eu ficaria triste de saber que você não é um rei em formação, mas apenas um verme sem tutano."

Mesmo aqueles que eram mais próximos do imperador tinham reservas e suspeitas cada vez maiores sobre a presença e os verdadeiros propósitos de Mogor dell'Amore na corte. A rainha-mãe Hamida Bano achava que ele era um agente do Ocidente infiel, mandado para confundir e enfraquecer o sagrado reino deles. Na opinião tanto de Birbal como de Abul Fazl, ele era quase com certeza um patife, provavelmente fugindo de algum feito terrível em sua terra, um explorador que precisava cavar de algum jeito uma vida nova porque a velha deixara de ser viável. Talvez tivesse de enfrentar a fogueira ou a morte, ou a forca, ou o afogamento e esquartejamento, ou, no mínimo, a tortura e a prisão se voltasse para o lugar de onde tinha vindo. "Não devíamos ser os inocentes, crédulos orientais por quem ele nos toma", disse Abul Fazl. "Na questão da morte de lorde Hauksbank, por exemplo, nunca deixei de ter certeza da culpa dele." A preocupação de Birbal era com o próprio imperador. "Não penso que ele deseje nenhum mal contra o senhor", disse, "mas ele teceu um encantamento à sua volta que poderá acabar sendo danoso para o senhor, ao distrair sua atenção das grandes questões que deveriam ser sua devida preocupação."

O imperador não se convenceu e estava inclinado a ter compaixão. "Ele é um homem sem lar em busca de um lugar no mundo", disse a eles. "Lá embaixo, ele criou uma espécie de domesticidade em uma casa de prazer e arranjou uma espécie de esposa na figura de uma prostituta esquelética. Que fome de amor ele deve ter! A solidão é o fado de quem vaga pelo mundo; ele é um estrangeiro aonde quer que vá, e só existe pelo poder de sua própria vontade. Quando uma mulher o prezou pela última vez e o chamou de seu? Quando ele se sentiu querido, ou valoroso, ou valioso, pela última vez? Quando um homem não é querido, algo nele começa a morrer. O otimismo se apaga, nosso sábio Birbal. Abul Fazl, nosso cuidadoso protetor, a força de um homem não é inexaurível. Todo homem precisa que outros homens se voltem para ele de dia e que uma mulher se envolva em seus braços à noite. Nós achamos que ele não tem esse sustento há muito tempo, o nosso Mogor. Existe nele uma luz que quase foi extinta quando nós o conhecemos, mas que fica mais forte dia a dia em nossa companhia, ou na dela, da pequena Esqueleto, Mohini. Talvez ela esteja salvando a vida dele. É verdade que não sabemos qual possa ser essa vida. O nome dele, nos disse o padre Acquaviva, é ilustre na sua cidade, mas se assim é, ele foi excluído de sua proteção. Quem sabe por que ele foi expulso? Nós achamos que gostamos dele e não nos importamos, no momento, em desvendar esses mistérios. Talvez ele tenha sido um criminoso, talvez até um assassino, não sabemos dizer. O que sabemos é que ele atravessou o mundo para deixar para trás uma história e contar outra, que a história que ele nos trouxe é sua única bagagem e que o desejo mais profundo dele é o mesmo do pobre Dashwanth desaparecido — isto é, ele quer entrar na história que está contando e começar uma nova vida lá dentro. Em resumo, ele é uma criatura de fábula, e um bom *afsanah* nunca fez nenhum mal a ninguém."

"Senhor, espero não estarmos vivos para ver a loucura do que diz", Birbal respondeu, sério.

A reputação da falecida Khanzada Begum, irmã mais velha da princesa oculta, deteriorava à medida que aumentava a paixão da cidade pela irmã mais nova. Aquela dama grandiosa, que se tornara uma heroína da corte de Babar, avô de Akbar, quando voltou para casa em triunfo depois de anos de cativeiro com Shaibani Khan, e que havia subseqüentemente se transformado numa força potente da casa Mughal, consultada em todas as questões de Estado, agora se transformava, ao contrário, no arquétipo de todas as irmãs cruéis, e seu nome, um dia tão reverenciado, tornou-se um insulto que as mulheres lançavam umas às outras com raiva quando queriam fazer acusações de vaidade, ciúmes, mesquinharia ou traição. Muita gente começou a aninhar a crença de que o tratamento nas mãos de Khanzada, assim como sua paixão por um paxá estrangeiro, é que havia afastado a princesa oculta de sua família, uma escolha que levara a caminhos enigmáticos, desconhecidos, na direção da absoluta obscuridade. Com o passar do tempo, o sentimento público de repulsa pela "irmã malvada" começou a ter uma conseqüência mais preocupante. Algo irascível emergiu da história, uma emanação verde e fétida de discórdia emanou da lenda e contaminou as mulheres de Sikri, de forma que começaram a chegar ao palácio relatos de amargas brigas entre irmãs que antes se amavam, suspeitas e acusações, rompimentos irreparáveis e amargas desavenças, brigas de unhadas e até de faca, o borbulhar de antipatias e ressentimentos de que as mulheres em questão mal tinham noção até o desmascaramento de Khanzada Begum pelo estrangeiro de cabelo amarelo. Então o problema se tornou ainda mais generalizado, até afetar primos-irmãos, depois parentes mais distantes, e, por fim, todas as mulheres, aparentadas ou não; e mesmo no harém do imperador o murmurejar de inimizade atingiu nível sem precedentes e totalmente inaceitável.

"As mulheres sempre reclamaram dos homens", disse Birbal, "mas acontece que suas reclamações mais profundas são reservadas a outras mulheres, porque consideram os homens inconstantes, traiçoeiros e fracos, mas julgam seu próprio sexo por padrões mais altos, esperam mais de seu próprio sexo — lealdade, compreensão, confiança, amor — e parece que concluíram coletivamente que essas expectativas estavam fora de lugar." Abul Fazl, com um tom sardônico de voz, observou ainda que a convicção do rei de que as histórias eram pretensamente inofensivas estava se tornando uma posição mais difícil de defender. Os três homens, os cortesãos e o rei, sabiam que era impossível os homens porem fim à guerra das mulheres. A rainha-mãe Hamida Bano e a velha princesa Gulbadan foram convocadas ao Local de Sonhos. As duas chegaram aos empurrões e safanões, uma reclamando ruidosamente da perfídia secreta da outra, e ficou evidente que a crise havia fugido ao controle.

Um dos poucos lugares em Sikri que permaneceu imune ao fenômeno foi a Casa de Skanda e, por fim, a Esqueleto e a Colchão marcharam morro acima e pediram uma audiência com o imperador, insistindo que tinham a solução para o problema. Autopreservação era a poderosa motivação delas para esse ato de audácia. "Precisamos fazer alguma coisa", a Esqueleto sussurrara a Mogor na cama à noite, "senão, daqui a cinco minutos, alguém vai concluir que essa comoção toda é culpa nossa e então estamos todos acabados." O imperador achou divertida a ousadia das putas e, ao mesmo tempo, estava preocupado com a situação a ponto de atender o pedido de audiência e convocá-las à margem da Melhor de Todas as Piscinas Possíveis. Sentou-se em almofadado conforto no *takht* no meio da piscina e mandou as cortesãs falarem de uma vez. "*Jahanpanah*, Protetor do Mundo", disse a Esqueleto, "o senhor precisa ordenar que todas as mulheres de Sikri tirem toda a roupa." O imperador empertigou-se. Aquilo era interessante.

"*Toda* a roupa?", ele perguntou, só para ter certeza de que tinha escutado direito. "Cada fiapo", disse a Colchão com absoluta seriedade. "Roupas de baixo, meias, até as fitas do cabelo. Faça que elas andem pela cidade nuas em pêlo, e o senhor não vai ter de aturar mais essa bobagem."

"A razão do problema não ter surgido nas casas de prostituição", explicou a Esqueleto, "é que nós, damas da noite, não temos segredos umas com as outras, nós lavamos as partes íntimas uma da outra e sabemos exatamente quais putas têm doença e quais são limpas. Quando as damas da cidade se virem nuas na rua, nuas na cozinha, nuas no bazar, nuas em toda parte, visíveis de todos os ângulos, todos os seus defeitos e partes peludas expostas, elas vão começar a rir de si mesmas e a ver que bobas estão sendo de achar que essas criaturas estranhas, engraçadas, possam ser suas inimigas."

"Quanto aos homens", disse Mohini, a Esqueleto, "o senhor deve ordenar que todos tenham os olhos vendados e o senhor também deve fazer o mesmo. Por um dia, nenhum homem de Sikri vai olhar para uma mulher, enquanto as mulheres, vendo-se sem nada escondido, por assim dizer, irão voltar às boas umas com as outras."

"Se acha que vou fazer isso", disse Hamida Bano, "então essas histórias do estrangeiro realmente deixaram você de miolo mole." O imperador olhou a mãe nos olhos. "Quando o imperador dá uma ordem", disse ele, "o castigo para desobediência é a morte."

O céu foi generoso no dia da nudez das mulheres. As nuvens cobriram o sol o dia inteiro, e uma brisa fresca soprou. Os homens de Sikri não trabalharam nesse dia, as lojas não abriram, os campos ficaram vazios, as portas dos estúdios dos artistas e artesãos permaneceram trancadas. Nobres ficaram na cama, músicos e cortesãos viraram igualmente o rosto para a parede. E na ausência dos homens as mulheres da capital aprenderam de novo que elas não eram feitas de mentiras e traições, mas apenas de cabelo, pele e carne, que elas eram todas tão imperfeitas quanto as outras, e que não havia nada especial que estivessem escondendo umas das outras, nenhum veneno, nenhuma trama, e que mesmo irmãs podiam, no fim, encontrar um jeito de se dar bem. Quando o sol se pôs, as mulheres vestiram-se de novo, os homens removeram as vendas e uma refeição foi consumida, semelhante ao repasto que tinham tomado pela manhã, um jantar de água e frutas. Desse dia em diante, a casa da Esqueleto e da Colchão passou a ser o único estabelecimento noturno a receber o selo pessoal de aprovação do imperador, e as próprias damas se transformaram em honradas conselheiras do rei. Houve só duas notícias ruins. A primeira dizia respeito ao príncipe herdeiro Salim. Nessa noite, bêbado, ele se vangloriou, para quem quisesse ouvir, de que tinha ignorado o decreto do pai, retirado a venda e espiado a população feminina inteira durante horas. A notícia chegou a Akbar, que ordenou que o filho fosse preso imediatamente. Foi Abul Fazl quem sugeriu o castigo mais apropriado para o crime do príncipe. Na manhã seguinte, no espaço aberto diante do harém real, ele mandou despir Salim e, nu, ele foi açoitado por guardas do harém, tanto eunucos como mulheres com a constituição de lutadores homens. Eles o bombardearam com varas, pequenas pedras e torrões de terra até ele implorar misericórdia e perdão. Depois disso, foi inevitável que o príncipe bêbado, tonto de ópio, um dia tentasse se vingar de Abul Fazl e do imperador do Hindustão também.

A segunda conseqüência triste da nudez das mulheres foi que a velha princesa Gulbadan pegou um resfriado que rapidamente a levou à morte. No seu último momento, ela mandou chamar o imperador e tentou reabilitar a reputação da falecida Khanzada Begum. "Quando seu pai voltou do longo exílio persa e encontrou você de novo", ela disse, "Khanzada Begum é que tinha cuidado de você, porque Hamida Bano não estava, claro.

Khanzada teve muito amor por você, não se esqueça disso. Ela beijava suas mãos e pés e dizia que lembravam os pés e as mãos de seu avô. Então, seja qual for a história da relação dela com Qara Köz, lembre-se que isso também é verdade. A irmã ruim pode ser uma tia-avó amorosa." Gulbadan sempre buscara precisão em sua memória do passado, mas agora começara a deslizar para a confusão, chamando Akbar às vezes pelo nome do pai dele, Humayun, e às vezes até pelo do avô. Como se os três primeiros imperadores mughais estivessem todos reunidos ao pé de sua cama, contidos no corpo de Akbar, para montar guarda à passagem de sua alma para fora deste mundo. Depois da morte de Gulbadan, Hamida Bano se encheu de um horrível remorso. "Eu dava empurrões nela", disse. "Dava safanões e ela quase caía, e era mais velha que eu. Não fiz as honras a ela e agora ela foi embora." Akbar consolou sua mãe. "Ela sabia do seu amor", disse, "ela sabia que uma mulher pode ser uma empurradeira ruim e uma boa amiga ao mesmo tempo." Mas a rainha-mãe estava inconsolável. "Ela sempre pareceu tão jovem", disse ela. "O anjo errou. Eu é que esperava morrer."

Quando terminaram os quarenta dias de luto por Gulbadan, Akbar convocou Mogor dell'Amore ao Local de Sonhos. "Você está demorando muito", disse. "Não pode estender isso para sempre, você sabe. É hora de continuar a sua história. Limite-se a contar essa maldita história o mais depressa possível — e faça isso, por favor, sem agitar as damas de novo."

"Protetor do Mundo", disse Mogor, com uma profunda reverência, "não há nada que eu mais queira no mundo do que contar toda a minha história, porque é o que os homens desejam acima de todas as coisas. Mas para colocar a senhora Olhos Negros no abraço de Argalia, o turco, preciso explicar primeiro certos acontecimentos militares envolvendo os três grandes poderes que ficam entre a Itália e o Hindustão, quer dizer, Absinto Khan, o senhor da guerra uzbeque, o xá Ishmael, ou Ismail, rei safávida da Pérsia, e o sultão otomano."

"Malditos sejam todos os contadores de histórias", disse Akbar, irritado, a beber gulosamente de uma taça de vinho vermelha e dourada. "E que uma praga recaia sobre seus filhos também."

15.

Junto ao mar Cáspio, as velhas bruxas da batata

Junto ao mar Cáspio, as velhas bruxas da batata sentaram e choraram. Altos soluços e loucos gemidos. Toda a Transoxiana estava de luto pelo grande Shaibani Khan, poderoso senhor Absinto, monarca do vasto Khorasan, potentado de Samarcanda, Herat e Bucara, herdeiro da verdadeira linha consangüínea de Gêngis Khan, antigo vencedor do pretensioso mughal, Babar...

"É provável que não seja boa idéia", disse o imperador gentilmente, "repetir em nossa presença as manifestações desse patife sobre nosso avô."

... Shaibani, o odioso, aquele bandido louco, que tombou na batalha de Marv e foi morto pelo xá Ismail da Pérsia, que guardou sua cabeça num frasco de vinho vermelho e dourado com pedras preciosas, e mandou partes de seu corpo rodar o mundo para provar que ele estava morto. Assim pereceu aquele amadurecido, embora também hediondo, deseducado e bárbaro guerreiro de sessenta anos: bem adequada e humilhantemente decapitado e desmembrado por um jovem imaturo de apenas vinte e quatro anos.

"Assim está muito melhor", disse o imperador olhando a própria taça de vinho com satisfação. "Porque não se pode chamar de talento matar os concidadãos, trair amigos, não ter fé, nem misericórdia, nem religião; por esses meios pode-se adquirir poder, mas não glória."

"Niccolò Machiavelli de Florença não poderia ter dito melhor", concordou o contador de histórias.

A bruxaria da batata nasceu em Astracã, às margens do rio Atil, depois chamado Volga, trazida à luz pela apócrifa bruxa Mãe Olga, a primeira, mas seus expoentes fazia muito haviam se dividido como o mundo se dividira, de forma que agora, na costa ocidental do mar Cáspio, que chamavam de o Khazar, perto de Ardabil, onde a dinastia safávida do xá Ismail tinha suas raízes no misticismo sufi, as bruxas eram xiitas e alegravam-se com os triunfos do novo império persa duodecimâmico, enquanto na costa leste, onde viviam os uzbeques eles eram — alguns pobres, desnorteados miseráveis! — do lado do Absinto Khan. Depois, quando o xá Ismail experimentou a derrota nas mãos do exército otomano, essas bruxas da batata sunni do mar do Khazar oriental afirmaram que suas maldições mostravam-se mais poderosas do que a magia de suas irmãs xiitas do Ocidente. *Porque a batata khorasani é onipotente*, bradavam muitas vezes, nas palavras de seu credo mais sagrado, *e todas as coisas podem ser por ela obtidas*.

Com o uso adequado dos encantos sunni-uzbeque baseados na batata, era possível encontrar um marido, perseguir uma rival amorosa mais atraente ou provocar a queda de um rei xiita. O xá Ismail fora vítima da Grande Maldição Uzbeque Anti-Xiita da Batata e do Esturjão, raramente usada, e que exigia quantidades de batatas e caviar que não eram fáceis de encontrar, e uma unidade de propósito entre as bruxas sunni que era igualmente difícil de obter. Quando souberam da notícia da debandada de Ismail, as bruxas da batata orientais enxugaram os olhos, cessaram a lamentação e dançaram. Uma bruxa khorasani fazendo piruetas é uma coisa rara e especial de se ver, e os poucos que viram a dança jamais se esqueceram. E a Maldição do Caviar e da Batata criou um cisma na irmandade das bruxas da batata que até hoje não se solucionou.

Porém pode ter havido razões mais prosaicas para o resultado da batalha de Chaldiran: o exército otomano superar grandemente em número o exército persa; ou os soldados otomanos portarem rifles que os persas consideravam armas pouco viris e se recusavam a usar, de forma que eram enviados em grande número para a morte inevitável, mas inegavelmente máscula; ou o chefe das forças otomanas ser o invencível general janízaro, matador de Vlad, o empalador, o demônio-dragão da Wallachia, precisamente Argalia, o turco florentino. Por grande que se acreditasse ser, o xá Ismail — como não ficava atrás de ninguém na alta opinião que tinha de si mesmo — não conseguiu resistir muito tempo contra o Portador da Lança Encantada.

O xá Ismail da Pérsia, auto-escolhido representante na terra do Décimo Segundo Imã, era famoso por ser arrogante, egoísta e fanático proselitista de *Ithna Ashari*, quer dizer, o islã xiita do Doze Imãs ou duodecimâmico. "Eu quebrarei os bastões de pólo de meus adversários", ele se vangloriava, nas palavras do santo sufi Shaykh Zahid, "e então o campo será meu." Depois, foi mais longe, em suas próprias palavras. "Eu sou o Próprio Deus, o Próprio Deus, o Próprio Deus! Ora venha, ó homem cego que perdeu o caminho, contemple a Verdade! Eu sou o Absoluto Criador de quem falam os homens." Ele era chamado de *Vali Allah*, o vigário de Deus, e para os seus soldados *qizilbash* de "cabeça vermelha", era efetivamente divino. Modéstia, generosidade, bondade: essas não eram suas características mais renomadas. No entanto, quando ele marchou na direção sul para o campo de batalha de Marv, acompanhado pela cabeça de Shaibani Khan num pote de mel, e entrou em Herat em triunfo, essas foram as palavras exatas usadas para descrevê-lo pela princesa que a história esqueceu, a senhora Olhos Negros, Qara Köz. O xá Ismail foi a primeira paixão dela. Qara tinha dezessete anos.

"Então é verdade", gritou o imperador. "O estrangeiro que era a razão de sua recusa para voltar com Khanzada à corte de meu avô, a razão de sua remoção da história de meu nobre avô — o sedutor de quem falava nossa querida tia Gulbadan —, não era o seu Arcalia, ou Argalia, mas o próprio xá da Pérsia."

"Ambos foram capítulos da história dela, ó Protetor do Mundo", respondeu o contador de história. "Um depois do outro, o vencedor e depois o vencedor do vencedor. As mulheres não são perfeitas, temos de admitir, e parece que a jovem dama tinha um fraco por estar do lado vencedor."

Herat, a pérola de Khorasan, morada do pintor Behzad, criador de incomparáveis miniaturas e do poeta Jami, o filósofo imortal do amor, e último descanso da protetora da beleza, a grande rainha Gauhar Shad, que quer dizer Jóia Feliz ou Brilhante! "Você pertence à Pérsia agora", disse o xá Ismail em voz alta ao cavalgar pelas ruas conquistadas. "Sua história, oásis, banhos, pontes, canais e minaretes são todos meus." A observá-lo de uma janela alta do palácio, estavam as duas princesas capturadas da casa Mughal. "Agora nós vamos ou ser mortas ou libertadas", disse Khanzada, sem permitir que sua voz tremesse. Shaibani Khan tinha feito dela sua esposa e havia lhe dado um filho. Ela olhou a urna selada que pendia da parte de trás do cavalo do conquistador, pendurada numa lança comum e compreendeu o que continha. "Se o pai está morto", disse ela, "então meu filho também está condenado." Sua análise estava correta; quando o xá Ismail se apresentou à porta da princesa, o menino já havia sido despachado ao encontro do pai. O rei persa inclinou a cabeça diante da princesa Khanzada. "Vocês são irmãs de um grande irmão", disse, "e por isso serão libertadas. Penso devolvê-las com muitos presentes de amizade ao senhor Babar, que atualmente está em Qunduz; e vocês, damas, serão o maior presente de todos."

"Até há pouco", replicou Khanzada, "eu era não só uma irmã mas também mãe e esposa. Já que o senhor destruiu dois terços de mim, a parte que resta pode bem ir para casa." Depois de nove anos como rainha de Absinto Khan, e oito como mãe de um príncipe, o coração dela estava em pedaços. Mas em nenhum momento Khanzada Begum permitiu que seu rosto ou sua voz traíssem suas verdadeiras emoções, de forma que pareceu ao xá Ismail ser insensível e fria. Aos vinte e nove anos, era de uma grande beleza, e o persa ficou muito tentado a olhar por trás do véu, mas reprimiu-se e voltou-se para a moça mais jovem. "E a senhora, madame", disse com a cortesia de que era capaz, "o que tem a dizer a seu libertador?"

Khanzada Begum pegou a irmã pelo braço, como se fosse levá-la embora. "Obrigada, minha irmã e eu pensamos do mesmo jeito", disse. Mas Qara Köz livrou-se da mão da irmã com um repelão, arrancou o véu e olhou o jovem rei diretamente no rosto.

"Eu gostaria de ficar", disse.

Há uma fraqueza que baixa sobre os homens ao final da batalha, quando eles ficam conscientes da fragilidade da vida, apertam-na ao peito como uma tigela de cristal que quase derrubaram, e o tesouro da vida apavora sua coragem. Nesse momento, todos os homens são covardes e não conseguem pensar em nada a não ser abraços de mulheres, nada a não ser palavras confortadoras que só mulheres sabem sussurrar, nada a não ser a alegria de se perder nos labirintos fatais do amor. Nas garras dessa fraqueza, um homem fará coisas que desvenda seus mais bem estabelecidos planos, ele é capaz de fazer promessas que mudam seu futuro. Foi assim que o xá Ismail da Pérsia afogou-se nos olhos negros da princesa de dezessete anos.

"Então fique", ele replicou.

"A necessidade de uma mulher para curar a solidão do assassinato", disse o imperador, relembrando. "Para varrer a culpa da vitória ou a vanglória da derrota. Para amainar o tremor nos ossos. Para secar as lágrimas quentes de alívio e de vergonha. Para nos abraçar quando sentimos a maré vazante do ódio e sua substituição por uma forma superior de vergonha. Para borrifar-nos com lavanda a fim de esconder o cheiro de sangue de nossos dedos e o fedor de sangue coagulado na barba. A necessidade de uma mulher para nos dizer que somos dela e desviar da morte a nossa mente. Para aplacar a curiosidade de como será enfrentar o Juízo, para tirar nossa inveja daqueles que foram antes de nós ver as campinas do Todo-Poderoso e para aplacar as dúvidas que nos reviram o estômago, sobre a existência do pós-vida e mesmo do próprio Deus, por estarem os executados tão absolutamente mortos e parecer não existir absolutamente nenhum outro propósito superior."

Depois, quando ele a perdeu para sempre, o xá Ismail falou de bruxaria. Havia um encantamento no olhar dela que não era inteiramente humano, ele disse; havia nela um diabo que o empurrara ao seu fim. "Que uma mulher tão bela possa não ser terna", disse ele a seu criado surdo-mudo, "isso eu não esperava. Não esperava que me virasse as costas com tanta facilidade, como se estivesse trocando de sapato. Eu esperava ser o amado. Não esperava ser *majnun-Layla*, enlouquecido por amor. Não esperava que ela me partisse o coração."

Quando Khanzada Begum voltou para Babar em Qunduz sem sua irmã, ela foi recebida com uma grande comemoração de soldados e dançarinas, de trombetas e cantos, e o próprio Babar a pé para abraçá-la quando desceu de sua liteira. Mas reservadamente ele se enfureceu e foi nesse momento que ordenou a exclusão de Qara Köz dos registros históricos. Durante algum tempo, porém, permitiu que o xá Ismail acreditasse que eram amigos. Mandou cunhar moedas com a cabeça de Ismail estampada para dar provas disso, e Ismail mandou tropas para ajudá-lo a expulsar os uzbeques de Samarcanda. Então, de repente, ele não agüentou mais e mandou Ismail pegar suas tropas e ir embora.

"Isso é interessante", disse o imperador. "Porque a decisão de nosso avô de mandar embora o exército safávida depois da recaptura de Samarcanda sempre foi um mistério. Foi nessa época que ele parou de escrever o livro de sua vida, que não retomou durante onze anos, de forma que sua própria voz silenciou sobre esse assunto. Depois da partida dos persas, ele imediatamente perdeu Samarcanda outra vez e foi obrigado a fugir para o Leste. Nós achávamos que sua rejeição à ajuda persa era por não gostar da pretensão religiosa do xá Ismail: suas intermináveis proclamações da própria divindade, sua glorificação xiita duodecimâmica. Mas se a raiva lenta de Babar pela princesa oculta era a verdadeira razão, então quantas questões importantes foram conseqüência da escolha dela! Porque foi por perder Samarcanda que Babar veio para o Hindustão e aqui estabeleceu sua dinastia, e nós próprios somos o terceiro dessa linhagem. Então, se sua história é verdadeira, o começo de nosso grande império é a conseqüência direta da obstinação de Qara Köz. Devemos condená-la ou elogiá-la? Era uma traidora, a ser desdenhada para sempre, ou nossa genetriz, *que modelou nosso futuro?"*

"Ela era uma jovem bela e voluntariosa", disse Mogor dell'Amore. "E seu poder sobre os homens era tão grande que talvez nem ela mesma, de início, soubesse a força de seus encantamentos."

Qara Köz: veja-a agora na capital safávida de Tabriz, acariciada pelos belos tapetes do xá, como Cleópatra enrolada no tapete de César. Em Tabriz, até as montanhas eram atapetadas, porque nas montanhas os grandes tapetes eram estendidos para secar ao sol. Nas câmaras reais rolava e rolava nos tapetes da Pérsia como se eles fossem corpos de amantes. E sempre num canto um samovar fumegando. Ela comia vorazmente, galinha recheada com ameixas e alho, ou camarão com pasta de tamarindo, ou kebabs com arroz aromatizado, e mesmo assim seu corpo permanecia esbelto e longo. Jogava gamão com sua criada, a Espelho, e se transformou na maior jogadora da corte persa. Jogava também outros jogos com a Espelho; por trás das portas fechadas do quarto de dormir, as duas meninas riam e gritavam, e muitos cortesãos acreditavam que eram amantes, mas nenhum homem ou mulher ousava dizer isso, porque teria custado a cabeça do murmurador. Quando ela assistia o jovem rei jogar pólo, Qara Köz suspirava um suspiro de êxtase erótico cada vez que ele girava o bastão, e as pessoas começaram a acreditar que aqueles gemidos e gritos realmente colocavam um encantamento na bola, que inevitavelmente achava o caminho do gol enquanto os bastões dos defensores batiam perdidos no ar. Ela se banhava no leite. Cantava como um anjo. Não lia livros. Tinha vinte e um anos. Não concebera um filho. E um dia, quando Ismail falou do poder cada vez maior de seu rival do Ocidente, o sultão otomano Bayezid II, ela murmurou um conselho mortal.

"Mande para ele aquele seu cálice", disse, "aquele feito com o crânio do Shaibani Khan, para ele saber o que vai acontecer se não lembrar o lugar dele."

Ela achava sedutora a vaidade dele. Estava apaixonada por seus defeitos. Um homem que acreditava ser um deus talvez fosse o homem para ela. Um rei talvez não bastasse. "O próprio Deus!", ela gritou quando ele a tomou. "Criador absoluto!" Ele gostou daquilo, claro, e, suscetível a elogios, não levou em conta a autonomia de sua grande beleza, que nenhum homem podia possuir, que era dona de si mesma e que sopraria para onde bem entendesse, como o vento. Embora ela tivesse abandonado tudo por ele, tivesse mudado seu mundo em um único olhar, deixando irmã, irmão e clã para viajar para o Ocidente na companhia de um belo desconhecido, o xá Ismail, na imensidão de seu amor-próprio, achou esse gesto perfeitamente natural porque, afinal, havia sido dirigido a ele. O resultado foi que ele não via a coisa vaga nela, a coisa desenraizada. Se uma mulher voltava as costas com tamanha facilidade a um compromisso, ela poderia com a mesma prontidão voltar as costas ao próximo.

Havia dias em que ela queria maldade: a maldade dele e a dela própria. Na cama, ela sussurrava para ele que tinha outro eu dentro dela, um eu mau, e que quando aquele eu dominava ela não era mais responsável por seus atos, era capaz de fazer qualquer coisa, qualquer coisa. Isso o excitava além do suportável. Ela era mais que uma igual dele no amor. Era a sua rainha. Em quatro anos, não lhe deu um filho. Não importava. Ela era um banquete para os sentidos. Era pelo que os homens matavam. Ela era seu vício e sua professora. "Quer que eu mande o cálice Shaibani para Bayezid", ele disse com voz pastosa, como bêbado. "Mandar para ele o crânio de outro homem."

"Você beber no crânio de seu inimigo é uma grande vitória", ela sussurrou. "Mas quando Bayezid beber na cabeça do adversário derrotado do inimigo seu isso vai encher de medo o coração dele." Ele entendeu que ela havia colocado um encantamento de terror no cálice. "Muito bem", disse ele. "Faremos o que você sugere."

* * *

O aniversário de quarenta e cinco anos de Argalia veio e passou. Ele era um homem alto e pálido e, apesar dos anos de guerra, sua pele era tão branca como a de uma mulher; homens e mulheres igualmente se maravilhavam com sua suavidade. Ele amava tulipas e as usava bordadas em suas túnicas e mantos, acreditava que eram portadoras de boa sorte e das mil e quinhentas variedades da tulipa de Istambul, seis em particular se encontravam vicejando nas salas do palácio. A Luz do Paraíso, a Pérola Sem Par, a Fomento do Prazer, a Instiladora de Paixão, a Inveja do Diamante e a Rosa do Amanhecer: essas eram as suas favoritas e através delas ele se revelava um sensualista por baixo do exterior guerreiro, uma criatura de prazer escondida dentro da pele de matador, um ser feminino dentro do masculino. Ele tinha também um gosto feminino por roupas finas: quando não em traje de guerra, vestia-se de jóias e sedas e seu grande fraco eram as peles exóticas, a raposa negra e o lince de Moscóvia, que desciam a Istambul através de Feodosiya, na Criméia. Seu cabelo era comprido e preto como o mal, e seus lábios cheios e vermelhos como sangue.

Sangue e seu derramamento haviam sido o foco de sua vida. Sob o regime do sultão Mehmed II, havia lutado numa dúzia de campanhas e vencido cada batalha em que levantara seu arcabuz à posição de fogo ou desembainhara a espada. Havia atraído um pelotão de leais janízaros à sua volta, como um escudo, com os gigantes suíços Otho, Botho, Clotho e D'Artagnan como tenentes, e embora sua corte otomana fosse cheia de intrigas ele frustrara sete tentativas de assassinato. Depois da morte de Mehmed, o império chegara perto da guerra civil entre seus dois filhos, Bayezid e Cem. Quando Argalia soube que o Grande Vizir, desafiando a tradição muçulmana, recusara enterrar o corpo do sultão morto por três dias para que Cem pudesse chegar a Istambul e assumir o trono, ele conduziu seus gigantes suíços aos aposentos do vizir e o matou. Chefiou o exército de Bayezid contra o pretenso usurpador e mandou-o para o exílio. Feito isso, tornou-se o comandante-em-chefe do novo sultão. Combateu os mamelucos do Egito por terra e mar e quando derrotou a aliança de Veneza, Hungria e o papado, sua reputação como almirante igualava sua fama de guerreiro em terra firme.

Depois disso, os principais problemas vinham dos povos *qizilbash* da Anatólia. Eles usavam chapéus vermelhos com doze pregas para mostrar seu respeito pelo xiismo duodecimâmico e, conseqüentemente, sentiam atração pelo xá Ismail da Pérsia, auto-intitulado Próprio Deus. O terceiro filho de Bayezid, Selim, o tristonho, queria esmagá-los inteiramente, mas seu pai era mais contido. Como resultado, Selim, o tristonho, começou a pensar no pai como apaziguador e fraco. Quando o cálice do xá Ismail chegou a Istambul, Selim tomou aquilo por um insulto mortal. "Esse herege que se chama pelo nome de Deus devia aprender a se comportar", declarou. Pegou o cálice como um duelista pega a luva que lhe bateu no rosto. "Eu beberei sangue safávida neste cálice", prometeu ao pai. Argalia, o turco, deu um passo à frente. "E eu sirvo esse vinho", disse.

Quando Bayezid recusou permissão para a guerra, as coisas mudaram para Argalia. Poucos dias depois, ele e seus janízaros haviam juntado forças com Selim, o tristonho, e Bayezid foi deposto a força do poder. O velho sultão foi banido para um retiro forçado, mandado de volta a sua cidade natal de Didymoteicho, na Trácia, e morreu a caminho, de coração partido, o que estava muito bem. O mundo não tinha lugar para homens que perdiam a coragem. Selim, com Argalia a seu lado, caçou e estrangulou seus irmãos Ahmed, Korkud e Shahinshah, e matou os filhos deles também. A ordem foi restaurada e o risco de um golpe eliminado. (Muitos anos depois, quando Argalia contou a il Machia sobre esses feitos, ele os justificou dizendo: "Quando um príncipe toma o poder, ele precisa dar o pior de si imediatamente, porque depois disso cada ato seu parecerá a seus súditos uma melhoria no modo como ele começou", e ao ouvir isso il Machia ficou silencioso e pensativo e, depois de um tempo, balançou a cabeça devagar. "Terrível", disse Argalia, "mas verdadeiro.") Então chegou o momento de enfrentar o xá Ismail. Argalia e seus janízaros foram enviados a Rum, no centro-norte da Anatólia, prenderam milhares de moradores *qizilbash* e mataram outros milhares. Silenciaram os malditos enquanto o exército marchava pela terra deles para entregar a carta de Selim, o tristonho, para o xá. Em sua mensagem, Selim dizia: "O senhor não mais detém os mandamentos e as proibições da lei divina. O senhor incitou sua abominável facção xiita à união sexual não santificada. E o senhor derramou sangue inocente". Cem mil soldados otomanos acamparam junto ao lago Van, na Anatólia oriental, a caminho de enfiar essas palavras pela blasfema goela abaixo do xá Ismail. Entre suas fileiras, havia doze mil mosqueteiros janízaros sob o comando de Argalia. Havia também quinhentos canhões, ligados por correntes para formar uma barreira intransponível.

O campo de batalha de Chaldiran ficava a nordeste do lago Van, e ali as forças persas tomaram posição. O exército do xá Ismail tinha apenas quarenta mil homens, a maioria deles na cavalaria, mas examinando seu armamento Argalia entendeu que número superior nem sempre decidia uma luta. Assim como Vlad Dracula em Wallachia, Ismail usara uma estratégia de terra arrasada. A Anatólia estava nua e queimada e os otomanos que avançavam de Sivas para Arzinjan encontravam pouco para comer e beber. O exército de Selim estava cansado e faminto quando acampou junto ao lago depois de sua longa marcha, e um exército desses era sempre possível de ser batido. Depois, quando Argalia estava com a princesa oculta, ela lhe contou por que seu antigo amante havia sido superado.

"Cavalheirismo", disse ela. "Tolo cavalheirismo, e dar ouvidos a algum sobrinho idiota e não a mim."

O fato excepcional é que a feiticeira da Pérsia, ao lado de sua escrava, a Espelho, estava presente à montanha de comando acima do campo de batalha, a fina roupa de véus tão sugestivamente colada ao rosto e aos seios pelo vento que quando ela parou diante da tenda do rei a beleza de seu corpo desviou inteiramente o pensamento dos soldados para longe da guerra. "Ele devia estar louco de trazer você", Argalia disse a ela quando, imundo de sangue e enojado de matar, ele a encontrou abandonada ao fim do dia pesado de morte. "Sim", ela disse, direta, "eu o deixei louco de amor."

Porém, em questão de estratégia militar, nem mesmo seu encantamento conseguiu fazer com que lhe desse ouvidos. "Olhe", ela gritou, "eles ainda estão construindo as fortificações de defesa. Ataque agora, que eles não estão prontos. E "Olhe", ela gritou, "eles têm quinhentos canhões acorrentados numa linha e doze mil atiradores de rifle atrás. Não vá galopando direto, senão vão ser eliminados como tolos." E "Você não tem armas de fogo? Já ouviu falar de armas de fogo. Por misericórdia, por que não trouxe nenhuma arma de fogo?". A que o sobrinho do xá, Durmish Khan, o tolo, respondeu: "Não seria cavalheiresco atacar quando não estão prontos para lutar". E "Não seria nobre mandar nossos homens atacarem pela retaguarda". E "O canhão não é arma de homem. Arma de fogo é para covardes que não têm coragem de lutar de perto. Por mais armas que eles tenham, vamos levar luta a eles até estarmos mão a mão. A coragem vencerá o dia e não — ha! — esses *arcabuzes* e *mosquetes*". Ela se voltou para o xá Ismail numa espécie de risonho desespero. "Diga a esse homem que ele é um idiota", ela ordenou. Mas o xá Ismail da Pérsia respondeu: "Não sou um ladrão de caravanas para me esgueirar nas sombras. O que for decretado por Deus ocorrerá".

Ela se recusou a assistir a batalha, preferiu sentar-se dentro da tenda real com o rosto voltado para longe da porta. A Espelho sentou-se a seu lado e segurou sua mão. O xá Ismail liderou uma carga pela ala direita que esmagou a esquerda otomana, mas a feiticeira havia virado o rosto. Ambos os exércitos sofreram perdas terríveis. A cavalaria persa podou a flor dos cavaleiros otomanos, os ilirianos, os macedônios, sérvios, os epirotas, tessalianos e trácios. Do lado safávida, os comandantes caíram um a um, e quando morriam, a feiticeira, em sua tenda, murmurava seus nomes. *Muhammad Khan Ustajlu, Husain Beg Lala Ustajlu, Saru Pira Ustajlu* e assim por diante. Como se pudesse ver tudo sem olhar. E a Espelho refletia suas palavras, de forma que os nomes dos mortos pareciam ecoar dentro da tenda real. *Amir Nizam al-Din Abd al-Baqi... al-Baqi...* mas o nome do xá que se acreditava Deus não foi falado. O centro otomano resistiu, porém a cavalaria turca estava no limiar do pânico quando Argalia ordenou que a artilharia fosse apontada. "Seus malditos", ele gritou com seus janízaros, "se algum de vocês tentar fugir eu viro a porra dos canhões para cima de vocês." Os gigantes suíços, armados até os dentes, corriam a pé ao longo da linha otomana para enfatizar ainda mais as ameaças de Argalia. Então, começou o troar das armas. "A tempestade teve início", disse a feiticeira, sentada em sua tenda. "A tempestade", a Espelho replicou. Não era preciso olhar enquanto o exército persa morria. Era hora de cantar uma música triste. O xá Ismail estava vivo, mas o dia estava perdido.

Ele havia fugido do campo de batalha, ferido, sem vir até ela. Ela sabia disso. "Ele se foi", ela disse à Espelho. "É, ele se foi", a outra assentiu. "Estamos à mercê do inimigo", disse a feiticeira. "À mercê", a Espelho replicou.

Os homens postados diante da tenda para guardá-las também haviam fugido. Elas eram duas mulheres sozinhas num campo de sangue horrível. Foi assim que Argalia as encontrou, sentadas, sem véus, as costas eretas e sozinhas, olhando para longe da porta da tenda ao final da batalha de Chaldiran e cantando uma música triste. A princesa Qara Köz virou-se para olhar para ele, sem nenhuma tentativa de proteger do olhar dele a nudez de seus traços, e a partir daquele momento eles só enxergavam um ao outro, perdidos para o resto do mundo.

Ele parecia uma mulher, ela pensou, uma mulher alta, pálida, de cabelo negro, que se fartara na morte. Como era branco, branco como uma máscara. Sobre a qual, como uma mancha de sangue, estavam aqueles lábios vermelhos, vermelhos. Uma espada na mão direita e uma arma de fogo na esquerda. Ele era ambas as coisas, um espadachim e um atirador, macho e fêmea, ele próprio e sua sombra também. Aquele homem-mulher de cara pálida. Depois, ele reclamaria por ela e pela Espelho como despojos de guerra, e Selim, o tristonho, concordaria, mas ela o havia escolhido muito antes e foi a vontade dela que moveu tudo o que se seguiu.

"Não tenha medo", ele disse em persa.

"Ninguém neste lugar conhece o significado de medo", ela replicou, primeiro em persa, depois outra vez em chaghatai, sua língua turca nativa.

E por baixo dessas palavras, as palavras reais. *Você será meu. Sim. Eu sou sua.*

Depois do saque de Tabriz, Selim queria passar o inverno na capital safávida e conquistar o resto da Pérsia na primavera, mas Argalia lhe disse que o exército iria se amotinar se ele insistisse nisso. Tinham conquistado a vitória e anexado grande parte da Anatólia oriental e do Curdistão, quase dobrando o tamanho do império otomano. Era o bastante. Que a linha atingida em Chardiran fosse a nova fronteira entre os poderes otomano e safávida.

Tabriz, de qualquer forma, estava vazia. Não havia comida para os homens, nem para os cavalos da cavalaria, nem para os camelos de carga. O exército queria voltar para casa. Selim entendeu que haviam chegado a um fim. Oito dias depois de o exército otomano ter entrado em Tabriz, Selim, o tristonho, conduziu seus homens para fora da cidade, em direção ao oeste.

Um deus derrotado cessa de ser divino. Um homem que deixa sua consorte para trás no campo de batalha cessa de ser um homem. O xá Ismail voltou alquebrado à cidade alquebrada e passou os últimos dez anos de sua vida mergulhado na melancolia e na bebida. Usava roupas pretas e um turbante preto, e os estandartes dos safávidas foram tingidos de preto também. Nunca mais montou seu cavalo em batalha e oscilava entre a profunda tristeza e o deboche numa escala que demonstrava a todos a sua fraqueza e a profundidade de seu desespero. Quando estava bêbado, percorria as salas de seu palácio em busca de alguém que não estava mais lá, que nunca mais estaria lá. Quando ele morreu, ainda não tinha trinta e sete anos de idade. Havia sido xá da Pérsia por vinte e três anos, mas tudo o que importava se perdera.

Quando ela despiu Argalia e encontrou tulipas bordadas em sua roupa de baixo, entendeu que ele era ligado a suas superstições, que, como qualquer homem cujo trabalho é a morte, ele fazia o que podia para manter à distância o último dia. Quando tirou suas roupas de baixo e encontrou tulipas tatuadas nas escápulas e nádegas e mesmo na base de seu pênis grosso, ela entendeu com certeza que havia encontrado o amor de sua vida. "Você não precisa mais dessas flores", disse a ele, acariciando-as. "Agora você tem a mim em vez de seu talismã de boa sorte."

Ele pensou: *É, tenho você, mas até não ter mais. Apenas até você escolher me deixar como deixou sua irmã, para trocar de mon-*

taria outra vez como trocou o xá Ismail por mim. Um cavalo é só um cavalo afinal. Ela leu os pensamentos dele e, vendo que precisava de mais garantias, bateu as mãos. A Espelho entrou no quarto pesado de flores. "Conte a ele quem eu sou", disse. "Ela é a dama que ama o senhor", disse a Espelho. "Ela é capaz de encantar cobras no chão e passarinhos nas árvores e fazer eles se apaixonarem como ela se apaixonou pelo senhor, então, agora o senhor pode ter tudo o que quiser." A feiticeira fez um pequeno movimento de sobrancelha e a Espelho deixou suas roupas caírem ao chão e escorregou para a cama. "Ela é meu espelho", disse a feiticeira. "Ela é a sombra que brilha. Quem ganha a mim, fica com ela também." Nesse ponto, Argalia, o grande guerreiro, admitiu a derrota. Diante de um assalto tão arrasador, o único curso que restava a um homem era a rendição incondicional.

Foi ele quem a rebatizou de Angelica. Derrotado por Qara Köz, com sua pausa glótica e pouco familiar progressão de sons, ele deu a ela o nome seráfico pelo qual os novos mundos viriam a conhecê-la. E ela, por sua vez, passou o nome para sua Espelho. "Se eu vou ser Angelica", disse, "então este meu anjo da guarda será Angelica também."

Durante muitos anos, ele detinha a honra de ter permissão, como favorecido pelo sultão, de residir nos aposentos da Morada da Felicidade, o Topkapi, em vez da espartana acomodação da caserna janízara. Agora que os aposentos tinham o acréscimo de graça de um toque de mulher, começaram a dar a sensação de um lar de verdade. Mas lar era sempre uma idéia perigosa, perturbadora, para homens como Argalia se permitirem acreditar. Podia pegá-los como um laço. Selim, o tristonho, não era Bayezid ou Mehmed, e não pensava em Argalia como seu indispensável braço-direito, mas como um provável e perigoso rival no poder, um general popular que podia conduzir seus janízaros para dentro do santuário interno do palácio, como ele próprio havia feito uma vez antes, para matar o Grande Vizir. Um homem capaz de assassinar o Vizir seria capaz também de regicídio. Tal homem havia talvez ultrapassado o prazo de sua utilidade. Assim que voltaram a Istambul, o sultão, embora publicamente não poupasse elogios a seu oficial comandante italiano por seu papel na famosa vitória de Chaldiran, começou secretamente a tramar a destruição de Argalia.

A notícia da posição precária de Argalia chegou aos ouvidos dele por causa da determinação de Qara Köz de continuar a cultivar seu amor por tulipas. Havia jardins a toda a volta da Morada da Felicidade, jardins murados e jardins rebaixados, áreas de mata onde gamos vagavam livres e gramados à beira da água desciam até o Chifre Dourado. Os canteiros de tulipas encontravam-se na Quarta Corte, e no morro baixo do extremo norte do complexo Topkapi, ponto mais alto de toda a Morada da Felicidade, onde havia pequenos pavilhões do prazer de madeira chamados quiosques. As tulipas cresciam em torno deles em grande número e criavam um ar de fragrante paz e serenidade. A princesa Qara Köz e sua Espelho, decentemente veladas, muitas vezes iam a pé até esses jardins e descansavam nos quiosques, a beber sucos doces, conversando delicadamente com os muitos *bostancis*, os jardineiros do palácio, para que colhessem flores para o senhor Argalia, e para tagarelar à toa como fazem as mulheres, sobre as intrigas inocentes do dia. Logo, todo o pessoal do jardim, do mais humilde puxador de ervas daninhas até o Bostanci-Basha, o próprio jardineiro-chefe, estava profundamente enamorado das duas damas e, por conseqüência, com as línguas soltas como só ficam os verdadeiros amantes. Muitos deles observaram que as duas damas estrangeiras haviam dominado depressa a língua turca, quase da noite para o dia, ou ao menos era essa a impressão. Como por mágica, disseram os jardineiros.

Mas os verdadeiros propósitos de Qara Köz estavam longe

de inocentes. Ela sabia, como todos os novos residentes da Morada da Felicidade depressa descobriram, que os mil e um *bostancis* eram não apenas os jardineiros do sultão, mas também seus carrascos oficiais. Se uma mulher era condenada por um crime, era um *bostanci* quem a costurava, ainda viva, dentro de um saco cheio de pedras e a jogava no Bósforo. E se um homem tinha de ser morto, um grupo de jardineiros o agarrava e realizava um ato de estrangulamento ritual. Então, Qara Köz ficou amiga dos *bostancis* e descobriu o que eles chamavam, com humor negro, de notícias-tulipas. E bem depressa o fedor da traição começou a predominar sobre a fragrância das flores. Os jardineiros a alertaram que seu senhor, o grande general, servidor de três sultões, corria o risco de ser julgado por acusações forjadas e condenado à morte. O próprio jardineiro-chefe revelou-lhe isso. O Bostanci-Basha da Morada da Felicidade era o carrasco-chefe do sultão, escolhido não apenas por suas habilidades horticulturais mas também por sua velocidade na corrida, porque quando um grande da corte era condenado à morte ele tinha uma chance não concedida a homens comuns. Se conseguisse escapar do Bostanci-Basha na corrida, podia viver; sua sentença seria comutada para banimento. Mas o Bostanci-Basha era famoso por correr como o vento, de forma que a "chance" na realidade não era chance nenhuma. Naquela ocasião, porém, o jardineiro não estava contente com o que talvez tivesse de fazer. "Executar um grande homem desses me faz sentir vergonha", disse. "Então", disse a feiticeira, "temos de encontrar uma saída para a situação, se pudermos."

"Ele vai matar você logo", ela voltou para casa e contou a Argalia. "Os jardins estão cheios de rumores." Argalia respondeu com gravidade: "Com que pretexto, eu me pergunto." A princesa tomou seu rosto pálido nas mãos. "Eu sou o pretexto", disse ela. "Você tomou a princesa mughal como espólio de guerra. Ele não sabia disso quando deu a permissão a você, mas agora sabe. Capturar uma princesa mughal é um ato de guerra contra o rei mughal, e ele dirá que, ao colocar o império otomano em tal posição, você cometeu traição e deve pagar o preço. Essa é a notícia que as tulipas têm para dar."

Alertado, Argalia teve tempo de planejar e no dia em que vieram em sua busca ele já havia mandado Qara Köz e a Espelho, na calada da noite, junto com muitas arcas de tesouro contendo a riqueza que ele acumulara em tantas campanhas militares bem-sucedidas, e protegidas pelos quatro gigantes suíços e uma companhia inteira de seus mais leais janízaros, uns cem homens no total, a esperar por ele em Bursa, ao sul da capital. "Se eu fugir com você", ele disse, "Selim vai nos caçar e matar como cães. Em vez disso, eu devo enfrentar o julgamento e depois que for condenado tenho de vencer a Corrida do Jardineiro." Era o que Qara Köz sabia que ele ia dizer. "Se está decidido a morrer", disse a ele, "imagino que eu tenha que permitir isso." Com o que ela queria dizer que teria de salvar a vida dele, e que seria difícil, porque ela não estaria presente à cena da grande corrida.

Assim que Selim, o tristonho, na sala do trono da Morada da Felicidade, pronunciou a sentença de morte do traidor Argalia, o guerreiro, ele, conhecendo das regras, girou nos calcanhares e começou a correr. Da sala do trono até o Portão da Casa de Pesca era pouco menos de um quilômetro, pelos jardins do palácio, e ele tinha de chegar lá antes do Bostanci-Basha com sua touca vermelha, calças largas de musselina branca e peito nu, que já o perseguia acirrado, ganhando vantagem sobre ele a cada passo. Se fosse apanhado, morreria na Casa de Pesca e seria atirado ao Bósforo, para onde iam todos os corpos mortos. Correndo pelo meio dos canteiros de flores, ele viu o Portão da Casa de Pesca adiante, ouviu os passos do Bostanci-Basha logo atrás e entendeu que não conseguiria correr depressa o bastante para escapar. "A vida é absurda", pensou. "Sobreviver a tantas guerras e depois ser estrangulado pelo jardineiro. É verdade o que se diz, que não há herói que não descubra o vazio do heroísmo antes de morrer." Ele se lembrou como havia descoberto o absurdo da vida ainda menino, sozinho num barquinho no meio de uma batalha naval na neblina. "Todos esses anos depois", pensou, "tenho de aprender toda a lição de novo."

Jamais se encontrou nenhuma explicação satisfatória para o fato de o veloz jardineiro-chefe do sultão Selim, o tristonho, de repente cair apertando a barriga a trinta passos do final da Corrida do Jardineiro, nem por que ele sucumbiu então a um ataque dos mais fétidos peidos que qualquer pessoa já havia cheirado, soltando rajadas de vento mais sonoras que tiros de armas de fogo e chorando de dor como uma raiz de mandrágora desenterrada, enquanto Argalia atravessava correndo o posto de chegada do Portão da Casa de Pesca, montava no cavalo à sua espera e galopava para o exílio. "Você fez alguma coisa?", Argalia perguntou a sua amada quando a encontrou em Bursa. "O que eu podia fazer ao meu querido Basha?", ela respondeu, de olhos arregalados. "Mandar a ele um recado agradecendo de antemão por matar você, meu perverso seqüestrador, junto com uma jarra de vinho anatólio para demonstrar minha gratidão, isso é uma coisa, sim; mas calcular exatamente quanto tempo uma certa poção colocada no vinho ia levar para fazer efeito no estômago dele, ora, isso seria bem impossível, claro." Quando ele olhou nos olhos dela, não viu nenhum sinal de subterfúgio, nenhuma indicação de que ela, ou a sua Espelho, ou ambas, juntas, pudessem ter feito alguma coisa para convencer o jardineiro a faltar ao seu dever, talvez até mesmo beber algo num momento específico, em troca de um instante de alegria que para um homem daqueles duraria a vida inteira. Não, Argalia disse a si mesmo, enquanto os olhos de Qara Köz o atraíam para o fundo de seu encanto, nada desse tipo podia ter acontecido. Olhe os olhos de minha amada, tão sem malícia são, tão cheios de amor e de verdade.

O almirante Andrea Doria, capitão da frota de Gênova, vivia, quando estava em terra firme, no subúrbio de Fassolo, fora das muralhas da cidade, em frente ao portão de San Tomasso, na entrada noroeste vindo do porto. Ele havia comprado ali uma mansão, de um nobre genovês chamado Jacobo Lomellino, porque o fazia sentir-se como um dos antigos romanos de toga, coroados de louros, que viviam em grandes mansões junto ao mar como aquela em Laurenciano descrita pelo jovem Plínio, e também porque a vista do porto permitia-lhe observar com precisão quem entrava ou saía da cidade a qualquer momento específico. Suas galeras ficavam atracadas bem em frente à mansão, para o caso de ser preciso agir rápido. Então, naturalmente ele foi uma das primeiras pessoas a ver o navio de Rodes que trazia Argalia de volta à Itália, e com sua luneta divisou um grande número de homens pesadamente armados a bordo, usando as fardas dos janízaros otomanos. Quatro deles pareciam ser gigantes albinos. Do terraço onde estava sentado, mandou um mensageiro com instruções para o tenente Ceva partir ao encontro da nave de Rodes para descobrir o que os novos visitantes tinham em mente. Foi assim que Ceva, o Escorpião, se viu de novo cara a cara com a pessoa que havia abandonado em águas inimigas.

O homem que Ceva ainda não reconheceu como Argalia havia se posicionado diante do mastro do navio de Rodes, vestido com o grande turbante e os mantos de brocado compridos de um rico príncipe otomano. Seus janízaros estavam atrás dele, inteiramente armados e em prontidão, e parada ao lado dele, dando a impressão de atrair para elas toda a luz do sol de forma que o resto do mundo parecia escuro e frio, estavam as duas mulheres mais belas que Ceva jamais tinha visto, a beleza sem véus para todos contemplarem, os cabelos negros soltos esvoaçando como madeixas de deusas à brisa. Quando Ceva subiu a bordo do navio de transporte de Rodes com um destacamento do Bando de Ouro logo atrás, as mulheres viraram para olhar para ele e ele sentiu a espada cair-lhe da mão. Houve então uma pressão suave mas inexorável, para baixo, em seus dois ombros, uma pressão à qual ele não sentiu desejo algum de resistir e, de repente, ele e todos os seus homens estavam de joelhos aos pés do visitante, sua boca pronunciando desusadas palavras de saudação. *Bem-vindas, boas damas, e todos os que zelam pelas senhoras.*

"Cuidado, Escorpião", disse o príncipe otomano em perfeito italiano florentino, e depois, imitando a fala do próprio Ceva, "porque se um sujeito não me olha no olho eu arranco o fígado dele e dou para as gaivotas comerem."

Então Ceva entendeu quem estava parado à sua frente e começou a se levantar, pegando a arma; mas descobriu que por alguma razão ele estava pregado ali de joelhos, assim como todos os seus homens. "Mas também", Argalia continuou, pensativo, "agora seu olho só tem altura para olhar a porra do meu pau."

O grande *condottiere* Doria, a barba e o bigode escorrendo de seu rosto em ondas poderosas, estava posando como o deus do mar, Netuno, para o escultor Bronzino, parado, nu, no terraço de sua mansão, um tridente na mão direita, enquanto o artista desenhava a sua nudez, quando, para sua considerável consternação, um bando pesadamente armado de bandidos marchou por seu atracadouro particular para confrontá-lo. À frente deles, muito surpreendentemente, estava seu homem Ceva, o Escorpião, comportando-se como um lambe-botas bajulador, e no centro do grupo, usando capas com capuz, o que pareciam ser duas pessoas do sexo feminino, cuja identidade e natureza ele não conseguiu determinar de imediato. "Se pensam que um bando de brigões e suas putas podem pegar Andrea Doria sem luta", ele rugiu, agarrando a espada com uma mão e brandindo o tridente com a outra, "vamos ver quantos de vocês saem daqui com vida."

Nesse momento, a feiticeira e sua escrava baixaram os capuzes e o almirante Doria viu-se subitamente reduzido a tímidos gaguejos. Ele recuou do grupo que avançava, em busca de sua calça, mas as mulheres pareceram não prestar nenhuma atenção a sua nudez, o que era, no mínimo, ainda mais humilhante. "Um menino que você deixou por morto voltou para reclamar o que lhe é devido", disse Qara Köz. Ela falava um italiano perfeito, Doria ouviu isso, embora, evidentemente, não fosse uma moça italiana. Era uma visitante por quem um homem podia oferecer a vida. Era uma rainha a se adorar e sua amiga, que parecia uma imagem espelhada da dama real, apenas ligeiramente inferior ao original em formosura e encanto, era também uma beleza a se adorar. Era impossível pensar em lutar na presença dessas maravilhas. O almirante Doria, enrolando um manto no corpo, ficou de boca aberta enquanto os estranhos se aproximavam, um deus do mar submetido por ninfas que surgiam das águas.

"Ele voltou", disse Qara Köz, "como havia prometido que faria, como um príncipe, com uma fortuna pessoal. Ele livrou-se do desejo de vingança, então sua segurança está garantida. Porém, ele pede aquela recompensa que, à luz de seus serviços prestados no passado e de sua presente misericórdia, lhe é claramente devida."

"E quanto seria isso?", Andrea Doria perguntou.

"Sua amizade", disse a feiticeira, "e um bom jantar e salvo-conduto por estas terras."

"Salvo-conduto em que direção?", perguntou o almirante. "Aonde ele pretende ir com um bando assim tão ameaçador?"

"De volta ao lar o marinheiro, Andrea", disse Argalia, o turco.

"De volta ao lar o homem de guerra. Eu vi o mundo, fartei-me de sangue, fiz fortuna e agora vou descansar."

"Você continua uma criança", disse Andrea Doria. "Ainda pensa que o lar, ao fim de uma longa jornada, é um lugar onde um homem encontra paz."

III

16.

Como se todos os florentinos fossem cardeais

Como se todos os florentinos fossem cardeais, os pobres desprezados da cidade tomaram o lugar das iminências vestidas de vermelho encerradas na Capela Sistina e acenderam fogueiras para comemorar a eleição de um papa Medici. A cidade estava tão cheia de chama e fumaça que de longe parecia estar incendiada. Um viajante que ali chegasse ao entardecer — este viajante, ali chegando do mar, os olhos apertados, a pele branca e o cabelo negro a dar-lhe a aparência não de um nativo que regressa, mas de uma criatura exótica saída de alguma lenda do extremo Oriente, um samurai talvez, de uma ilha de Chipango ou Cipangu, que queria dizer Giapan, um descendente dos temíveis cavaleiros kiushu que um dia derrotaram as forças invasoras do imperador chinês Kubilai Khan — podia acreditar estar chegando ao cenário de uma calamidade e podia muito bem deter seus passos, frear o cavalo e levantar uma imperiosa mão de general, uma mão acostumada a ser obedecida, a comandar. Argalia lembraria esse momento muitas vezes nos meses seguintes. As fogueiras haviam sido acesas antes da decisão tomada pelos cardeais, mas sua profecia mostrou-se correta e um papa Medici, o cardeal Giovanni de' Medici, Leão X, foi efetivamente eleito naquela noite, para juntar forças com seu irmão Giuliano em Florença. "Considerando que esses filhos-da-puta estão de volta ao comando, eu devia ter ficado em Gênova e partido com Doria em seus navios de combate até o mundo recuperar o juízo", disse a il Machia quando o viu, "mas a verdade é que eu queria exibi-la."

"Um homem apaixonado vira um tolo", disse o imperador para Mogor dell'Amore. "Mostrar ao mundo a beleza do rosto nu de sua amada é o primeiro passo para perdê-la."

"Nenhum homem ordenou a Qara Köz que desnudasse o rosto", disse o viajante. "Nem ela ordenou a sua escrava que o fizesse. Ela tomou livremente a decisão e a Espelho a dela."

O imperador ficou em silêncio. Através do tempo e do espaço, ele estava se apaixonando.

Aos quarenta e quatro anos, Niccolò il Machia estava na taverna de Percussina, no fim da tarde, jogando baralho com Frosino Uno, o moleiro, o açougueiro Gabburra e Vettori, o estalajadeiro, que gritavam, todos, insultos uns para os outros, mas, cautelosamente não ao senhor do povoado, mesmo ele estando sentado embriagado à sua ruidosa mesa, comportando-se como um igual deles, a dar dois murros na mesa quando perdia uma mão e três quando ganhava, falando palavrões como o resto, bebendo tanto quanto qualquer outro ali e chamando a todos de meus queridos piolhos, quando Gaglioffo, o lenhador inútil boca-suja, entrou correndo, olhos arregalados, apontando para a porta completamente sem fôlego. "Cem homens ou mais", guinchou, apontando para a entrada e puxando o ar. "Podem me comer o cu duas vezes se eu estiver mentindo. Armados até os dentes, com gigantes montados a cavalo e vindo para cá!" Niccolò se pôs de pé, ainda segurando as cartas. "Então, meus amigos, eu sou um homem morto", disse. "O grão-duque Giuliano resolveu acabar comigo afinal. Agradeço a vocês essas noitadas de prazer que me ajudaram a raspar o mofo da minha cabeça ao fim de um dia duro, e tenho de ir embora agora, me despedir de minha mulher." Gaglioffo estava dobrado sobre si mesmo, ofegante, segurando o lado do corpo para amainar a dor da pontada. "Meu senhor", bufou, "talvez não, meu senhor. Não estão com as nossas roupas, senhor. Umas porras de estrangeiros, senhor, da porra da Ligúria, quem sabe, ou até de mais longe. E tem mulher junto, senhor. Mulheres com eles, estrangeiras, senhor, que quando se bota os olhos em cima das duas bruxas o desejo de foder com elas toma conta da gente como febre de suíno. Pode foder comigo se eu estiver mentindo, senhor."

Aquelas pessoas eram boa gente, pensou il Machia, aquelas poucas pessoas suas, mas no geral o povo de Florença era traidor. Povo que havia traído a república e chamado de volta os Medici. Povo que ele servira como verdadeiro republicano, como secretário da Segunda Chancelaria, diplomata viajante e fundador da milícia florentina que o traíra. Depois da queda da república e da dispensa do *gonfaloniere* Pier Soderini, chefe do corpo governante, il Machia também fora dispensado. Depois de catorze anos de leais serviços, o povo demonstrara não dar importância a lealdade. O povo servia de bobos ao poder. Haviam permitido que il Machia fosse levado às entranhas subterrâneas da cidade, onde os torturadores esperavam. Esse povo não merecia consideração. Não merecia uma república. Esse povo merecia um déspota. Talvez fosse assim o povo, em toda parte, sempre excetuando aqueles rústicos com quem ele bebia e jogava cartas, *triche-trach*, e uns poucos velhos amigos, Agostino Vespucci, por exemplo, graças a

Deus não tinham torturado Ago, ele não era forte, ele teria confessado qualquer coisa, tudo, e então o teriam matado, a menos que ele morresse durante a tortura, claro. Mas não quiseram Ago, que era mais novo que il Machia. Era il Machia que queriam matar.

Não o mereciam. Aqueles rústicos o mereciam, mas em geral o povo merecia os cruéis príncipes que amava. A dor que percorrera seu corpo não era dor, porém conhecimento. Era uma dor educativa que rompia os últimos fragmentos de sua confiança nas pessoas. Ele servira o povo e tinham lhe pagado com dor, naquele lugar subterrâneo sem luz, aquele lugar sem nome em que gente sem nome fazia coisas sem nome com corpos que eram também sem nome, porque nomes não importavam ali, apenas a dor importava, a dor seguida pela confissão, seguida pela morte. O povo havia desejado a sua morte, ou pelo menos não se importara se ele viveria ou morreria. Na cidade que dera ao mundo a idéia do valor e da liberdade da alma humana individual, não tinham dado valor a ele nem se importado um mínimo com a liberdade de sua alma, tampouco com a integridade de seu corpo. Ele havia dedicado ao povo catorze anos de serviços honestos e honrados e não tinham dado importância a sua soberana vida individual, a seu direito humano de permanecer vivo. Pessoas assim deveriam ser afastadas. Eram incapazes de amor ou justiça e, portanto, não significavam nada. Gente assim não importava mais. Não eram primárias, mas secundárias. Só os déspotas importavam. O amor do povo era instável e inconstante, e desejar esse amor era loucura. Não existia amor. Existia apenas poder.

A passos lentos haviam tirado dele sua dignidade. Ele havia sido proibido de deixar os territórios de Florença, e era um homem que adorava viajar. Havia sido proibido de entrar no Palazzo Vecchio, onde trabalhara durante tantos anos, que era o seu lugar. Havia sido interrogado por seu sucessor, um certo Michelozzi, lambe-botas dos Medici, um bajulador de bajuladores, a respeito de possíveis fraudes. Mas tinha sido um honesto servidor da república e nenhum traço de desonestidade foi detectado. Depois, encontraram seu nome num pedaço de papel no bolso de um homem que ele não conhecia e o trancafiaram no lugar sem nome. O nome do homem era Boscoli, um tolo, um dos quatro cuja conspiração contra os Medici havia sido tão tola que fora esmagada antes mesmo de começar. No bolso de Boscoli havia uma lista com uns vinte e tantos nomes: inimigos dos Medici na opinião de um tolo. Um dos nomes era *Machiavelli*.

Depois que um homem esteve numa câmara de tortura, seus sentidos nunca mais esquecem certas coisas, a úmida escuridão, o frio fedor de excremento humano, os ratos, os gritos. Depois que um homem foi torturado, há uma parte dele que nunca pára de sentir dor. O castigo conhecido como *strappado* estava entre os momentos mais torturantes que podiam ser infligidos a uma pessoa humana sem matá-la de uma vez. Os pulsos eram amarrados às costas, e a corda que os prendia passada numa polia no teto. Quando o homem era levantado do chão por aquela corda, a dor em seus ombros se transformava no mundo inteiro. Não apenas a cidade de Florença com seu rio, não apenas a Itália, mas toda a plenitude de Deus era apagada por essa dor. A dor era o novo mundo. Pouco antes de parar de pensar sobre qualquer outra coisa, e a fim de não pensar no que estava para acontecer, il Machia pensou naquele outro Novo Mundo e no primo de Ago, Amerigo, amigo do *gonfaloniere* Soderini, Amerigo, o louco, o viajante que provara, junto com Colombo, que o mar Oceano não continha monstros capazes de partir um barco em dois com uma mordida, e não se transformava em fogo ao chegar ao Equador, e não virava um mar de lama se se navegava muito para oeste e que, ainda mais importante que isso tudo, tinha tido a pertinácia de concluir aquilo que o pateta Colombo nunca percebera, ou seja, que as terras no extremo do mar Oceano não eram as Índias; não tinham nada a ver com a Índia, e eram, de fato, um mundo inteiramente novo. Esse Novo Mundo seria agora renegado por ordem dos Medici, seria cancelado por decreto para se tornar apenas mais uma idéia malfadada — como o amor, ou a probidade, ou a liberdade — para cair junto com a república caída, arrastada para baixo por Soderini e pelos outros perdedores, incluindo ele próprio? Felizardo lobo-do-mar, il Machia pensou, estar a salvo em Sevilha, onde nem o braço dos Medici podia atingi-lo. Amerigo podia estar velho e doente, mas estava a salvo do mal e pelo menos podia morrer em paz depois de todas as suas viagens, il Machia pensou; e então a corda o suspendeu pela primeira vez e Amerigo e o Novo Mundo desapareceram, e o velho mundo também.

Fizeram isso seis vezes e eu não confessei nada porque não tinha nada para confessar. Depois que pararam de torturá-lo, trancaram-no numa cela outra vez e fingiram que iriam esquecer dele e deixá-lo morrer aos poucos na escuridão corrosiva. Depois, por fim e inesperadamente, a soltura. Para a ignomínia, o esquecimento, a vida de casado. Soltura em Percussina. Ele andava pela floresta com Ago Vespucci e procurava raízes de mandrágora, mas não eram crianças agora. Suas esperanças tinham ficado para trás, em ruínas, em vez de luminosamente à frente. O tempo de mandrágoras passara. Uma vez Ago tentara fazer com que La Fiorentina se apaixonasse por ele colocando pó de mandrágora em sua bebida, mas a esperta Alessandra não seria pega desse jeito, ela era imune à magia da mandrágora e ela mesma inventou para Ago um horrível castigo. Naquela noite, depois de beber a poção de mandrágora, ela rompeu o obstinado hábito de uma vida inteira e admitiu Ago, o coitado miserável, em sua alta cama, mas depois de ele experimentar quarenta e cinco minuto da plena felicidade do Paraíso, ela o atirou para fora sem nenhuma cerimônia, lembrando-o, antes de ele sair da maldição secreta da mandrágora, que todo homem que fizesse amor com uma mulher sob o poder da raiz morreria dentro de oito dias, a menos que ela salvasse sua vida permitindo que passasse com ela uma noite inteira, "coisa que", disse ela, "está completamente fora de cogitação, meu querido". Ago, um rato medroso e supersticioso, obcecado por magia como qualquer pessoa no mundo, passou oito dias convencido de que o fim era iminente, começou a sentir a morte a subir por seus membros, a acariciá-lo com seus dedos frios, apertando devagar, devagar, em torno dos testículos e do coração. Quando acordou vivo na nona manhã, não ficou aliviado. "Uma morte em vida", ele disse a il Machia, "é pior que a morte dos mortos, porque o morto-vivo ainda pode sentir a dor de um coração partido."

Niccolò agora sabia um pouco sobre a morte em vida, porque embora tivesse escapado por pouco da morte dos mortos, ele era um cachorro morto agora, tão morto quanto o pobre Ago, pois ambos haviam sido despedidos da vida, de seus trabalhos, dos grandes salões como os de Alessandra Fiorentina, dos quais tinham toda razão de pensar como sendo sua verdadeira existência. Sim, eram cachorros de corações partidos, eram ainda menos que cachorros, eram cachorros casados. Ele olhava para a própria mulher toda noite do outro lado da mesa de jantar e não encontrava nada para dizer a ela. Marietta, esse o seu nome, e ali estavam seus filhos, os filhos deles, seus muitos, muitos filhos, de forma que, sim, ele sem dúvida casara e tivera filhos com uma pessoa adequada, mas isso fora em outra era, a era da sua grandeza negligente, quando ele trepava com uma garota diferente por dia e ficava vigoroso e vivo, e trepava com a mulher também, seis vezes ao menos. Marietta Corsini, sua esposa, que costurava suas camisas de baixo e toalhas, e não sabia nada de nada, que não entendia sua filosofia, nem ria de suas piadas. Todo o resto do mundo achava que ele era engraçado, mas ela era uma literalista, pensava que um homem sempre queria dizer o que dizia, e alusões e metáforas eram apenas instrumentos que os homens usavam para enganar as mulheres, para fazer as mulheres pensar que não sabiam o que estava acontecendo. Ele a amava, era verdade. Amava-a como um membro de sua família. Como uma parente. Quando trepava com ela sentia-se vagamente *errado*. Sentia-se *incestuoso*, como se estivesse trepando com sua irmã. Na realidade, essa idéia era a única coisa que conseguia excitá-lo quando deitava com ela. *Estou trepando com minha irmã*, dizia a si mesmo, e gozava.

Ela lia os pensamentos dele, como qualquer esposa lê a mente do marido, e isso a deixava infeliz. Ele era cortês com ela e tinha por ela sentimentos profundos à sua maneira. Madonna Marietta e seus seis filhos, as bocas que ele precisava alimentar. A absurdamente fértil Marietta: bastava tocá-la e ela inchava com criança, e espocava um Bernardo, um Guido, uma Bartolomea, um Totto, uma Primavera e o outro menino, como era mesmo o nome?, Lodovico, parecia não haver fim para a paternidade e nesse tempo o dinheiro era tão curto. A *signora* Machiavelli. Lá vinha ela entrando na taverna apressada, como se sua casa estivesse pegando fogo. Ela usava uma touca de babados e o cabelo pendia em caracóis descontrolados em torno do rosto oval com a boca pequena, cheia, e ela sacudia as mãos como as asas de um pato; e por falar em pato, era preciso admitir que ela andava como um. Sua esposa gingava. Ele não conseguia sequer imaginar jamais tocar outra vez suas partes íntimas. Não havia realmente nenhuma razão para tocá-la outra vez.

"*Niccolò mio*", ela gritou com aquela voz que, sim, soava um pouco demais como um grasnar, "você viu o que vem descendo a rua?"

"O que é, minha querida esposa?", ele replicou, solícito.

"Alguma coisa ruim para o bairro", disse ela. "Como a Morte em pessoa montada a cavalo e seus ogros também, e as rainhas-demônias do lado."

A chegada a Sant'Andrea, na Percussina, da mulher que viria a ser famosa, ou talvez notória, como *l'ammatrice* Angelica, a chamada feiticeira de Florença, atraiu os homens correndo dos campos e as mulheres de suas cozinhas, enxugando dedos sujos de massa nos aventais. Lenhadores vieram das florestas e o filho do açougueiro Gabburra saiu correndo do açougue com as mãos sujas de sangue e os oleiros deixaram seus tornos. Frosino Uno, irmão gêmeo do moleiro Frosino Due, emergiu do moinho coberto de farinha. Os janízaros de Istambul eram um espetáculo de se ver, curtidos e marcados pelas batalhas, e um quarteto de gigantes albinos suíços em cavalos brancos não era uma coisa que se via todos os dias naquela garganta da floresta, enquanto a imponente figura à frente da cavalgada, com sua pele branca, branca e o cabelo preto, preto, o pálido capitão que a *signora* Machiavelli havia identificado como o Ceifador em pessoa, era sem dúvida alarmante, as crianças fugiam dele ao passar, porque fosse ou não fosse o anjo exterminador ele claramente havia visto mortes demais para seu próprio bem ou o de qualquer outra pessoa. Mas mesmo que fosse o Anjo da Morte, ele parecia também estranhamente conhecido e falava perfeitamente o dialeto da região, e isso fez as pessoas se perguntarem se a Morte sempre vinha como uma manifestação local, por assim dizer, usando a sua gíria e conhecendo seus segredos, até contando suas piadas particulares para levá-lo para o mundo das sombras.

Mas eram as duas mulheres, as "rainhas diabas" de Marietta Corsini Machiavelli, que depressa prenderam a atenção de todos. Elas cavalgavam como homens, montadas nos cavalos de um jeito que fez sua platéia feminina perder o fôlego por uma razão, enquanto os espectadores homens perdiam o fôlego por outra coisa, seus rostos brilhando à luz da revelação, como se naqueles primeiros dias sem véu elas fossem capazes de absorver luz dos olhos de todos que olhavam para elas e depois emiti-la de novo com seu brilho pessoal próprio, com efeitos hipnóticos, indutores de fantasias. Os irmãos Frosino, gêmeos eles próprios, ficaram com expressões distantes ao imaginar um duplo casamento em algum momento no futuro próximo. Apesar de suas ilusões, porém, eram atentos o suficiente para ver que as incríveis damas não eram exatamente idênticas e provavelmente nem parentes. "A primeira dama é a patroa e a outra é criada", disse um enfarinhado Frosino Due, acrescentando, por ser o mais poético dos dois irmãos: "Elas são como o sol e a lua, o som e o eco, o céu e seu reflexo num lago". Seu irmão era do tipo direto. "Então eu fico com a primeira e você pega a número dois", disse Frosino Uno. "Porque a segunda, ela é bonita, claro, você não vai se dar mal, mas perto da primeira ela fica invisível. Você tem de fechar um olho, ficar cego para a minha moça, para notar que a sua também é bonita." Como gêmeo onze minutos mais velho, ele se atribuía a prerrogativa de ter a primeira escolha. Frosino Due ia protestar, mas bem nesse momento a primeira dama, a senhora, virou para olhar diretamente para os irmãos e murmurou a sua companheira em italiano perfeito:

"O que você acha, minha Angelica?"

"Minha Angelica, eles não deixam de ter um certo encanto simples."

"É proibido, claro, minha Angelica."

"Minha Angelica, claro. Mas talvez a gente visite os dois em sonho."

"Nós duas, visitando os dois, minha Angelica?"

"Minha Angelica, os sonhos deles vão ficar melhores assim."

Elas eram anjos, então. Não diabos, mas anjos que liam a mente. Sem dúvida suas asas estavam bem dobradinhas debaixo das roupas. Os irmãos Frosino ficaram vermelhos, se encolheram e olharam agitados em torno, mas parecia que só eles tinham ouvido o que os anjos a cavalo haviam dito. Aquilo era impossível, claro, então era ainda maior prova de que alguma coisa de natureza divina acontecera. De natureza divina ou oculta. Mas aquelas eram anjos, anjos. "Angelica", o nome que aparentemente ambas tinham, não combinava com um demônio. Eram anjos de sonho que tinham prometido aos moleiros alegrias com que homens como eles só podiam mesmo sonhar. As alegrias do Paraíso. Com as bocas de repente cheias de riso, os irmãos viraram-se e correram para o moinho de farinha o mais depressa que as pernas permitiam. "Onde vocês vão?", Gabburra, o açougueiro, gritou para eles, mas como poderiam contar a ele que precisavam, com grande urgência, deitar e fechar os olhos? Como explicar exatamente por que era tão importante, por que nunca havia sido tão importante dormir?

O cortejo se deteve diante da taverna Vettori. Baixou um silêncio, quebrado apenas pelo nitrir dos cavalos cansados. Il Machia estava olhando as mulheres como todo mundo, de forma que quando ouviu a voz de Argalia saindo da boca do guerreiro pálido sentiu que estava sendo arrastado de um lugar de beleza para uma fossa fétida. "Qual é o problema, Niccolò", a voz dizia, "não sabe que esquecer dos amigos é esquecer também de si mesmo?" Marietta agarrou-se ao marido, assustada, "Se a Morte ficar sua amiga hoje", ela chiou no ouvido dele, "então seus filhos vão ser órfãos antes de cair a noite." Il Machia se sacudiu como para afastar os efeitos de um gole embriagador. "No princípio, havia três amigos", disse ele de mansinho. "Niccolò 'il Machia', Agostino Vespucci e Antonino Argalia. O mundo de sua meninice era uma floresta mágica. Então, os pais de Nino foram levados pela peste. Ele partiu em busca de fortuna e nunca mais o viram." Marietta olhava do marido para o estranho e um lento entendimento espalhou-se em seu rosto.

"Então", Niccolò concluiu, "depois de longos anos de feitos traiçoeiros contra seu país e seu Deus, que condenaram sua alma ao Inferno e fizeram seu corpo digno da roda de suplício, Argalia, o paxá — Arcalia, Arqalia, al-Ghaliya, até seu nome se tornou uma mentira —, voltou ao que não era mais seu lar."

Ele não era um homem profundamente religioso, il Machia, mas era cristão. Evitava a missa, porém acreditava que todas as outras religiões eram falsas. Culpava os papas pela maioria das guerras da época e achava que muitos bispos e cardeais eram criminosos, mas cardeais e papas gostavam do que ele tinha a dizer a respeito da natureza do mundo mais que príncipes. Ele podia fazer discursos a seus companheiros de taverna sobre a corrupção da cúria que afastava da fé os italianos, mas não era um herege, decerto que não, e embora houvesse aspectos da norma do sultão muçulmano que ele estava disposto a aprender e até a louvar, a idéia de entrar para o serviço de um tal potentado era nauseabunda.

E depois havia a questão do palácio da memória, aquela bela moça, Angélique Coeur de Bourges, o coração angélico, que por causa do que havia sido feito com sua mente e corpo saltara da janela para a morte. Por razões óbvias, essa questão não podia ser levantada na presença de sua esposa, sendo sua esposa do tipo ciumento, e ele próprio culpado de provocar essa falha em seu caráter, de ser um velho cheio de amor, não por sua esposa, ou não dessa forma, mas efetivamente pela moça Barbera Raffacani Salutati, a contralto, que cantava tão doce, que representava tantas coisas tão bem e não apenas no palco, sim, Barbera, Barbera, sim!, não tão jovem como um dia fora, mas ainda muito mais jovem que ele e pronta, inexplicavelmente, a amar um homem grisalho ao longo dos anos do verdor de sua beleza... então, em resumo, tendo considerado as conseqüências de seguir por outro lado, era melhor se concentrar, por ora, nas questões de blasfêmia e traição.

"Senhor paxá", ele saudou seu amigo de infância, as sobrancelhas de asas de morcego franzidas em áspera reprovação, "que interesse pode ter um pagão aqui, em terra cristã?"

"Tenho um favor a pedir", Argalia respondeu, "mas não para mim."

Os dois amigos de infância ficaram sozinhos no escritório de il Machia, cercados de livros e pilhas de papel, por mais de uma hora. O céu escureceu. Muitos aldeões se dispersaram, foram cuidar de seus negócios, mas muitos ficaram. Os janízaros permaneciam imóveis em suas montarias, assim como as duas damas, que só aceitaram a oferta de água da criada dos Machiavelli. Então, quando caía a noite, os dois homens saíram e ficou claro que algum tipo de trégua havia sido feita. A um sinal de Argalia, os janízaros desmontaram e o próprio Argalia ajudou Qara Köz e sua Espelho a descer de suas montarias. Os soldados iam acampar na propriedade aquela noite, alguns no campinho perto de Greve, outros nos *poderi* de Fontalla, Il Poggio e Monte Pagliano. Os quatro gigantes suíços permaneceriam na mansão de La Strada, acampados numa tenda no pátio, para servir de guardiães à segurança dos moradores. Quando os homens tivessem descansado e se refeito, porém, a companhia seguiria adiante. Mas deixaria para trás algo de grande valor.

As duas mulheres vinham para ficar, Niccolò informou a sua esposa, as damas estrangeiras, a princesa *mogor* e sua criada. Marietta recebeu a notícia como uma sentença de morte. Ela seria morta pela beleza, queimada na fogueira da interminável luxúria de seu marido. As mais lindas e desejáveis mulheres já vistas em Percussina — as rainhas-demônias — ficariam hospedadas debaixo de seu teto e, como conseqüência de sua presença, ela, Marietta, simplesmente deixaria de existir. Apenas as duas damas existiriam. Ela seria a esposa inexistente de seu marido. A comida apareceria na mesa à hora das refeições e a roupa seria lavada, a casa mantida em ordem e seu marido nem notaria quem fazia essas coisas porque estaria afogado nos olhos das bruxas estrangeiras cuja absoluta desejabilidade iria simplesmente apagá-la de cena. As crianças teriam de se mudar, talvez para a casa dos oito canais, na estrada Romana, e ela teria de se desdobrar entre aquele lugar e La Strada, e isso seria impossível, não podia acontecer, ela não ia permitir.

Ela começou a repreendê-lo, ali mesmo em público, debaixo dos olhos de toda a aldeia, dos gigantes albinos e da figura da Morte que era Argalia retornado dos mortos, mas il Machia levantou a mão e por um momento pareceu uma vez mais o grande de Florença que havia sido até recentemente, e ela viu que ele falava a sério e calou-se.

"Tudo bem", ela disse, "não temos nenhum palácio de princesa para oferecer, então é melhor elas não reclamarem, só isso."

Depois de onze anos casada com seu marido namorador, o humor da *signora* Marietta simplesmente se rompera e ele agora culpava desavergonhadamente a irritabilidade dela por expulsá-lo, por exemplo, para o *boudoir* da meretriz Barbera. Aquela gritadeira Salutati, cujo plano era muito simplesmente sobreviver a Marietta Corsini e depois usurpar seu reino, sucedendo-a no quarto principal da mansão de La Strada, onde La Corsini era senhora e mãe dos filhos de Niccolò. Isso deixava Marietta decidida a viver até os cento e onze anos, para ver sua rival enterrada e dançar nua em seu túmulo de indigente debaixo da lua quase cheia. Ela ficava horrorizada com a veemência de seus sonhos, mas tinha parado de negar a verdade que eles continham. Ela era capaz de se alegrar com a morte de outra mulher. Talvez fosse até capaz de apressar sua chegada. Talvez tivesse de ser assassinato, ela refletia, porque sabia pouco de feitiçaria, então seus encantamentos em geral falhavam. Uma vez, friccionou todo seu corpo com um ungüento sagrado antes de fazer sexo com seu marido, o que queria dizer antes de forçá-lo a fazer sexo com ela, e se fosse uma bruxa melhor aquilo o teria amarrado a ela para sempre. Em vez disso, ele seguiu para a Barbera como sempre na tarde seguinte e ela o xingou pelas costas, chamando-o de putanheiro sem deus que não tinha respeito pela santidade do óleo sagrado.

Ele não a ouviu, claro, mas os filhos sim, os olhos deles estavam em toda parte, seus ouvidos tudo ouviam, eles eram como as consciências sussurrantes da casa. Ela poderia considerá-los seus espíritos santos, só que precisava alimentá-los, remendar suas roupas, colocar compressas em suas testas quando tinham febre. Então, eram bem reais; mas sua raiva e seus ciúmes eram mais reais que eles e os empurravam, a seus próprios filhos, para trás em seus pensamentos. Os filhos eram olhos, orelhas, bocas e hálito doce na noite. Eram periféricos. O que preenchia sua visão era aquele homem, seu marido, tão saturnino, tão sabido, tão atraente, tão fracassado, aquele homem expulso, exilado, que ainda não havia entendido o que era realmente de valor na vida, nem mesmo o *strappado* havia ensinado a ele o valor do amor e da simplicidade, nem mesmo o repúdio de toda a sua vida e obra pela cidadania a cujo serviço ele se dedicara havia ensinado a ele que era melhor dar seu amor e lealdade àqueles mais próximos de casa e não ao público em geral. Ele tinha uma boa esposa, ela havia sido uma esposa amorosa e no entanto ele perseguia jovens bocetas baratas. Ele tinha sua dignidade e erudição e sua propriedade pequena, mas suficiente, e no entanto escrevia cartas degradantes à corte Medici todos os dias, implorando de forma servil algum tipo de emprego público. Eram cartas bajulatórias, indignas de seu sombrio gênio cético, palavras depreciativas da alma. Ele desdenhava o que deveria valorizar: aquele humilde patrimônio, aquele chão, aquelas casas, aquelas florestas e campos e a mulher que era a humilde deusa de seu canto da terra.

As coisas simples. O matraquear dos tordos antes do amanhecer, as vinhas carregadas, os animais, a fazenda. Ali ele tinha tempo para ler e escrever, para permitir que o poder de sua mente rivalizasse com o de qualquer príncipe. Sua mente era o melhor dele, e nela ele ainda possuía tudo o que importava, no entanto tudo o que parecia importar para ele em sua louca decepção, em seu doloroso despejo, era encontrar novas moradas para seu pau. Ou simplesmente alojá-lo naquele local de repouso especial, aquela Barbera, a puta cantora. Quando representavam a nova peça teatral dele sobre a raiz da mandrágora numa cidade ou noutra, ele fazia com que dessem trabalho a ela, cantando no intervalo para distrair o público que esperava. Era incrível que a platéia não fosse embora com dor de ouvido, enojada. Era incrível que Deus permitisse que sirigaitas como Barbera prosperassem, enquanto mulheres boas apodreciam e envelheciam.

"Mas talvez agora", Marietta disse a si mesma, "aquela vaca mugidora e eu tenhamos alguma coisa em comum. Talvez agora tenhamos de discutir esta nova questão das bruxas que vieram para destruir nosso feliz modo de vida florentino."

Era hábito de Niccoló comungar toda noite com os poderosos mortos, ali naquele quarto em que agora estava cara a cara com seu amigo de meninice para ver se conseguia pôr de lado a hostilidade que invadia seu corpo, ou se estavam condenados a ser inimigos pelo resto da vida. Silenciosamente, pediu o conselho dos mortos. Ele mantinha contato íntimo com a maioria dos heróis e vilões, os filósofos e homens de ação do mundo antigo. Quando estava sozinho, eles se juntavam a seu redor, discutindo, explicando, ou então o levavam com eles em suas imortais campanhas. Quando ele via Nabis, príncipe dos espartanos, defender aquela cidade contra Roma e o resto da Grécia também; ou assistia a ascensão de Agathocles, o siciliano, o filho do oleiro que se tornou rei de Siracusa pela via da maldade apenas; ou galopava com Alexandre da Macedônia contra Dario, o grande da Pérsia; então sentia as cortinas de sua mente se abrirem e o mundo ficar mais claro. O passado era uma luz que, se propriamente dirigida, podia iluminar o presente com mais brilho do que qualquer lâmpada contemporânea. A grandeza era como a chama sagrada do Olimpo, passada das mãos de grande para grande. Alexandre tomou por modelo Aquiles, César seguiu os passos de Alexandre, e assim por diante. O entendimento era outra chama assim. O conhecimento nunca simplesmente nascia na mente humana; ele sempre renascia. A transferência de sabedoria de uma era para a seguinte, esse ciclo de renascimentos: isso era sabedoria. Tudo o mais era barbárie.

E no entanto os bárbaros estavam em toda parte, e em toda parte vitoriosos. Os suíços, os franceses, os espanhóis, os alemães, todos eles pisoteando a Itália naquela época de guerras incessantes. Os franceses invadiram e combateram o papa, os venezianos, os espanhóis e os alemães em solo italiano. Então, num piscar de olhos eram os franceses, o papa, os venezianos e Florença versus os milaneses. Depois o papa, a França, a Espanha e os alemães contra Veneza. Depois o papa, Veneza, a Espanha e os alemães contra a França. Depois os suíços na Lombardia. Depois os suíços contra os franceses. A Itália tornara-se um carrossel de guerra, guerra conduzida como uma dança de parceiros cambiantes, ou como um jogo de "A caminho de Jerusalém", o que queria dizer jogo das cadeiras. E em todas essas guerras nenhum exército de tropas puramente italianas jamais se mostrara competente para colocar-se contra as hordas de além-fronteiras.

Isso, no fim das contas, foi o que o reconciliou com seu amigo retornado. Se os bárbaros tinham de ser expulsos, então a Itália talvez precisasse de seu próprio bárbaro. Talvez Argalia, que vivera tanto tempo entre os bárbaros e se tornara um guerreiro bárbaro tão feroz que parecia a própria encarnação da Morte, pudesse ser o redentor de que o país precisava. Havia tulipas bordadas na camisa de Argalia. "A morte entre tulipas", os grandes mortos sussurraram em seu ouvido, aprovando. "Talvez esse otomano florentino venha a ser a flor de boa sorte da cidade."

Lentamente, depois de muito pensar, il Machia estendeu uma mão de boas-vindas. "Se você pode redimir a Itália", disse, "talvez a sua longa jornada se revele um ato da Providência, quem sabe."

Argalia protestou contra as ressonâncias religiosas da hipótese de il Machia. "Tudo bem", il Machia concordou de pronto. "'Redentor' é o título errado para você, concordo. Vamos dizer apenas 'filho-da-puta' no lugar."

Afinal, Andrea Doria havia convencido Argalia de que não fazia sentido sonhar em voltar para casa com a idéia de ficar de pernas para o ar e descansar. "O que acha que o duque Giuliano vai dizer?", perguntou a ele o *condottiere* mais velho, "'*Bem-vindo ao lar, signor Janízaro Pirata Traidor Matador de Cristãos Armado-até-os-dentes, com seus cento e um guerreiros endurecidos em batalha e evidentemente todos esses cavalheiros passarão agora a trabalhar como jardineiros, mordomos, carpinteiros e pintores domésticos?*' Só um bebezinho engole um conto de fadas desse. Cinco minutos depois que você surgir parecendo pronto para a guerra, ele vai mandar uma milícia inteira caçar sua cabeça. Então, você é um homem morto se for para Florença, a menos que." A menos que o quê, Argalia foi forçado a perguntar. "A menos que eu diga para ele que deve contratar você como o comandante-em-chefe militar de que ele tanto precisa. Você não tem assim tantas escolhas", disse o homem mais velho. "Para homens como nós, aposentadoria não é uma opção."

"Não confio no duque", Argalia disse a il Machia. "A propósito, não confio inteiramente em Doria também. Ele sempre foi um absoluto filho-da-puta e não estou convencido de que seu caráter tenha melhorado com a idade. Talvez ele mande a Giuliano um recado dizendo mate Argalia assim que ele pisar dentro das muralhas da cidade. Ele é frio o suficiente para fazer isso. Ou talvez esteja se sentindo generoso e realmente me recomende, pelos velhos tempos. Não quero levar as mulheres para a cidade enquanto eu não souber em que pé estão as coisas."

"Vou lhe dizer exatamente como estão as coisas", Niccolò respondeu, amargo. "O governante absoluto da cidade é um Medici. O papa é um Medici. As pessoas por aqui dizem que Deus provavelmente é um Medici e, quanto ao Diabo, ele definitivamente é um também, fora de qualquer dúvida. Por causa dos Medici, eu estou empacado aqui nesta miséria criando gado, cultivando este pedaço de terra e vendendo lenha para ganhar a vida, e seu amigo Ago também está ao relento. Foi nossa recompensa por termos ficado e servido a cidade fielmente toda a nossa vida. Aí, você aparece depois de uma carreira de blasfêmia e traição, mas como o duque verá nos seus olhos frios o que todo mundo pode ver, ou seja, que você é bom para matar homens, você com toda a probabilidade vai receber o comando da milícia que eu construí, a milícia que eu criei convencendo aqueles miseráveis avarentos concidadãos da nossa rica cidade que valia a pena pagar por um exército permanente, a milícia que eu treinei e conduzi ao sucesso na batalha do grande sítio e reconquista da nossa antiga possessão de Pisa, e essa milícia, a minha milícia, será o seu prêmio por levar uma vida perversa, aproveitadora e dissoluta, e é difícil, não é?, numa tal situação acreditar que a fé nos ensina, que a virtude é inevitavelmente recompensada e o pecado invariavelmente subjugado."

"Cuide das duas damas até eu mandar buscá-las", disse Argalia, "e se eu tiver sorte e ganhar um cargo , verei o que posso fazer por você e pelo pequeno Ago também."

"Perfeito", disse il Machia. "Então agora você está *me* fazendo um favor."

A vida havia batido duro em Agostino Vespucci e ele agora era diferente, menos alegre, de boca mais limpa, derrotado. Ao contrário de il Machia, ele não fora exilado da cidade, de forma que passava os dias na casa de Ognissanti ou trabalhando no comércio de óleo, lã, vinho e seda que tanto detestava, mas muitas vezes saía até Sant'Andrea em Percussina para deitar sozinho na floresta de mandrágoras, a olhar o movimento das folhas e dos pássaros, até chegar a hora de encontrar Niccolò na taverna para beber e jogar *triche-tach*. Seu brilhante cabelo dourado havia embranquecido prematuramente e ficado mais ralo também, de forma que parecia mais velho que sua idade. Não havia se casado nem freqüentava prostíbulos com algo parecido com a regularidade ou o entusiasmo de antigamente. Se a perda de seu emprego havia destruído sua ambição, sua humilhação nas mãos de Alessandra Fiorentina havia arruinado seu impulso sexual. Ele agora vestia-se mal e tinha até começado a ser mesquinho com dinheiro, bem desnecessariamente, porque apesar da perda de seu salário havia fortuna Vespucci suficiente para garantir sua vida. Uma noite antes de il Machia sair de Florença para Percussina, Ago ofereceu um jantar e ao final apresentou a cada convidado, até ao próprio Niccolò, uma conta de catorze soldos. Il Machia não tinha todo aquele dinheiro consigo e pagou apenas onze. Hoje em dia, Ago ainda o relembrava com uma freqüência bastante inadequada que ainda havia três soldos a serem pagos.

Il Machia não guardava ressentimento da nova parcimônia

de seu amigo, porque acreditava que Ago havia se abalado ainda mais que ele com a rejeição da cidade a seus anos de trabalho duro, e a perda da amada podia se manifestar no amante descartado com toda espécie de sintomas estranhos. Dos três amigos, Ago era o que nunca precisara viajar, o único para quem a cidade havia sido tudo de que ele precisava, e mais. Então, se il Machia havia perdido uma cidade, Ago fora separado do mundo. Às vezes, ele chegava a falar em ir embora de Florença para sempre, atrás de Amerigo na Espanha, e em atravessar o mar Oceano. Quando divagava sobre essas viagens, era sem prazer, como se estivesse descrevendo uma passagem da vida para a morte. A notícia da morte de Amerigo tornou mais profunda a melancolia do primo. Agora, parecia mais pronto do que nunca a contemplar a morte debaixo de um céu estrangeiro.

Outros velhos amigos haviam ficado irascíveis. Biagio Buonaccorsi e Andrea di Romolo haviam rompido um com o outro e com Ago e il Machia também. Mas Vespucci e Machiavelli continuavam próximos, e por isso Ago apareceu a cavalo antes do amanhecer para ir caçar pássaros com il Machia e quase morreu de susto quando quatro homens enormes elevaram-se em torno dele na névoa da manhã e quiseram saber o que queria. Porém, assim que il Machia, envolto num longo manto, saiu da casa e identificou seu amigo, os gigantes ficaram afáveis. Na verdade, como Argalia bem sabia, os quatro janízaros suíços eram inveterados intrigantes, de língua solta como qualquer comadre em dia de mercado e enquanto esperavam por il Machia, que tinha voltado para dentro para terminar de espalhar visgo de pegar passarinhos em ramos de olmo em pequenas gaiolas, Otho, Botho, Clotho e D'Artagnan forneceram a Ago informações tão vívidas sobre a situação que ele sentiu, depois de um longo tempo apagado, os primeiros apelos renovados de desejo sexual. Aquelas mulheres pareciam merecer uma olhada. Então Niccolò estava pronto, em tudo parecendo, com as gaiolas vazia presas às costas, um mascate arruinado, e os dois amigos partiram para a floresta.

A névoa estava subindo. "Quando a migração dos tordos acabar", il Machia disse, "nós dois não vamos ter nem isso para nos divertir." Mas havia um brilho em seu olhar que não aparecia havia tempos, e Ago perguntou: "Então, elas são mesmo uma coisa, hein?".

O sorriso de il Machia também havia voltado. "É uma coisa estranha", disse. "Até minha mulher de repente parou de reclamar das coisas."

No momento em que a princesa Qara Köz e sua Espelho entraram na casa, Marietta Corsini começou a se sentir tola. Uma deliciosa fragrância doce-amarga precedera as duas mulheres estrangeiras na casa e rapidamente se espalhou pelos corredores, escada acima e em cada recanto do lugar, e ao inalar aquele rico aroma Marietta começou a pensar que sua vida não era tão dura quanto erroneamente acreditava ser, que seu marido a amava, que seus filhos eram bons filhos e que aquelas visitantes eram afinal as hóspedes mais distintas que já tivera o privilégio de receber. Argalia, que pedira para descansar uma noite antes de partir para a cidade, ia dormir no sofá do escritório de il Machia; Marietta levou a princesa ao quarto de hóspedes e perguntou, sem jeito, se sua dama de companhia iria querer passar a noite no quarto de uma das crianças. Qara Köz encostou um dedo nos lábios de sua hospedeira e murmurou em seu ouvido. "Este quarto será perfeito para nós duas." Marietta foi para a cama num estranho estado de felicidade e, quando o marido deslizou a seu lado, contou a ele a decisão das duas damas de dormirem juntas, sem parecer nem um pouco chocada com isso. "Não ligue para essas mulheres", o marido lhe disse, e o coração de Marietta deu um pulo de alegria. "A mulher que eu quero está bem aqui ao meu alcance." O quarto estava cheio do perfume doce-amargo da princesa.

Quanto a Qara Köz, porém, quando a porta se fechou, ela e sua Espelho se viram inesperadamente afogadas numa maré de temor existencial. Essas tristezas a acometiam de vez em quando, mas ela nunca aprendera a se proteger delas. Sua vida havia sido uma série de atos de vontade, porém algumas vezes ela vacilava e afundava. Construíra sua vida sendo amada por homens, tendo certeza de sua capacidade de despertar esse amor sempre que escolhesse fazer isso, mas quando as questões mais sombrias do seu eu se apresentavam, quando ela sentia sua alma estremecer e estalar sob o peso de seu isolamento e perda, então amor de homem nenhum podia ajudar. O resultado foi que passara a compreender que sua vida iria inevitavelmente exigir que fizesse escolhas entre o amor e o eu, e quando essas crises vinham ela não devia escolher o amor. Fazê-lo seria colocar em risco sua vida. A sobrevivência vinha primeiro.

Essa era a conseqüência inevitável de ter escolhido afastar-se de seu mundo natural. No dia em que se recusara a voltar para a corte mughal com sua irmã Khanzada, havia aprendido não só que uma mulher podia escolher ser próprio caminho mas que tal escolha tinha conseqüências que não podiam ser apagadas da história. Ela havia feito sua escolha e o que acontecera, acontecera, não se arrependia, mas de tempos em tempos sofria um terror negro. O terror a esbofeteava e a sacudia como uma árvore num temporal, e a Espelho a segurava até passar. Ela afundou na cama e a Espelho deitou com ela e abraçou-a forte, as mãos firmes nos bíceps de Qara Köz, prendendo-a não como uma mulher segura uma mulher, mas como um homem. Qara Köz aprendera que seu poder sobre os homens permitia que moldasse a jornada de sua vida, porém compreendera também que esse ato de moldar envolveria grande perda. Tinha aperfeiçoado as artes do encantamento, aprendido as línguas do mundo, visto grandes coisas em seu tempo, mas não tinha família, não tinha clã, não tinha nenhuma das consolações de permanecer dentro das próprias fronteiras, dentro da língua nativa e aos cuidados do irmão. Era como se estivesse voando acima do chão, forçando a si mesma a voar, temendo que a qualquer momento o encanto se quebrasse e ela mergulhasse para a morte.

Os fiapos de notícias que tinha de sua família ela apertava ao peito, tentando espremer delas mais sentido do que continham. O xá Ismail havia sido amigo de seu irmão Babar e os otomanos tinham seus próprios meios de saber o que estava acontecendo no mundo. Então ela sabia que seu irmão estava vivo, que sua irmã havia se reencontrado com ele e que um filho, Nasiruddin Humayun, havia nascido. Além disso, tudo era incerteza. Ferghana, seu reino ancestral, havia se perdido e talvez nunca fosse reconquistado. Babar tinha fixado seu coração em Samarcanda, mas apesar da derrota e da morte de Shaibani Khan, o senhor Absinto, as forças mughais não pareciam capazes de reter a cidade fabulosa por nenhum período de tempo. Então Babar também não tinha lar, Khanzada não tinha lar, e a família não tinha chão permanente em nenhum pedaço da terra de Deus. Talvez fosse isso ser um mughal, vagar, comer restos, depender de outros, lutar sem sucesso, ser perdido. O desespero a dominou por um momento. Depois, ela se livrou dele com um repelão. Eles não eram vítimas da história, mas seus autores. Seu irmão e o filho dele e seu filho depois dele: que reino iam estabelecer, a glória do mundo. Ela desejou isso, previu isso, deu existência a isso com a ferocidade de seu desejo. E faria a mesma coisa, contra tudo e todos naquele mundo estranho que ela transformaria em seu reino, porque ela também nascera para mandar. Ela era uma mulher mughal, e tão destemida quanto qualquer homem. Sua vontade identificava-se com sua tarefa. Calada, consigo mesma, recitou em chaghatai os versos de Ali-Shir Nava'i. Chaghatai, sua língua nativa, era seu segredo, seu elo com seu verdadeiro eu abandonado, que escolhera substituir com um eu inventado por ela, mas que seria, claro, parte de seu novo eu, seu alicerce, sua espada e escudo. Nava'i, "o choroso", que um dia, numa terra distante, cantara por ela. *Qara ko'zum, kelu mardumlug' emdi fan qilg'il. Venha, Qara Köz, e me mostre a sua bondade.* Um dia, seu irmão governaria um império e ela voltaria como uma rainha em triunfo. Ou os filhos de seu irmão saudariam os seus filhos. Os laços de sangue não podem ser rompidos. Ela se reconstruíra, mas o que ela havia sido, ela permaneceria, e sua herança seria dela e de seus filhos para reivindicar.

A porta se abriu. O homem entrou, seu príncipe tulipa. Ele havia esperado a casa adormecer e agora tinha de vir a ela, a elas. O escuro não a deixou, mas deslocou-se para o lado e abriu espaço para seu amado na cama. A Espelho, sentindo que ela relaxava, soltou-a e cuidou das roupas de Argalia. Ele ia deixar a cidade de manhã, e tudo, disse ele, logo estaria arranjado. Ela não se enganou. Sabia que as coisas podiam ir bem ou, se não bem, muito mal mesmo. Amanhã à noite ele poderia estar morto e então ela teria de fazer mais uma escolha de sobrevivente. Esta noite, porém, ele estava vivo. A Espelho o preparava para ela com carícias e óleos. Ao luar, ela olhava o corpo pálido dele florescer ao toque da criada. Com o cabelo comprido ele podia quase ser uma mulher, as mãos tão longas, os dedos tão finos, a pele tão improvavelmente macia. Ela fechou os olhos e não conseguia saber qual deles a tocava, as mãos dele eram tão suaves quanto as da Espelho, seu cabelo tão longo, sua língua tão hábil quanto a dela. Ele sabia como fazer amor como uma mulher. E a Espelho, com seus dedos brutais, podia apertá-la como um homem. A sinuosidade dele, sua lentidão, a leveza de seu toque, eram essas coisas que a faziam amá-lo. A sombra estava empurrada para um canto agora e a lua brilhava sobre os três corpos em movimento. Ela o amava e servia. Ela amava a Espelho, mas não a servia. A Espelho amava e servia aos dois. Esta noite era o amor que importava. Amanhã talvez outra coisa fosse importante. Mas isso era amanhã.

"Minha Angelica", ele disse. "Aqui está Angelica, Angelica está aqui", as duas mulheres responderam. Depois, risos macios e gemidos e um grito muito alto e pequenos gritos.

Ela acordou antes do amanhecer. Ele dormia pesado, o sono pesado de alguém a quem muito será exigido ao despertar, e ela ficou olhando ele respirar. A Espelho também dormia. Qara Köz sorriu. Minha Angelica, sussurrou em italiano. O amor entre mulheres era mais durável que a coisa entre mulher e homem. Ela tocou os cabelos deles, tão longos, tão negros. Depois, ouviu os ruídos de fora. Uma visita. Os gigantes suíços o confrontaram. Depois ela ouviu o homem da casa sair e explicar as coisas. Ela via bem o que ele era, aquele Niccolò, um grande homem no momento da derrota. Talvez subisse outra vez, fosse proeminente outra vez, mas a casa da derrota não era lugar para ela. A grandeza do homem derrotado comunicava-se prontamente, grandeza de intelecto e talvez também de alma, mas ele havia perdido sua guerra, então não era nada para ela, não podia ser nada. Ela contava inteiramente com Argalia agora, contava que ele fosse bem-sucedido, e se o fosse então ela subiria com ele e abriria as asas. Mas se o perdesse, ia ficar loucamente triste, ficaria inconsolável e então faria o que tivesse de fazer. Encontraria seu rumo. Acontecesse o que acontecesse hoje, ela faria sua jornada para o palácio em breve. Ela fora feita para palácios e reis.

Os pássaros saltavam para dentro das gaiolas e grudavam no visgo dos ramos de olmo. Ago e il Machia os pegavam e quebravam seus pescocinhos. Iam comer um delicioso guisado de pássaros canoros mais tarde naquele dia. A vida ainda lhes oferecia alguns prazeres, pelo menos até terminar a migração dos tordos. Voltaram a La Strada com dois sacos cheios de pássaros e encontraram uma alegre Marietta à sua espera com copos de um bom vinho tinto.

Argalia e seus homens já haviam partido, deixando para trás Konstantin, o sérvio, com uma dúzia de janízaros sob seu comando, para defender as damas em caso de necessidade; de forma que Ago precisaria esperar para se reencontrar com o viajante. Por um breve momento, sentiu uma pontada de decepção. Niccolò havia descrito a transformação do velho amigo em uma quase efeminada, mas também absolutamente feroz, encarnação oriental da Morte — "Argalia, o turco", os aldeões já o chamavam, exatamente como ele profetizara muito tempo atrás, no dia em que partiu, menino ainda, em busca de fortuna — e Ago estava ansioso para ver a imagem exótica dele. Argalia ter voltado de fato para casa com os quatro gigantes suíços com que ele havia sonhado já era bem incrível.

Então houve um passo na escada, Ago Vespucci levantou o olhar e foi como se Argalia tivesse deixado de existir. Ele se ouviu dizendo a si mesmo que nenhuma mulher bonita jamais existira no mundo até aquele momento, que Simonetta Vespucci e Alessandra Fiorentina eram absolutamente comuns, porque as mulheres que desciam em sua direção eram mais belas que a própria beleza, tão belas que redefiniam o termo e expulsavam o que os homens anteriormente haviam considerado belo para a categoria de banal simplicidade. Uma fragrância as precedia ao descerem a escada e se envolveu no coração dele. A primeira mulher era ligeiramente mais adorável que a segunda, porém, fechando um olho para não vê-la, a segunda mulher parecia a maior beleza da terra. Mas por que fazer isso? Por que obliterar o excepcional meramente para fazer o especial parecer melhor do que era?

"Maldição, Machia", ele sussurrou, suando um pouco, o xingamento escapando de sua boca sob a pressão das emoções, depois de um longo período em que havia parado inteiramente de maldizer, e o saco de tordos mortos caiu de sua mão. "Acho que eu acabo de descobrir o sentido da vida humana."

17.

O duque havia trancado seu palácio

O duque havia trancado seu palácio, temendo uma invasão da multidão exaltada, porque naqueles dias após a eleição do primeiríssimo papa Medici a cidade estava num êxtase que chegava a beirar a violência. "As pessoas estavam enlouquecidas", Argalia contou a Machia depois, "sem respeitar idade ou sexo." O ruído dos sinos de igreja batendo glórias era incessante e ensurdecedor, e as fogueiras ameaçavam destruir setores inteiros da cidade. "No Mercato Nuovo", Argalia contou, "rapazes arrancavam as pranchas e tábuas das lojas de seda e dos bancos. Quando as autoridades chegaram para deter aquilo, até o teto da guilda dos comerciantes de tecidos, a velha Calimala, havia sido quebrado para fazer lenha e queimava. Havia fogueiras acesas, me contaram, até no campanário de Santa Maria Fiore. Essa loucura continuou por três dias." O ruído e a fumaça sufocavam as ruas. Trepavam e praticavam a sodomia em tudo quanto era viela, e ninguém se importava. Toda noite, um engalanado carro da vitória puxado por bois ia dos jardins Medici na Piazza San Marco até o Palazzo Medici na Via Larga. Diante do palácio trancado, a população entoava cantos em honra ao papa Leão X e depois tocava fogo no carro e suas flores. Das janelas superiores do palácio Medici, os novos governantes atiravam tesouros para a multidão, talvez dez mil ducados de ouro e doze grandes pedaços de pano de prata que os florentinos estraçalhavam. Nas ruas da cidade, havia barris de vinho e cestos de pães grátis para todo mundo. Prisioneiros foram perdoados e putas enriqueceram, bebês foram batizados com o nome do duque Giuliano e de seu sobrinho Lorenzo, ou em honra a Giovanni, que havia se transformado em Leão, e meninas eram batizadas de Laodamia ou Semiramide, em honra às mulheres importantes da família.

Nesse momento, era impossível entrar na cidade com cem homens armados e pedir uma audiência com o duque Giuliano. A voluptuosidade e os incendiários dominavam as ruas. No portão da cidade, Argalia apresentou seus papéis aos guardas e ficou aliviado de saber que já estavam avisados para esperá-lo. "Sim, o duque vai receber o senhor", disseram, "mas, o senhor compreende, agora não." A força janízara ficou acampada junto à muralha da cidade até o quarto dia, quando a festa florentina pelo papa finalmente perdeu força. Nem mesmo Argalia teve permissão para entrar na cidade. "Hoje, depois do anoitecer", disse o capitão da guarda, "aguarde um nobre visitante."

Argalia sabia fazer amor como uma mulher e matar um homem como um homem, mas nunca havia estado diante de um duque Medici com sua pompa. Porém, quando Giuliano de' Medici entrou a cavalo em seu acampamento naquela noite, com um capuz na cabeça para manter-se oculto, Argalia entendeu de imediato que o novo governante de Florença era um fraco, como também aquele jovem sobrinho montado a seu lado. O papa Leão era conhecido como um homem de poder, um Medici da velha escola, herdeiro da autoridade de Lorenzo, o magnífico, seu pai. Como devia estar preocupado em confiar Florença àqueles dois homenzinhos! Nenhum duque Medici de verdade se esgueiraria para fora de sua própria cidade como um ladrão só para encontrar um possível empregado. O duque Giuliano ter preferido agir assim era prova de que precisava de um homem forte a seu lado para lhe dar confiança. Um militar. Um general tulipa para defender a Cidade das Flores. Havia, inquestionavelmente, uma vaga profissional ali.

Em sua tenda, Argalia estudou os nobres à luz amarela e bruxuleante do lampião. Esse descendente menor de Lorenzo de' Medici, o duque Giuliano, estava com trinta e poucos anos, tinha um rosto comprido e triste e parecia ter má saúde. Não haveria de chegar à velhice. Sem dúvida era amante da literatura e da arte. Por conseguinte, uma desvantagem no campo de batalha. Seria melhor que ficasse em casa e deixasse a batalha para os competentes na luta, para quem lutar era sua cultura e matar, uma arte. O sobrinho, outro Lorenzo, tinha a pele escura, rosto feroz, maneiras afetadas; apenas mais um dos milhares de florentinos arrogantes de vinte anos, Argalia concluiu. Um moleque, cheio de sexo e de si mesmo. Não um homem a se confiar numa refrega.

Argalia havia preparado seus argumentos. Ao fim de suas longas viagens, ia dizer, tinha aprendido o seguinte: que Florença estava em toda parte e toda parte estava em Florença. Em toda parte do mundo havia príncipes onipotentes, Medicis que conduziam as coisas porque sempre haviam conduzido as coisas e que podiam fazer a verdade ser o que queriam meramente decretando que assim fosse. E havia Chorosos por toda parte também (Argalia perdera a época dos Chorosos de Florença, mas a notícia do monge Savonarola e seus seguidores tinha viajado longe), Chorosos que queriam conduzir as coisas porque estavam convencidos de que um Poder Superior havia lhes mostrado qual era realmente a verdade. E por toda parte havia também gente que achava que conduzia as coisas quando de fato não conduzia, e este último grupo era tão grande que podia quase ser considerado uma classe social, como a classe dos Machia, talvez, dos funcionários que se acreditavam senhores até lhes ser mostrada a triste verdade. Essa classe não merecia confiança, e as maiores ameaças ao príncipe viriam invariavelmente dela. Portanto, o príncipe precisava ter certeza de sua habilidade de sobrepujar os levantes de funcionários, assim como de exércitos estrangeiros, o assalto de inimigos internos, assim como os ataques de fora. Por toda parte na terra, um Estado que quisesse sobreviver a essas duas ameaças precisava de um possante senhor da guerra. E ele, Argalia, representava perfeitamente a união de Florença com o restante da criação, porque ele era esse senhor da guerra necessário, que podia garantir a calma e a segurança de sua própria cidade, como havia feito em outras cidades, a serviço de outros senhores distantes.

Os Medici tinham voltado ao poder poucos meses antes com a ajuda de mercenários espanhóis, "mouros brancos", comandados por um certo general Cardona. Às portas da bela cidade de Prato, tinham enfrentado a milícia florentina, o orgulho de il Machia, que era na verdade superior em número, mas inferior em coragem e liderança. A milícia florentina rompeu fileiras e fugiu, e a cidade caiu no primeiro dia, depois de não mais que uma sombra de luta. Depois disso, os "mouros brancos" saquearam a cidade com uma ferocidade que aterrorizou Florença a ponto de desmantelar sua república, colocá-la de joelhos e chamar os Medici de volta. O saque de Prato prosseguiu e prosseguiu, durante três semanas. Quatro mil homens, mulheres e crianças morreram, queimados até a morte, estuprados, cortados ao meio. Nem mesmo os conventos safaram-se da lubricidade dos homens de Cardona. Em Florença, o portão Prato da cidade foi atingido por um raio, e era impossível ignorar tal augúrio. Porém — e este era o cerne do argumento de Argalia — os espanhóis eram agora tão odiados por todos os italianos que não seria sábio os Medici nunca mais contarem com eles. O que eles precisavam era de um quadro de guerreiros endurecidos pela guerra para controlar a milícia de Florença e prover a espinha dorsal e a organização que tão claramente lhes faltava, o espírito de luta que Niccolò, um burocrata por natureza, e não um homem de guerra, havia tão patentemente deixado de instilar neles.

Assim, distanciando-se cautelosamente de seu velho amigo caído em desgraça, Argalia, o turco, abriu caminho para o posto de *condottiere* de Florença. Ficou agradavelmente surpreso ao saber que lhe ofereciam um contrato permanente de serviço e não um com um termo fixo de poucos meses. Alguns guerreiros como ele naquela época de declínio dos *condottieri* eram contratados por períodos breves que chegavam a três meses, e sua paga ficava vinculada ao sucesso de suas venturas militares. Argalia, ao contrário, seria bem pago para os padrões da época. Além disso, o duque Giuliano dava a seu novo capitão de armas uma substancial residência na Via Porta Rossa, com criadagem completa e uma rica mensalidade de manutenção. "O almirante Doria deve ter feito de mim uma alta recomendação", disse ele ao duque Giuliano, aceitando prontamente os termos generosos. "Ele disse que você era o único bárbaro filho-da-puta que ele não gostaria de enfrentar nem em terra nem em mar, mesmo que você estivesse nu feito um bebê não circuncidado e com apenas uma faca de cozinha na mão", o duque replicou com elegância.

Segundo a lenda, a família Medici possuía um espelho mágico cujo propósito era revelar ao duque governante a imagem da mulher mais desejável do mundo conhecido, e foi nesse espelho que o Giuliano de' Medici anterior, tio do atual governante, que foi assassinado no dia da conspiração Pazzi, viu pela primeira vez o rosto de Simonetta Vespucci. Depois da morte dela, porém, o espelho escureceu e parou de funcionar, como se não quisesse macular a memória de Simonetta oferecendo belezas menores em seu lugar. Durante o exílio da família da cidade, o espelho permanecera por longo tempo em seu lugar na parede do que havia sido o quarto de dormir do tio Giuliano na velha casa da Via Larga, mas como ele resolutamente se recusava a funcionar fosse como instrumento de revelação, fosse como espelho comum, acabou sendo tirado da parede e colocado em um depósito, nada mais que um mero armário de vassouras, escondido na parede do quarto. Então, de repente, depois da eleição do papa Leão, o espelho começou a rebrilhar outra vez, e contava-se que uma criada havia desmaiado ao abrir a porta do armário de vassouras e encontrar um rosto de mulher brilhando para ela num canto coberto de teias de aranha, uma estranha que parecia uma visitante de outro mundo. "Em toda a cidade de Florença não existe esse rosto", disse o novo duque Giuliano quando lhe mostraram o milagre, e sua saúde e conduta pareceram melhorar visivelmente ao olhar o espelho mágico. "Pendurem o espelho na parede outra vez, e darei um ducado de ouro a qualquer homem ou mulher que consiga trazer essa visão de beleza à minha presença."

O pintor Andrea del Sarto foi convocado para olhar o espelho mágico e pintar o retrato da beldade ali dentro, mas o espelho não se deixava enganar tão facilmente, um espelho mágico que permitisse que suas imagens fossem reproduzidas logo perderia a função, e quando del Sarto olhou o espelho não viu ninguém lá além de si mesmo. "Não importa", disse Giuliano, decepcionado. "Quando eu a encontrar, você pode pintar o retrato ao vivo." Quando del Sarto partiu, o duque se perguntou se o problema não podia ser que o espelho não tivesse em alta conta o gênio do artista; mas ele era o melhor disponível, porque Sanzio estava em Roma brigando com Buonarroti no Vaticano e o velho Filipepi, que havia sido tão fascinado pela falecida Simonetta que quisera ser enterrado aos pés dela — não foi, evidentemente —, estava morto e muito antes de morrer havia empobrecido e se tornado um inútil, incapaz de ficar em pé sem a ajuda de duas bengalas. O aluno de Filipepi, Filippino Lippi, era popular entre os *festaiuoli* que organizavam os desfiles e carnavais de rua da cidade, um pintor que agradava às multidões, porém inadequado ao trabalho que o duque Giuliano tinha em mente. Com isso, restava del Sarto, mas a questão era acadêmica, porque desde então o espelho mágico só funcionava quando o duque Giuliano estava sozinho no quarto. Durante os dias seguintes, ele começou a encontrar desculpas para se retirar a seu quarto várias vezes por dia, a fim de poder olhar aquela beleza extraterrena, e seus cortesãos, já preocupados com sua saúde no geral deficiente e seus ares neurastênicos, começaram a temer uma deterioração e a olhar para o lado de seu provável sucessor, Lorenzo, com lisonja e alarme cada vez maiores. Então a encantadora criatura cavalgou pela cidade ao lado de Argalia, o turco, e a época de *l'ammaliatrice* começou.

Tinha ela apenas vinte e dois anos, quase um quarto de século menos que il Machia, no entanto, quando lhe pediu que fosse passear com ela na floresta ele se pôs de pé com a animação de um rapazinho deslumbrado. Ago Vespucci também se pôs de pé, o que irritou Niccolò; o que aquele sujeito indolente ainda estava fazendo ali? E queria acompanhá-los no passeio? Cansativo, muito cansativo, mas naquelas circunstâncias talvez inevitável. Então veio a primeira indicação de que a princesa possuía dons excepcionais. A esposa de Niccolò, Marietta, normalmente a mais ciumenta das megeras, concordou entusiasmada com a proposta, num tom que deixou perplexo seu marido. "Mas é claro, você precisa mostrar tudo para a moça", ela arrulhou docemente, e logo providenciou uma cesta de piquenique e uma garrafa de vinho para aumentar o prazer do passeio. O perplexo il Machia convenceu-se de imediato que sua mulher estava sob o efeito de algum tipo de encantamento, e viu as palavras *bruxas estrangeiras* tomarem forma em seus pensamentos, mas ao se lembrar do provérbio sobre o cavalo dado descartou a especulação e alegrou-se com sua sorte. Partiu com Ago a reboque meia hora depois, seguido a distância discreta por Konstantin, o sérvio, e seu destacamento de guardiães, e escoltou a jovem princesa e sua dama de companhia à floresta de carvalhos de sua infância. "Aqui, uma vez", Ago contou a ela, e il Machia percebeu que, à sua patética maneira, ele tentava impressioná-la, "eu efetivamente encontrei uma raiz de mandrágora, a coisa mágica da fábula, eu encontrei, sim!, em algum lugar por aqui." Olhou energicamente em torno, incerto da direção a apontar. "Ah, a mandrágora?", Qara Köz replicou em seu imaculado italiano florentino. "Olhe ali, tem um canteiro inteiro dessas coisas queridas."

E antes que qualquer um pudesse detê-las, antes que qualquer um conseguisse alertá-las que tinham de tapar os ouvidos com barro antes de tentar tal coisa, as duas damas correram para a massa de plantas impossíveis e começaram a desenterrá-las. "O grito", Ago berrou, sacudindo muito as mãos incompetentes. "Parem, parem! Vai nos deixar loucos! Ou surdos! Ou então nós todos vamos..." *Morrer* ele ia falar, mas as duas damas estavam olhando para ele com expressões perplexas com uma mandrágora desenterrada em cada mão e não havia nenhum grito mortal a se ouvir. "É venenosa se ingerida em excesso, claro", Qara Köz disse, pensativa, "mas não há por que temer." Quando viram que estavam na presença de mulheres a quem a raiz de mandrágora entregava a vida sem protestar, os dois homens ficaram muito admirados. "Bom, só não use isso em mim", Ago brincou, tentando encobrir seu medo de momentos antes, "senão vou ter de ficar apaixonado pela senhora para sempre, ou pelo menos até um de nós morrer." Ele então ficou muito vermelho, vermelhidão que descia até o colarinho da camisa e emergia das mangas para mudar também a cor de suas mãos; o que demonstrava, claro, que ele já estava perdidamente e para sempre apaixonado. Não era preciso o poder oculto de nenhuma planta para garantir seu amor.

Quando Argalia e os gigantes suíços voltaram para escoltar Qara Köz a sua nova morada, o Palazzo Cocchi del Nero, toda a aldeia de Sant'Andrea em Percussina havia caído sob seu encanto, até o último homem, mulher e criança. Até as galinhas pareciam mais alegres e certamente botavam mais ovos. A princesa nada fez, sob todos os aspectos, para encorajar o crescimento dessa adoração; mesmo assim ela crescia. Durante os seis dias de sua estada na casa dos Machiavelli, ela passeou na floresta com a Espelho, leu poesia em uma variedade de línguas, conheceu e ficou amiga das crianças da casa, e não se negou a oferecer ajuda na cozinha, ajuda que Marietta recusou. À noite, ela gostava de sentar com il Machia na biblioteca e deixar Niccolò ler para ela diversas passagens das obras de Pico della Mirandola e Dante Alighieri, e também muitos cantos do poema épico *Orlando apaixonado*, de Matteo Boiardo de Scandiano. "Ah", ela gritou quando soube das muitas vicissitudes da heroína de Boiardo, "pobre Angelica! Tantos perseguidores, e tão pouca força para resistir a eles, ou para impor sua própria vontade a eles todos."

Enquanto isso, a aldeia, como uma só pessoa, começava a entoar loas a ela. O lenhador Gaglioffo não mais se referia grosseiramente a Qara Köz e à Espelho como "bruxas" para "foder", mas falava delas com um assombro cheio de deferência e de olhos arregalados que claramente não lhe permitiam sequer sonhar em ter relações carnais com as grandes damas. Os irmãos

Frosino, os galãs da aldeia, ousadamente declararam que eram pretendentes à mão dela, uma vez que não era claro se ela e Argalia, o turco, eram de fato legalmente casados — e é claro que se fosse esse o caso os dois moleiros concordavam que não desafiariam os direitos dele na questão —, mas no caso de ela ainda ser solteira eles estavam definitivamente interessados e estava assentado, no interesse do amor fraterno, que estavam dispostos a compartilhar entre eles a princesa e a dama de companhia, uma vez de um, outra vez de outro. Não havia ninguém mais tão bobo quanto Frosino Uno e Due, mas no geral Qara Köz gozava de um alto conceito, e tanto mulheres como homens se declaravam "encantados".

Mas se isso era bruxaria, era do tipo mais benigno. Todos os florentinos estavam familiarizados com o voraz procedimento das feiticeiras negras da época, suas invocações de demônios para forçar homens castos a se engajar em atos libidinosos, seu uso de imagens e alfinetes para atormentar inimigos, sua habilidade em fazer homens bons abandonarem sua casa e seu trabalho para serem seus escravos submissos. Na casa de il Machia, porém, nem Qara Köz nem sua dama de companhia deram qualquer sinal de praticar as artes negras, ou, pelo menos, por alguma razão, os indícios que deram não foram considerados problemáticos. Bruxas gostavam de passear em florestas, todo mundo sabia, mas as perambulações silvícolas de Qara Köz e sua Espelho eram, na opinião da boa gente de Percussina, nada mais que "encantadoras". O incidente do canteiro de mandrágora não ficou conhecido por todos e, estranhamente, il Machia nunca mais encontrou o canteiro, nem as plantas desenterradas pelas duas damas jamais foram mostradas a Niccolò e Ago, de forma que não foi difícil eles duvidarem de que o incidente tivesse de fato ocorrido.

Era amplamente sabido que bruxas possuíam uma forte tendência sáfica, mas ninguém, nem mesmo Marietta Corsini, se perturbou nem um pouco com a decisão das duas damas de dormirem na mesma cama. "Ora, é só por companhia", Marietta disse ao marido com voz pastosa, e ele balançou a cabeça pesadamente como se estivesse sob a influência soporífera de um excesso de vinho da tarde. Quanto ao celebrado entusiasmo de bruxas por copular com o Diabo, ora, simplesmente não havia diabo nenhum em Percussina, e nenhum subiu do inferno para gargalhar em lareiras ou para pousar como gárgulas no telhado da taverna ou da igreja. Era uma época de caça às bruxas e nos tribunais da cidade ouviam-se mulheres confessando atos medonhos, como capturar os corações e mentes de bons cidadãos com o uso de vinho, incenso, menstruação e água bebida no crânio dos mortos. Mas embora fosse verdade que todo mundo em Percussina estava apaixonado pela princesa Qara Köz, a adoração que ela inspirava — exceto, talvez, nos altamente sexuados gêmeos Frosino — era inteiramente casta. Nem mesmo Ago Vespucci, o romântico palerma que iria amá-la, como havia dito, "até um de nós dois morrer", naquele momento nutriu qualquer idéia de se tornar seu amante carnal. Adorá-la era prazer suficiente.

Aqueles que depois mapearam e analisaram a carreira da feiticeira de Florença, mais notavelmente Gian Francesco Pico della Mirandola, o grande filósofo sobrinho de Giovanni e autor de *La strega ovvero degli inganni dei demoni* (*A bruxa ou os enganos dos demônios*), concluíram que o miasma de aprovação que Qara Köz criou em Percussina e que rapidamente se espalhou por todo o arredor, por San Casciano e Val di Pesa, Impruneta e Bibbione, Faltignano e Spedaletto, havia sido produto de um deliberado encantamento de imensa potência, sendo seu propósito testar seus poderes — aqueles mesmos poderes que ela subseqüentemente prosseguiu usando com efeitos notáveis dentro e sobre a cidade de Florença em si — e para abrandar sua entrada no que seria de outra forma um ambiente hostil. Gian Francesco registra que quando Argalia, o turco, voltou com os gigantes suíços, encontrou uma multidão considerável reunida à porta da residência Machiavelli, como se tivesse ocorrido um milagre, como se a Madonna tivesse se materializado em Percussina e todos houvessem se reunido para vê-la. E quando Qara Köz e a Espelho saíram da casa, vestidas com seus mais finos brocados e jóias, o populacho reunido efetivamente caiu de joelhos, parecendo pedir sua bênção; o que, sem palavras, com um sorriso e um braço gentilmente levantado, ela lhes deu. Então, ela se foi e Marietta Corsini, como se despertasse de um sonho, berrou com as pessoas que pisoteavam sua propriedade para irem embora cuidar de seus negócios. Nas palavras de Gian Francesco: "Os rústicos voltaram a si e ficaram perplexos ao descobrir onde se encontravam. Coçando a cabeça intrigados, voltaram para suas casas, campos, moinhos, florestas e tornos."

Andrea Alciato, que acreditava que bruxas e seus seguidores deviam ser tratados com remédios de ervas, atribuiu o misterioso "evento percussino" aos maus hábitos alimentares dos moradores locais, que os deixava vulneráveis a fantasias e alucinações, enquanto Bartolomeo Spina, autor de *De strigibus*, escrito dez anos depois dessas manifestações, chegou a sugerir que Qara Köz podia ter açoitado os aldeões até atingirem um frenesi satânico e os conduzido a uma Missa Negra orgiástica em larga escala, suposição difamatória para a qual não existe nenhuma prova nos registros históricos da época.

A entrada em Florença do novo *condottiere* da cidade e comandante da milícia florentina, Antonino Argalia, chamado "o turco", foi saudada com as comemorações excessivas, hedonistas, pelas quais a cidade era famosa. Foi construído um castelo de madeira na Piazza della Signoria e encenaram um sítio com cento e um homens defendendo o edifício e trezentos atacando. Ninguém usava armadura e lutavam tão ferozmente, atacando-se com lanças e atirando tijolos não cozidos na cabeça uns dos outros, que muitos atores tiveram de ir para o hospital de Santa Maria Nuova, onde alguns infelizmente faleceram. Houve também uma caça ao touro na Piazza, e os touros também mandaram muitos festeiros ao hospital. Dois leões foram soltos para caçar um garanhão preto, mas o cavalo reagiu com tamanha nobreza ao ataque do primeiro leão, escoiceando com tanta força desde a frente da Mercantantia, sede do tribunal da guilda dos comerciantes até o centro da Piazza, que o rei dos animais fugiu e escondeu-se num canto sombreado da praça e depois disso nenhum dos dois leões se mostrou disposto a retomar a briga. Isso foi interpretado como um grande sinal, o cavalo era Florença, obviamente, e os leões seus inimigos da França, Milão e de outros lugares abomináveis.

Depois dessas preliminares, o cortejo entrou na cidade. Oito *'dfici*, ou plataformas montadas sobre rodas, vinham na frente, com atores em cima delas retratando cenas das vitórias do grande guerreiro da Antiguidade Marcus Furius Camillus, censor e ditador, o assim chamado Segundo Fundador de Roma, mostrando os muitos prisioneiros que ele havia feito no sítio de Veii quase dois mil anos antes, e sugerindo como haviam sido ricos o espólio de guerra, o armamento, as roupas e as pratas. E depois vieram homens cantando e dançando pelas ruas, quatro esquadrões de homens de armas ajaezados, com as lanças em prontidão. (Os gigantes suíços Otho, Botho, Clotho e D'Artagnan haviam sido encarregados do treinamento com piques, pois o mundo todo temia a habilidade da infantaria suíça com os piques e o progresso do trabalho com lanças da milícia, mesmo depois de apenas uma ou duas seções preliminares de treinamento, já era visível a todos.) Por fim, Argalia entrou pelo grande portão, flanqueado pelos quatro intrigantes suíços, com Konstantin, o sérvio, imediatamente atrás, cavalgando entre as duas damas estrangeiras e, em seguida, os cem janízaros cuja aparência enchia de terror o coração de todos que os viam. *Agora nossa cidade está segura*, subiu o grito, *porque chegaram nossos invencíveis protetores*. Foi esse o nome — *Invencíveis* — que se colou aos novos guardiães da cidade. O duque Giuliano, a acenar do balcão do Palazzo Vecchio, parecia contente que sua indicação tivesse sido tão bem-aceita pelo público; Lorenzo, seu sobrinho, por outro lado, estava mal-humorado e ressentido. Argalia, ao levantar os olhos para os dois potentados Medici, entendeu que o mais jovem precisaria ser cuidadosamente vigiado.

O duque Giuliano reconheceu de imediato Qara Köz como a mulher do espelho mágico, objeto de sua incipiente obsessão, e seu coração deu um pulo de alegria. Lorenzo de' Medici a viu também e em seu coração concupiscente nasceu de imediato o sonho de possuí-la. Quanto a Argalia, ele sabia dos perigos de trazer tão despreocupadamente sua amada à cidade, bem debaixo do nariz do duque, cujo tio e xará havia tão desavergonhadamente roubado a grande beldade anterior da cidade de seu marido, o Corno Marco Vespucci, cuja pessoa havia sido tão erodida pela perda que quando ela morreu ele mandou todas as roupas e todos os retratos dela que possuía para o Palazzo Medici, para que o duque pudesse ficar com o que restava dela, enquanto ele descia para a ponte das Graças e se enforcava. Mas Argalia não era do tipo suicida e calculou que o duque não ia querer antagonizar o homem forte militar que havia acabado de nomear e cuja entrada na cidade estava naquele momento celebrando. "E se ele realmente tentar tirá-la de mim", Argalia pensou, "vai me encontrar à espera com todos os meus homens, e para capturá-la contra esse tipo de oposição ele terá de ser um Hércules ou Marte, coisa que, como qualquer um pode ver, essa alma sensível não é."

Por enquanto, ele estava feliz de exibi-la.

Assim que a multidão bateu os olhos em Qara Köz, um murmúrio espalhou-se pela cidade, transformou-se num murmúrio que teve o efeito de silenciar todos os ruídos tumultuados do dia, de forma que quando Argalia e as damas chegaram ao Palazzo Cocchi del Nero um extraordinário silêncio havia baixado, enquanto o povo de Florença contemplava a chegada a seu meio da perfeição física, uma beleza morena para preencher o espaço deixado em seus corações pela morte de Simonetta Vespucci. Momentos depois de sua chegada, ela havia conquistado o coração da cidade como um seu rosto especial, como o novo símbolo da cidade, a encarnação em forma humana daquela insuperável beleza que a cidade possuía. A Dama Morena de Florença: poetas pegaram suas penas, pintores seus pincéis, escultores seus cinzéis. A gente comum, as quarenta mil almas mais ruidosas e impetuosas de toda a Itália, a homenagearam a seu modo, se imobilizando e silenciando quando ela passou. O resultado foi que ninguém ouviu o que aconteceu quando o duque Giuliano e Lorenzo de' Medici encontraram a comitiva de Argalia na entrada de sua casa de quatro andares, três altos portais em arco numa fachada de *pietra forte*. Acima da entrada, no centro da fachada, estava o escudo de armas da família Cocchi del Nero, que recentemente havia enfrentado um mau momento e vendido a propriedade para os Medici. Era a maior obra-prima arquitetônica daquela rua de obras-primas, que exibia também as residências grandiosas de algumas das famílias mais antigas da cidade, os Soldanieri, os Monaldi, os Bostichi, os Cosi, os Bensi, os Bartolini, os Cambi, os Arnoldi e os Davizzi. O duque Giuliano queria deixar claro para Argalia e para todo mundo exatamente o quanto estava sendo generoso, e escolheu fazê-lo dirigindo suas falas, com muitos floreios e até uma ligeira reverência, não a Argalia, mas a Qara Köz.

"É uma satisfação", disse, "dar a essa jóia preciosa um engaste que faz jus a seus encantos."

Qara Köz respondeu em tom firme. "Senhor, não sou um enfeite, mas uma princesa de sangue real da casa de Timur e Temüjin — o Chinggis Qan, que os senhores chamam Gêngis —, e espero ser tratada com maneiras próprias a minha classe."

Mongol! Mogor! As glamorosas palavras estrangeiras percorreram a multidão despertando uma mistura quase erótica de excitação e terror. Foi Lorenzo de' Medici, o rosto vermelho de autoimportância, quem disse aquilo que alguns sentiam, confirmando assim a avaliação que Argalia fizera dele como um rapaz vaidoso, de segunda classe. "Argalia, seu tolo", Lorenzo gritou. "Ao raptar essa insolente filha do Mogor você vai atrair a Horda Dourada sobre as nossas cabeças." Argalia respondeu com gravidade: "Isso seria de fato um grande feito, principalmente porque a Horda foi vencida e seu poder eliminado para sempre pelo próprio ancestral da princesa, Tamerlão, há mais de cem anos. Além disso, meus senhores, eu não raptei ninguém. A princesa era prisioneira do xá Ismail da Pérsia e eu a libertei depois de nossa vitória sobre aquele senhor na batalha de Chaldiran. Ela aqui está de livre e espontânea vontade, na esperança de celebrar uma união entre as grandes culturas da Europa e do Oriente, sabendo que tem muito a aprender conosco e convencida também de que tem muito a ensinar."

Tal declaração caiu muito bem para a multidão que ouvia — que estava também fortemente impressionada com a notícia de que seu novo protetor estivera do lado vencedor daquela já legendária batalha — e altos vivas subiram em honra à princesa, tornando impossível qualquer outra objeção a sua presença. O duque Giuliano, recuperado habilmente de sua surpresa e desconforto, levantou uma mão pedindo silêncio. "Quando um visitante de tal importância vem a Florença", gritou, "Florença tem de estar à altura da ocasião, e Florença estará."

O Palazzo Cocchi del Nero possuía um dos mais magníficos *grandes salons* da cidade, uma sala com sete metros de largura por dezesseis metros de comprimento, com seis metros de pé-direito, iluminada por cinco imensas janelas de vitrais, uma sala para festejos das mais pródigas dimensões. O quarto principal, chamado Câmara Nupcial, exibia um friso de afresco nas quatro paredes, ilustrando um poema romântico de Antonio Pucci baseado numa antiga história de amor provençal, e era um quarto em que dois (ou mesmo três) amantes podiam passar dias e noites sem nunca sentir necessidade de levantar ou sair da casa. Em outras palavras, era uma mansão em que Qara Köz podia se comportar como todas as grandes damas de Florença, mantendo-se apartada da gente comum, mantendo-se seqüestrada de todos, a não ser dos melhores da cidade. Não foi assim, porém, que a princesa escolheu passar o tempo.

Estava claro que tanto ela como sua Espelho saboreavam sua nova existência sem véus. Durante o dia, a princesa saía para passear pelas ruas apinhadas, ia ao mercado ou simplesmente olhava os locais, com a Espelho em sua companhia e apenas Konstantin, o sérvio, para protegê-la, deliberadamente se fazendo visível como nenhuma outra dama de Florença jamais se permitira. Os florentinos a adoraram por isso. "Simonetta Due", chamaram-na de início, Simonetta Segunda, e então, depois de ouvir o nome que ela e a Espelho usavam uma com a outra, intercambiável, "Angelica, a primeira". Atiravam flores a seus pés aonde quer que fosse. E aos poucos seu destemor envergonhou as moças bem-nascidas da cidade e levou-as a segui-la para fora de casa. Rompendo suas tradições, começaram a sair para um passeio ao entardecer em duplas e quartetos, para a delícia dos jovens cavalheiros da cidade, que por fim tinham boas razões para ficar longe dos bordéis. Os prostíbulos da cidade começaram a se esvaziar, dando início ao que se chamou de "eclipse das cortesãs". O papa, em Roma, satisfeito com a súbita mudança na moralidade pública de sua cidade natal, perguntou explicitamente ao duque Giuliano, que visitava a Cidade Eterna, se a princesa morena, que afirmava não ser cristã, não poderia ser na verdade a mais nova santa da Igreja. Giuliano, um homem religioso, repetiu isso a um cortesão e então os panfleteiros de Florença contaram a anedota para toda a cidade. Mal havia Leão X especulado assim sobre a possível natureza divina de Qara Köz, quando começaram relatos de seus milagres.

Muitos que a viam andando pelas ruas diziam ter ouvido, soando a toda volta dela, a música cristalina das esferas. Outros juravam que tinham visto um halo de luz em torno de sua cabeça, brilhante a ponto de ser visível mesmo no quente calor do dia. Mulheres estéreis procuravam Qara Köz e pediam que tocasse sua barriga, e então diziam ao mundo como haviam concebido criança naquela mesma noite. Os cegos viam, os paralíticos andavam; só faltava mesmo uma ressurreição dos mortos entre os relatos de seus feitos mágicos. Até Ago Vespucci juntou-se às fileiras de milagreiros, dizendo que a bênção dela a seus vinhedos, que ela graciosamente visitara, dera origem à melhor vindima que sua família jamais produzira; e ele passou a levar um fornecimento grátis do vinho ao Palazzo Cocchi del Nero uma vez por mês.

Em resumo, Qara Köz sem véu — como "Angelica" — havia chegado à plenitude de seus poderes feminis e exercia com plena força essas capacidades sobre a cidade, turvando o ar com uma névoa benevolente que enchia os pensamentos dos florentinos de imagens de amor paterno, filial, carnal e divino. Panfleteiros anônimos declararam que ela era a reencarnação da deusa Vênus. Sutis perfumes de reconciliação e harmonia enchiam o ar, pessoas trabalhavam mais e com maior produtividade, a qualidade da vida familiar melhorou, a taxa de nascimentos aumentou e todas as igrejas estavam cheias. Aos domingos, na basílica de San

Lorenzo, os Medici ouviam sermões exaltando as virtudes não apenas dos chefes de suas famílias poderosas mas também de sua nova visitante, *uma princesa não só da distante Índia ou Catai, mas de nossa própria Florença também*. Foi o momento brilhante da feiticeira. Porém a escuridão logo acabaria por vir.

A cabeça das pessoas andava cheia de feiticeiras imaginárias naqueles dias, por exemplo Alcina, a irmã perversa de Morgana, a fada, aliada à qual ela perseguiu sua outra irmã, a bruxa boa Logistilla, filha de Amor; e Melissa, a feiticeira de Mântua; e Dragontina, a captora do cavalheiro Orlando; e Circe, dos tempos antigos, e a sem nome, mas temível, Feiticeira da Síria. A bruxa como um monstro velho e feio, como uma megera, deu lugar, na fantasia florentina, a essas belas criaturas, seus cabelos soltos denotando sua moral solta, seus poderes de sedução praticamente irresistíveis, sua magia usada às vezes a serviço do Bem, outras vezes para causar dano. Depois da chegada de Angelica à cidade, firmou-se a idéia da feiticeira boa, do ser benéfico, supranormal, ao mesmo tempo deusa do amor e guardiã do povo. Lá estava ela no Mercato Vecchio, afinal, grande como a vida — "Experimente estas peras, Angelica!", "Angelica, estas ameixas estão suculentas!" —, não uma ficção, porém uma mulher de carne e osso. Assim era adorada e acreditava-se fosse capaz de grandes coisas. Mas a distância entre *feiticeira* e *bruxa* ainda não era tão grande. Ainda havia vozes que sugeriam que essa nova encarnação da feiticeira-Mulher através de quem os poderes ocultos de todas as mulheres eram liberados não passava de um disfarce e que o verdadeiro rosto dessas mulheres ainda eram os rostos assustadores de antes, a lâmia, a velha.

Esses céticos, que em virtude de seu temperamento amargo resistem a uma explicação sobrenatural dos acontecimentos, podem preferir explicações mais convencionais para o momento de dourado contentamento e prosperidade material que Florença experimentava nessa época. Sob a égide benignamente tirânica do papa Leão X, verdadeiro senhor de Florença, que era ou um homem de gênio ou um tolo vaidoso, dependendo de como se via, as fortunas da cidade floresciam, seus inimigos afastados, etc. etc., muito bem. Fosse você um negativo desse tipo invejoso, o encontro do papa com o rei da França depois da batalha de Marignano, suas alianças e tratados, os novos territórios que ele burilou ou comprou e entregou aos cuidados florentinos, com o que a cidade se beneficiou grandemente; ou sua nomeação de Lorenzo de' Medici como duque de Urbino; ou seu arranjo para o casamento de Giuliano de' Medici com a princesa Filiberta de Savóia, depois do que o rei da França, François I, brindou-lhe com o ducado de Nemours e talvez tenha sussurrado em seu ouvido que Nápoles também logo seria dele... tudo isso estaria em primeiro lugar em seus pensamentos.

Admitam-se essas minúcias secas como poeira: sim, sem dúvida o poder do papado era muito grande. Como era o poder do rei da França, e do rei da Espanha, e do exército suíço, e do sultão otomano, e todos esses estavam constantemente engajados em conflitos, casamentos, reconciliações, renúncias, vitórias, derrotas, maquinações, diplomacias, compra e venda de favores, arrecadação de impostos, intrigas, compromissos, vacilações e sabe o diabo que mais. Atividades essas todas que, felizmente, não vêm ao caso.

Depois de algum tempo, Qara Köz apresentou sinais de esgotamento físico e espiritual. Talvez a Espelho tenha sido a primeira a identificar os sinais, porque olhava por sua senhora a cada minuto do dia: então haveria de notar a ligeira tensão nos cantos daquela boca sensual, de ver a tensão apertar os músculos dos braços de dançarina, de cuidar das dores de cabeça, suportando sem reclamar os momentos de irritabilidade. Ou talvez Argalia, o turco, tivesse sido o primeiro a se preocupar com ela, porque pela primeira vez no romance deles ela começara a se afastar de seus contatos, a pedir à Espelho que o satisfizesse em seu lugar. *Não estou com vontade. Estou muito cansada. Meu desejo sexual diminuiu. Não tome como pessoal. Por que não pode entender isso? Você já é quem é, o mais poderoso dos senhores da guerra, não precisa provar nada. Enquanto eu estou apenas tentando me tornar aquilo que tenho dentro de mim. Como você pode me amar e não entender? Isso não é amor, é egoísmo.* O banal declínio do amor através da discussão de um fim. Ele não queria acreditar que o amor deles pudesse estar se acabando. Ele não acreditava. Tirou isso da cabeça. A deles era a história de amor da época. Não podia terminar em mesquinharia.

O duque Giuliano também notou que alguma coisa estava abalada em seu espelho mágico, que ele ainda observava todo dia, para intenso incômodo de sua esposa, Filiberta de Savóia. Sua união com Filiberta tinha sido inteiramente política. A dama Savóia não era jovem, e tampouco era bonita. Depois do casamento, Giuliano continuou adorando Qara Köz à distância, embora se deva dizer, por justiça àquele homem frágil e piedoso, que jamais tentou seduzi-la e tirá-la de seu grande general, contentando-se em oferecer, em honra a ela, uma festa comparável apenas às comemorações da visita do papa a Florença. Filiberta, ao chegar a Florença, tinha ouvido a lenda das festividades para a princesa do Mogor e exigiu que seu novo marido fizesse ao menos a mesma coisa por sua nova esposa, ao que Giuliano respondeu que tal festividade seria mais adequada quando ela lhe desse um herdeiro. Porém ele raramente visitava o quarto dela, e seu único filho seria um bastardo, Ippolito, que se tornou cardeal como os bastardos às vezes se tornam. Depois dessa rejeição, Filiberta passou a odiar profundamente Qara Köz e quando soube da existência do espelho mágico odiou aquilo também. Quando ouviu um dia Giuliano lamentando a má saúde da princesa morena, Filiberta deu um basta. "Ela não está bem", ele disse a ela, tristonho, quando ela o encontrou apatetado diante do espelho mágico como sempre. "Olhe a pobrezinha. Está sofrendo." Filiberta gritou: "Vou fazer ela sofrer" e atirou uma escova de cabelos de prata no espelho mágico, estilhaçando o vidro. "*Eu* não estou bem", disse ela. "Para dizer toda a verdade, nunca me senti tão mal em minha vida. Seja tão solícito com a minha saúde como é com a dela."

A verdade era que Qara Köz estava exagerando, nenhuma mulher podia sustentar esforço tão imenso durante tanto tempo. O encantamento de quarenta mil indivíduos, mês após mês, ano após ano, era demais, mesmo para ela. Havia menos notícias de milagres, e eles acabaram cessando por completo. O papa não mencionou mais a santidade.

E sobre a vida e a morte, ao contrário de Alanquwa, a deusa solar, ela não tinha poder. Três anos depois da chegada dela a Florença, foi Giuliano de' Medici quem caiu doente e morreu. Filiberta empacotou suas posses, inclusive todo seu imensamente valioso enxoval, e voltou de imediato, sem cerimônia, para Savóia. "Florença caiu sob a influência de uma prostituta sarracena", ela disse quando chegou em casa, "e não é mais lugar para uma boa mulher cristã."

18.

O incidente dos leões e do urso

O incidente dos leões e do urso ocorrera durante a festa para Qara Köz. No primeiro dia, foi a corrida do *palio* e os fogos de artifício. No segundo dia, feras selvagens foram soltas na Piazza della Signoria, touros, búfalos, veados, ursos, leopardos e leões, e homens a cavalo, com lanceiros a pé, assim como homens escondidos dentro de uma gigantesca tartaruga de madeira e um porco-espinho de madeira também travaram batalha com eles. Um homem foi morto por um búfalo.

A certa altura, o maior leão macho pegou um urso pelo pescoço e estava a ponto de matá-lo quando, para assombro geral, a leoa interveio, do lado do urso, e mordeu o leão macho com tanta força que ele soltou o urso. Em seguida, o urso se recuperou, mas os outros leões e leoas puseram no ostracismo a leoa que o salvou e ela vagou pela praça cheia de gente, desconsolada, sem atacar ninguém, ignorando as provocações e gritos dos caçadores, parecendo magoada. Nos dias e meses seguintes, houve muita discussão sobre o sentido daquele estranho acontecimento. Por consenso, a leoa era Qara Köz, mas quem era o urso e quem o leão? A explicação que acabou sendo favorecida e se transformou na verdade aceita circulou em um panfleto anônimo, cujo autor, desconhecido por todos a não ser alguns florentinos, era Niccolò Machiavelli, dramaturgo popular, homem do poder em desgraça. A leoa mostrara-se disposta a se interpor entre sua própria espécie e outra em favor da paz, escreveu o panfletista. Também a princesa Qara Köz tinha vindo para o meio deles para reconciliar forças que podiam parecer inconciliáveis, mesmo se opondo a seu povo para fazê-lo. "Mas, ao contrário da leoa da Piazza, essa leoa humana não está sozinha. Ela tem e sempre terá muitos verdadeiros amigos entre os ursos."

Então, para muita gente ela se transformou num símbolo da paz, do auto-sacrifício em nome da paz. Muito se falou em "sabedoria oriental", o que ela descartou quando chegou a seus ouvidos. "Não existe nenhuma sabedoria particular no Oriente", ela disse a Argalia. "Todos os seres humanos são tolos no mesmo grau."

Quando Qara Köz e sua Espelho deixaram a casa de il Machia, ele sentiu o advento de uma amarga tristeza que permaneceria com ele pelos treze anos seguintes. Os amigos tinham desaparecido quando o poder o expulsara de suas mansões, e a glória era uma lembrança distante, mas o desaparecimento da grande beleza de sua vida foi a última gota. Agora que se rompera o encantamento sobre Percussina, ele via sua mulher outra vez como uma pata gigante e seus filhos como encargos financeiros. Ele continuaria fazendo excursões ocasionais a outras mulheres, não apenas à cantante Barbera, mas a uma outra dama da vizinhança cujo marido havia ido embora sem nem uma palavra de despedida. Essas visitas não o alegravam. Ele pensava com inveja cada vez maior naquele marido fugido e considerou seriamente ele próprio desaparecer uma noite e deixar sua família acreditar que estava morto. Se tivesse conseguido formular alguma idéia do que fazer com sua vida depois dessa deserção, talvez a tivesse levado a cabo. Em vez disso, abjetamente, ele despejava uma vida inteira de pensamentos e conhecimento num pequeno livro que estava escrevendo com a esperança de reconquistar o favor da corte, seu pequeno espelho dos príncipes, um espelho tão sombrio que até ele mesmo temia não viesse a ser apreciado. Mas sem dúvida a sabedoria seria mais valorizada que a leviandade, e a visão clara julgada mais valiosa que a adulação? Ele dedicou o livro a Giuliano de' Medici, escreveu todo o texto com sua própria mão, e quando Giuliano morreu refez a coisa toda outra vez para Lorenzo. Mas em seu coração havia a certeza de que a beleza o deixara para sempre, que a borboleta não pousava na flor murcha, isso o preocupava acima de tudo. Ele havia olhado nos olhos dela e ela tinha visto que ele murchara, e virara o rosto. Aquilo lhe chegou como uma sentença de morte.

Ele passara vinte minutos sozinho com Argalia em sua biblioteca quando o novo general de Florença viera buscar sua amada. "Toda a minha vida", Argalia lhe disse, "desde que eu era menino, meu lema foi faça o que tem de fazer para chegar aonde tem de ir. Eu sobrevivi aprendendo o que mais me convém e seguindo essa estrela, além da lealdade, além do patriotismo, além das fronteiras do mundo conhecido. Eu, eu, sempre e apenas eu. Esse é o modo do sobrevivente. Mas ela me domou, Machia. Eu sei o que ela é, porque ela ainda é como eu era. Ela me ama até quando me amar não lhe for mais conveniente. Ela me adora, até chegar o momento de não me adorar. Então, depende de mim garantir que esse tempo tarde a chegar. Porque eu não a amo assim. O amor que tenho por ela sabe que o bem-estar da amada importa mais que o do amante, porque amor é desprendimento. Ela não sabe disso, acho. Eu morreria por ela, mas ela não morreria por mim."

"Então, espero que você não tenha de morrer por ela", disse Niccolò, "porque isso seria um desperdício do seu bom coração."

Ele teve também um momento a sós com ela, ou a sós com ela e sua Espelho, de quem ela era inseparável, ou que poderia ser, il Machia presumiu, seu verdadeiro amor. Não falou com ela sobre assuntos do coração. Teria sido inadequado, descortês. Em vez disso, falou: "Esta é Florença, minha senhora, e vai viver bem aqui, porque os florentinos sabem viver bem. Mas se for sensata, vai saber sempre onde fica a porta dos fundos. Vai planejar sua rota de fuga e mantê-la em boas condições. Porque quando o Arno transborda, todos os que não têm barcos se afogam".

Ele olhou pela janela e viu a cúpula vermelha da catedral além dos campos onde o fazendeiro seu locatário trabalhava. Um lagarto cochilava num muro divisório baixo. Ele ouviu o papa-figo dourado gritando *uí-la-uí-lo*. Havia carvalhos e cerejeiras, ciprestes e pinheiros, magnólias a pontilhar e organizar a paisagem. À distância, alto no céu, um falcão búteo planeava, girava. A beleza natural permanecia, isso era inegável; mas para ele a paisagem bucólica parecia um pátio de prisão. "Para mim", ele disse a Qara Köz, "ai, não há escapatória."

Depois desse dia, ele escreveu a ela com freqüência, mas nunca mandou as cartas e só a viu uma vez mais antes de morrer. Ago, porém — Ago, que ainda gozava a liberdade da cidade —, a visitava uma vez por mês no Palazzo Cocchi del Nero, e ela fazia o favor de recebê-lo na chamada Sala dos Falcões, junto ao *grand salon*, assim conhecida por causa dos pássaros pintados a toda a volta de suas paredes florestadas. Ele mandava a carroça com o vinho para a entrada dos comerciantes na alameda estreita dos fundos da casa, mas não entrava na casa como comerciante. Vestia sua melhor roupa, sua roupa de corte, para a qual atualmente tinha pouco uso, e seguia pela via Porta Rossa como um galã envelhecido a visitar a namorada, o cabelo, antes loiro, agora branco e ralo, emplastrado na cabeça, e flores nas mãos. Parecia um pouco ridículo, ele percebia pelos olhos excessivamente honestos dela, porém era o melhor que podia fazer. Não esperava nada dela, mas ela, sim, pediu uma coisa a ele, um segredo. "Pode fazer isso por mim?", perguntou, e ele respondeu: "A hora que quiser". Apenas a Espelho e os falcões sabiam o que havia sido dito.

Giuliano de' Medici morreu, Lorenzo de' Medici tornou-se o senhor de Florença como Lorenzo II, e as coisas começaram a mudar. Durante três anos, porém, a mudança não foi aparente. Lorenzo precisava de Argalia tanto quanto seu tio precisara. Foi Argalia quem conduziu os homens de Florença em batalha contra Francesco Maria, o duque de Urbino, contra quem Leão X urdia uma traição. Durante o período de exílio dos Medici, foi Francesco Maria quem lhes deu abrigo, mas agora voltavam-se contra ele para tomar o seu ducado. Ele era um homem poderoso, à frente de forças bem treinadas, e mesmo com todos os janízaros de Argalia foram necessárias três semanas para derrotá-lo. Ao fim desse enfrentamento, nove de seus endurecidos guerreiros otomanos estavam mortos. D'Artagnan, um dos quatro gigantes suíços, estava entre os caídos, e a chorosa dor de Otho, Botho e Clotho era terrível de se ver. Depois disso, Argalia sufocou as revoltas de uma porção de barões leais a Francesco Maria nas marchas de Ancona; e então ele, Argalia, o turco, era simplesmente poderoso demais para Lorenzo poder agir contra ele de maneira franca.

Foi nesse período que il Machia apresentou seu livrinho à corte de Lorenzo. Ele não ouviu palavras de agradecimento, de avaliação, de crítica, nem mesmo uma simples admissão de recebimento, nem qualquer exemplar do livro foi encontrado entre os pertences de Lorenzo depois de sua morte. Circulou brevemente uma história de que Lorenzo tinha caçoado com desdém quando o livro lhe foi entregue, e jogou-o de lado. "O fracasso pretende ensinar ao príncipe como o príncipe deve ser bem-sucedido", disse ele com pesado sarcasmo. "Claro que esse livro eu devo memorizar de imediato." Depois, quando o riso de seus cortesãos silenciou, ele disse, provocando uma segunda onda de gargalhadas deferentes: "De uma coisa podemos ter certeza. Se o nome desse Niccolò Mandragola for lembrado, será como comediógrafo, não como pensador". Essa história chegou aos ouvidos de Ago Vespucci, mas ele era bom demais para repeti-la a seu amigo. Conseqüentemente, Niccolò passou muitos meses esperando uma resposta. Quando ficou claro que nenhuma resposta seria dada, il Machia entrou em rápido declínio. Quanto ao livrinho, ele o pôs de lado e não propôs sua publicação em vida.

Na primavera de 1519, Lorenzo agiu. Mandou Argalia perseguir os franceses em torno da Lombardia, onde o turco de Florença travou batalha com os homens de François I em várias partes da província de Bérgamo. Na ausência de Argalia, Lorenzo realizou uma grande justa na Piazza di Santa Croce, um acontecimento que reproduzia de perto a justa em honra a Simonetta Vespucci em que o velho Giuliano de' Medici levara um estandarte louvando a beleza de *la sans pareille*. Qara Köz foi convidada a ocupar o lugar de honra na plataforma real, debaixo do pálio azul decorado com lírios dourados, e Lorenzo cavalgou até ela e desdobrou um novo estandarte, esse com o retrato dela pintado por del Sarto; mas as palavras eram as mesmas. *La sans pareille*. "Dedico este evento à rainha da beleza de nossa cidade, Angelica de Florença e Catai", Lorenzo proclamou. Qara Köz ficou impassível, declinando atirar para ele qualquer tipo de lenço ou echarpe como um sinal de permissão para ele exibir, e a cor que subiu às faces do duque traiu sua raiva humilhada. Havia cerca de dezesseis cavaleiros na justa, soldados que tinham ficado para guardar a cidade, e eram dois prêmios, um *palio* feito de brocado de ouro e outro de prata. O duque não participou da disputa, mas veio sentar ao lado de Qara Köz e só falou com ela depois de atribuídos os prêmios.

Houve um banquete no Palazzo Medici depois dos jogos, no qual havia *zuppa pavese* para beber e pavões para comer, faisões de Chiavenna e perdizes toscanas, ostra de Veneza. Havia macarrão preparado à moda árabe, com muito açúcar e canela, enquanto todos os pratos que levavam carne de porco, como *faioli* com torresmo, foram evitados em consideração à sensibilidade da convidada de honra. Havia geléia de marmelo do Reggio, marzipã de Siena, e um bom *caci marzolini* florentino, isto é, queijo de março. Grandes pilhas de tomates enriqueciam a decoração da mesa. Depois do banquete, houve pronunciamentos de poetas e intelectuais sobre o assunto amor, como tinha havido no festim de Ágaton, registrado no *Banquete*, de Platão. Lorenzo encerrou essa parte das festividades recitando certa seleção de palavras do próprio *Banquete*. "Só os que amam estão prontos a morrer por outrem; não só os homens, também as mulheres. Alceste, filha de Pélias, oferece desse devotamento prova suficiente; por se ter prontificado, só ela, a morrer em lugar de seu marido." Quando ele se sentou, com ruído, Qara Köz perguntou sobre sua escolha. "Por que falar da morte", disse ela, "quando estamos no meio de uma vida agradável?"

Lorenzo chocou-a ao dirigir-se a ela na linguagem mais rude possível. Ele estava bebendo pesadamente e era bem sabido que não tinha resistência ao vinho. "A morte, madame, nunca está tão longe quanto se imagina", disse. "E quem pode dizer o que será solicitado da senhora dentro em breve?" Então ela ficou bem imóvel e silenciosa, ao entender que seu destino estava para lhe falar por intermédio da juvenil grosseria de seu anfitrião. "Antes que morra a flor", disse ele, "seu perfume evanesce. E seu aroma, madame, evanesceu bastante, não é." Não era uma pergunta. "Não se fala mais tanto de música celestial tocando à sua volta, nem de curas gloriosas, nem de gravidez maravilhosa em útero estéril. Nem mesmo nossos mais crédulos cidadãos, nem mesmo os esfaimados que comem pão temperado com ervas que provocam alucinações só para esquecer a fome, nem mesmo os mendigos que comem comida podre e plantas venenosas tantas vezes que vêem demônios todas as noites, falam mais de seus poderes mágicos. Onde estão agora os seus encantamentos, madame, onde os seus perfumes embriagadores que voltavam as mentes de todos os homens para pensamentos amorosos? Parece que os encantos mesmo da mulher mais bela podem se desvanecer com, como dizer isso?... com a idade."

Qara Köz tinha vinte e oito anos, mas havia nela uma exaustão que atenuava sua luz, e um retesamento também, por razões particulares que Lorenzo identificou correta e brutalmente. "Mesmo em casa", ele sussurrou de forma teatral, "as coisas pioraram, hum. Seis anos juntos em Florença e alguns antes, e a senhora ainda não tem filhos. As pessoas se perguntam sobre essa aridez. Médico, cura-te a ti mesmo." Qara Köz começou a se levantar. A mão de Lorenzo II caiu pesadamente em seu antebraço, prendendo-o ao braço da cadeira. "Quanto tempo mais seu protetor vai protegê-la se não lhe der um filho?", perguntou. "Quer dizer, se ele voltar das guerras."

Naquele instante, ela entendeu que um ato de traição havia sido planejado, que algum indivíduo ou grupo sob o comando de Argalia havia concordado em traí-lo em troca de alguma promessa de favorecimento, o que poderia se revelar como uma faca secreta nas costelas ou uma execução pública. Uma traição sempre merecia outra. "Nunca irá matá-lo enquanto ele estiver com seus homens à volta dele", ela disse baixinho, e naquele momento surgiu diante de seus olhos, como uma profecia, o rosto de Konstantin, o sérvio. "O que prometeu a ele", ela perguntou, "para depois de tantos anos de amizade ele concordar com coisa tão suja?" Lorenzo inclinou-se para sussurrar no ouvido dela. "Tudo que ele pode imaginar", replicou cruelmente. Então, ela havia sido a propina, e Konstantin, que a guardara de perto tanto tempo, corrompera-se com essa proximidade por uma fome de proximidade mais íntima, e assim era. Ela era a condenação de Argalia. "Ele não vai fazer isso", disse ela. Lorenzo apertou mais seu braço. "Bom, mesmo que faça, princesa", disse, "não vai precisar receber a recompensa." Sim, ela entendeu. Ali estava, então, o seu destino. "Vamos supor que os homens voltem da batalha carregando seu comandante morto sobre o escudo", o homem ao lado dela murmurava. "Terrível tragédia, claro, um funeral entre os heróis da cidade e ao menos um mês de luto. Mas vamos supor que no momento da volta dele nós tenhamos mudado a senhora e sua dama de companhia e todas as suas posses da via Porta Rossa para a via Larga. Vamos supor que a senhora esteja aqui, como minha convidada, em busca de consolação para sua hora de terrível dor. Imagine o que eu faria com o covarde que matou o defensor de Florença, seu amado, meu amigo. A senhora podia me descrever as torturas que preferiria que usássemos, e eu garantiria que ele fosse mantido vivo até ter experimentado todas plenamente."

A música soou. Ia haver danças agora. Ela teria de dançar a *pavana* com o assassino de suas esperanças. "Preciso pensar", disse ela, e fez uma reverência. "Claro", concordou ele, "mas pense depressa e, antes de pensar, será trazida aos meus aposentos esta noite, para que possa entender no que vai ter de pensar." Ela parou de dançar e ficou olhando para ele. "Madame, por favor", ele ralhou, segurando a mão dela até ela encontrar o passo outra vez. "A senhora é uma princesa de sangue real da casa de Tamerlão e Gêngis Khan. Deve saber como funciona o mundo."

Ela voltou para casa com a Espelho essa noite, sem demonstrar que tinha de fato entendido o funcionamento do mundo. "Angelica, o que precisava ser feito foi feito", disse. "Agora, Angelica, vamos nos preparar para a morte", respondeu a Espelho. Essa era a frase-código que ela e a princesa tinham combinado havia muito, e seu sentido era que chegara o momento de seguir em frente, de deixar uma vida e encontrar a próxima, de usar o plano de fuga e desaparecer. Para colocar o plano em ação, a Espelho, usando uma longa capa com capuz, teria de se esgueirar pela entrada dos comerciantes depois que a cidade estivesse adormecida e seguir pela alameda estreita atrás do Palazzo Cocchi del Nero, depois encontrar seu caminho pela cidade ao bairro de Ognissanti, até encontrar-se à porta de Ago Vespucci. Mas, para sua surpresa, Qara Köz balançou a cabeça. "Não vamos embora", ela disse, "até meu marido voltar vivo." Ela não possuía poder sobre a vida e a morte, no entanto começava a contar com um poder no qual nunca confiara antes: o poder do amor.

No dia seguinte, o rio estava seco. A cidade estava cheia da notícias de que Lorenzo de' Medici estava mortalmente doente e, embora ninguém dissesse em voz alta, todo mundo sabia que a doença era a terrível *morbo gallico*, que quer dizer sífilis. A falta de água no Arno foi tomada por um lúgubre sinal. Os médicos de Lorenzo cuidavam dele dia e noite, mas tantos florentinos haviam morrido dessa doença desde que aparecera na Itália vinte e três anos antes que pouca gente esperava que o duque sobrevivesse. Como sempre, metade da cidade culpava pela doença os soldados franceses, enquanto a outra metade sustentava que os marinheiros de Cristóvão Colombo a tinham trazido de suas viagens, mas Qara Köz não estava preocupada com esses mexericos. "Aconteceu mais depressa do que previa", ela disse à Espelho, "o que quer dizer que é só uma questão de tempo até as suspeitas caírem sobre mim." Isso haveria de soar para muita gente como uma observação estranha, porque Qara Köz não era sifilítica, conforme um exame médico comprovaria, nem havia contraído sífilis em data recente. Mas o fato era que ninguém suspeitava que Lorenzo II estivesse contaminado também, o que tornava ainda mais surpreendente o surgimento da doença em sua forma agressiva. Então era um caso suspeito, e nesse caso um suspeito — ou, no mínimo, um bode expiatório — tinha de ser encontrado. Quem sabe como as coisas teriam acontecido se Argalia, o turco, não tivesse voltado vivo.

Na noite anterior à volta dele, ela dormiu mal, porém quando o sono veio sonhou com sua irmã. Sobre um tapete azul debruado com um padrão de ouro e vermelho, com um losango de ouro e vermelho no centro, dentro de uma tenda de pano ouro e vermelho, Khanzada Begum estava sentada diante de um homem que ela não reconhecia, vestido de roupa de seda cor de creme com uma xale rosa e verde sobre os ombros, e na cabeça um turbante azul-claro e branco com um pouco de ouro. Eu sou seu irmão Babar, disse o estranho. Ela olhou o rosto dele, mas seu irmão não estava ali. Acho que não, disse ela. O homem voltou-se para um segundo homem sentado logo ao lado, Kukultash, disse ele, quem sou eu? O senhor, disse o segundo homem, é Zahiruddin Muhammad Babar, tão certo quanto estarmos aqui em Qunduz. Khanzada Begum respondeu: por que eu deveria acreditar nele mais do que em você? Não conheço nenhum Kukultash. O irmão e a irmã continuaram sentados naquela tenda, ela cercada por suas criadas, ele guardado por soldados com lanças e arcos. Não havia mostra de emoção. A dama não reconhecia seu irmão. Ela não o via fazia dez anos. Qara Köz entendeu ainda enquanto estava sonhando que ela era todas as pessoas do sonho. Ela era a irmã que, arrancada da família, não conseguia encontrar o caminho da lembrança e do amor que lhe permitiria voltar. Ela era seu irmão Babar, ao mesmo tempo feroz e poético, capaz de cortar cabeças de homens e exaltar a beleza de uma clareira na floresta na mesma tarde, mas que não tinha país, não tinha uma terra que pudesse chamar de sua, que ainda vagava pelo mundo batalhando por espaço, tomando lugares, perdendo-os de novo, ora entrando em triunfo em Samarcanda, ora em Kandahar, e ora expulso delas outra vez; Babar correndo, correndo, tentando encontrar o chão em que pudesse parar quieto. E ela era Kukultash, amigo de Babar, e as damas de companhia e os soldados, ela própria flutuava do lado de fora e observava sua própria história como se estivesse acontecendo com outra pessoa, sem sentir nada, sem se permitir sentir. Ela era seu espelho e ela mesma também.

Então o sonho mudou. Os dosséis e as cúpulas da tenda endureceram em pedra vermelha. O que era transitório, portátil, mutável, de repente ficou permanente e fixo. Um palácio de pedra numa montanha e seu irmão Babar descansando num patamar de pedra no centro de uma piscina retilínea, uma bela piscina, uma piscina sem par. Ele era tão rico que quando se sentia generoso podia esvaziar a piscina e enchê-la com dinheiro e deixar as pessoas virem recolher sua generosidade. Mas ele não era Babar. Não era seu irmão. Ela não o reconhecia. Ele era um homem que ela não conhecia.

"Eu vi o futuro, Angelica", ela disse à Espelho quando acordou. "O futuro está fixado em pedra e o descendente de meu irmão é um imperador sem igual. Nós somos água, podemos nos transformar em ar e desaparecer como fumaça, mas o futuro é riqueza e pedra." Ela ia esperar o futuro chegar. Depois voltaria a sua antiga vida, para se fundir a ela e fazer-se inteira. Faria melhor que Khanzada. Ela não deixaria de reconhecer o rei.

Havia uma mulher no sonho, vista de costas, uma mulher com o longo cabelo amarelo caindo solto sobre os ombros, sentada na frente do rei, usando uma roupa comprida de losangos de muitas cores diferentes. E uma outra mulher dentro, que nunca vira a luz do sol, que vagava pelos corredores do palácio como uma sombra, ora se apagando, ora ficando mais forte, ora se apagando outra vez. Essa parte do sonho não era clara.

Qara Köz entendia da supressão das emoções. Desde que fora levada aos aposentos particulares de Lorenzo II, ela não se permitira nenhum sentimento. Ele havia feito o que tencionava fazer e ela também havia realizado suas intenções, a sangue-frio. Ao voltar ao Palazzo Cocchi del Nero, permaneceu perfeitamente fria e calma. A Espelho, agitada, arrumando dois *cassoni*, os grandes baús em que as mulheres normalmente guardavam seus enxovais, preparando uma rápida partida, mesmo que sua senhora estivesse decidida a ficar. Qara Köz esperou junto a uma janela aberta do *grand salon*, deixando a conversa da cidade flutuar até ela na brisa. Não demorou para ela ouvir a palavra que sabia que seria dita, a palavra que tornava inseguro para ela permanecer ali. Ainda assim, não fez nenhuma tentativa de partir.

Bruxa. Ela enfeitiçou ele. Ele foi para a cama com a bruxa, ficou doente e morreu. Não estava doente antes. Bruxaria. Ela fez dar nele a doença do Diabo. Bruxa, bruxa, bruxa.

Lorenzo II estava morto quando a milícia voltou da vitória em Cisano Bergamasco, marchando em boa ordem, apesar da consternação causada nas fileiras pela tentativa de Konstantin, o sérvio, matar o *gran condottiere* general Argalia no calor da batalha. Junto com seis colegas janízaros, armados com mosquetes de trava, piques e espadas, Konstantin fez um ataque covarde pela retaguarda da posição do general. A primeira bala pegou no ombro de Argalia e derrubou-o do cavalo, acidentalmente salvando sua vida, porque depois disso havia cavalos a toda volta do capitão caído e os revoltosos não conseguiram alcançá-lo. Os três gigantes suíços viraram as costas ao inimigo em frente para combater os traidores atrás, e depois de um cansativo combate corpo a corpo a insurreição foi aplacada. Konstantin, o sérvio, foi morto, com um pique suíli atravessado no coração, mas Botho havia caído também. Ao anoitecer, a batalha contra os franceses estava ganha, porém Argalia não sentiu prazer na vitória. De seu bando original, pouco mais de setenta permaneciam vivos.

Ao se aproximarem da cidade, viram chamas a brilhar por toda parte, como tinham brilhado no dia da eleição do papa, e Argalia mandou um cavaleiro a toda a velocidade para descobrir o que estava acontecendo. O batedor voltou com a notícia de que o duque havia morrido e que os cidadãos sem liderança tendiam a culpar Qara Köz por tê-lo amaldiçoado com uma bruxaria de tal potência que havia corroído seu corpo como um animal faminto, começando pelos genitais e se espalhando a partir dali. Argalia instruiu Otho, um dos tristes irmãos suíços que restava, a liderar a milícia de volta à caserna em marcha acelerada. Reunindo Clotho e os demais janízaros em torno dele, e ignorando o braço direito ferido em sua tipóia, voltou para casa galopando no vento. Porque de fato havia um vento aquela noite e ele viu oliveiras desenraizadas por ele e carvalhos atirados de lado como se fossem pequenas hastes novas e nogueiras, cerejeiras e amieiros, de forma que ao cavalgarem parecia que uma floresta voava no ar ao lado deles; e ao se aproximarem da cidade ouviram um grande tumulto, como só mesmo o povo de Florença sabia fazer. Porém, não era um tumulto de alegria. Era como se cada homem da cidade tivesse se transformado em lobisomem e uivasse para a lua.

Que curta jornada de *feiticeira* a *bruxa*. Ontem ainda, ela era a santa padroeira não oficial da cidade. Agora uma multidão se reunia à sua porta. "A porta dos fundos ainda está aberta, Angelica", disse a Espelho. "Angelica, vamos esperar", ela replicou. Estava sentada ereta numa cadeira ao lado de uma janela do *grand salon*, olhando em ângulo para fora, vendo sem ser vista. A invisibilidade era seu destino. Ela permanecia calma. Então, ouviu cascos de cavalos e se pôs de pé. "Ele está aqui." E ele estava.

Na frente do palácio Cocchi del Nero, a via Porta Rossa se alargava numa pequena praça em torno da qual ficavam também o palácio Davizzi e as torres dos Foresi. Argalia e os janízaros, cavalgando para a praça, foram detidos pela multidão de caçadores de bruxa que crescia. Mas eram determinados, estavam fortemente armados e as pessoas os deixaram passar. Ao chegarem à fachada do palácio, os janízaros abriram um espaço e quando tiveram certeza da segurança, as portas foram abertas. Uma voz gritou do meio da multidão: "Por que protege uma bruxa?". Argalia ignorou o grito. A mesma voz gritou: "Quem você serve, *condottiere*, o povo ou sua luxúria? Serve à cidade e seu duque enfeitiçado, ou está em poder da bruxa que enfeitiçou o duque?". Argalia girou o cavalo para encarar a multidão. "Eu sirvo a ela", disse, "como sempre servi e sempre servirei." Então, com cerca de trinta homens entrou no pátio interno e deixou Clotho encarregado das operações lá fora. Os cavaleiros pararam em torno do poço no centro do pátio e o palácio silencioso se encheu de ruído, do nitrir dos animais, do clangor de armas e do clamor de homens gritando ordens e respostas. Os criados da casa correram a oferecer bebida e alimento aos cavaleiros e suas montarias. E então Qara Köz, como uma mulher que acorda de um sono, repentinamente entendeu o perigo que corria. Parou no alto da escadaria que subia do pátio e Argalia ficou embaixo, olhando para ela. A pele dele era branca como a morte.

"Eu sabia que estava vivo", ela disse. Não mencionou seu braço ferido.

"E você precisa continuar viva", ele disse. "A multidão está aumentando." Ele não disse nada da ferida dolorida no ombro direito nem do fogo que dela se irradiava para seu corpo. Não disse nada do tropel de seu coração ao olhar para ela. Estava sem fôlego depois da longa cavalgada. A pele branca muito quente ao toque. Ele não usava a palavra "amor". Pela última vez em sua vida, ele se perguntou se teria desperdiçado seu amor com uma mulher que só dava o amor dela até ser hora de pegá-lo de volta. Ele pôs de lado esse pensamento. Tinha dado seu coração essa única vez na vida e considerava-se privilegiado de ter tido essa chance. Perguntar se ela era digna de seu amor não fazia nenhum sentido. Seu coração respondera essa pergunta muito tempo antes.

"Você vai me proteger", ela disse.

"Com a minha vida", ele respondeu. E começou a tremer um pouco. Ao tombar no campo de batalha de Cisano Bergamasco, sua tristeza pela traição de Konstantin, o sérvio, fora logo seguida do entendimento de sua própria loucura. Ele havia sido pego exatamente como ele próprio um dia pegara o xá Ismail da Pérsia, na batalha de Chaldiran. O espadachim sempre cairia diante do homem com uma arma de fogo. Na era do mosquete de trava e do canhão de campo móvel, leve e ligeiro, não havia espaço para cavalheiros de armadura. Ele era uma figura do passado. Tinha merecido aquela bala como o velho merece ser destruído pelo novo. Estava com a cabeça um pouco leve.

"Eu não podia ir embora", ela disse. Havia uma nota de surpresa em sua voz, como se ela tivesse descoberto algo extraordinário sobre si mesma.

"Precisa ir agora", ele respondeu, ofegando um pouco. Não

se moveram um em direção ao outro. Não se abraçaram. Ela se afastou e encontrou a Espelho.

"Agora, Angelica, vamos nos preparar para morrer", disse.

A noite estava em chamas. O fogo subia de toda parte para o céu brilhante. A lua estava cheia, baixa no horizonte, tinta de vermelho, imensa. Parecia o olho louco e frio de Deus. O duque estava morto e só os rumores reinavam. Segundo eles, o papa havia condenado "Angelica" como prostituta assassina e estava mandando um cardeal para tomar conta da cidade e lidar com sua bruxa louca. A lembrança das fogueiras onde queimaram os três chefes dos Chorosos, Girolamo Savonarola, Domenico Buonvicini e Silvestro Maruffi, na Piazza della Signoria, não havia se apagado, e havia aqueles que esperavam com ansiedade pelo fedor da carne feminina incandescente. Mas faz parte da natureza das multidões ser impaciente. À meia-noite, a multidão havia talvez triplicado de tamanho e seu humor era mais feio. Atiraram pedras no palácio Cocchi del Nero. A falange dos janízaros, comandada por Clotho, o suíço, ainda guardava a entrada, mas até mesmo os janízaros se cansam e alguns estavam feridos. Então, nas horas tardias, com a multidão ululando, chegaram notícias fatais. A milícia de Florença, espicaçada pela notícia não confirmada do decreto do papa contra a bruxa Angelica, havia se levantado para juntar-se às massas enraivecidas e marchava para a via Porta Rossa fortemente armada. Quando Clotho soube disso, entendeu que seus três irmãos estavam mortos e decidiu que estava pronto a levar as coisas até o fim.

"Pelos suíços", ele gritou, e lançou-se sobre a multidão com toda força, girando a espada em uma mão e uma bola de espetos na ponta de uma corrente na outra. Seus companheiros janízaros olharam para ele perplexos, porque os homens da multidão não levavam nada mais perigoso que paus e pedras, mas não conseguiram deter Clotho. A névoa da matança baixara sobre ele. Pessoas tombavam sob os cascos de seu cavalo e eram pisoteadas até a morte. A multidão estava enlouquecida de medo e raiva, e de início todo mundo recuou do gigante albino enlouquecido em seu cavalo. Então houve um momento estranho, um momento do tipo que determina o destino de nações, porque quando uma multidão perde o medo de um exército o mundo se transforma. De repente, a multidão parou de recuar, e foi então que Clotho em seu cavalo com a espada levantada para golpear entendeu que estava acabado. "Janízaros, a mim", ele gritou e então a multidão caiu sobre ele como uma onda, milhares sobre milhares de vozes aos gritos, mãos que agarravam, punhos que batiam, uma chuva de pedras caiu sobre os soldados, e homens saltavam como gatos, derrubando os cavalos, morrendo sob os golpes das armas dos guerreiros, mas avançando ainda, às garras, arrastando, agarrando, empurrando, até os soldados estarem todos desmontados, e os pés das pessoas ainda pisavam, a força esmagadora da multidão inchada e inchando e o mundo inteiro era sangue.

Antes mesmo da milícia chegar, a multidão abriu-se como o mar para permitir a passagem dos homens armados, e os janízaros diante do Palazzo Cocchi del Nero não existiam mais, e com os machados tomados aos guerreiros caídos a multidão atacava os três grandes portões de madeira do palácio. No pátio atrás desses portões, Argalia, o turco, e os guerreiros que lhe restavam, montados em seus cavalos e vestidos em armaduras completas, haviam se colocado para defender sua última posição. "A maior vergonha de todas é morrer nas mãos de homens que você capitaneou na guerra", Argalia pensou, "mas ao menos meus companheiros mais velhos morrerão comigo, e há honra nisso." Então as questões de honra e vergonha deixaram sua mente porque Qara Köz estava saindo e era hora de trocarem as últimas palavras.

"É uma sorte as multidões serem tão burras", disse ela, "senão Ago e a Espelho não teriam conseguido chegar ao portão dos fundos da viela. Foi sorte eu seguir o conselho de seu amigo Niccolò, senão não haveria plano e não haveria ninguém lá fora com barris de vinho vazios para nos esconder, e uma carroça com cavalos descansados para nos levar embora."

"No princípio, eram três amigos", disse Argalia, o turco, "Antonino Argalia, Niccolò "il Machia" e Ago Vespucci. E no fim também eram três. Il Machia terá cavalos mais rápidos à sua espera. Vá." A febre havia tomado conta dele e a dor no ferimento era muito grande. Ele começara a tremer. O fim não demoraria a chegar. Ia ser difícil continuar montado muito tempo.

Ela fez uma pausa. "Eu te amo", disse. *Morra por mim.*

"E eu a você", ele respondeu. *Já estou morrendo, mas vou morrer por você.*

"Amei você como nenhum outro homem", ela disse. *Morra por mim.*

"Você foi o amor de minha vida", ele respondeu. *Minha vida está quase acabada, mas o que resta dela eu entrego a você.*

"Me deixe ficar", ela disse. "Me entregue. Assim tudo se acaba." Uma vez mais, na voz dela, uma nota de surpresa pelo que ela estava se permitindo dizer, oferecer, sentir.

"É tarde demais para isso", ele disse.

A última luta dos Invencíveis de Florença, sua derrota final e destruição no Levante da Via Porta Rossa, ocorreu no pátio do que ficou depois conhecido como o Palácio de Sangue. Quando a batalha terminou, a bruxa e sua assistente tinham partido havia muito tempo e quando o povo de Florença descobriu sua fuga, sua fúria pareceu desaparecer, e como homens que despertam de um sonho horrível perderam o apetite para a morte. Eles *voltaram a si* e não eram mais uma multidão, mas um grupo de entidades individuais soberanas, os quais voltaram todos resmungando para suas casas, parecendo envergonhados, a desejar não ter sangue nas mãos. "Se ela fugiu", disse alguém, "então que fique longe e adeus." Ninguém tentou persegui-la. Só havia vergonha. Quando o regente do papa chegou a Florença, o Palazzo Cocchi del Nero estava trancado, de janelas fechadas, e o selo da cidade colocado nele, e ninguém viveu ali por mais de cem anos. E quando Argalia, o turco, tombou, inconsciente devido à septicemia que corria em seu corpo, uma vez que havia sido atingido no pescoço, e ali morria de infecção pelo golpe ignóbil do pique de um miliciano, chegava ao fim a era dos grandes *condottieri*.

E o rio Arno, como amaldiçoado por uma bruxa, permaneceu seco por um ano e um dia.

"Ela não teve filhos", o imperador observou. "O que diz disso?"
"Tem mais", o outro replicou.

Niccolò viu Ago à distância quando a manhã surgia, Ago nas rédeas da carroça com dois barris de vinho atrás e então desistiu de ir pegar tordos, deixou as gaiolas e foi preparar os cavalos ele mesmo. Mal podia se permitir o presente de dois cavalos, mas ia fazê-lo mesmo assim, e sem arrependimentos. Talvez por isso ele fosse lembrado, como o homem que ajudou a escapar dos perseguidores a dama do *Mogor*, a princesa de sangue real da casa de Tamerlão e Gêngis Khan, a ex-feiticeira de Florença. Ele gritou para sua mulher no andar de cima e mandou que preparasse comida e vinho imediatamente, e que embalasse mais do que podia ser consumido numa jornada; e ao ouvir o tom de alarme na voz dele, ela saltou da cama, fez o que ele pediu sem discutir, embora não fosse agradável ser despertada de um sono excepcionalmente profundo com ordens sem-cerimônia. Então Ago chegou em tropel diante da casa Machiavelli, sem fôlego, assustado. Argalia não estava com ele. Silenciosamente, as sobrancelhas de il Machia interrogaram Ago Vespucci, que passou um dedo pelo pescoço e caiu em pranto de medo, excitação e tristeza. "Abra os barris, pelo amor de Deus", Marietta Corsini saiu para dizer. "Elas devem estar meio mortas de calor ali dentro."

Ago pusera almofadas e estofamento dentro dos barris e fizera portas com dobradiças dos lados, e buraquinhos de ventilação, mas apesar de seus esforços as duas mulheres saíram de seu esconderijo em mau estado, rosto vermelho, ofegantes e doloridas. Aceitaram água com gratidão, porém recusaram comida por conta dos efeitos da viagem sobre seus estômagos. Então, sem mais delongas, pediram um quarto onde pudessem trocar de roupa e Marietta levou-as ao quarto principal. A Espelho foi atrás de Qara Köz carregando uma mala pequena, e quando as duas mulheres saíram, meia hora depois, eram homens, vestindo túnicas curtas — vermelho e ouro para Qara Köz, verde e branco para a Espelho — com cintos amarrados na cintura, meias de lã para montar e botas de camurça. Os cabelos estavam tosados e escondidos debaixo de toucas justas. Marietta respirou fundo quando viu as pernas delas nas meias justas, porém não disse nada. "Não querem comer um pouco antes de ir?", perguntou, mas elas não queriam. Agradeceram o saco de pão, queijo e carnes frias que ela preparara. Então saíram e encontraram il Machia e Ago esperando. Ago ainda estava sentado em sua carroça. Os barris não estavam mais a bordo, mas os dois baús com as posses das damas estavam ali, e um outro saco contendo as roupas de Ago e todo o dinheiro que ele tivera de arranjar, inclusive várias notas de câmbio de alto valor. "Consigo mais quando chegarmos a Gênova", disse. "Tenho os meus cheques." Ele olhou nos olhos de Qara Köz. "Vocês, damas, não podem viajar sozinhas", disse. Os olhos dela se arregalaram. "Então", ela respondeu, "sem aviso prévio, quando solicitado a ajudar, e vendo a nossa dificuldade, você está pronto a deixar sua casa, seu trabalho, sua vida e nos levar em fuga para um futuro desconhecido, para longe de um perigo e, quem sabe, para perto de muitos outros?" Ago Vespucci concordou com a cabeça. "Estou, sim." Ela foi até ele e pegou suas mãos nas dela. "Então, meu senhor", disse ela, "nós agora somos suas."

Il Machia disse adeus a seu velho companheiro. "No princípio eram três amigos", disse, "Antonino Argalia, Niccolò 'il Machia' e Ago Vespucci. Dois dos três adoravam viajar, o terceiro adorava ficar em casa. Agora, dos dois viajantes, um foi embora para sempre e o outro está isolado como um náufrago. Meus horizontes se encolheram e só tenho finais para escrever. E é você, meu amado Ago, você, o caseiro, que está partindo para descobrir um mundo novo." Ele então estendeu a mão e colocou três *soldi* na palma de Ago. "Eu devo isto a você", disse. Poucos minutos depois, quando dois cavaleiros e um homem na carroça desapareciam numa curva da estrada, o sol da manhã beijou o cabelo de Ago Vespucci, que estava agora muito ralo, muito branco. Mas naquela luz amarela ele parecia possuir de novo o cabelo dourado de sua meninice, quando ele e il Machia iam caçar na floresta de carvalhos Caffagio e no bosque da *vallata* perto de Santa Maria dell'Impruneta, e também na floresta em torno do castelo de Bibbione, esperando encontrar uma raiz de mandrágora.

19.

Ele era herdeiro de Adão, não de Maomé

Ele era herdeiro de Adão, não de Maomé ou do califa, disse-lhe Abul Fazl; sua legitimidade e autoridade provinham da queda do Primeiro Homem, pai de todos os homens. Nenhuma fé única podia contê-lo, tampouco nenhum território geográfico. Maior que o rei dos reis que governara a Pérsia antes da chegada dos muçulmanos, superior à antiga noção hindu de Chakravartin — o rei cujo carro tem rodas que podem rodar por toda parte, cujos movimentos não podem ser obstruídos — ele era o Governante Universal, rei de um mundo sem fronteiras nem limitações ideológicas. O que se concluía disso era que a natureza humana, não a vontade divina, era a força maior que movia a história. Ele, Akbar, o homem perfeito, era o motor do tempo.

O sol ainda não havia nascido, mas o imperador estava de pé e em ação. Sikri à sombra parecia incorporar os grandes mistérios da vida. Dava-lhe a sensação de um mundo elusivo de perguntas para as quais tinha de encontrar respostas. Essa era a sua hora de meditação. Ele não rezava. De vez em quando, ia à grande mesquita que construíra em torno do altar de Chishti, para manter as aparências, para aplacar os rumores das línguas afiadas. A língua de Badauni. A língua do Príncipe Herdeiro, que era ainda menos piedoso que o pai, mas que se aliara aos importunadores de deus só para provocá-lo. No mais das vezes, porém, o imperador gostava de usar essas primeiras horas, antes de o sol vir esquentar as pedras de Sikri e as emoções de seus cidadãos, para pensar as coisas, as grandes coisas, não as pequenas irritações cotidianas como o príncipe Salim. Ele meditava de novo ao meio-dia, ao anoitecer e à meia-noite, mas a meditação matinal era a de que mais gostava. Músicos vinham tocar hinos religiosos baixinho ao fundo. Muitas vezes ele os dispensava com um gesto e deixava que o silêncio o acariciasse. O silêncio quebrado apenas pelos gritos dos pássaros ao amanhecer.

Às vezes — porque ele era um homem de muitos desejos — suas altas considerações eram interrompidas por imagens de mulheres: garotas dançarinas, concubinas, até esposas reais. Antigamente, no mais das vezes ele se distraía pensando em Jodha, sua rainha imaginária; a língua afiada, a beleza, a perícia sexual. Ele não era um homem perfeito, sabia disso em seu coração, mas durante longo tempo pensara nela como sua mulher perfeita. Companheira, colaboradora, tigresa erótica, nenhum homem podia querer mais. Ela era sua obra-prima, ou assim ele pensara por longo tempo, um sonho feito carne, uma viajante do mundo de *khayal*, fantasia, que ele havia feito atravessar a fronteira da realidade. Ultimamente, porém, as coisas haviam mudado. Jodha não tinha mais o poder de interromper suas divagações. Uma mulher diferente o visitava em seu lugar. Qara Köz, a senhora Olhos Negros, a princesa oculta: durante um longo tempo ele recusou reconhecê-la, recusou entender para qual lado seu coração era atraído, porque o levava a uma impossibilidade, a uma paixão que não poderia nunca ser consumada, que era, em todos os sentidos da palavra, imprópria. Ele estava debruçado sobre os sons do futuro e ela era um eco do passado distante. Talvez isso é que o atraísse, sua nostálgica gravidade; e nesse caso ela seria, de fato, uma perigosa feiticeira, que o arrastaria para trás no tempo e, conseqüentemente, para trás em todos os sentidos, sem suas idéias, crenças, esperanças.

Ela seria ruim para ele. Ela o instigaria ao delírio de um amor impossível e ele afundaria nela, para longe do mundo da lei, da ação, da majestade e do destino. Talvez ela tivesse sido enviada para fazer isso. Talvez Niccolò Vespucci fosse um inimigo — a rainha-mãe Hamida Bano era uma das que propunham essa teoria —, um agente do além-mundo cristão do qual ele emergira, um assassino enviado para destruí-lo plantando em sua mente aquela mulher escarlate, aquela renegada desenraizada. Nenhum homem era capaz de capturar Sikri pela força das armas, mas a princesa oculta podia talvez derrotá-lo dentro dele mesmo. Ela era ruim para ele. No entanto, ela era a que vinha, com freqüência cada vez maior, e havia coisas que ela entendia que Jodha jamais compreendera. Ela entendia, por exemplo, o silêncio. Quando a princesa oculta vinha a ele, ela não falava. Não fazia parte de suas maneiras ralhar ou brincar. Ela não falava, nem ria, nem cantava. Trazia com ela seu aroma de jasmim e simplesmente sentava-se ao lado dele, não o tocava, e assistia o dia começar, até o horizonte oriental estar debruado de vermelho e uma suave brisa subir, e naquele instante eles se tornavam uma só pessoa, ele se unia a ela como jamais se unira a mulher nenhuma, e então, com infinita delicadeza, ela o deixava, e ele esperava sozinho pelos primeiros, amorosos toques da manhã.

Não, ela não era ruim para ele, e ele enfrentaria todos que dissessem isso. Ele não conseguia ver mal nela, nem no homem que a trouxera ali. Como podia um espírito tão aventureiro ser condenado? Qara Köz era uma mulher tal como ele jamais conhecera, uma mulher que forjara sua própria vida, além das convenções, pela força de sua vontade apenas, uma mulher como um rei. Esse era um sonho novo para ele, uma visão não sonhada do que uma mulher podia ser. Isso o alarmava, o excitava, o embriagava, o possuía. Sim, Qara Köz era extraordinária; como também, acreditava o imperador, Vespucci, ou Mogor dell'Amore. O imperador o testara e encontrara ali grande mérito. Ele não era um inimigo. Era um favorito. Merecia ser elogiado, não acusado.

Akbar fez um esforço para recolocar os pensamentos na trilha própria. Ele não era um homem perfeito, aquilo era uma frase de adulação, e a adulação de Abul Fazl o levava àquilo que Mogor dell'Amore chamara de redes de paradoxos. Elevar um homem a uma posição quase divina e permitir que ele tenha poder absoluto, afirmando que seres humanos, e não deuses, são os senhores dos destinos humanos, trazia uma contradição que não sobrevivia à análise. Além disso, as provas da interferência da fé nos negócios humanos estavam espalhadas a toda a sua volta. Ele não conseguira esquecer o suicídio das irmãs com vozes de anjo Tana e Rir, para quem a morte havia sido preferível a comprometer a fé. Ele não queria ser divino. Se nunca tivesse existido um Deus, o imperador pensou, talvez fosse mais fácil entender o que era bondade. Essa história de adoração, de abnegação do eu diante do Todo-Poderoso, era um desvio, uma trilha falsa. Ficasse onde ficasse a bondade, não era no ritual, na obediência impensada a uma divindade, e sim, talvez, na lenta, canhestra, falível formulação de um caminho individual ou coletivo.

Mais uma vez, de repente, ele estava atolado em contradições. Não queria ser divino, mas acreditava na justiça de seu poder, seu poder absoluto, e, dada essa convicção, essa estranha idéia da bondade da desobediência que havia de alguma forma penetrado em sua cabeça não era nada mais que sediciosa. Ele tinha poder sobre a vida dos homens por direito de conquista. Essa a conclusão inevitável a que qualquer príncipe realista teria de chegar, esse poderio estava certo, e todo o resto, aquela meditação sem fim sobre a virtude, por exemplo, era decorativa. O vitorioso era o homem de virtude, só isso é que precisava ser dito. A diferença existia, haveria execuções e suicídios, mas a discórdia seria subjugada e o pulso dele é que a subjugaria. No entanto o que era, então, aquela voz interior que sussurrava todas as manhãs sobre harmonia, não a tola panacéia de "todos os homens são um" dos místicos, mas aquela idéia mais estranha. Que a discórdia, a diferença, a desobediência, o desacordo, a irreverência, a iconoclastia, a desfaçatez, até mesmo a insolência, podiam ser fontes do bem. Essas idéias não eram dignas de um rei.

Ele pensou nos duques distantes da história do estrangeiro. Eles não reclamavam o direito divino a suas terras também, mas apenas o direito do vencedor. Seus filósofos também retratavam o ser humano no centro de seu tempo, de sua cidade, sua vida, sua igreja. Mas tolamente atribuíam a humanidade do homem a Deus, exigiam sanção divina em apoio à sua causa nessa questão, a matéria superior do Homem, muito embora dispensassem a necessidade de tal sanção na questão inferior do poder. Como estavam enganados, e como eram miúdos também, governando uma mera cidade na Toscana e um bispado romano para acompanhar, e como se tinham em alta conta. Ele era o governante do universo sem fronteiras e via com mais clareza que eles. Não, corrigiu-se, não via, não, incorria em mero fanatismo ao afirmar isso. Mogor estava certo. *A maldição da raça humana não é sermos muito diferentes uns dos outros, mas sermos tão parecidos.*

A luz do dia despejou-se no piso coberto de tapetes e ele se levantou. Era hora de aparecer na janela *jharokha* e aceitar a adoração de seu povo. O povo hoje estava em clima comemorativo — isso também o povo tinha em comum com o populacho daquela outra cidade cujas ruas ele pisara em sonhos, aquele talento para festejar — porque era o aniversário solar de seu imperador, o dia quinze de outubro, e Sua Majestade seria pesado doze vezes, com contrapesos, entre outras coisas de ouro, seda, perfumes, cobre, manteiga clarificada, ferro, trigo e sal, e as damas do harém enviariam para cada moradia a sua parte da generosidade. Os criadores de gado receberiam cada um tantos carneiros, cabras ou galinhas quantos os anos do rei. Uma quantidade de outros animais, destinados ao matadouro, seriam libertados para fugir e arriscar suas chances. Mais tarde, no harém, ele participaria da cerimônia de amarrar o nó do cordão de sua vida, o cordão que mantinha o registro de sua idade. E hoje também ele tinha uma decisão a tomar, referente ao estrangeiro que afirmava ser um "Mughal do Amor".

O imperador havia experimentado muitos sentimentos em relação àquele indivíduo: diversão, interesse, decepção, desilusão, surpresa, intriga, fascínio, irritação, prazer, perplexidade, suspeita, afeto, tédio e cada vez mais, era preciso admitir, carinho e admiração. Um dia, ele entendeu que esse era também o modo como os pais reagiam a seus filhos, só que no caso de seus filhos os momentos de carinho eram raros, enquanto a decepção, a desilusão e a suspeita eram constantes. O Príncipe Herdeiro conspirara contra ele praticamente desde o berço e os três rapazes eram degenerados, mas o homem que tinha de contar a história de Qara Köz era invariavelmente respeitoso, sem dúvida inteligente, inteiramente destemido e contava histórias muito bem. Nos últimos tempos, Akbar começara a acalentar uma idéia quase escandalosa a respeito desse Vespucci cada vez mais afável, que assentara tão bem na vida da corte de Sikri que quase todo mundo agora o tratava como se ele fizesse parte daquilo por direito. O príncipe Salim o abominava, como também o fanático religioso Badauni, cujo livro secreto de ataques venenosos ao imperador ficava dia a dia mais gordo, enquanto seu autor ficava mais e mais magro, porém essas inimizades resultavam grandemente a seu favor. Sua mãe e a rainha Mariam-uz-Zamani, sua esposa existente de fato, mais velha que ele, o detestavam também, mas não tinham imaginação e colocavam-se contra todas as intromissões do mundo dos sonhos no real.

A idéia quase escandalosa referente a Vespucci importunava Akbar havia já algum tempo, e para testá-la ele começara a envolver o estrangeiro em questões referentes a assuntos de Estado. O "mughal" de cabelo amarelo havia dominado quase de imediato os complexos detalhes do sistema *mansabdari* através do qual o império era governado e do qual dependia sua sobrevivência, a pirâmide de detentores de patentes de quem se esperava que mantivessem tropas e cavalos de acordo com sua importância e que recebiam em troca feudos pessoais que eram a fonte de sua riqueza. Em poucos dias, ele memorizou os nomes de todos os *mansabdar* do império — e havia trinta e três patentes desses funcionários, desde os príncipes reais que comandavam dez mil homens até os comandantes inferiores de dez — e, além disso, ele havia se informado sozinho sobre o desempenho dos detentores de patentes e se colocado em posição de aconselhar o imperador sobre quais *mansabdares* mereciam promoção e quais estavam falhando em seus deveres. Foi o estrangeiro quem propôs a Akbar a mudança fundamental na estrutura do sistema que garantiria a estabilidade do império por cento e cinqüenta anos. Originalmente, a maioria dos *mansabs* era ou turanis, centro asiáticos de etnia mughal, cujas famílias tinham suas origens nas vizinhanças de Ferghana e Andizhan, ou então persas. Convencido por Mogor, porém, Akbar começou a incluir um grande número de outros povos, rajputs, afegãos e muçulmanos indianos, até nenhum grupo constituir uma maioria. Os turanis ainda eram o grupo mais numeroso, mas depois da grande reforma eles detinham apenas um quarto das patentes. O resultado era que nenhum grupo individual podia ditar termos aos demais, e todos eram obrigados a se dar bem e cooperar. *Sulh-i-kul*. Paz completa. Era uma questão de organização.

Então ele era um homem com outros talentos além de truques mágicos e narração de histórias. O imperador, muito bem impressionado, começou a testar as habilidade atléticas e militares do jovem, e descobriu que ele era capaz de montar a cavalo em pêlo, acertar um alvo com uma flecha e manejar a espada com classe mais que adequada. Fora dos campos de jogo e de combate, seu dote de línguas já era famoso, e ele rapidamente se transformava num perito nos jogos de salão mais populares da corte, como o jogo de tabuleiro *chandal mandal* e o jogo de cartas de *ganjifa*, que ele deixou mais vivo tentando identificar as cartas coloridas com os grandes de Sikri. *Ashwapati*, o senhor dos cavalos, a carta mais alta do jogo, devia ser o próprio imperador, claro. *Dhanpati*, o senhor dos tesouros, era evidentemente o ministro das finanças Raja Todar Mal, e *Tiyapati*, a rainha das damas, era, naturalmente, Jodha Bai. Raja Man Singh era *Dalpati*, o senhor da batalha, e Birbal, amado acima de todos os outros, o primeiro entre iguais, devia provavelmente ser *Garhpati*, o senhor do forte. Akbar divertiu-se muito com essas brincadeiras. “E você, meu Mughal do Amor”, disse ele, “deve ser *Asrpati*, acho.” Esse era o senhor dos gênios, o rei dos mágicos e feiticeiros. Então, o estrangeiro ousou dizer: “E *Ahipati*, o senhor das serpentes, *Jahanpanah*... seria então o príncipe herdeiro, Salim?”.

Em resumo, aquele era um homem com qualidades, primeiro requisito para se transformar num homem de qualidade. “As histórias podem esperar”, disse o imperador. “Você precisa melhorar seu conhecimento das coisas por aqui.” Então, Mogor dell'Amore foi aprendiz primeiro do Raja Todar Mal e depois do Raja Man Singh, para ser iniciado nos mistérios das finanças e do governo, e quando Birbal foi para o oeste, na direção das fortalezas de Chittorgarh e Mehrangarh, Amer e Jaisalmer, para supervisionar os súditos do império e os aliados daquelas partes, o estrangeiro o acompanhou na função de ajudante sênior e voltou de olhos arregalados de assombro diante do poder do imperador, depois de ver aqueles inexpugnáveis palácios-fortalezas cujos príncipes todos se ajoelhavam para o rei dos reis. Os meses se alongaram em anos e ficou claro para todos que o homem de cabelo amarelo não devia mais ser considerado um estrangeiro. O "Mughal do Amor" havia se tornado o conselheiro e confidente do Grande Mughal.

"A propósito, cuidado com aquele senhor das serpentes", o imperador alertou Mogor. "A faca que ele sonha plantar nas minhas costas pode acabar nas suas."

Então Birbal morreu.

O imperador culpou-se por ter concordado com o desejo do amigo de receber um comando militar. Mas Birbal tomara o levante do culto raushanai, os Illuminati afegãos, de forma surpreendentemente pessoal — em favor, por assim dizer, do imperador. O líder do culto, Bayazid, o profeta, misturara hinduísmo e islamismo e chegara a uma sopa panteísta de amoralidade. Birbal ficou enojado. "Como Deus está em todos e em tudo, conseqüentemente todos os atos são atos divinos e, portanto, como todos os atos são divinos, não existe diferença entre certo e errado, atos bons e maus, e então podemos fazer exatamente o que quisermos?", caçoou ele. "*Jahanpanah*, me perdoe, mas esse insignificante senhor da guerra está rindo do senhor. Ele removeu a beleza de nosso desejo de encontrar a fé única dentre todas as fés e a transformou em feiúra, para insultar o senhor. Por essa temeridade apenas, ele devia ser derrubado, mesmo que não estivesse pilhando, saqueando como um bárbaro. O saque, claro, na opinião dele é permissível — ah! — porque os raushanai são o povo escolhido, destinado por Deus a herdar a terra, de forma que se ele quer botar a mão em cima da herança dele um pouco antes da hora, quem pode dizer que não tem esse direito?"

A idéia da pilhagem se transformar em dever religioso, por meio da qual os eleitos adquiriam aquilo que era deles por direito divino, exercia forte apelo às tribos das montanhas afegãs, e o culto cresceu rapidamente. Então Bayazid de repente morreu e foi substituído na liderança dos raushanai por Jalaluddin, seu filho mais novo, de dezesseis anos. Foi incontrolável a raiva de Birbal diante desse desenrolar dos fatos, porque "Jalaluddin" era também o nome do imperador Akbar, coincidência que complicava grandemente a insolência dos raushanai. "*Jahanpanah*, está na hora de responder a esses insultos como eles merecem ser respondidos", disse. Akbar, divertido com essa raiva não militar, concordou que Birbal fizesse o que pretendia. Mas o estrangeiro Mogor dell'Amore não acompanhou Birbal. "Ele não está pronto para uma guerra afegã", o imperador determinou, para riso geral, na Casa de Audiência Privada. "Ele tem de ficar aqui na corte, nos fazendo companhia."

Porém, o levante não era brincadeira. As rotas da montanha haviam se tornado praticamente intransponíveis. E não muito depois de chegar à região para ensinar uma lição aos Illuminati, ele sofreu uma emboscada na passagem Malandrai. Depois, correram histórias maliciosas de que o grande ministro havia tentado salvar a pele fugindo para longe de suas tropas, mas os rumores em que o imperador acreditou falavam de traição. Ele desconfiava que o príncipe herdeiro havia de alguma forma se envolvido, mas nunca foi capaz de provar isso. O corpo de Birbal jamais foi encontrado. Oito mil homens foram massacrados.

Depois da calamidade da passagem Malandrai, o imperador ficou absolutamente arrasado durante longo tempo, recusava comida e bebida, completamente desolado. Escreveu um verso em honra a seu amigo tombado. *Você deu aos desamparados tudo o que podia, Birbal. Agora eu estou desamparado, mas não sobrou nada de você para mim.* Pela primeira e última vez, escreveu na primeira pessoa, não como um rei, mas como um homem que entoava um lamento a seu amado. E enquanto estava de luto por Birbal, mandou primeiro Todar Mal, depois Man Singh, para esmagar os raushanai até a submissão. Nos palácios de Sikri, ele via vazios por toda parte, espaços desertos onde três das Nove Jóias antes estavam, e que nenhum homem inferior podia ocupar. Ele atraiu Abul Fazl cada vez para mais perto e confiava nele mais e mais. E então teve aquela idéia, aquela idéia escandalosa que ainda estava pesando cuidadosamente oito meses depois da morte de Birbal, no dia de seu aniversário solar de quarenta e quatro anos, quando ele próprio estava a caminho da balança real para ser pesado.

Tentava encontrar resposta para a seguinte questão: o estrangeiro, Mogor dell'Amore, também conhecido como Niccolò Vespucci, o contador de histórias que de maneira tão afrontosa alegava ser seu tio, que estava se mostrando um apto administrador e conselheiro e de quem passara inesperadamente a gostar tanto, deveria ser escolhido por ele seu filho honorário? O posto de *farzand* estava entre as honrarias menos atribuídas e mais cobiçadas do império, e qualquer um que recebesse o título era sem demora admitido ao círculo mais íntimo do imperador. Será que aquele jovem velhaco, que mais parecia seu irmão mais novo que seu filho (ou seu tio), merecia tão grande honra? E — igualmente importante — como essa indicação seria recebida?

Ele apareceu na *jharokha* e a multidão saudou ruidosamente. O Mughal do Amor, Akbar refletiu, também era popular com as massas. Sua popularidade, o imperador desconfiava, tinha tanto a ver com o sucesso de sua casa de cortesãs junto ao lago, a Casa de Skanda, onde a Esqueleto e a Colchão dominavam, como com a história de Qara Köz, mas era inegável que a história da princesa oculta havia se tornado parte do folclore da capital, e o interesse das pessoas se recusava a diminuir. As pessoas sabiam também que os filhos do rei eram uma decepção. Conseqüentemente, o futuro da dinastia era um problema. Segundo a lenda, o ancestral dos mughais, Timur, na época um bandido menor, estava viajando disfarçado de tropeiro de camelos quando foi abordado por um faquir mendigo que pediu água e comida. "Se me alimentar, eu lhe darei um reino", o faquir prometeu, um sujeito que havia renunciado ao Islã pelo hinduísmo. Timur lhe deu o que queria, diante do que o faquir atirou seu manto em cima dele e começou a bater no traseiro de Timur com a palma da mão. Depois de onze tapas, Timur arrancou o manto com raiva. "Se tivesse tolerado mais palmadas", disse o faquir, "sua dinastia seria mais duradoura. Agora, ela vai terminar com seu décimo primeiro descendente." O imperador Akbar era o oitavo descendente de Timur, o manco, então, a se dar crédito à lenda, os mughais estavam em segurança no trono do Hindustão ainda por três gerações. Mas a nova geração era uma dificuldade. Aos dezoito, quinze e catorze anos, eles eram todos bêbados, um deles tinha epilepsia, e o príncipe herdeiro, o que se podia dizer do príncipe herdeiro?, ele era um horror, só isso.

Em seu aniversário, o imperador, sentado na balança da vida, sendo pesado doze vezes em leite de arroz, contemplava o futuro. Depois, visitou os estúdios de arte, mas sua cabeça estava em outro lugar. Nem mesmo no harém, onde as mulheres o cercaram, cobrindo-o com sua maciez, ele se distraiu. Sentia que havia chegado a um ponto de virada, e que essa decisão sobre o estrangeiro estava de alguma forma no cerne daquilo. Admiti-lo na família seria um sinal de que ele estava de fato seguindo a idéia de Abul Fazl de se tornar Rei do Mundo, que podia incorporar em sua linhagem — em si mesmo — pessoas, lugares, narrativas, possibilidades de terras ainda desconhecidas, terras que poderiam, por sua vez, também ser agregadas. Se um estrangeiro pudesse se tornar um mughal, então, com o tempo, todos os estrangeiros poderiam. Além disso, seria um passo a mais na criação de uma cultura de inclusão, aquela cultura mesma que o culto raushanai satirizava simplesmente por existir: sua verdadeira visão ganhando vida, na qual todas as raças, tribos, clãs, credos e nações passariam a ser parte de uma grande síntese mughal, o grande sincretismo único da terra, suas ciências, artes, amores, diferenças, problemas, vaidades, filosofias, esportes, caprichos. Tudo isso o encorajava a concluir que homenagear Mogor dell'Amore com o título de *farzand* seria um ato de força.

Porém, não poderia também parecer fraqueza? Sentimentalismo, auto-engano, ingenuidade? Ficar caído por um estrangeiro de fala mansa sobre o qual nada se sabia a não ser o que ele informava com a história incompleta de si mesmo, cronologicamente problemática? Dar a ele posição oficial seria, de fato, afirmar que a verdade já não era considerada significativa, que não importava mais se sua história era apenas uma mentira inteligente. Será que um príncipe não deveria evitar deixar tão claro seu desprezo pela verdade? Não deveria ele defender esse valor e depois mentir quando lhe conviesse sob a capa dessa defesa? Não devia um príncipe, em resumo, ser mais impassível, menos suscetível a fantasias e visões? Talvez a única visão que devesse se permitir fosse o poder. A ascensão do estrangeiro serviria ao poder do imperador? Talvez sim. E talvez não.

E além de todas essas perguntas havia questionamentos ainda mais profundos, questões daquele mundo de magia em que todos viviam tão apaixonadamente como habitavam o mundo de materiais tangíveis. Quando fazia sua aparição diária de relance na janela *jharokha*, Akbar estava alimentando essa convicção; havia devotos lá embaixo, membros de um florescente Culto ao Relance, que depois começaram a espalhar histórias de milagres.

Doentes, moribundos, feridos eram trazidos todos os dias, e se o olho de Akbar pousava em algum deles, se relanceava os olhos sobre um deles quando o estavam olhando de relance, então a cura era o resultado inevitável. O olhar de relance transferia a potência do imperador para o relanceado. A magia emanava invariavelmente da pessoa mais mágica (o imperador, o nigromante, a feiticeira) para a menos mágica: essa era uma de suas leis.

Era importante não pecar contra as leis da magia. Se uma mulher o abandonava, era porque você não havia lançado o encanto certo sobre ela, ou então porque alguém havia lançado um encanto mais forte que o seu, ou então porque seu casamento estava amaldiçoado de tal forma que rompia os laços de amor entre marido e mulher. Por que Fulano tem mais sucesso nos negócios do que Beltrano? Porque ele visitou a feiticeira certa. Havia uma coisa no imperador que se rebelava contra todo esse disparate, pois não era uma espécie de infantilização do eu desistir da idéia do poder de agir e acreditar que esse poder reside fora da pessoa em vez de dentro? Essa era também sua objeção a Deus, que sua existência privasse os seres humanos do direito de formar estruturas éticas por si mesmos. Mas a magia estava em toda parte e não podia ser negada, e só um governante rústico a descartaria como bobagem. A religião podia ser repensada, reexaminada, refeita, talvez até descartada; a magia era incólume a esses ataques. Por isso, afinal, a história de Qara Köz havia tão facilmente tomado conta da imaginação do povo de Sikri. Ela havia levado a magia dela, a magia "deles", a outros mundos, mundos com seus próprios ocultismos, e sua feitiçaria mostrou-se mais potente que a deles. A bruxaria dela. À qual nem mesmo ele, o imperador, podia resistir.

As questões mágicas tocantes ao estrangeiro Niccolò Vespucci, o auto-inventado Mughal do Amor, podiam ser descritas da seguinte maneira: a presença dele ali era uma bênção ou uma maldição? Sua elevação a um alto posto consistiria numa bênção para o império ou, ao ofender alguma lei sombria da Fortuna, traria desastre para o reino? Seria o estrangeirismo em si uma coisa a ser abraçada como uma força revitalizadora a atrair riqueza e sucesso para seus adeptos, ou ele adulteraria alguma coisa essencial no indivíduo e na sociedade como um todo, daria início a um processo de decadência que terminaria numa morte alienada, inautêntica? O imperador aconselhara-se com os guardiães dos reinos invisíveis, quiromantes, astrólogos, adivinhadores, místicos e divinos variados que existiam em grande abundância na capital, particularmente em torno da tumba de Salim Chishti, mas seus conselhos foram contraditórios. Ele perguntara a opinião dos padres europeus Acquaviva e Monserrate, estrangeiros também, porque sua hostilidade pelo contador de histórias era bem conhecida. E Birbal, ah, seu amado, o sábio Birbal tinha ido embora.

No fim, fora abandonado à própria sorte. Só ele podia escolher.

O dia terminou. Ele não havia decidido. Estava meditando à meia-noite debaixo de uma lua crescente. Ela veio a ele, toda em prata, silenciosa, e brilhou.

As coisas chegaram a tal ponto que Jodha se tornara invisível para muita gente. A criadagem doméstica destinada a seu serviço a via, naturalmente, porque dependia disso para ganhar a vida, mas as outras rainhas, que haviam sempre se ressentido de sua presença, não a divisavam mais. Ela sabia que alguma coisa ruim estava lhe acontecendo e ficou cheia de medo. Sentia-se mais débil e até mesmo, de quando em quando, intermitente, como se ela fosse e viesse, como se a vela de seu ser se apagasse, reacendesse, depois se apagasse e fosse acesa de novo. Birbal estava morto e ela estava se apagando, pensou. O mundo estava mudando para pior. O imperador a visitava muito menos agora e quando o fazia parecia distraído. Quando fazia amor com ela, dava a impressão de estar pensando em outra coisa.

O eunuco espião, Umar, o ayyar, que conseguia ver tudo, inclusive algumas coisas que ainda não tinham acontecido, encontrou-a descansando no calor da tarde na Câmara dos Ventos, a ventosa sala do segundo andar que tinha *jalis*, painéis de filigrana de pedra, formando três de suas quatro paredes. Era o dia seguinte ao aniversário do imperador e havia uma curiosa urgência nos movimentos dele. Normalmente, ele era todo graça lânguida e gestos fluidos. Hoje, porém, estava quase aflito, como se a notícia que tinha a dar estivesse pulando dentro dele e o desequilibrasse. "Tudo bem", anunciou, "um grande momento para você. Maria de Eternidade e Maria da Mansão — esposa e mãe do Divino Califa, a Jóia Única e o Quediva da Era — estão vindo fazer uma visita pessoal."

Maria da Eternidade era Mariam-uz-Zamani, mãe verdadeira do príncipe Salim, Rajkumari Hira Kunwari, uma princesa rajput kachhwaha de Amer. Maria da Mansão, Mariam Makani, era a mãe do imperador, Hamida Bano. (O Califa, a Jóia e o Quediva eram todos o próprio imperador.) Se essas duas grandes damas, que nunca tinham dedicado um instante do dia à rainha não existente, estavam vindo vê-la em seus aposentos particulares, alguma coisa de grande significação estava para acontecer. Jodha preparou-se e pôs-se na posição de humildade, com mãos juntas e olhos baixos, para esperar a chegada delas.

Minutos depois, elas entraram, os rostos expressando ao mesmo tempo surpresa e desprezo. Bibi Fatima, a dama de companhia eco da rainha-mãe, estava ausente nessa ocasião, uma vez que morrera havia pouco, e de qualquer forma as damas tinham vindo intencionalmente desacompanhadas de cortesãos, exceto Umar, o ayyar, cuja habilidade para manter segredos não estava em dúvida. Elas olharam em torno, confusas, e depois voltaram-se para o ayyar em busca de ajuda. "Onde está ela?", Hamida Bano chiou. "Saiu da sala?" Umar inclinou a cabeça na direção de Jodha. A rainha-mãe pareceu perplexa, enquanto a dama real mais jovem deu um ronco irritado e virou o rosto na direção geral indicada pelo espião.

"Estou aqui, para minha grande perplexidade", disse a rainha Mariam-uz-Zamani, falando alto e muito devagar, como se conversasse com uma criança burra, "falando com uma mulher que não existe, cuja imagem nenhum espelho reflete, que me parece um espaço vazio no tapete. Estou aqui com a mãe do imperador, a Viúva da Cúpula da Absolvição, a Amada Ex-Consorte do imperador Humayun, Guardião do Mundo, cujo Ninho é o Paraíso, porque tememos que algo pior do que você possa estar para possuir o imperador, meu augusto marido, ilustre filho dela. É nossa opinião que um encanto foi lançado sobre ele pelo estrangeiro Vespucci, que aqui foi enviado como um funcionário de negro coração do Infiel ou do Diabo, para destruir nossa tranqüilidade e nos derrubar, e que esse encanto embaraçou a virilidade do imperador, colocando assim em perigo sua sanidade, que por sua vez coloca em perigo todo o reino e portanto, conseqüentemente, a todos nós também. Trata-se de um encantamento de que você deve ter ouvido falar — parece que em Sikri todo mundo já sabe! Ele assume a forma de uma aparição da chamada princesa oculta, Qara Köz.

"Nós, nós admitimos..." — e nesse momento Maria da Eternidade gaguejou, porque o que ela tinha a dizer era ofensivo a seu orgulho — "... que por razões pessoais o imperador prefere você a qualquer outra companhia feminina..." — ela se recusou a dizer *rainha* — "... e é nossa esperança que, compreendendo o perigo em que se encontra, você perceba qual é o seu dever. Para falar claro, queremos que você exerça todo o poder sobre ele para que seja resgatado de seu estado enfeitiçado, de seu desejo por esse demônio do inferno em forma de mulher, e estamos aqui, portanto, para ajudá-la, para ensinar todos os meios pelos quais qualquer mulher sempre exerceu poder sobre qualquer homem, coisa que o imperador, como homem, não pode saber, e portanto é incapaz de atribuir a você, sua um tanto absurda e agora, ao que parece, quase imperceptível criação. Nós sabemos que você leu muitos livros e, não tenho dúvida, aprendeu bem o que eles têm para ensinar. Porém existem coisas que nunca foram escritas em livros, mas estão preservadas apenas na sabedoria oral das mulheres, passadas aos sussurros de mãe para filha desde o começo dos tempos. Faça essas coisas e ele será de novo seu escravo, e a vitória do demônio sobre o senhor de Fatehpur Sikri poderá ser evitada. Porque ela é, nós temos certeza, um maligno fantasma do passado, um fantasma vingativo que se ressente de seu longo exílio e que procura sugar o imperador de volta no tempo para possuí-lo e desmanchá-lo, em detrimento de todos. E, de qualquer modo, seria melhor sermos poupados, se de todo possível, do espetáculo do Imperador do Hindustão, o Rei da Manifestação e da Realidade, Habitante do Corpo Imaculado, Senhor da Fé e do Firmamento, apaixonar-se pelo fantasma de sua renegada e também falecida tia-avó."

"Lembre o que aconteceu com o pintor Dashwanth", disse a rainha-mãe.

"Isso mesmo", Mariam-za-Zamani concordou. "Podemos achar aceitável desperdiçar assim um pintor, mas o Protetor do Mundo nós não podemos perder."

Elas genuinamente não conseguiam enxergar a mulher com quem estavam falando, porém estavam dispostas a se acomodar em seus tapetes, a se reclinar em seus coxins, beber o vinho que as criadas dela ofereciam e contar segredos sexuais da mulher ao longo da história para o vazio do ar. Depois de algum tempo, pararam de sentir que tinham perdido a cabeça, e agiam como se estivessem sozinhas, só as duas conversando uma com a outra, falando abertamente sobre o que havia sido sempre fechado, rindo sem querer da chocante comédia do desejo, das coisas absurdas que os homens querem e das coisas igualmente absurdas que as mulheres fazem para agradá-los, até que os anos descolaram-se delas e elas lembraram da própria juventude, recordaram como haviam aprendido aqueles segredos com outras mulheres severas, ferozes, que também haviam se dissolvido, depois de um tempo, em gargalhadas de alegria, lembrando, por sua vez, como o conhecimento havia sido dado a elas e ao final o riso na sala era o riso das gerações, de todas as mulheres e da história.

Falaram assim durante cinco horas e meia e, quando terminaram, pensaram que havia sido um dos dias mais felizes da vida delas. Começaram a ter pensamentos mais ternos que nunca por Jodha. Ela era uma delas agora, parte da condição feminina; não era mais criação do imperador apenas. Em parte, era delas também.

A noite estava caindo. As criadas das velas do palácio entraram com velas de cânfora em candelabros de prata. Acenderam archotes de ferro na parede dos fundos da sala e o óleo de caroço de algodão queimou contente, de forma que a sombra das duas damas dançava sobre as *jalis* de pedra. Então, em outra parte de Sikri, a fantasia do imperador, sua *khayal*, mudou enfim para sempre, e conseqüentemente na Câmara dos Ventos, Umar, o ayyar, prendeu a respiração, e um momento depois Maria da Eternidade e Maria da Mansão viram o que ele havia visto: não apenas a sombra de uma terceira mulher entre as *jalis*, mas o contorno sólido de uma mulher formando-se no ar, a ficar mais nítido, mais claro, preenchido, até a mulher estar na frente delas, com um curioso sorriso nos lábios. "Você não é Jodha", a rainha-mãe disse baixinho. "Não", disse a aparição, cujos olhos negros cintilavam. "Jodhabai foi embora, porque o imperador não precisa mais dela.

Eu vou ser a companheira dele de agora em diante." Foram as primeiras palavras faladas pelo fantasma.

Apesar dos cuidados das duas rainhas, a notícia da substituição da rainha imaginária Jodhabai pelo fantasma de Qara Köz se espalhou pela cidade em alta velocidade. Para alguns, isso era a prova final de que a princesa oculta realmente existira, que ela pertencia ao reino do fato e não da lenda, porque nenhuma mulher que nunca vivera e morrera podia acabar tendo um fantasma. Para outros, isso dava maior credibilidade ao argumento de Abul Fazl de que o imperador possuía status divino, uma vez que agora ele tinha a seu crédito não apenas a criação de uma mulher inteiramente imaginária que podia andar, falar e fazer amor, apesar de não existir, mas também a volta de uma mulher real do reino dos mortos. As muitas famílias que haviam ficado enlevadas com as histórias da princesa oculta, que rapidamente se transformaram em lendas que os pais gostavam de contar aos filhos à noite, se excitaram com a possibilidade de que ela pudesse ser efetivamente vista em público. Ouviram-se umas poucas vozes conservadoras escandalizadas insistindo que em todas as ocasiões em que deixasse os aposentos reais das mulheres ela devia usar o véu; o tipo de sem-vergonhice do rosto nu que ela se permitira nas ruas do Ocidente não seria aceitável entre a gente decente da capital mughal.

A familiaridade com que a ocorrência sobrenatural foi recebida era, claro, conseqüência desses acontecimentos serem normais naquela época, antes que o real e o irreal fossem segregados para sempre e condenados a viver separados sob diferentes monarcas e diferentes sistemas legais. Mais surpreendente era a falta de compaixão pela infeliz Jodhabai, descartada com tamanha semcerimônia pelo imperador, tão humilhantemente suplantada na

Câmara dos Ventos diante dos olhos da rainha-mãe e da rainha sênior. Muitos cidadãos tinham formado uma impressão desfavorável de Jodha por ela se recusar a deixar o palácio. Para essas pessoas, a desmaterialização era um bem merecido castigo por ser arrogante demais e desprovida do toque comum. Qara Köz depressa se transformou na princesa do povo, enquanto Jodha havia sido sempre uma princesa reservada e distante.

Umar, o ayyar, relatou tudo isso ao imperador, mas acrescentou uma nota de alerta. De forma nenhuma as reações todas à notícia eram positivas. Na colônia turani, no setor persa, e no bairro onde viviam os muçulmanos indianos, houve certo grau de inquietação. Entre os politeístas não islâmicos cujos deuses eram numerosos demais para se contar, a chegada de mais um ser miraculoso não preocupava, porque a população divina já era uma multidão grande demais para entender, tudo continha deuses, as árvores continham espíritos, assim como rios, e só o céu sabia o que mais, havia provavelmente até um deus para o lixo e um deus para a privada, de forma que dificilmente valia a pena discutir um novo espírito estrangeiro. Nas ruas de monoteísmo, porém, houve algum choque. Teve início um murmúrio baixo, um murmúrio que só os de ouvidos mais sensíveis eram capazes de detectar, referente ao bem-estar mental do imperador. No diário secreto de Badauni, que Umar ainda memorizava toda noite, enquanto o líder dos *manqul* dormia, a questão da blasfêmia foi levantada, porque, se por um lado podia-se argumentar que não havia lei divina que proibisse um homem de transformar seu sonho em realidade, de forma que a criação de Jodha podia simplesmente ser isenta de opróbrio, por outro lado trazer uma mulher de volta do pós-morte só por prazer pessoal era ir longe, longe demais, e não havia desculpa para tal coisa.

Aquilo que Badauni escrevia em particular, seus seguidores começavam a murmurar uns para os outros. Esse murmúrio estava sendo conduzido a uma voz muito baixa porque, como dizia o velho ditado, na corte do Grão Mughal só os humildes não dão passo em falso. Mesmo assim havia, na opinião do ayyar, alguma razão para se preocupar, porque por trás do murmúrio em voz baixa, numa voz ainda mais baixa, ele ouviu um rumor mais soturno, uma condenação mais profunda do novo relacionamento entre Akbar e Qara Köz. Nesse nível profundo, Umar captara alguns sons muito tênues, sons que mal ousavam ser sons, pronunciados por lábios que mal se moviam e que estavam apavorados com a idéia de um ouvido à escuta. Essas vibrações quase pré-aurais continham uma palavra tão poderosa que podia prejudicar seriamente a estima em que o imperador era tido, e talvez até abalar seu trono.

A palavra era *incesto*. E o alerta de Umar vinha em boa hora porque, pouco tempo depois da aparição de Qara Köz em Fatehpur Sikri, o príncipe herdeiro Salim deixou a capital e levantou o estandarte da rebelião em Allahabad, e *blasfêmia* e *incesto* eram as acusações com que ele justificava sua revolta. A rebelião era uma coisa pífia, muito embora Salim tivesse conseguido mobilizar um exército de trinta mil homens. Durante vários anos, ele galopara pelo norte do Hindustão dizendo desejar a queda de seu pai, sem nunca ousar envolver o grande rei em batalha de verdade. Mas ele obteve um terrível triunfo quando foi bem-sucedido ao arranjar o assassinato do conselheiro mais próximo do imperador , que ele acusava de *perverter a mente de seu pai*, encorajando-o a atos blasfemos e fazendo com que desviasse seu amor tanto de Deus e de seu Santo Profeta como também *fazendo freqüentes observações maliciosas*, voltando o imperador contra o príncipe herdeiro, ele, seu filho. Abul Fazl morreu em uma emboscada, como Birbal. O príncipe Salim enviara mensagem a um aliado, Raja Bir Singh Deo Bundela de Orshha, através de cujo território a Jóia de Sikri estava viajando, para *despachá-lo para a não-existência*, pedido esse que o rajá atendeu prontamente, decapitando o ministro desarmado e mandando sua cabeça para Salim em Allahabad, onde Salim, com seu usual bom gosto e comportamento adequado, a jogou dentro de uma latrina de campo.

Akbar estava reclinado numa almofada na Câmara dos Ventos, depois de beber vinho demais, ouvindo o fantasma vespertino de Qara Köz cantar tristes canções acompanhando-se numa *dilruba*, quando Umar, o ayyar, entrou com a notícia da morte de Abul Fazl. Essa horrível informação serviu para trazer o imperador de volta a seus sentidos. Ele se pôs de pé e deixou os aposentos de Qara Köz imediatamente. "De agora em diante, Umar", ele prometeu, "vamos voltar a agir como o governante do universo e parar de nos portar como um garoto apaixonado e cheio de espinhas."

As leis a que um príncipe estava sujeito não eram de amizade ou de vingança. Um príncipe tinha de levar em conta o bem do reino. Akbar sabia que dois de seus três filhos eram incapazes de sucedê-lo no trono, uma vez que estavam tão profundamente mergulhados em bebida e doença que podiam de fato morrer. Então, só havia Salim; independentemente do que ele tivesse feito, a continuidade da linhagem tinha de ser garantida. Akbar, portanto, mandou mensageiros a Salim, prometendo não se vingar nele pela morte de Abul Fazl e declarando imorredouro amor por seu primogênito. Salim tomou isso como a afirmação de que seu assassinato de Abul Fazl havia sido justificado. Agora que aquela doninha gorda havia sido despachada, seu pai lhe abria os braços outra vez. Salim mandou para Akbar um presente de elefantes, trezentos e cinqüenta deles para aplacar o Rei Elefante. Depois concordou em ir a Sikri, e na casa de sua avó Hamida Baro caiu aos pés do imperador. O imperador fez Salim se levantar, tirou o próprio turbante e colocou na cabeça do príncipe herdeiro para mostrar que não guardava ressentimentos. Salim chorou. Ele era realmente um jovem patético.

Quanto a Badauni, o mentor de Salim, porém, ele foi atirado na cela mais suja da masmorra mais profunda de Fatehpur Sikri, e nenhum homem ou mulher, exceto seus carcereiros, o viu com vida de novo.

Depois da morte de Abul Fazl, o imperador tornou-se austero. Competia-lhe definir como seu povo devia viver, e durante muito tempo ele fora relapso em cumprir esse dever. Proibiu a venda de bebidas ao povo comum, a menos que receitadas por um médico. Investiu contra os grandes enxames de prostitutas que zuniam em torno da capital como gafanhotos e removeu-as todas para um acampamento chamado Cidade do Diabo, a alguma distância, e ordenou que todo homem que visitasse o inferno fosse obrigado a registrar seu nome e endereço antes de entrar naquela zona. Desestimulou o consumo de carne de vaca, cebolas e alho, mas recomendou que o povo comesse tigre para ganhar coragem com sua carne. Declarou que a observância religiosa devia ser livre de perseguição, independentemente da religião observada, templos podiam ser construídos e *lingams* lavados, mas era menos tolerante com barbas, porque barbas tiravam sua força dos testículos, razão por que os eunucos não as tinham. Proibiu o casamento infantil e desaprovou a queima de viúvas e a escravidão. Disse ao povo para não tomar banho depois de fazer sexo. E convocou o estrangeiro à Anup Talao, onde as águas tinham ficado encapeladas, agitadas, mesmo não havendo vento, um sinal indicativo de que as coisas que deviam estar em paz estavam perturbadas.

"Ainda há muitos mistérios em torno de você", disse o imperador, irritado. "Não podemos confiar num homem cuja história de vida não faz sentido. Então nos conte tudo, vamos abrir tudo agora, e depois podemos decidir o que será feito com você, e para que lado leva o seu destino, se para as estrelas no alto ou para a poeira do chão. Com clareza agora. Não deixe nada de fora. Hoje é o dia do juízo."

"Pode ser que o que tenho a dizer não encontre favor, meu senhor", replicou Mogor dell'Amore, "porque tem a ver com o *Mundus Novus*, o Novo Mundo, e a natureza errática do Tempo nesse território ainda não inteiramente mapeado."

Do outro lado do Mar Oceano, no *Mundus Novus*, as leis comuns do espaço e do tempo não se aplicavam. Quanto ao espaço, ele era capaz de se expandir violentamente num dia e depois encolher no dia seguinte, de forma que o tamanho da terra parecia duplicar ou reduzir-se à metade. Diferentes exploradores traziam relatos radicalmente diferentes das proporções do novo mundo, da natureza de seus habitantes e da forma como esse novo quadrante do cosmos tendia a se portar. Havia relatos de macacos voadores e serpentes compridas como rios. Quanto ao tempo, era completamente fora de controle. Não apenas acelerava e lenteava de um modo absolutamente caótico, como havia períodos — embora a palavra "períodos" não fosse a mais adequada para descrever tais fenômenos — em que não passava de forma alguma. Os nativos, os poucos que dominavam línguas européias, confirmavam que o mundo deles era um mundo sem mudança, um lugar de estase, *fora do tempo*, diziam, e era assim que preferiam que fosse. Era possível, e havia filósofos que questionavam isso ferozmente, que o tempo houvesse sido trazido ao *Mundus Novus* pelos viajantes e colonos europeus, junto com diversas doenças. Por isso ele não funcionava adequadamente. Não tinha ainda se adaptado à nova situação. "Com o tempo", a gente do *Mundus Novus* dizia, "haverá tempo." No presente, porém, a natureza flutuante dos relógios do novo mundo tinha de ser simplesmente aceita. O efeito mais alarmante dessa incerteza cronológica era que o tempo podia correr a diferentes velocidades para diferentes pessoas, mesmo dentro de famílias e grupos. Crianças envelheciam mais depressa que os pais, até parecerem mais velhas que seus progenitores. Para alguns conquistadores, marinheiros e colonos parecia nunca haver tempo suficiente no dia. Para outros, havia todo o tempo do mundo.

O imperador, ao ouvir Mogor dell'Amore contar sua história, entendeu que as terras do Ocidente eram exóticas e surrealistas a um ponto incompreensível para a gente comum do Oriente. No Oriente, homens e mulheres trabalhavam duro, viviam bem ou mal, morriam mortes nobres ou ignóbeis, tinham credos que geravam grande arte, grande poesia, grande música, alguma consolação e muita confusão. Vidas humanas normais, em suma. Mas naquelas fabulosas regiões ocidentais as pessoas pareciam tender para histerias — como a histeria dos Chorosos de Florença — que varriam seus países como doenças e transformavam as coisas inteiramente sem aviso. Nos últimos tempos, a adoração do ouro havia criado um tipo especial de extrema histeria, que se transformara na força motriz de sua história. Mentalmente, Akbar visualizava templos ocidentais feitos de ouro, com sacerdotes de ouro dentro e fiéis dourados entrando para rezar, levando oferendas de ouro para aplacar seu deus dourado. Comiam comida de ouro e bebiam bebida de ouro e, quando choravam, ouro derretido escorria por suas faces brilhantes. O ouro é que havia levado seus marinheiros mais longe para o oeste no Mar Oceano, apesar do perigo de despencar da beira do mundo. Ouro, e também a *Índia*, que eles acreditavam conter fabulosas reservas de ouro.

Não encontraram a *Índia*, mas encontraram... um ocidente mais distante. Nesse ocidente mais distante, encontraram ouro e procuravam mais, procuravam cidades douradas e rios de ouro, e encontraram seres ainda menos prováveis e impressionantes que eles próprios, homens e mulheres bizarros e desconhecidos que usavam penas, peles e ossos e os chamaram de *índios*. Akbar achava isso ofensivo. Homens e mulheres que faziam sacrifícios humanos a seus deuses serem chamado de *índios*! Alguns desses "índios" do outro mundo eram pouco melhores que aborígenes; e mesmo os que construíam cidades e impérios estavam perdidos, ou assim parecia ao imperador, em filosofias de sangue. Seu deus era meio pássaro, meio serpente. Seu deus era feito de fumaça. O deles era um deus vegetal, um deus de rabanetes e milho. Eles sofriam de sífilis e pensavam nas pedras, na chuva, nas estrelas como seres vivos. Em seus campos trabalhavam devagar, quase com preguiça. Não acreditavam na mudança. Chamar aquela gente de *índios* era, na opinião enfática de Akbar, uma ofensa aos nobres homens e mulheres do Hindustão.

O imperador sabia que havia atingido uma espécie de fronteira em sua cabeça, uma fronteira além da qual seus poderes de empatia e interesse não poderiam ir. Havia ilhas ali que depois se metamorfoseavam em continentes, e continentes que acabavam se mostrando meras ilhas. Havia rios e selvas, promontórios e istmos, e ao diabo com tudo isso. Talvez houvesse hidras nessas regiões, ou grifos, ou dragões guardando grandes montanhas de tesouros que diziam jazer nas profundezas das selvas. Os espanhóis e portugueses podiam ficar com aquilo tudo. Tinha começado a ficar claro para aqueles tolos exóticos que haviam descoberto não uma rota para a *Índia*, mas algum outro lugar inteiramente diferente, nem Oriente nem Ocidente, algum lugar que ficava entre o Ocidente e o grande Mar Gangético e a fabulosa ilha de tesouros, Taprobana, e além daqueles reinos do Hindustão, de Cipangu e Catai. Tinham descoberto que o mundo era maior do que acreditavam que fosse. Boa sorte a eles ao vagarem pelas ilhas e pela Terra Firma do Mar Oceano e morrerem de escorbuto, verminose, malária, tuberculose e bouba. O imperador estava cansado daquilo tudo.

E no entanto era para lá que ela havia ido, a delinqüente princesa da casa de Timur e Temüjin, a irmã de Babar, irmã de Khanzada, sangue de seu sangue. Nenhuma mulher na história do mundo tinha feito uma viagem como a dela. Ele a amava por isso e admirava também, mas além disso tinha certeza de que a viagem dela pelo Mar Oceano era de certo modo morrer uma morte antes da morte, porque a morte também era navegar do conhecido para o desconhecido. Ela havia navegado para a irrealidade, para um mundo de fantasia em que os homens ainda sonhavam vir a ser. O fantasma que assombrava seu palácio era mais real do que a mulher de carne e osso do passado que desistira do mundo real por uma esperança impossível, assim como havia um dia desistido do mundo natural da família e da obrigação pela escolha egoísta do amor. Ao sonhar encontrar seu caminho de volta ao ponto de origem, ao reencontro de seu eu anterior, ela se perdera para sempre.

O caminho para o Oriente estava fechado para ela. Os corsários das águas tornavam a passagem por mar arriscada demais. No mundo otomano e no reino do xá Ismail, ela havia queimado todas as suas chances. Em Khorasan, ela temia a captura por quem quer que tivesse preenchido o espaço deixado por Shaibani Khan. Ela não sabia onde estava Babar, mas o caminho de volta para ele estava fechado. Em Gênova, na casa de Andrea Doria junto ao mar, para onde ela pedira que Ago Vespucci a levasse, resolveu que não podia voltar atrás. Tampouco, temendo a ira de Florença, podia ficar. O grisalho lobo-do-mar Doria, que ficou francamente chocado, mas que não fez nenhum comentário, diante daquela nova, máscula aparição de Qara Köz e sua Espelho, galantemente lhes deu as boas-vindas — porque Qara Köz ainda era capaz de induzir a galanteria nos homens, mesmo homens com fama de duros e brutos — e garantiu a elas que enquanto estivessem sob sua proteção nenhum mal florentino poderia atingi-las. Doria foi o primeiro a mencionar a possibilidade de fazer uma nova vida do outro lado do Mar Oceano.

"Se não houvesse tantos piratas berberes para matar", disse ele, "podia pensar em fazer a viagem eu mesmo, seguindo os passos do celebrado primo do signor Vespucci." Nessa época, ele havia matado uma boa quantidade desses piratas e sua frota pessoal, composta principalmente por barcos tomados de corsários, contava agora doze navios, cuja tripulação era leal a ninguém a não ser ao próprio Doria. No entanto, ele não se considerava mais um verdadeiro *condottiere*, por causa de seu desinteresse pela luta em terra. "Argalia foi o último de nós", declarou. "Eu nada mais sou que uma ressaca aquática." Em seu tempo livre, quando não estava em guerra, ele movia uma batalha política em Gênova com seus rivais nas famílias Adorni e Fregosi, que insistiam em tentar mantê-lo excluído do poder. "Mas eu tenho os navios", disse ele, e acrescentou — incapaz de conter-se mesmo havendo damas presentes, talvez por estarem as damas disfarçadas de rapazes — "e eles não têm nem pênis, têm, Ceva?" Ceva, o Escorpião, seu touro de tenente tatuado, ficou realmente vermelho ao responder sem jeito: "Não, almirante, não que eu alguma vez tenha visto".

Doria levou suas hóspedes para a biblioteca e mostrou-lhes uma coisa que nenhuma delas nunca tinha visto, nem Ago, a cujo parente sanguíneo dizia respeito: a *Cosmographiae Introductio*, do monge beneditino Waldseemüller, do mosteiro de Saint Dié-des-Vosges, que vinha com um vasto mapa que, desdobrado, encobria o chão, um mapa cujo nome era quase tão grande quanto ele, *Universalis Cosmographia Secundum*

Ptholoemaei Traditionem et Americi Vespucii Aliorumque Lustrationes, a Geografia do Mundo segundo a Tradição de Ptolomeu e as Contribuições de Amerigo Vespucci e Outras Pessoas. Nesse mapa, Ptolomeu e Amerigo eram mostrados como colossos, como deuses olhando a sua criação, e sobre um grande segmento do *Mundus Novus* aparecia a palavra *America*. "Não vejo razão", Waldseemüller escrevia em sua *Introductio*, "por que qualquer pessoa possa ter razão para desaprovar um nome derivado do nome de Amerigo, o descobridor, um homem de gênio sagaz."

Quando Ago Vespucci leu isso, ficou profundamente comovido e entendeu que o destino, na forma de seu primo, o devia estar conduzindo para o novo mundo a vida inteira, muito embora ele tivesse sido sempre um enraizado que achava o louco Amerigo um comerciante vaidoso, cujas histórias a respeito de si próprio tinham de ser vistas com certa desconfiança. Ele não conhecera Amerigo muito bem e nunca tentara realmente conhecê-lo melhor, porque tinham pouco em comum. Mas agora o viajor Vespucci era um gênio sagaz e tinha posto seu nome em um novo mundo, e isso merecia respeito.

Devagar, timidamente, muito trêmulo e repetindo muitas vezes que não era, por natureza, um homem viajante, Ago começou a discutir com o almirante Doria as viagens de descoberta de seu primo. Foram pronunciadas as palavras *Venezuela* e *Vera Cruz*. Enquanto isso, Qara Köz estivera estudando o mapa do mundo. Ela reagiu aos nomes dos novos lugares como se estivesse ouvindo um encantamento, uma magia capaz de realizar o desejo de seu coração. Queria ouvir, mais, mais. *Valparaiso, Nombre de Dios, Cacafuego, Rio Escondido*, Ago disse. Ele estava de quatro no chão, lendo. *Tenochtitlán, Quetzalcoatl, Tezcatilpoca, Montezuma, Yucatán*, Andrea Doria acrescentou, e também *Española, Puerto Rico, Jamaica, Cuba, Panamá*. "Essas palavras que nunca ouvi", disse Qara Köz, "estão me contando meu caminho de casa."

Argalia estava morto — "Ele ao menos morreu em sua cidade natal, defendendo o que amava", Doria disse à maneira de um ríspido epitáfio, e levantou o copo de vinho num brinde. Ago era um substituto pobre para tal homem, mas Qara Köz sabia que era tudo o que tinha. Era com Ago que faria sua última jornada, Ago e a Espelho. Seriam seus últimos guardiães. Eles souberam por Doria da convicção da maior parte dos marinheiros que tinham ido ao Ocidente, e dos governantes de Espanha e Portugal também, de que uma passagem para a *Índia* logo seria encontrada, uma abertura, adequada à navegação, através das terras do *Mundus Novus* para o Mar Gangético. Muita gente estava procurando com urgência essa passagem intermediária. Enquanto isso, as colônias de Española e Cuba eram seguras para nelas se viver, e o novo lugar, Panamá, provavelmente ficava mais seguro. Nesses lugares, os *índios* estavam, em sua maioria, sob controle, um milhão deles em Española, mais de dois milhões em Cuba. Muitos eram cristãos convertidos, mesmo não falando língua cristã. Os litorais eram seguros, de qualquer forma, e mesmo o interior estava se abrindo. Era possível, se a pessoa tivesse dinheiro, obter uma cabine nas caravelas que partiam de Cádiz e Palos de Moguer.

"Então eu vou", anunciou a princesa gravemente, "e espero. E a abertura do novo mundo, pela qual tantos bons homens estão procurando com tamanho empenho, sem dúvida será encontrada." Ela estava de pé, ereta, com os braços abertos, cotovelos longe do corpo e o rosto iluminado por uma luz extraterrena, de forma que lembrou a Andrea Doria o próprio Cristo, o Nazareno realizando Seus milagres, Cristo multiplicando os pães e os peixes ou levantando Lázaro dentre os mortos. No rosto de Qara Köz se via a mesma expressão fatigada que adquirira na época de seu encantamento de Florença, sombreada ainda mais pela dor e pela perda. Seus poderes estavam fraquejando, mas ela tencionava exercê-los uma última vez como nunca exercera antes, e forçar a história do mundo a seguir um rumo que ela precisava que seguisse. Ela faria a passagem intermediária vir a ser pela simples força de sua feitiçaria e de sua vontade. Andrea Doria olhou a jovem com sua túnica e calça justa verde-oliva, o cabelo tosado espetado na cabeça como um halo moreno, e foi dominado. Caiu de joelhos diante dela e curvou-se até tocar com a mão a camurça de sua bota e assim ficou com a cabeça abaixada durante um minuto ou talvez mais. Nos anos que se seguiram, Doria, que viveu até uma grande velhice, pensou a cada dia no que havia feito e nunca teve certeza se se ajoelhara para receber uma bênção ou se para dar uma, se porque sentira a necessidade de adorá-la e protegê-la, admirá-la em sua última glória ou se para procurar dissuadi-la de sua condenação. Ele pensou em Cristo em Getsêmani e em como Ele tinha olhado Seus discípulos ao Se preparar para morrer.

"Meu navio a levará até a Espanha", disse.

Numa manhã de névoa branca, o *Cadolin*, o navio de combate do legendário pirata, levantou velas da doca de seu novo proprietário, Andrea Doria, em Fassolo, com três passageiros e Ceva, o Escorpião, ao leme, com a bandeira de Gênova, a Cruz de São Jorge. Quando ele estava fazendo suas despedidas, Andrea Doria conseguiu conter a emoção que antes o colocara de joelhos. "A biblioteca de um homem de ação é pouco utilizada", disse a Qara Köz, "mas a senhora deu sentido aos meus livros." Ele tinha a sensação de que, depois de ler a *Cosmographiae Introductio* e inspecionar o grande mapa de Waldseemüller com a princesa, efetivamente penetrara no livro, deslocando-se do mundo de terra, ar e água para entrar num universo de papel e tinta, de que ela iria atravessar o Mar Oceano e chegar não à Española no *Mundus Novus*, mas às páginas de uma história. Ele tinha certeza de que nunca a veria de novo neste mundo nem no novo, porque a morte estava pousada no ombro dela como um falcão, a morte viajaria com ela durante algum tempo até ficar impaciente e cansada da jornada.

"Adeus", ela disse e desapareceu no branco. Ceva levou o *Cadolin* de volta a Fassolo no tempo devido, dando a impressão de que os últimos vestígios de alegria haviam desaparecido para sempre de sua vida. Quase dois anos depois, Doria ouviu a notícia da descoberta de Magellan de um tempestuoso estreito que permitiria a passagem de marinheiros com sorte pela ponta sul do novo mundo. Ele tinha pesadelos nos quais a bela princesa morria no estreito de Magellan ao lado de seus companheiros. Nenhuma notícia definida sobre seu paradeiro ou destino jamais chegou a Gênova durante sua longa vida. No entanto, cinqüenta e quatro anos depois de a princesa oculta ter partido da Itália, um jovem patife de cabelo amarelo, que não tinha mais de vinte anos de idade, apresentou-se ao portão da Vila Doria alegando ser filho dela. Nessa época, Andrea Doria já estava morto havia treze anos e a casa pertencia agora a seu sobrinho neto Giovanni, príncipe de Melfi, fundador da grande casa de Doria-Pamphilii-Landi. Se Giovanni conhecia a história da princesa perdida da casa de Timur e Temüjin, ele a tinha esquecido havia muito, e mandou enxotar o malandro de sua porta. Depois disso, o jovem "Niccolò Antonino Vespucci", batizado em honra aos dois melhores amigos de seu pai, partiu para ver o mundo, embarcando em navios aqui e ali, às vezes como membro da tripulação, em outras ocasiões como um despreocupado clandestino, aprendeu muitas línguas, adquiriu uma variada gama de habilidades, nem todas dentro dos limites da lei, e colecionou suas próprias histórias para contar, lendas de escapadas do canibalismo em

Sumatra e de pérolas do tamanho de ovos em Brunei, de fuga do Grande Turco subindo o Volga até Moscou no inverno e de atravessar o mar Vermelho num navio costeiro amarrado com barbante, da poliandria daquela parte do *Mundus Novus* onde as mulheres tinham sete ou oito maridos e nenhum homem podia se casar com uma virgem, de fazer peregrinação a Meca fingindo ser muçulmano e de naufragar com o grande poeta Camões perto da boca do rio Mecongue, onde ele salvou *Os lusíadas*, nadando para a praia nu com as páginas do poema de Camões seguras com uma mão em cima da cabeça.

Sobre si mesmo, ele dizia aos homens e mulheres que conhecia em suas viagens apenas que sua história era muito mais estranha que qualquer uma dessas histórias, mas que só podia ser divulgada para um homem na terra, o qual ele iria encontrar um dia na esperança de receber o que era seu por direito, e que era protegido por um poderoso encantamento que abençoava a todos os que o ajudavam e amaldiçoava a todos que lhe faziam mal.

"Protetor do Mundo, o fato é apenas que, por conta da variabilidade das condições cronológicas do *Mundus Novus*", ele disse ao imperador Akbar junto às águas da Anup Talao, "quer dizer, por conta da natureza instável do tempo naquelas partes, minha mãe a feiticeira conseguiu prolongar sua juventude e podia ter vivido trezentos anos se não tivesse perdido a coragem, se não tivesse perdido a crença na possibilidade de voltar para casa e se permitido pegar uma doença fatal de forma que pudesse ao menos juntar-se aos membros falecidos da família no pós-vida. Um falcão entrou voando pela janela e pousou em seu leito de morte quando ela dava seus últimos suspiros. Era o seu encantamento final, a manifestação no novo mundo desse glorioso pássaro do outro lado do Mar Oceano. Quando o falcão saiu voando pela janela, nós todos entendemos que era a sua alma. Eu tinha dezenove anos e meio na época que ela morreu e quando adormeceu ela mais parecia minha irmã mais velha do que minha mãe. Porém meu pai e a Espelho tinham continuado a envelhecer normalmente. A mágica de minha mãe não era mais forte o bastante para ajudá-los a resistir às forças temporais, como também não tinha força suficiente para mudar a geografia da terra. Nenhuma passagem intermediária foi encontrada e ela ficou amarrada ao novo mundo até resolver morrer."

O imperador estava silencioso. Seu humor era impenetrável. As águas da Anup Talao continuavam perturbadas.

"Isso é, enfim, o que você nos pede para acreditar", disse o imperador depois de algum tempo, pesadamente. "Por fim, e depois de tudo, isso. Que ela aprendeu a deter o tempo."

"No corpo dela", o outro respondeu, "e para ela própria apenas."

"Isso seria, de fato, um feito prodigioso se fosse possível", disse Akbar, e levantou-se e foi para dentro.

Nessa noite, Akbar sentou-se sozinho no andar mais alto da Panch Mahal e ouviu a escuridão. Ele não acreditava na história do estrangeiro. Ia contar a si mesmo uma história melhor no lugar da outra. Ele era o imperador dos sonhos. Ele podia colher a verdade do escuro e levá-la à luz. Tinha perdido a paciência com o estrangeiro e terminara, no fim, como sempre, sozinho consigo mesmo. Ele mandou seu capricho pelo mundo como um pássaro mensageiro e no final veio a sua resposta. Esta era sua história agora.

Vinte e quatro horas depois, ele convocou Vespucci de volta à Melhor de Todas as Piscinas Possíveis, cujas águas ainda batiam em perplexidade. A expressão de Akbar estava sombria. "Senhor Vespucci", ele perguntou, "entende de camelos? Já teve a chance de observar o jeito deles?" Sua voz era como um trovão baixo rolando sobre as águas perturbadas da piscina. O estrangeiro não soube o que dizer.

"Por que essa pergunta, *Jahanpanah*?", perguntou, e os olhos do imperador faiscaram raivosamente para ele.

"Não tenha a presunção de nos interrogar, senhor. Vamos perguntar de novo, existem camelos no novo mundo, camelos tais como nós temos aqui no Hindustão, encontram-se camelos entre todos esses grifos e dragões?", Akbar perguntou, e vendo que o outro balançava a cabeça, levantou uma mão silenciadora e prosseguiu, a voz ganhando força ao falar. "A liberdade física do camelo, nós sempre achamos, oferece uma lição de amoralidade aos meros seres humanos. Porque entre camelos nada é proibido. Um jovem camelo macho, logo depois de nascido, procurará fornicar com sua mãe. Um macho adulto não terá nenhum escrúpulo em fecundar sua filha. Netos, avós, irmãs, irmãos, todos eles são viáveis quando um camelo procura parceria. O termo *incesto* não tem sentido para esse animal. Nós, porém, não somos camelos, não é verdade? E contra o incesto existem antigos tabus, e duras penalidades são aplicadas contra casais que os desobedecem — corretamente aplicadas, como esperamos que vá concordar."

Um homem e uma mulher velejam para a névoa e se perdem num novo mundo sem forma onde ninguém os conhece. No mundo inteiro, eles só têm um ao outro e à criada. O homem é um criado também, um criado da beleza, e o nome de sua viagem é amor. Eles chegam a um lugar cujo nome não importa, do mesmo jeito que seus nomes não importam. Os anos passam e a esperança deles morre. Estão cercados de homens cheios de energia. Um mundo selvagem para o sul e outro para o norte estão lenta, lentamente, sendo domesticados. Figura, lei, forma estão sendo dadas ao que era amorfamente imutável, mas o processo será longo. Lenta, lentamente, a conquista progride. Há avanços, retrocessos e avanços de novo, pequenas vitórias, pequenas derrotas, e depois novamente ganhos maiores. Ninguém pergunta se esse é um processo bom ou ruim. Não é uma pergunta válida. A obra de Deus está sendo feita, o ouro está sendo mineirado também. Quanto maior a agitação em torno deles, mais dramáticas as vitórias, mais horrendas as derrotas, mais sangrenta a vingança do velho mundo sobre o novo, mais quietos ficam eles, três pessoas sem importância, o homem, a mulher, a criada. Dia a dia, mês a mês, ano a ano eles ficam menores e menos significativos. Então a doença ataca e a mulher morre, mas deixa uma criança, uma filha.

O homem não tem nada na terra agora a não ser a filha e a criada, espelho de sua esposa morta. Juntos, eles criam a criança. Angelica. A criança mágica. O nome da criada passou a ser Angelica também. O homem vê a menina crescer e se transformar num segundo espelho, na imagem de sua mãe, sua mãe para a vida. A criada, ao envelhecer, vê a misteriosa semelhança na menina que cresce, o renascimento do passado, e vê, além disso, o desejo florescente do pai. Como estão sozinhos, os três, nesse mundo que ainda não tomou forma inteiramente, no qual palavras podem significar o que você quiser, como também os atos; no qual novas vidas têm de ser construídas do melhor jeito possível. Existe cumplicidade entre o homem e a criada porque antigamente eles costumavam deitar juntos, os três, e eles sentem falta da terceira que se foi. A nova vida, a vida reencarnada, cresce para preencher o ar onde a vida antiga costumava estar.

Angelica, Angelica. Há um ponto em que a língua que usam muda, um ponto além do qual certas palavras perdem seu sentido, a palavra pai, por exemplo, é esquecida, como as palavras minha filha. Eles vivem num estado de natureza, num estado de graça, num Éden no qual o fruto da árvore não foi comido, e então bem e mal são desconhecidos. A jovem cresce entre o homem e a criada e o que acontece entre eles acontece naturalmente, e dá a sensação de pureza, e ela é feliz. Ela é uma princesa do sangue real da casa de Timur e Temüjin e seu nome é Angelica, Angelica. Um dia, será encontrada uma passagem e com seu amado marido ela entrará em seu reino. Até então, eles têm seu lar invisível, suas vidas anônimas, e aquela cama, na qual se movem, com tanta doçura, tão freqüentemente, por tanto tempo, os três, o homem, a criada e a moça. Então nasce uma criança, filha deles, produto de três pais, um menino com o cabelo igual ao do pai. O homem o chama pelo nome de seus companheiros mais próximos. Um dia, existiam três amigos. Ao levar os nomes deles para o outro lado do Mar Oceano, ele sente que os levou também. Seu filho é seus amigos renascidos. Os anos passam. A moça adoece por razões desconhecidas. Alguma coisa está errada com sua vida. Alguma coisa deslocada em sua alma. Ela delira. Quem é ela, pergunta. Em sua última conversa com o filho, ela lhe pede para encontrar sua família, para se reunir, e permanecer reunido para sempre com o que ele é e nunca partir, nunca depois disso sair pelo mundo em busca de amor, aventura ou de si mesmo. Ele é um príncipe do sangue real da casa Mughal. Ele tem de ir e contar sua história. Um falcão entra voando pela janela e sai voando com a alma dela. O rapaz de cabelo amarelo desce ao porto em busca de um navio. O velho e a criada ficam para trás. Eles não são mais importantes. O feito está feito.

"Isso não foi o que aconteceu", disse Mogor dell'Amore. "Minha mãe era Qara Köz, irmã de seu avô, a grande feiticeira, e ela aprendeu a deter o tempo."

"Não", disse o imperador Akbar. "Não, não aprendeu."

A senhora Man Bai, sobrinha de Mariam-uz-Zamani, irmã de Raja Man Singh, casou-se com seu namorado de muito tempo, o príncipe herdeiro Salim, na data especificada pelos astrólogos da corte, o dia quinze de isfandarmudh daquele ano segundo o novo calendário solar introduzido pelo imperador, o que significa dia treze de fevereiro, no palácio-fortaleza de sua família em Amer, na graciosa presença de Sua Majestade, o padixá Akbar, o Protetor do Mundo. Quando ela ficou sozinha com seu marido na noite de núpcias, depois da costumeira aplicação de ungüentos e massagem no membro principesco, ela fez duas exigências antes de permitir que ele a penetrasse. "Em primeiro lugar", disse ela, "se você algum dia visitar a prostituta Esqueleto outra vez, vai ser melhor dormir com seu pênis protegido pela armadura toda noite, porque não saberá qual será a noite de minha vingança. E em segundo lugar, precisa cuidar do estrangeiro de cabelo amarelo, o sifilítico amante da Esqueleto, porque enquanto ele estiver em Sikri é capaz de seu pai ser louco o bastante para dar a ele o que é seu de direito."

Depois dos acontecimentos na Anup Talao, o imperador desistiu da idéia de elevar Niccolò Vespucci ao posto de *farzand*, ou filho honorário. Firmemente convencido, e um pouco incomodado com a correção de sua versão da história do estrangeiro, ele concluiu que um filho desse tipo, fruto de uma ligação amoral, não podia ser reconhecido como membro da família real. Apesar da evidente inocência de Vespucci na questão, e, de fato, de sua ignorância sobre sua verdadeira origem, e por maiores que fossem seus encantos ou talentos, aquela outra palavra, *incesto*, colocava-o fora dos limites. Trabalho certamente não haveria de faltar em Sikri para uma pessoa tão hábil, se ele quisesse, e o imperador emitiu instruções para que tal emprego fosse identificado e oferecido, mas a intimidade entre eles teria de chegar ao fim. Como para confirmar a correção de suas decisões, as águas da Anup Talao retomaram sua habitual serenidade. Niccolò Vespucci foi informado por Umar, o ayyar, que tinha permissão para permanecer na capital, mas que devia imediatamente deixar de se referir a si mesmo pelo apelido de Mogor dell'Amore. A facilidade de acesso à pessoa do imperador de que ele havia gozado era também, ele devia entender, coisa do passado. "A partir de hoje", o ayyar informou, "você será considerado um homem comum."

Não há fim para a vingança dos príncipes. Nem mesmo uma queda de graça tão grande como a de Vespucci satisfez a senhora Man Bai. "Se o imperador pode mudar tão depressa de afeto para rejeição", ela raciocinou, "pode voltar na direção oposta com a mesma facilidade." Enquanto o estrangeiro permanecesse na capital, a sucessão do príncipe Salim não estava garantida. Mas, para seu grande desgosto, o príncipe herdeiro Salim não agiu contra seu rival caído, que recusara o posto burocrático encontrado para ele pelos funcionários de Akbar, preferindo em vez disso permanecer na Casa de Skanda com a Esqueleto e a Colchão, e dedicar-se ao prazer dos hóspedes. Man Bai ficou desdenhosa. "Se você pode matar um grande homem como Abul Fazl sem hesitação, o que o impede de lidar com esse cafetão?", perguntou. Mas Salim temia o desprazer de seu pai, e conteve sua mão. "Agora é o futuro de seu herdeiro que você tem de salvaguardar, além do seu próprio", disse a senhora Man Bai, e dessa vez Salim não teve resposta para ela.

Então Tansen morreu. A música da vida calou-se.

O imperador levou o corpo de seu amigo de volta para a cidade natal dele, Gwailor, enterrou-o junto ao altar de seu mestre, o faquir Xeique Mohammed Ghaus, e voltou a Sikri em desespero. Um a um, seus brilhantes luminares estavam indo embora. Talvez ele tivesse ofendido seu Mughal do Amor, divagou em sua viagem de volta, e a morte de Tansen fosse seu castigo. Um homem não era responsável pelos erros de seus progenitores. Além disso, Vespucci havia provado sua lealdade ao imperador recusando-se a se mudar. Então não era simplesmente um oportunista viajante. Tinha vindo para ficar. Mais de dois longos anos haviam se passado. Talvez fosse hora de reabilitá-lo. Enquanto o cortejo do imperador passava diante da Hiran Minar e subia a encosta para o complexo do palácio, ele se decidiu, e mandou que um mensageiro fosse à Casa de Skanda para pedir que o estrangeiro se apresentasse no pátio *pachisi* na manhã seguinte.

A senhora Man Bai havia espalhado uma rede de informantes por todos os quadrantes da cidade para se proteger exatamente contra tal eventualidade e, uma hora depois da chegada do mensageiro à casa Skanda, a esposa do príncipe herdeiro Salim era informada da mudança de direção dos ventos. Ela foi ter imediatamente com seu marido e ralhou com ele como uma mãe ralha com um filho menino que errou. "Esta noite", disse ela, "é a noite de resolver o homem."

A vingança dos príncipes não tem fim.

À meia-noite, o imperador sentou tranqüilamente no alto da Panch Mahal e se lembrou da famosa noite em que Tansen cantara a *deepak raag* na Casa de Skanda e acendera não apenas as lamparinas de óleo como ele próprio também. No exato instante em que essa lembrança surgiu em sua mente, uma flor vermelha de chama se espalhou na margem distante da água abaixo dele e, depois de um momento suspenso de incompreensão, ele se deu conta de que uma casa estava em chamas na escuridão. Quando percebeu em seguida que a Casa de Skanda havia sido queimada até o chão, alarmou-se brevemente, perguntando-se se o fogo de sua cabeça teria de alguma forma provocado esse outro incêndio, mais letal. Ficou cheio de dor com a idéia de que Niccolò Vespucci podia ter morrido. Mas quando a ruína fumarenta foi revistada, não se encontrou nenhum traço do corpo do estrangeiro. Nem os corpos da Esqueleto e da Colchão estavam entre os restos calcinados; de fato, todas as damas da casa pareciam ter escapado e seus clientes também. A senhora Man Bai não era a única pessoa em Fatehpur Sikri a manter um ouvido cauteloso colado ao chão. A Esqueleto vinha temendo sua antiga patroa havia muito tempo.

Ao saber do desaparecimento do estrangeiro, de sua misteriosa desmaterialização no meio de uma casa em chamas, o que estava fazendo muitos cidadãos da capital se referirem a ele como feiticeiro, o imperador temeu pelo pior. "Agora vamos descobrir", refletiu, "se toda aquela conversa de maldições tinha alguma verdade."

Na manhã depois do incêndio, o barco de convés chato do transporte de gelo, o *Gunjayish*, foi encontrado furado na margem distante do lago, com um grande rombo no fundo, aberto por um machado enfurecido. Niccolò Vespucci, o Mughal do Amor, tinha ido embora para sempre, tendo escapado por barco, não por bruxaria, e levara as duas damas com ele. O carregamento de gelo chegou da Caxemira e não havia barco para levá-lo do outro lado do lago até Sikri. Os barcos de passageiros mais luxuosos *Asayish* e *Arayish* foram forçados a se incumbir do serviço e até mesmo o pequeno esquife *Farmayish* foi carregado até a linha-d'água com blocos de gelo. "Ele está nos castigando com água", pensou o imperador. "Agora que foi embora, vai nos deixar com sede de sua presença." Quando o príncipe Salim veio até ele, por insistência da senhora Man Bai, para acusar o trio desaparecido de ter posto fogo na própria casa, o imperador viu a culpa do filho pregada em sua testa como um farol, mas não disse nada. O que estava feito estava feito. Deu ordens para permitirem que o estrangeiro e suas mulheres partissem. Não os mandaria perseguir e trazer de volta para responder pelo barco afundado. Que fossem embora. Ele lhes desejava o bem. Um homem com um casaco de losangos de couro multicolorido, uma mulher magra como uma faca e outra parecida com uma bola saltitante. Se o mundo fosse justo, encontraria um canto sossegado até para gente tão dura de acomodar como aqueles três. A história de Vespucci estava concluída. Ele havia atravessado para a página vazia depois da última página, além das bordas iluminadas do mundo existente e entrara no universo dos não-mortos, aquelas pobres almas cujas vidas terminam antes de pararem de respirar. O imperador à margem do lago desejou a Mughal do Amor uma pós-vida suave e um fim indolor; e virou de costas.

Man Bai odiava a natureza incompleta do que havia transparecido e uivava em vão por sangue. "Mande homens atrás deles para matar todos", gritou para o marido, mas ele a silenciou, e pela primeira vez em sua mesquinha vida deu um sinal do excelente rei que viria a ser. Os acontecimentos de dias recentes o haviam perturbado profundamente e coisas novas agitavam-se dentro dele, coisas que permitiriam deixar para trás sua petulante juventude e se transformar em um homem bom e culto. "Meus dias de matar se acabaram", disse. "De agora em diante, vou considerar um ato maior preservar uma vida do que destruí-la. Nunca mais me peça para cometer esse erro outra vez."

A mudança de atitude do príncipe herdeiro veio tarde demais. A destruição de Fatehpur Sikri havia começado. Na manhã seguinte, logo cedo, os sons de pânico subiram aos aposentos do imperador e quando ele desabalou montanha abaixo, passou pelo tumulto dos serviços de água e pela cacofonia mais alta dentro e em torno do caravançarai, viu que alguma coisa havia acontecido com o lago. Lentamente, de pouco em pouco, recuando a passo de um homem, a água ia indo embora. Ele mandou chamar os engenheiros principais da cidade, mas eles não sabiam explicar o fenômeno. "O lago está nos deixando", as pessoas gritavam, o lago dourado doador da vida, que um dia um viajante chegando ao entardecer tomara erroneamente por uma piscina de ouro derretido. Sem o lago, os blocos de gelo da Caxemira não poderiam levar água fresca da montanha ao palácio. Sem o lago, os cidadãos que não tinham dinheiro para comprar o gelo da Caxemira não teriam nada para beber, nada para lavar nem cozinhar, e seus filhos logo morreriam. O calor do dia estava aumentando. Sem o lago, a cidade seria uma casca crestada e enrugada. A água continuava escoando. A morte do lago era a morte de Sikri também.

Sem água não somos nada. Até mesmo o imperador, sem água, logo se transformaria em pó. A água é o verdadeiro monarca e nós somos todos seus escravos.

"Evacuem a cidade", o imperador Akbar ordenou.

Pelo resto de sua vida o imperador acreditaria que o inexplicável fenômeno do desaparecimento do lago de Fatehpur Sikri era obra do estrangeiro que ele injustamente rejeitara, o qual não decidira receber de volta em seu seio senão quando era tarde demais. O Mughal do Amor havia combatido fogo com água e vencera. Era a derrota mais perturbadora de Akbar; mas não um golpe fatal. Os mughal tinham sido nômades antes e podiam ser nômades outra vez. O exército de tendas já estava sendo montado, aqueles artistas das moradas dobráveis, dois mil e quinhentos deles, e seus camelos e elefantes também, se preparando para marchar aonde ele mandasse, para construir seus pavilhões de tecido onde quer que ele escolhesse descansar. Seu império era imenso demais, seus bolsos muito fundos, seu exército forte demais para ser desfeito de um golpe só, mesmo um golpe poderoso daqueles. Em Agra, que ficava perto, havia palácios e um forte. Em Lahore, outro. A riqueza dos mughal era sem conta. Ele tinha de abandonar Sikri, tinha de deixar sua amada cidade vermelha de sombra e fumaça para ali permanecer sozinha num lugar repentinamente seco, a perdurar no tempo como um símbolo da impermanência das coisas, de como é repentina a mudança que pode dominar até o mais potente dos povos e os mais poderosos dos homens. No entanto, ele ia sobreviver. Isto era o que significava ser príncipe, ser capaz de se sobrepor às metamorfoses. E como um príncipe era apenas seus súditos em larga escala, um homem elevado à esfera do quase divino, então aquilo também era o que significava ser um homem. Sobrepor-se às metamorfoses e seguir adiante. A corte mudaria, e muitos de seus servidores e nobres viriam também, mas para os camponeses não havia lugar naquela última caravana a deixar o caravançarai. Para os camponeses havia o que sempre haveria: nada. Eles se espalhariam pela imensidade do Hindustão e sua sobrevivência seria assunto deles. *No entanto, eles não se levantam e nos matam*, o imperador pensou. *Eles aceitam seu torpe destino. Como pode ser isso? Como pode ser? Eles nos vêem abandoná-los e ainda nos servem. Isso também é um mistério.*

Levou dois dias para preparar a grande migração. Havia água suficiente para dois dias. Ao final desse tempo, o lago se esvaziara e tinha restado apenas uma depressão lodosa onde antes aquela água doce cintilara. Até mesmo a lama estaria rachada e seca dentro de mais dois dias. No terceiro dia, a família real e seus cortesãos partiram pela estrada de Agra, o imperador sentado ereto em seu corcel, as rainhas luzindo em seus palanquins. Seguindo o cortejo real, iam os nobres, e atrás deles a imensa cavalgada de criados e dependentes. Fechando a retaguarda, havia carros de boi em que trabalhadores habilitados haviam carregado seus bens. Açougueiros, padeiros, pedreiros, prostitutas. Para essa gente, sempre havia um lugar. Habilidades podiam ser transportadas. Terra não. Os camponeses, amarrados como por cordas à terra que estava árida e moribunda, assistiam o grande cortejo partir. Então, parecendo determinadas a ter uma noite de prazer antes da miséria do resto de suas vidas, as massas abandonadas subiram a encosta até os palácios. Essa noite, por essa única noite, a gente comum ia jogar *pachisi* humano no pátio real e sentar como o rei em cima da grande árvore de pedra da Casa da Audiência Privada. Essa noite, um camponês podia sentar no andar mais alto da Panch Mahal e ser monarca para todos que olhasse. Esta noite, se quisessem, podiam dormir nas câmaras de reis.

Amanhã, porém, teriam de encontrar um jeito de não morrer.

Um membro da casa real não foi embora de Fatehpur Sikri. Depois do incêndio da Casa de Skanda, a senhora Man Bai entrou num estado de confusão mental, de início berrando e gritando por sangue, depois, quando o príncipe Salim a repreendeu, caindo em profunda melancolia, uma dor ruidosa que abruptamente silenciara. Enquanto Sikri morria, sua vida terminava também. Na confusão daqueles últimos dias, talvez dominada pela culpa, por sua responsabilidade na morte da capital do império mughal, ela encontrou um momento de solidão e, num canto do palácio, quando nenhuma de suas criadas estava à vista, tomou ópio e morreu. O ato final do príncipe Salim antes de se juntar ao seu pai na dor, encabeçando o grande êxodo, foi enterrar sua amada esposa. Assim a história da longa inimizade entre Man Bai e a Esqueleto chegava a um trágico fim.

E ao passar montado pela cratera onde antes ficara o lago doador de vida de Sikri, Akbar entendeu a natureza da maldição sob a qual tinha sido posto. Era o futuro que havia sido amaldiçoado, não o presente. No presente ele era invencível. Podia construir dez novas Sikris se quisesse. Porém, assim que se fosse, tudo o que pensara, tudo o que ele lutara por fazer, sua filosofia e modo de ser, tudo evaporaria como água. O futuro não seria o que ele esperava, mas um lugar antagônico, seco e hostil onde as pessoas iriam sobreviver o melhor que pudessem e odiar seus vizinhos e destruir seus locais de culto e matar-se uns aos outros de novo no renovado calor da grande disputa que ele procurara encerrar para sempre, a disputa por Deus. No futuro, era a crueza, não a civilização, que iria dominar.

"Se essa é a sua lição para mim, Mughal do Amor", ele se dirigiu silenciosamente ao estrangeiro que partira, "então o título que você se deu é falso, porque nesta versão do mundo não se encontra amor em parte alguma."

Mas nessa noite, em sua tenda de brocado, a princesa oculta veio até ele, Qara Köz, sua beleza como uma chama. Aquela não era a criatura masculina de cabelo curto em que ela se transformara para escapar de Florença, mas a princesa oculta em toda a sua glória juvenil, a mesma criatura irresistível que havia extasiado o xá Ismail da Pérsia e Argalia, o turco, o janízaro florentino, Portador da Lança Encantada. Nessa noite da retirada de Akbar de Sikri, ela falou com ele pela primeira vez. *Há uma coisa*, disse ela, *sobre a qual você está errado*.

Ela era estéril. Tinha sido amante de um rei e de um grande guerreiro e não houvera filhos em nenhum dos dois casos. Então ela não havia dado à luz uma menina no novo mundo. Não tinha tido filho.

Quem era então a mãe do estrangeiro, o imperador perguntou, assombrado. Nas paredes da tenda de brocado, os painéis de espelhos captavam a luz das velas e os reflexos dançavam nos olhos dele. Eu tinha uma Espelho, disse a princesa oculta. Ela era tão igual a mim como meu próprio reflexo na água, como o eco de minha voz. Nós repartíamos tudo, inclusive nossos homens. Mas havia uma coisa que ela podia ser que eu nunca poderia ser. Eu era uma princesa, mas ela se tornou mãe.

O resto foi muito como você imaginou, disse Qara Köz. A filha da Espelho era o espelho de sua mãe e da mulher cujo espelho a Espelho havia sido. E houve mortes, sim. A mulher que está diante de você agora, que você trouxe de volta à vida, foi a primeira. Depois disso, a Espelho criou sua filha acreditando que ela era a coisa que ela não era, a mulher que a mãe da menina havia um dia refletido e também amado. A indistinção das gerações, a perda das palavras *pai* e *filha*, a substituição de outras, incestuosas palavras. E a coisa que você sonhou que o pai dela fez, sim, foi assim. O pai dela se tornou seu marido. O crime contra a natureza foi cometido, mas não por mim, e nenhum filho meu foi assim aviltado. Nascida do pecado, ela morreu jovem, sem saber quem era. Angelica, Angelica, sim. Esse era seu nome. Antes de morrer, ela mandou seu filho procurar você para pedir o que não era dele pedir. Os criminosos permaneceram calados junto a seu leito de morte, mas quando a Espelho e seu senhor foram encarar o Deus deles, então todos os seus feitos foram conhecidos.

Portanto, a verdade é esta. Niccolò Vespucci, que foi criado acreditando que era nascido de uma princesa, era filho de uma Espelho. Tanto ele como sua mãe são inocentes de qualquer engano. Eles foram os enganados.

O imperador ficou em silêncio e refletiu na injustiça que havia cometido, pela qual a ruína de sua capital fora seu castigo. A maldição do inocente caíra sobre o culpado. Humilhado, baixou a cabeça. A princesa oculta, Qara Köz, a senhora Olhos Escuros, veio sentar-se a seus pés e tocou de leve sua mão. A noite voou. O dia estava começando. O passado não tinha sentido. Só o presente existia, e os olhos dela. Sob o irresistível encantamento deles, as gerações perdiam seus contornos, mesclavam-se, dissolviam-se. Mas ela lhe era proibida. Não, não, ela não podia ser proibida. De que maneira o que ele sentia podia ser um crime contra a natureza? Quem ousaria proibir o imperador daquilo que o imperador se permitia? Ele era o árbitro da lei, a encarnação da lei, e não havia crime em seu coração.

Ele a havia trazido dos mortos e outorgara-lhe a liberdade dos vivos, libertara-a para escolher e ser escolhida, e ela o escolhera. Como se a vida fosse um rio e os homens as pedras para se pisar, ela atravessara os anos líquidos e voltara para comandar os sonhos dele, usurpando o lugar de outra mulher na *khayal* dele, sua fantasia divina, onipotente. Talvez ele não fosse mais senhor de si. E se se cansasse dela? — Não, ele não se cansaria dela. — Mas ela podia ser banida por sua vez, ou podia decidir sozinha ficar ou ir?

"Voltei enfim para casa", ela disse a ele. "Você me permitiu voltar e aqui estou, ao final de minha jornada. E agora, Protetor do Mundo, sou sua."

Até não ser mais, pensou o Governante Universal. *Meu amor, até não ser mais.*

Bibliografia

Esta não é uma lista completa das obras que consultei. Se omiti inadvertidamente alguma fonte cujo material utilizei no texto, peço desculpas. Qualquer omissão será retificada em futuras edições, se eu for informado delas.

Ady, Cecilia M. *Lorenzo de' Medici and Renaissance Italy*. Londres: The English University Press Ltd, 1960.

Alberti, Leon Battista. *The Family in Renaissance Florence*. Columbia, S. C.: University of South Carolina Press, 1969.

Anglo, Sydney, *The Damned Art: Essays in the Literature of Witchcraft*. Boston: Routledge & Kegan Paul, 1977.

Ariosto, Ludovico. *Orlando Furioso*. Nova York: Oxford University Press, 1966. [Ed. bras.: *Orlando Furioso*. 2ª ed. São Paulo: Ateliê Editorial, 2005]

Birbari, Elizabeth. *Dress in Italian Painting 1460-1500*. Londres: John Murray, 1975.

Boiardo, Matteo. *Orlando Innamorato*. West Lafayette, in: Parlor Press, 2004.

Bondanella, Peter, ed. trad. Mark Musa. *The Portable Machiavelli*. Nova York: Penguin, 1979.

Brand, Michael e Lowry, Glenn, eds. *Fatehpur-Sikri*. Bombaim: Marg Publications, 1987.

Brebner, John Bartlet. *The Explorers of North America: 1492-1806*. Londres: A. & C. Black, 1933.

Brown, Judith e Davis, Robert. *Gender and Society in Renaissance Italy*. Londres, Nova York: Longman, 1998.

Brucker, Gene, ed. *The Society of Renaissance Florence: A Documentary Study*. Toronto: University of Toronto Press, 2001.

__________. "Sorcery in Early Renaissance Florence". *Studies in the Renaissance*, vol. 10 (1963), pp. 7-24.

__________. *Renaissance Florence*. Berkeley: University of California Press, 1969.

__________. *Giovanni and Lusanna: Love and Marriage in Renaissance Florence*. Berkeley: University of California Press, 1986.

Burckhardt, Jacob. *The Civilization of the Renaissance in Italy*. Vol I. Nova York: Harper & Row, 1958.

Burke, Peter. *The Italian Renaissance: Culture and Society in Italy*. 2ª ed. Princeton, NJ: Princeton University Press, 1986. [Ed. bras.: *O renascimento italiano: cultura e sociedade na Itália*. São Paulo: Nova Alexandria, 1999.]

__________. *The Renaissance*. Nova York: Barnes & Noble, 1967.

Burton, Sir Richard. *The Illustrated Kama Sutra*. Middlesex, UK: Hamlyn Publishing Group, 1987.

Calvino, Italo, trad. George Martin. *Italian Folktales*. Nova York: Harcourt Brace Jovanovich, 1980. [Ed. bras.: *Fábulas italianas*. São Paulo: Companhia das Letras, 1992.]

Camporesi, Piero. *The Magic Harvest: Food, Folklore and Society*. Cambridge, UK: Polity Press, 1993.

Cassirer, Ernest, ed. *The Renaissance Philosophy of Man*. Chicago: The University of Chicago Press, 1948.

Castiglione, Baldesar, trad. George Bull. *The Book of the Courtier*. Nova York: Penguin, 1967.

Cohen, Elizabeth S. e Cohen, Thomas V. *Daily Life in Renaissance Italy*. Westport, CT: The Greenwood Press, 2001.

Collier-Frick, Carole. *Dressing Renaissance Florence*. Baltimore: Johns Hopkins University Press, 2002.

Creasy, Sir Edward S. *History of the Ottoman Turks from the Beginning of Their Empire to the Present Time*. Ann Arbor, MI: UMI, Out-of-Print Books on Demand, 1991.

Curton, Philip D. *Cross-Cultural Trade in World History*. Nova York: Cambridge University Press, 1984.

Dale, Stephen Frederic. *Indian Merchants and Eurasian Trade, 1600-1750*. Nova York: Cambridge University Press, 1994.

Dalu, Jones, ed. *A Mirror of Princes: The Mughals and the Medici*. Bombaim: Marg Publications, 1987.

Dash, Mike, *Tulipomania*. Nova York: Random House, 2001.

de Grazia, Sebastian. *Machiavelli in Hell*. Hertfordshire, UK: Harvester Wheatsheaf, 1989. [Ed. bras.: *Maquiavel no inferno*. São Paulo: Companhia das Letras, 1993.]

Dempsey, C. *The Portrait of Love: Botticelli's Primavera and Humanist Culture at the Time of Lorenzo the Magnificent*. Princeton, NJ: Princeton University Press, 1992.

Dubreton-Lucas, J. *Daily Life in Florence in the Time of the Medici*. Nova York: The Macmillan Company, 1961.

Eraly, Abraham. *Emperors of the Peacock Throne: The Age of the Great Mughals*. Nova Délhi: Penguin Books India, 2000.

Fernandez-Armesto, Felipe. *Amerigo: The Man Who Gave His Name to America*. Nova York: Random House, 2007.

Findly, Ellison B. "The Capture of Maryam-uz-Zamani's Ship: Mughal Women and European Traders". *Journal of the American Oriental Society*, vol. 108, nº 2 (abril 1988).

Finkel, Caroline. *Osman's Dream: The Story of the Ottoman Empire 1300-1923*. Londres: John Murray, 2005.

Gallucci, Mary M. "'Occult' Power: The Politics of Witchcraft and Superstition in Renaissance Florence". *Italica*, vol. 80 (primavera, 2003), pp. 1-21.

Gascoigne, Bamber. *The Great Mughals: India's Most Flamboyant Rulers*. Londres: Constable & Robinson, 2002.

Goodwin, Godfrey. *The Janissaries*. Londres: Saqi Books, 1997.

Goswamy, B. N. e Smith, Caron. *Domains of Wonder: Selected Masterworks of Indian Painting*. San Diego, CA: San Diego Museum of Art, 2005.

Grimassi, Raven. *Italian Witchcraft: The Old Religion of Southern Europe*. Woodbury, Minnesota: Llewellyn Publications, 2006.

Gupta, Ashin Das e Pearson, M. N., eds. *India and the Indian Ocean, 1500-1800*. Calcutá: Oxford University Press, 1987.

Hale, J. R., *Florence and the Medici: The Pattern of Control*. Londres: Thames & Hudson, 1977.

Horniker, Arthur Leon. "The Corps of the Janizaries". *Military Affairs*, vol. 8, nº 3 (outono, 1944), pp. 177-204.

Imber, Colin. *The Ottoman Empire, 1300-1650: Structure of Power*. Nova York: Palgrave Macmillan, 2002.

King, M. *Women of the Renaissance*. Chicago: University of Chicago Press, 1991.

Klapisch-Zuber, Christine. *Women, Family and Ritual in Renaissance Italy*. Chicago: University of Chicago Press, 1985.

Kristeller, Paul Oskar. *Renaissance Concepts of Man and Other Essays*. Nova York: Harper & Row Publishers, 1973.

Lal, Ruby. *Domesticity and Power in the Early Mughal World*. Nova York: Cambridge University Press, 2005.

Landucci, L.A. *Florentine Diary from 1450 to 1516*. Nova York: Arno Press, 1969.

Lawner, Lynne. *Lives of the Courtesans: Portraits of the Renaissance*. Nova York: Rizzoli, 1987.

Lorenzi, Lorenzo, trad. Ursula Creagh. *Witches: Exploring the Iconography of the Sorceress and Enchantress*. Florence: Centro Di, 2005.

Machiavelli, Niccoló. *The Discourses*. Nova York: Penguin Putnam, 1998.

Manucci, Niccolao, trad. William Irvine. *Mogul India 1653-1708 or Storia do Mogor*, vols. I & II. Nova Délhi: Low Price Publications, 1996.

Manucci, Niccolao, trad. William Irvine. *Mogul India 1653-1708 or Storia do Mogor*, vols. III & IV. Nova Délhi: Low Price Publications, 1996.

Masson, Georgina. *Courtesans of the Italian Renaissance*. Nova York: St. Martin's Press, 1976.

McAlister, Lyle N. *Spain and Portugal in the New World: 1492-1700*. Minneapolis: University of Minnesota, 1984.

Mee, Charles L. *Daily Life in Renaissance Italy*. Nova York: American Heritage Publishing Co. Inc., 1975.

Morgan, David. *Medieval Persia, 1040-1797*. Essex, UK: Pearson Education Ltd., 1988.

Mukhia, Harbans. *The Mughals of India*. Malden, MA: Blackwell Publishing, 2004.

Nath, R. *Private Life of the Mughals of India: 1526-1803*. Nova Délhi: Rupa & Co., 2005.

Origo, Iris. "The Domestic Enemy: Eastern Slaves in Tuscany in the 14th and 15th Centuries". *Speculum*, 30 (1955), pp. 321-66.

Pallis, Alexander. *In the Days of the Janissaries*. Londres: Hutchinson & Co., 1951.

Penrose, Boies. *Travel and Discovery in the Renaissance 1420-1620*. Cambridge, MA: Harvard University Press, 1952.

Pottinger, George. *The Court of the Medici*. Londres: Croom Helm Ltd, 1978.

Raman, Rajee. *Ashoka the Great and Other Stories*. Vadapalani, Chennai: Vadapalani Press, s/d.

Rizvi, Saiyid Athar Abbas e Flynn, Vincent John Adams. *Fathpur-Sikri*. Mumbai India: Taraporevala Sons & Co., 1975.

Rogers, Mary e Tinagli, Paolo. *Women in Italy, 1350-1650: Ideals and Reality*. Manchester, UK: Manchester University Press, 2005.

Rosenberg, Louis Conrad. *The Davanzati Palace, Florence, Italy. A Restored Palace of the Fourteenth Century*. Nova York: The Architectural Book Publishing Company, 1922.

Ruggiero, Guido. *Binding Passions: Tales of Magic, Marriage, and Power at the End of the Renaissance*. Nova York: Oxford University Press, 1993.

Sachs, Hannelore. *The Renaissance Woman* — veja capítulo: "Women Slaves, Beggars, Witches, Courtesans, Concubines", pp. 49-53. Nova York: McGraw-Hill, 1971.

Savory, Roger. *Iran Under the Safavids*. Nova York: Cambridge University Press, 1980.

Seede, Patricia. *Ceremonies of Possession in Europe's Conquest of the New World: 1492-1640*. Nova York: Cambridge University Press, 1995.

Sem, Amartya. *The Argumentative Indian: Writing on Indian History, Culture and Identity*. Nova York: Farrar, Straus & Giroux, 2005.

Seyller, John. *The Adventures of Hamza: Painting and Storytelling in Mughal India*. Washington, DC: Freer Gallery of Art and Arthur M. Sackler Gallery, Smithsonian Institute, 2002.

Sharma, Shashi, S. *Caliphs and Sultans: Religious Ideology and Political Praxis*. Nova Délhi: Rupa & Co., 2004.

Symcox, Geoffrey, ed. *Italian Reports on America: 1493-1522*. Turnhout, Bélgica: Brepols, 2001.

Thackston, Wheeler M., ed. trad. *The Baburnama: Memoirs of Babar, Prince and Emperor*. Nova York: Oxford University Press, 1996.

Thackston, Wheeler M., ed. trad. *The Jahangirnama: Memoirs of Jahangir, Emperor of India*. Nova York: Oxford University Press, 1999.

Treharne, R. F. e Fullard, H. eds., *Muir's Historical Atlas: Medieval and Modern*. 10ª ed. Nova York: Barnes & Noble, 1964.

Trexler, R. *Public Life in Renaissance Florence*. Nova York: Academic Press, 1980.

Trexler, Richard. *Dependence and Context in Renaissance Florence* — veja capítulo: "Florentine Prostitution in the Fifteenth Century: Patrons and Clients". Binghamton, NY: Medieval and Renaissance Texts and Studies, 1994.

Turnball, Stephen. *Essential Histories: The Ottoman Empire, 1326-1699*. Oxford, UK: Routledge, 2003.

Viroli, Maurizio, trad. Antony Shugaar. *Niccoló's Smile: A Biography of Machi-*

avelli. Londres: I. B. Tauris, 1998. [Ed. bras.: *O sorriso de Nicolau. História de Maquivael*. São Paulo: Estação Liberdade, 2002.]
Weinstein, D. *Savonarola and Florence: Prophecy and Patriotism in the Renaissance*. Princeton, NJ: Princeton University Press, 1970.
Welch, Evelyn. *Shopping in the Renaissance: Consumer Cultures in Italy, 1400-1600*. New Haven, CT: Yale University Press, 2005.

SITES

al-Fazl ibn Mubarak, Abu, trad. H. Beveridge. *Akbar-namah (The Book of Akbar)*. Packard Humanities Institute. *Persian Literature in Translation*. (http://persian.packhum.org/persian)
al-Fazl ibn Mubarak, Abu, trad. H. Blockhmann e coronel H. S. Jarrett. *Ain-i-Akbari (Akbar's Regulations)*. Packard Humanities Institute. *Persian Literature in Translation*. (http://persian.packhum.org/persian)
Bada'uni, Abd al-Qadir, trad. Haig, W., Ranking. G., Lowe, W. *Muntakhab ut-tawarikh*, Packard Humanities Institute. *Persian Literature in Translation*. (http://persian.packhum.org/persian)
Brehier, Louis, *The Catholic Encyclopedia*, vol. V — veja entrada: "Andrea Doria". Nova York: Robert Appleton Company, 1909. Disponível on-line: www.newadvent.org/cathen/05134b.htm
Cross, Suzanne, *Feminae Romanea: The Women of Ancient Rome*. 2001-2006. Disponível on-line: web.mac.com/heraklia/ Dominae/imperial_women/index.html
Encyclopaedia Britannica, 2007 — veja entrada: "Doria, Andrea". Disponível on-line: Encyclopaedia Britannica Online, 31 de outubro de 2007: http://www.britannica.com/eb/article-9030969
Gardens of the Mughal Empire — veja página: Silver, Brian Q. "Introduction to the Music of the Mughal Court". Smithsonian Productions. Disponível on-line: www.mughalgardens.org/html/music01.html
Von Garbe, Richard, trad. Lydia G. Robinson. *Akbar, Emperor of India*. Project Gutenberg eBook, 23 de novembro de 2004. Disponível on-line: www.gutenberg.org

NOTA DA TRADUÇÃO

A citação de *O banquete*, de Platão, reproduzida na página 329, foi extraída da publicação da Editora Cultrix, São Paulo, 1978. Tradução de Jaime Bruna.

Agradecimentos

Gostaria de agradecer a Vanessa Manko pela ajuda na compilação da bibliografia e também por sua inestimável assistência na pesquisa para este romance, que foi viabilizado, em parte, por uma bolsa Hertog, na Hunter College, Nova York. Meus agradecimentos também a meus editores Will Murphy, Dan Franklin e Ivan Nabokov; à Emory University; e a Stefano Carboni, Frances Coady, Navina Haidar, Rebecca Kumar, Suketu Mehta, Harbans Mukhia e Elizabeth West. Também a Ian McEwan, com quem, muitos anos atrás, improvisei uma canção chamada "My sweet polenta" [Minha doce polenta].

1ª EDIÇÃO [2008] 1 reimpressão

ESTA OBRA FOI COMPOSTA PELA SPRESS EM ELECTRA E IMPRESSA EM OFSETE
PELA GEOGRÁFICA SOBRE PAPEL PÓLEN SOFT DA SUZANO PAPEL E
CELULOSE PARA A EDITORA SCHWARCZ EM MARÇO DE 2009